ZODIAC
ACADEMY
VON LEBEN, TOD – UND LIONEL

CAROLINE
PECKHAM SUSANNE
VALENTI

BÜCHER VON CAROLINE PECKHAM & SUSANNE VALENTI

Ruthless Boys of the Zodiac
Dark Fae
Savage Fae
Vicious Fae
Broken Fae
Warrior Fae

Zodiac Academy
Origins (Novella)
The Awakening
Ruthless Fae
The Reckoning
Shadow Princess
Cursed Fates
The Big A.S.S. Party (Novella)
Fated Throne
Heartless Sky
Sorrow and Starlight
Beyond The Veil (Novella)
Restless Stars
The Awakening: As Told by The Boys (Alternate POV)
Live and Let Lionel (Alternate POV)

Darkmore Penitentiary
Caged Wolf
Alpha Wolf
Feral Wolf
Wild Wolf

Sins of the Zodiac
Never Keep
Echo Fort

A Game of Malice and Greed

Age of Vampires

Von Leben, Tod – und Lionel
Eine Zodiac Academy Novelle
Copyright © 2024 Caroline Peckham & Susanne Valenti

Deutsche Übersetzung von Tatjana Becijos für Literary Queens
Buchsatz & Design von Wild Elegance Formatting
Kartendesign von Fred Kroner
Stock art von Depositphotos

Von Leben, Tod – und Lionel/Caroline Peckham & Susanne Valenti, 1. Auflage
ISBN: 978-1-916926-87-5

Ich widme dieses Buch niemandem Geringerem als mir selbst, König Lionel Acrux. Bin ich doch über alle Maßen erhaben, gut aussehend, bescheiden, tapfer und ein Visionär. Ich wurde von den Sternen geprüft; mein ausdauernder Geist wurde von ihnen durch die Krone auf meiner Stirn gefeiert. Dies ist ein Einblick in meine Geschichte – und in die meiner Feinde, die versuchten, mich zu vereiteln. Es ist der erste Auszug aus den – zehntausend Seiten umfassenden – Memoiren, die ich nach dem Höhepunkt meines Sieges im Krieg veröffentlichen werde.

Lang lebe euer edler Drachenkönig!

- König Lionel der Erste

WILLKOMMEN AN SOLARIA!
HIER IST DEIN CAMPUSPLAN.

Hinweis an alle Studenten: Vampirbisse, der Verlust von Körperteilen oder das Verirren im Wimmernden Wald gelten nicht als Entschuldigung für das Zuspätkommen zum Unterricht.

Klicke auf die Karte, um sie näher zu betrachten!

LIONEL

VORWORT VON LIONEL ACRUX

Dies ist eine Sammlung von Anekdoten, die den Aufstieg meiner größten Feinde dokumentieren soll – jener, die meinen rechtmäßigen Platz einnehmen und meinen Aufstieg vereiteln wollen. Mit äußerster Verachtung präsentiere ich euch diese Werke, die Worte, die kaum mehr als eine Auflistung der Schandflecken in meinem Leben sind, die sich einer nach dem anderen gegen mich erhoben haben.

Natürlich fragt ihr euch vielleicht, warum ich euch vor diesen Dingen warne oder warum ich überhaupt zugelassen habe, dass solche Aufzeichnungen über das elende Leben meiner Widersacher erhalten geblieben sind. Aber ich gehe davon aus, dass ihr, wenn ihr die folgenden Seiten lest, dies mit dem Auge eines Fae tun werdet, der die Wahrheit hinter den Worten erkennt. Dies ist ein Zeugnis der Verzweiflung, einer Eifersucht, die so giftig ist, dass sie tatsächlich zu einer Bedrohung für den größten Drachen geführt hat, der je geboren wurde. Aber seid unbesorgt, denn ich bin der Drachenkönig und meine Macht ist weitaus größer als die aller anderen, deren Geschichten euch jenseits dieser Zeilen erwarten.

Und so vertraue ich darauf, dass ihr, werte Untertanen, die Wahrheit in dieser Sammlung emotionalen Unrats lest und die darin beschriebenen Fae als das seht, was sie sind – hinterlistig, eifersüchtig und zutiefst minderwertig.

Zweifellos werdet ihr, sobald ihr ihre Worte in euch aufgesogen und sie wie das Kloakenwasser, das sie sind, ausgeschieden habt, genauso klar wie ich erkennen, dass es nur einen Fae gibt, der eurer Hingabe im kommenden Krieg würdig ist. Und ihr werdet euch der Armee des Drachenkönigs anschließen. Noch ist es nicht zu spät, mir vor den Sternen eure Ergebenheit zu schwören und als eine jener erleuchteten Seelen in die Geschichte einzugehen, die die Welt wirklich als das sahen, was sie war. Ihr habt einen würdigen Monarchen erkannt, als er euch präsentiert wurde.

Für immer euer demütiger und gnädiger König
Lionel Acrux der Erste

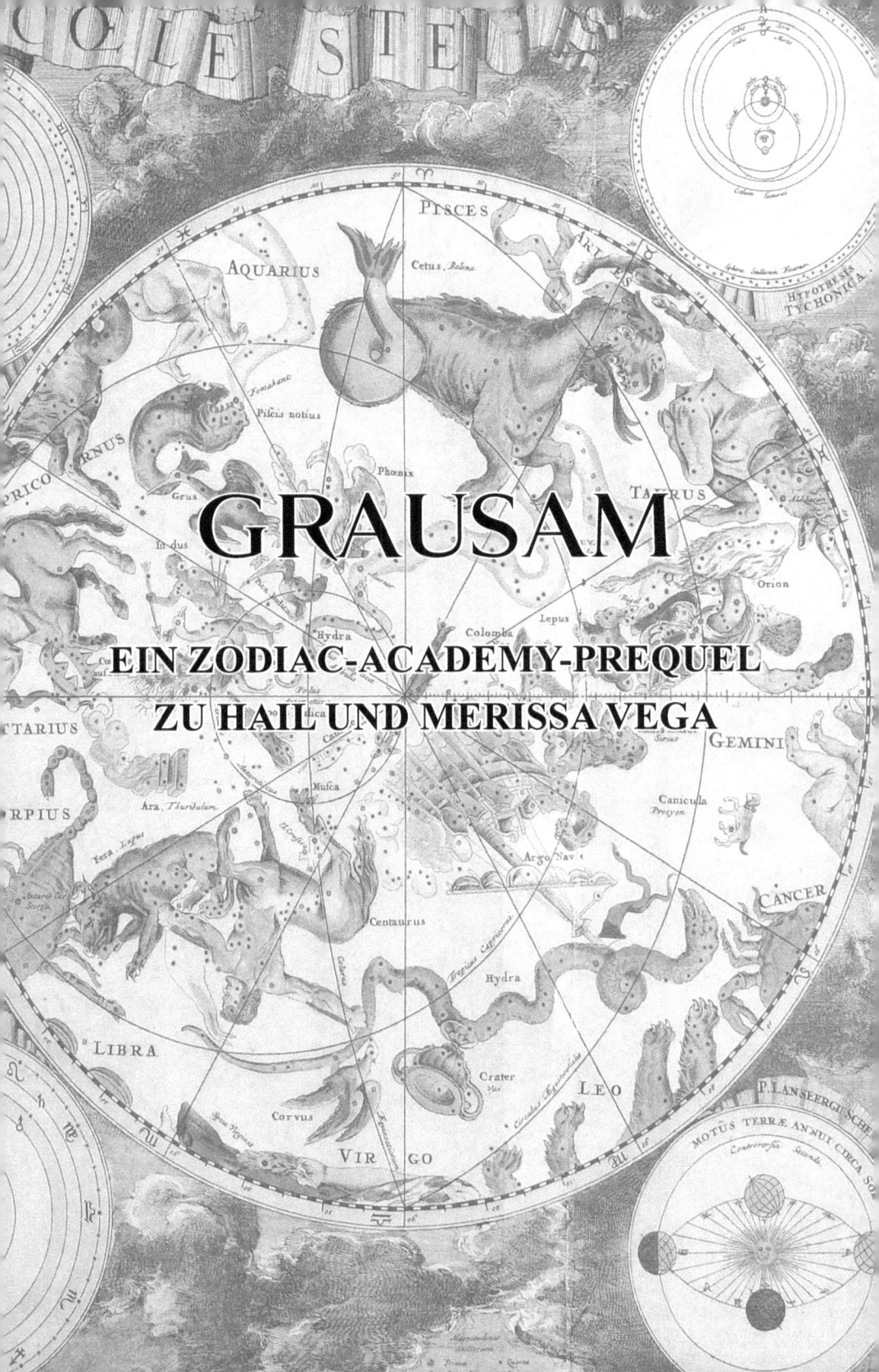

GRAUSAM

EIN ZODIAC-ACADEMY-PREQUEL

ZU HAIL UND MERISSA VEGA

LIONEL

AUS LIONELS REFUGIUM ...

Diese erste Anekdote handelt von der traurigen Zeugung des Seuchenbringers, der offiziell als Gabriel Nox bekannt ist – Sohn der Hurenkönigin Merissa Vega, die seine Abstammung verschwieg und ihm so als Kind die Flucht aus meinen Fängen ermöglichte. Ein Fehler, den ich nicht noch einmal begehen werde. *Bitte beachtet, dass die Flucht von Gabriel Nox – zusammen mit Lance Orion und Gwendalina Vega – aus der Obhut von Lionel Acrux und seiner Königin Lavinia Umbra im Palast der Seelen aus den historischen Aufzeichnungen gestrichen werden soll, sobald König Lionel den Sieg errungen hat, den er in dem gegenwärtigen Krieg für sich zu beanspruchen gedenkt.*

In der folgenden Niederschrift wird von dem unwahrscheinlichen und oft verfluchten Treffen zwischen Hail Vega – informell als der Grausame König bekannt – und seiner späteren Frau Merissa Adhara berichtet. Im Nachhinein muss ich leider feststellen, dass ich dem damaligen König niemals hätte erlauben dürfen, nach Voldrakia zu reisen. Zu dieser Zeit hatte ich seine Abwesenheit natürlich genutzt, um meine Position in Solaria zu festigen und mithilfe von Dunkler Manipulation weitere Marionetten unter meine Kontrolle zu bringen, wie es für die gerissene, brillante Kreatur, als die ich wohlbekannt bin, charakteristisch ist. Aber selbst ich hätte das Ergebnis seiner Auslandsreise nie vorhersehen können.

Kein damals lebender Seher konnte die Veränderungen vorhersehen, die eintreten würden, sobald er seine ausländische Braut nach Hause bringen und ihre Blutlinien verschmelzen würde, als hätte er keinerlei Bedenken, Erben von fragwürdigem Wert und Rang zu zeugen.

So blicke ich mit Bedauern auf diese Zeit meines Aufstiegs zur Macht zurück. Doch wie ihr zweifellos sehen werdet, war ihre Vereinigung nichts allzu Besonderes, lediglich ein zufälliges Treffen – und ein Fluch für meine Person. Wie die Geschichtsbücher berichten werden, habe ich die Probleme, die durch ihre Allianz entstanden sind, überwunden und mich ohnehin bald von beiden befreit, sodass dieser kleine Rückschlag in meinen Plänen letztlich nichts weiter als eine Unannehmlichkeit war.

Ich wünschte nur, ich hätte sie beseitigt, bevor sie in der Lage gewesen waren, sich fortzupflanzen …

MERISSA

KAPITEL 1

Die Uhr tickt unaufhörlich weiter. Das Licht weicht der Dunkelheit.
Jeder Anfang führt zu einem Ende. Und wir können es noch so sehr
versuchen, niemand kann dem letzten Atemzug auf ewig entkommen.
Alle müssen sich dem finalen Ruf fügen. Die Frage ist: Welches Erbe
wirst du hinterlassen, Prinzessin des brennenden Imperiums?

Das entfernte Geräusch von aufeinanderprallenden Schwertern drang an meine Ohren und Rauch füllte meine Kehle, als ich tief einatmete. Schlagartig wachte ich auf und umklammerte augenblicklich den Schaft des Speers an meiner Seite.

Acht Tage. Ich war jetzt seit acht Tagen hier draußen im Dschungel und hatte nur meinen Verstand und meine Ausbildung, um am Leben zu bleiben, während ich an der Eheprüfung teilnahm, der größten und angesehensten Tradition unseres Imperiums. Wenn ich zwei Wochen in dieser brütenden Dschungelhölle überlebte, mit nichts als meiner eigenen Gerissenheit und meinen Fähigkeiten, dann würde ich mit dem

Erwachen meiner Magie belohnt werden. Bis dahin war ich kaum mehr als eine Sterbliche, die im Dunkeln eine primitive Waffe umklammerte. Eine Sterbliche mit der Gabe des Sehens und lebenslanger Vorbereitung auf diese Prüfung. Aber inmitten dieser Bäume lebten Kreaturen, die Albträumen entsprungen waren, die sich kein bei Verstand befindlicher Fae auch nur vorstellen konnte.

Die Lederrüstung, die ich trug, erwies sich in der Hitze des Dschungels als erdrückend, und eine Schweißperle glitt die Kuhle zwischen meinen Brüsten hinunter. Aber dieses Unbehagen allein hätte mir nicht den Grund gegeben, mich zu bewegen. Das dicke braune Material umhüllte mich vom Hals bis zu den Oberschenkeln und war so geschnürt und befestigt, dass ich mich frei bewegen konnte und gleichzeitig vor Angriffen geschützt war, die ich vielleicht nicht kommen sah. Die Rüstung würde einen Speer oder ein Schwert im Nahkampf nicht aufhalten, aber ein geworfener Dolch oder eine Pfeilspitze wären mit dem Schutz, den sie bot, weitaus weniger tödlich. Und ich war nicht so dumm, zu riskieren, sie abzunehmen, auch wenn ich mir dadurch etwas Erleichterung von der Hitze versprach.

Im Handumdrehen war ich auf den Beinen und wischte mit meinem Fuß über den Boden, um die Spuren meines Aufenthaltsortes so gut es ging zu verwischen. Ich hatte nur wenig Zeit, um nicht entdeckt zu werden. Das Bild eines wilden Mädchens blitzte vor meinem inneren Auge auf – es kam mit einem todbringenden Dolch in der Hand auf mich zu, der für mein Herz bestimmt war.

Lethia jagte mich seit Beginn der Prüfungen. Es gab keine Regeln, die besagten, dass die an diesem Turnier teilnehmenden Fae gegeneinander kämpfen mussten. Es ging ausschließlich ums Überleben. Aber in den Jahrhunderten, die seit der Einführung der Prüfungen vergangen waren, war dies zur Erwartung geworden.

Nur die ranghöchsten Mitglieder des Hofes meines Vaters nahmen teil. Und zwar nur diejenigen aus unserer Mitte, die genug Magie im Blut hatten, um die Sterne zum Zittern zu bringen, wenn sie erweckt wurden. Diese Prüfungen stellten unseren Mut, unsere Entschlossenheit und unsere Eignung, mit eiserner Faust zu herrschen, auf die Probe. Und sie eröffneten auch die Möglichkeit, Ränge zu stehlen, die über die der teilnehmenden Fae hinausgingen.

Lethia war meine Cousine, aber wir waren uns nicht gerade grün. Wir waren in dem Wissen aufgewachsen, mit diesen Prüfungen konfrontiert zu werden. Wenn sie es schaffte, mich hier draußen in der Wildnis zu töten, würde sie für sich und ihre Familie einen Rang näher am Thron beanspruchen. Ich mochte ihre Prinzessin sein, aber ich war auch ihre Konkurrentin, und mich aus dem Spiel zu nehmen, bevor ich überhaupt meine Magie entfaltet hatte, wäre für sie die perfekte Möglichkeit, ihre Position zu verbessern, sobald sie diesen Ort verlassen hatte. Vorausgesetzt, sie schaffte es auch, diejenigen zu überleben, die sie jagten.

Ich entfernte mich vom Weg, feuchtes Laub streifte meine nackten Arme, als ich um den riesigen Baum herumging, unter dem ich für diese wenigen flüchtigen Stunden geschlafen hatte.

Ich hatte die vergangenen Tage damit verbracht, ihr auszuweichen, aber meine Visionen wurden immer blutiger. Der Tod, den sie für mich vorgesehen hatte, wurde mit jedem Entkommen gewalttätiger. Ihre Wut war stark, ich konnte sie praktisch in der Luft schmecken, als sie sich mir näherte, und obwohl ich daran gedacht hatte, sie um meiner Tante willen am Leben zu lassen, wurde mir jetzt klar, dass diese Möglichkeit nicht mehr bestand.

Mit schmutzigen sonnengebräunten Fingern schob ich mir eine verirrte schwarze Haarsträhne aus den Augen, die sich aus meinem geflochtenen Zopf gelöst hatte. Von der Schönheit des Schlosses, in dem ich aufgewachsen war, fehlte hier jede Spur, und ich war kaum wiederzuerkennen als die perfekt gekleidete Prinzessin, die allen in unserem Königreich bekannt war. Aber ich hatte für diesen Tag trainiert, seit ich alt genug war, um ein Übungsschwert zu halten. Im Grunde unseres Herzens waren wir ein Volk von Kriegern, und ich fühlte mich beim Schwertschwingen oder Pfeilschießen genauso zu Hause wie beim Tanzen auf Bällen oder bei politischen Debatten. Fae kämpften immer gegen irgendjemanden, und ich genoss die Einfachheit eines Schwertes genauso wie den Biss einer perfekt formulierten Bemerkung.

Mein Puls beruhigte sich, als ich langsam ausatmete, und ich vernahm das Flüstern meiner Gabe als Seherin, als ich die Augen schloss und dem Ruf nachgab.

Nackte Füße, lautlos auf feuchtem Boden. Eine schwere Klinge in ihrer rechten Hand. Ein scharfer Dolch in ihrer linken – gedacht für den tödlichen Hieb. Ein weiterer Schritt. Und noch einer. Sie kommt näher. Sie ...

Ich schoss mit fliegendem Zopf aus meinem Versteck hervor und drückte meine Zehen in den Schlamm. Mein Speer zielte genau, als Lethia aus dem dichten Laubwerk brach, genau dort, wo ich sie hatte kommen *sehen*.

Die messerscharfen Augen meiner Cousine funkelten vor Wut und Triumph, als sie endlich ihr Opfer gefunden hatte. Ich grinste sie hämisch an, als sie es schaffte, nach rechts auszuweichen und der scharfen Spitze meines Speers um Haaresbreite zu entkommen.

Sie holte mit ihrem Kurzschwert zu einem Schlag gegen meinen Kopf aus, aber ich wich zur Seite aus. Der Schaft meines Speers traf ihr linkes Handgelenk so hart, dass ihr der Dolch, den sie zu verbergen versucht hatte, aus der Hand fiel.

Lethia fluchte wie eine mit kaltem Wasser übergossene Straßenkatze.

Ich war hinter ihr, bevor sie ihre Deckung wieder aufbauen konnte, und mein nackter Fuß traf die Mitte ihrer Wirbelsäule, sodass sie nach vorn stolperte. Trotzdem konterte sie den Angriff und wirbelte erneut in meine Richtung.

Aber ich war vorbereitet, hatte bereits *gesehen*, was sie tun würde, und mit einem Geräusch, das meine Erinnerungen für immer beflecken würde, bohrte sich die Spitze meines Speers direkt in ihre Kehle. Mit diesem einzigen grausamen Schlag beendete ich ihr Leben.

Unsere Blicke trafen aufeinander, ihr Tod lastete auf diesen endlosen Sekunden, in denen sie nach Luft rang, die sie nicht mehr bekommen würde. All ihre Ambitionen und Pläne waren angesichts dieses einen Fehlers zunichtegemacht.

»Ich wollte Frieden«, raunte ich und erinnerte sie an das Angebot, das ich ihr vor Wochen im Schloss meines Vaters gemacht hatte. Das Versprechen, das ich ihr gegeben hatte, ihre Position an meiner Seite zu erhöhen, wenn sie nur diesen Wunsch aufgeben würde, mich in den Prüfungen zu töten. Ich hatte ihre Ablehnung bereits *gesehen*, bevor ich die Worte überhaupt ausgesprochen hatte, aber ich hatte sie trotzdem geäußert. Ich hatte ihr die Wahl gegeben, dieses Schicksal für sich selbst zu ändern, und sie hatte sich dafür entschieden, es zu ignorieren. Diese Entscheidung hatte ihr Ende herbeigeführt. Ihr war von Anfang an die Zeit davongelaufen, und sie hatte es nicht einmal bemerkt.

Auf ihren Lippen bildete sich ein Wort, während sie an ihrem eigenen Blut erstickte, und ich spürte, wie das Echo durch mein Innerstes hallte. *Feigling.*

Ich riss meinen Speer zurück und sah mit kalter Miene zu, wie Lethia zu Boden sackte, ihre Hände sich zu ihrer Kehle bewegten, während sie krampfhaft dort lag. Ihr Blick ging an mir vorbei, als suchte sie nach einer Lücke im Blätterdach über ihr, nach einem kleinen Hinweis auf die Sterne, die endlos weiter zusahen. Hatten sie ihre Freude daran, wenn das Schicksal jemanden wie sie ereilte? Erfreuten sie sich an dem Gedanken, dass ich Schritte unternommen hatte, um dies zu vermeiden, nur, um dann in dem Szenario zu enden, das sie die ganze Zeit über geplant hatten?

Ich nahm an, dass es nicht meine Aufgabe war, das infrage zu stellen.

Ich bückte mich, um den Dolch aufzuheben, mit dem Lethia mich hatte töten wollen, und schleuderte ihn dann mit tödlicher Präzision in den Himmel. Die Klinge schnitt durch die Blätter über uns und schuf eine kleine Lücke, die den Blick auf den Himmel freigab, den Lethia gesucht hatte. Dann verschwand die Waffe außer Sichtweite irgendwo im Dschungel.

»Es ist keine Feigheit, auf ein besseres Schicksal zu hoffen«, sagte ich mit leiser Stimme, während sie würgte und nach Luft schnappte, ihre Augen auf die Sterne am Himmel gerichtet, während sie in ihrer Anwesenheit nach Frieden suchte. »Manchmal müssen wir in die dunkelste Nacht blicken, um die größten Schätze zu entdecken. Ich scheue diesen Weg nicht, Lethia. Ich entscheide mich nur dafür, einem Schicksal nachzujagen, das größer ist als mein eigenes.«

Ich ließ sie zum Sterben zurück, während diese Worte in der Stille um sie herum hingen. Ohne einen weiteren Blick marschierte ich davon, meinen blutbefleckten Speer immer noch fest im Griff. Und das Schicksal rief meinen Namen mit jeder verirrten Brise.

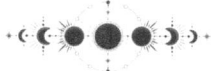

Drei Tage vergingen, in denen meine Gabe mich nicht selten vor Gefahren bewahrte oder mir half, die Tücken dieser Hölle zu überleben, wenn eine unbekannte Bestie meinen Weg kreuzte und mich zwang, um mein Überleben zu kämpfen.

Die Brutalität dieses Rituals war in meinem Volk, dem Reich, in dem ich aufgewachsen war, tief verwurzelt. Ich hatte den grausamen Beginn des Lebens derer, die das Glück hatten, zu den mächtigsten Fae in unserer Gesellschaft zu gehören, nie infrage gestellt, bis ich selbst an diesen Punkt gekommen war. Es hatte alles irgendwie romantisch geklungen, als mein Vater und die Fae seines Hofes die Prüfungen beschrieben hatten. Eine Möglichkeit, die Schwächsten unserer Generation auszusortieren und sicherzustellen, dass nur die Stärksten eine magische Ausbildung erhielten, politisch arrangierte Ehen eingingen und schließlich die Herrschaft über dieses Land beanspruchen durften. Es war in Ordnung, dass wir uns dieser Prüfung des Schicksals stellen mussten. Die Sterne würden dafür sorgen, dass am Ende nur die Würdigsten aus dem Dschungel zurückkehrten.

Doch es zu durchleben, war etwas ganz anderes – zu sehen, wie Fae, mit denen ich aufgewachsen war, abgeschlachtet wurden, zu jeder Tages- und Nachtzeit Schmerzens- und Todesschreie durch die Bäume zu hören, tagelang in einem ständigen Zustand der Angst und Erschöpfung zu leben. War es wirklich das Schicksal, das uns auf diesem Weg leitete? Ohne meine Gabe des Sehens hätte ich vielleicht nicht überlebt. Sollte ich annehmen, dass mir meine Fähigkeiten als Seherin gegeben worden waren, damit ich das Schicksal des Überlebens für mich beanspruchen konnte? Oder war es einfach nur eine Laune des Schicksals, dass ich noch atmete, während andere tot um mich herumlagen?

Vor diesem Zeitpunkt hatte ich den Weg der Sterne nie hinterfragt. Ich hatte nie daran gezweifelt, dass sie besser als wir alle wussten, wie die Fäden des Schicksals gezogen werden sollten. Aber jetzt begann ich, genau das zu tun … Jetzt begann ich, mich zu fragen …

Ein knackender Ast. Dunkle Augen, die durch die Bäume schielen. Entschlossenheit, Unverwüstlichkeit, Angst.

»Die Sterne haben mich geschickt«, sagte jemand mit rauer Stimme. Gleichzeitig wurde mir etwas Kaltes und Scharfes an die Kehle gedrückt. Die Vision, die mich im Schlaf gefunden hatte, war zu spät gekommen, um mich rechtzeitig zu wecken und dies zu verhindern.

Meine Augen flogen auf, ein kalter Schauer der Angst durchfuhr mich, bevor mein Verstand begreifen konnte, was hier geschah. Wer über mir stand.

Sein Gesicht war mir in den letzten Monaten in Träumen und Visionen erschienen, sein Name wurde jedes Mal vom Wind zu mir geflüstert, wenn ich meinen Blick nach Süden auf die Palastmauern richtete. Wir waren uns vor diesem Moment noch nie begegnet, aber als ich in die harten Linien seiner Gesichtszüge blickte, *erkannte ich ihn.*

»Ich erkenne dich, Marcel«, hauchte ich, und Überraschung schwang in meinem Ton mit, obwohl ich wusste, dass dieses Treffen schon seit einiger Zeit unvermeidlich gewesen war. Ich hatte ihn kommen *sehen.* Und von diesem Moment an würde sich mein Leben unwiderruflich verändern. Das war ein beängstigender Gedanke, und doch wünschte kein Teil von mir, sich dem Schicksal zu entziehen, das ich für uns kommen fühlte.

Ein Luftzug bewegte die Glut des kleinen Feuers, das ich mir vor dem Einschlafen angezündet hatte, und hob sie in Richtung des Blätterdachs über uns. Und ich hätte schwören können, einen Jungen in den Flammen zu sehen, als ich meinen Blick darauf richtete. Ein Junge, dessen Kieferpartie der des Mannes ähnelte, der in diesem Moment über mir stand, und der ein Lächeln hatte, das mich erhellte wie nichts, was ich je zuvor gesehen hatte.

Er würde mutig und mächtig sein, seine Gaben größer als meine und die des Mannes, der mich im gegenwärtigen Moment mit der Spitze seines Speers bedrohte. Das Schicksal des Jungen war weitaus größer, als ich es mir je zu wünschen gewagt hätte, aber auch auf schreckliche Art und Weise. Dieses Kind der Leidenschaft und des Feuers, der Qual und des Verlustes.

Mein Brustkorb hob und senkte sich, als ich einen flüchtigen Blick auf das Leben erhaschte, das er führen würde. Der Herzschmerz, der ihn fast zerstören würde, die Verzweiflung, die ich nicht verstehen konnte und die gleichzeitig so unvermeidlich schien. Und die Liebe. Er würde mit einer Leidenschaft lieben, die ihresgleichen suchte und von allen gefühlt wurde, er würde sich schnell, schmerzhaft und unausweichlich verlieben, dass es die Grundfesten der Welt, die wir kannten, und darüber hinaus erschüttern würde.

Sein Leben war das Wichtigste, wozu ich jemals von der Stimme der Sterne berufen worden war.

Gabriel.

Mein Sohn mit dem dunklen Herzen, der für so viel bestimmt war.

»Ich werde morgen sterben«, sagte Marcel leise, gefasst und mit einer Akzeptanz und Reife, die über seine Jahre hinausging. »Ich werde mein Leben gegen das deine und das unseres Sohnes tauschen.«

Gabriel.

Ich schluckte schwer, *sah* es jetzt so deutlich vor mir, die Visionen, die mir seit Wochen im Schlaf und im Wachzustand gleichermaßen erschienen waren, fügten sich alle zusammen. Marcels Schicksal stand fest. Der Tod würde ihn morgen holen, unabhängig davon, welche Entscheidungen wir hier und jetzt trafen. Das Einzige, was sich ändern konnte, war das Leben dieses Jungen, den ich im Feuer so deutlich *gesehen* hatte.

Gabriel.

Ich war selbst kaum mehr als ein Mädchen, achtzehn Jahre alt, eine Prinzessin und dazu bestimmt, einen Mann zu heiraten, den ich mir nicht selbst aussuchen konnte. Ich hatte kein Recht, die Rolle einer Mutter zu übernehmen. Ich hatte keine Ahnung, wie man so etwas machte, zumal ich nicht einmal von meiner eigenen Mutter aufgezogen worden war, sondern meine Kindheit stattdessen in der Obhut von Kindermädchen verbracht hatte. Aber trotz alledem würde ich dieses Schicksal nicht leugnen.

Dieses Kind, dieser Junge ... Ich liebte ihn bereits. Ich liebte ihn so sehr, dass es sich anfühlte, als würde mein Herz in zwei Teile zerbrechen, als ich zu dem Mann aufblickte, der sein Vater werden sollte. Und der sterben würde, bevor ich jemals die Chance haben sollte, ihn wirklich kennenzulernen.

Ich konnte so viel von dem Leben *sehen*, das unser Sohn führen würde. Die Visionen drängten so stark auf mich ein, dass mir vor Stolz die Tränen in die Augen stiegen, bevor ich mich zwang, sie wegzuwischen, meine Gaben zurückzudrängen und mich auf die Gegenwart zu konzentrieren.

Ich hatte keine Worte für diese Wendung des Schicksals. Keine Worte, die über meine eigenen Handlungen hinaus klarer sein könnten, aber in Marcels Augen lag eine Frage. Dies war ein Angebot, keine Forderung. Er hatte diese Möglichkeit ebenfalls *gesehen*, *gesehen*, welchen Sohn wir heute Nacht zwischen uns erschaffen könnten, bevor der Tod mit der Morgendämmerung zu ihm kam. Und er fragte, ob ich danach greifen wollte.

Dies war meine Entscheidung, die mir in diesem Moment trotz ihrer enormen Tragweite allzu einfach erschien. Ich war eine Prinzessin, dazu bestimmt, aus Gründen des politischen Kalküls und der Macht zu heiraten, und dazu verpflichtet, meinem Reich mit unerschütterlicher Loyalität zu dienen. Aber dieses Kind, das aus den Launen des Schicksals geboren werden sollte, war etwas, das ganz und gar mir gehören würde. Und so furchterregend das auch war, so gewaltig diese Entscheidung auch schien, ich wusste die Antwort tief in meiner Seele. Ich wollte das, ich wollte ihn, und so war meine Antwort auf die brennende Frage in Marcels Augen ein klares *Ja*. Ein Ja, von dem ich wusste, dass es die Sterne selbst zum Beben bringen würde.

Ich setzte mich auf und schob den Speer von meiner Kehle weg, meine Augen auf Marcel gerichtet, während er mich gewähren ließ, bevor er die Waffe ganz weglegte. Das schwere Geräusch, als der Speer auf dem Boden aufschlug, hallte durch meinen Körper, als ich nach Marcel griff. Er war ein Riese von einem Mann, unglaublich groß und muskulös gebaut. Seine anmutigen Gesichtszüge zogen mich in ihren Bann, während mir schon bei dem bloßen Gedanken, dass sein Körper von meinem Besitz ergreifen würde, heiß wurde. Ich kannte ihn nicht. Das war Wahnsinn. Aber als seine

Knie neben mir auf dem Boden aufsetzten und er seine schwielige Hand ausstreckte, um mein Kinn zu berühren, wusste ich, dass ich mich diesem Schicksal nicht entziehen würde.

»Unser Sohn wird die Welt verändern, er wird der größte Seher seiner Generation sein«, flüsterte Marcel, ohne Angst in seinen tiefbraunen Augen, als er sich an mich lehnte. Er hatte keinerlei Zweifel an seinem Schicksal, obwohl er wusste, dass sein Leben als Bezahlung dafür verwirkt sein würde. Dass er tot sein würde, bevor die Sonne morgen wieder unterging.

Er küsste mich und ich öffnete mich für ihn, ein Schauer der Lust breitete sich in meinem ganzen Wesen aus, als seine Zunge zwischen meinen Lippen spielte und er mich in dieser langsamen, dekadenten Begrüßung schmeckte. Und unsere Seelen trafen aufeinander, als hätten sie sich die ganze Zeit nach diesem Moment gesehnt.

Weitere Visionen drängten sich mir auf – von dem Leben, das wir in dieser Nacht erschaffen würden, von Prüfungen und Schmerzen, die unseren Sohn auf Schritt und Tritt verfolgen sollten.

»Sein Leben wird hart sein«, murmelte ich, während ich meinen Arm um Marcels Hals schlang und ihn auf meinen Körper zog. Es fühlte sich wundervoll real an, als sein Gewicht auf mich drückte. Dann überkam mich die Trauer. Trauer um diesen Mann, den ich kannte und doch nicht kannte. Trauer um den Jungen, der aus dieser Tat geboren werden, aber nie die Chance bekommen würde, seinen Vater kennenzulernen.

Eine Träne kullerte meine Wange hinunter, als Marcel sich gerade weit genug zurückzog, um mich anzusehen.

»Zeitweise«, stimmte er zu. »Aber schließlich wird er die besten Formen von Liebe erfahren. Auch wenn er die unsere nie kennen wird.«

Seine Worte waren von einem Wissen durchdrungen, das über das meine hinauszugehen schien. Als hätte er mehr von dem Schicksal *gesehen*, das unserem Kind bestimmt war, als ich. Als wüsste er, dass es ihm letzten Endes gut gehen würde, auch wenn sich viele andere Dinge nicht zum Guten wenden sollten.

Diese Gewissheit gab mir Kraft, obwohl noch weitere Tränen über meine Wangen liefen. Und ich richtete mich auf, um seinen Mund erneut zu beanspruchen. Ich wollte diese Hitze wieder spüren, statt den Schmerz über Dinge zu fühlen, die noch nicht geschehen waren.

Marcels Hand glitt an der Wölbung meines Oberschenkels nach oben und ich seufzte in seinen Mund, als er begann, die Lederrüstung, die ich trug, zu öffnen. Seine Finger bewegten sich so präzise, dass mein Innerstes zu glühen begann, und ich stieß ein Seufzen der Lust aus.

Sein Mund löste sich von meinem und hinterließ eine feurige Spur an meinem Kinn. Die Erinnerung an ihn ließ mich aufstöhnen. Ich hatte diese Szene schon *gesehen*, mitten in der Nacht, als ich genau diese Handgriffe ausgeführt hatte. Meine Hände waren auf Wanderschaft gegangen, um das Verlangen zu stillen, das diese Visionen in mir geweckt hatten. Aber es war nie genug gewesen. Es war mir nie gelungen, die Sehnsucht zu befriedigen, die ich schon für diesen Mann empfunden hatte, bevor ich ihm überhaupt begegnet war.

Marcels Hände glitten weiter über die Riemen und Schnallen, die meine Rüstung an Ort und Stelle hielten, bis sie sich schließlich zu lösen begann. Ein Keuchen entrang sich mir, als er sie mir vom Körper riss, bis ich nackt unter ihm lag.

Mein Rückgrat krümmte sich, als er zuerst mein Kinn berührte und seine Hand dann meinen Hals hinunter, zwischen meine Brüste und über meinen Nabel gleiten ließ. Meine Haut kribbelte und wurde gleichzeitig heiß, während ein Stöhnen über meine Zunge rollte.

Noch nie zuvor war ich so mit einem Mann zusammen gewesen. Noch nie hatte ich diese Berührung jenseits meiner eigenen Vorstellungskraft erlebt, und doch schien Marcel genau zu verstehen, was ich brauchte, noch bevor ich selbst daran denken konnte. Ich fragte mich, ob seine Gabe ihm meine Reaktionen zeigte oder ob er das alles selbst war. So oder so – ich war eine Sklavin seiner Handlungen, ein williges Opfer seiner Begierde.

Ein Grinsen huschte über sein Gesicht, als er die Bewegung seiner Hand verlangsamte und sie knapp unter meinem Nabel kreisen ließ, während er mit der anderen seine eigene Rüstung abstreifte.

Ich beobachtete mit trockener Kehle, wie er sich auszog und dabei durchtrainierte Muskeln und die harten Konturen eines für den Krieg gebauten Körpers zum Vorschein kamen. Und ich war die Stadt, die er belagern wollte.

»Du gehörst zu dem Stamm der Robarianer«, sagte ich, ohne eine Frage zu stellen, denn die sorgfältig verlaufenden Narben auf seiner Brust bestätigten es, auch wenn meine Gabe mir seine Antwort schon offenbart hatte.

»Ich bin aus dem Herzen der Wüste gekommen, um dich aufzusuchen, Merissa«, bestätigte er, während seine Hand tiefer wanderte und er meinen Namen mit einem leisen Knurren aussprach. »Ich bin einen langen Weg gereist, um dieses Schicksal zu beanspruchen.«

Meine Antwort war ein Lustschrei, als seine Finger meinen feuchten Kern fanden und über meine Klit rollten, während seine braunen Augen mit meinen verschmolzen.

»Bist du sicher, dass du das willst?«, fragte er, seine Stimme rau vor Verlangen. Ein Lächeln umspielte seine Mundwinkel, als hätte er meine Antwort bereits *gesehen*, wollte sie aber trotzdem von mir hören.

»Ich will dich«, keuchte ich bestätigend. Ein Stöhnen baute sich in mir auf, als er mich weiter neckte und beobachtete, wie ich mich unter ihm wand, während er sich Zeit ließ, als ob sie ihm nicht davonlaufen würde.

»Was genau willst du?«, schnurrte er – und oh, ich wollte ihn fast genauso sehr schlagen, wie ich wollte, dass er die Versprechen einlöste, die in seinen Augen brannten.

Ich knurrte ihn an, bevor ich sein Handgelenk mit meinen eigenen

Fingern ergriff und seine Hand genau dorthin führte, wo ich sie haben wollte.

Marcel lächelte mich an, was jeden Tropfen Blut in meinem Körper in Wallung brachte, als er nachgab und zwei dicke Finger in mich drückte. Stöhnend hob ich meine Hüften, um seiner Hand zu folgen, die sich in einem berauschenden Rhythmus bewegte und mich wie eine Trommel spielte. Dabei beobachtete er mich mit hungrigen Augen.

»Bitte!«, keuchte ich, obwohl ich nicht einmal sicher war, worum ich ihn bat. Diese Qual zu beenden? Oder sie niemals enden zu lassen? Wie auch immer, ich wollte einfach mehr.

»Welche Manieren für eine so hübsche Prinzessin …«, schnurrte er, nahm seine Finger aus mir und schob sie zwischen seine eigenen Lippen. Das männliche Geräusch der Erregung übertönte das Knistern des Feuers, bevor er sie wieder herauszog.

Er musterte meinen nackten Körper und mein Atem wurde unregelmäßig, als er sich vorbeugte, um mich zu küssen, meinen eigenen Geschmack auf seiner Zunge, die er über meine gleiten ließ. Und sein fester Schwanz rieb sich durch den dicken Stoff seiner Hose an mir.

Ich presste meine Hüften gegen ihn und stöhnte im Angesicht der Reibung, während ich in diesen Kuss versank. Er neckte meine Brustwarze und brachte mich dazu, mich auf dem weichen Grasbett zu krümmen.

Marcel nahm meine Unterlippe zwischen seine Zähne und biss so fest zu, dass ich nach Luft schnappte, bevor er mich wieder losließ und seinen sündigen Mund weiter nach unten bewegte, an meiner Brustwarze saugte und mit seiner Zunge über die pralle Knospe strich.

Ich ließ meine Hände seinen Rücken hinaufgleiten und spürte auch dort die Furchen sorgfältig gearbeiteter Narben, die ich alle erkunden wollte, obwohl ich wusste, dass wir dafür keine Zeit hatten. Die Dämmerung näherte sich uns auf schnellen und sicheren Schwingen, sein Schicksal war bereits besiegelt.

Bei dem Gedanken traten mir die Tränen in die Augen, aber bevor sie fließen konnten, saugte er fester an meiner Brustwarze und ließ mich nach Luft schnappen. Schließlich ließ er sie los, bewegte sich weiter nach unten und drückte Küsse auf den dunklen Bronzeton meiner Haut, während mein Herz vor Aufregung darüber, was er tat und worauf er zusteuerte, zu donnern begann.

Ein Blitz unbekannter Lust durchzuckte mich, bevor ich Einwände erheben konnte. Meine Gabe machte Versprechungen, deren Erfüllung ich herbeisehnte, und so schob ich meine Hände in seine ebenholzschwarzen Haare, während er seinen Weg nach unten fortsetzte.

Marcels Zunge fand meinen Kern und das Geräusch, das mir entfuhr, war eher das einer Bestie als das einer Frau. Meine Fingernägel gruben sich in seine Kopfhaut, während er in der Hitze meines Körpers dunkel lachte und nur noch fester leckte und meine Schenkel weiter auseinanderdrückte.

Ich grub meine Absätze in den Boden, während ich unter dem Druck seiner Zunge zuckte, seinen Namen keuchend von meinen geöffneten Lippen hauchte. Und seine Zunge bewegte sich auf diese sündige, unbekannte Weise weiter, die mich von innen heraus mit einer Hitze brennen ließ, wie ich sie noch nie zuvor erlebt hatte.

»Marcel«, flehte ich, als mein Körper zu krampfen begann. Und die Lust baute sich so heftig in mir auf, dass ich die Erlösung fürchtete, den Fall, der sich an einem solchen Abgrund zwangsläufig ereignen musste.

Seine Zunge bewegte sich weiter, während seine Hände meinen Arsch umklammerten und er mich in vollen Zügen leckte. Er gönnte mir nicht einmal die geringste Atempause, und ich stöhnte und keuchte seinen Namen.

Meine Erlösung kam so plötzlich, dass sie mir den Atem raubte. Sie war eine Kaskade der Lust, die sich in einer unaufhaltsamen Welle durch jeden Zentimeter meines Wesens ergoss und mich so laut aufschreien ließ, dass die Vögel aus ihren Nestern hoch über uns aufgeschreckt wurden.

Marcel zog sich zurück, meine schweren Augen nahmen die Anspannung seiner Muskeln wahr, als er seine Hose öffnete. Und meine Kehle zuckte, als er die dicke Länge seines Schwanzes entblößte und sich aufrichtete, um die letzten Kleidungsstücke von seinem Körper fallen zu lassen.

Er war atemberaubend. Sein Körper schien im Feuerschein, der über seine Haut flackerte, aus Stein gemeißelt zu sein. Ein Gott, der gekommen war, um eine Sterbliche zu verderben. Und ich war nichts als ein williges Opfer.

Er fiel erneut auf die Knie, bewegte sich über meinen Körper und nahm meinen Mund mit seinem gefangen, während ich seinen harten Schwanz an meiner Öffnung spürte.

»Bitte«, flehte ich erneut, weil ich mich danach sehnte, von ihm ausgefüllt zu werden. Ich sehnte mich sogar so verzweifelt danach, dass mein ganzer Körper zu zittern begann.

Ich legte den Kopf in den Nacken, küsste ihn innig und stieß ein leises Stöhnen aus, das von seinem männlichen Knurren beantwortet wurde, als er Zentimeter für Zentimeter in mich eindrang, mich dehnte und mich für sich beanspruchte. Vor ihm hatte mich noch kein Mann genommen, er war mein Erster und ich seine Letzte.

Für eine Nacht war ich sein Geschöpf. Eine Nacht in seinen Armen, bevor das Schicksal ihn ereilte. Eine Nacht, um ihn zu nehmen und mich ihm hinzugeben und ein Leben zu erschaffen, das wichtiger war als alles, was ich je zuvor *gesehen* hatte.

Trotz meiner Angst vor dem Morgengrauen und dem Wissen um das Schicksal, das ihn erwartete, gab ich mich ihm völlig hin. Ich verlor mich in den Armen des Mannes, der mich in dieser Dschungelhölle gefunden hatte, und ging den mir vorbestimmten Weg, indem ich ihm erlaubte, mir gleichermaßen Vergnügen und Leid zu bereiten.

Und ein Schicksal herbeizuführen, von dem ich wusste, dass es den Lauf der Sterne selbst verändern würde.

HAIL

KAPITEL 2

EIN JAHR SPÄTER

Der Thron war heute so kalt wie mein Herz.

Seit der Schlacht gestern lastete eine bleierne Schwere auf mir, und der Geruch von brennenden Fae schien immer noch an mir zu haften – trotz der heißen Dusche, die ich bei meiner Rückkehr in den Palast genommen hatte.

Blut war meinen nackten Körper hinuntergelaufen und um meine Füße geschwappt, bevor es im Abfluss verschwunden war, als hätte es nie existiert.

Die Schreie hallten auch jetzt noch in meinen Ohren wider, und ich fühlte … nichts.

Ein Schatten verdunkelte meinen Geist, und ich war mir ziemlich sicher, dass mein Herz nach und nach zu Stein wurde. Es war nicht immer so gewesen, obwohl ich den Moment, in dem sich die Dinge in mir verändert hatten, nicht genau bestimmen konnte. Jenen Moment, in dem ich zu diesem Monster geworden war, das in den Herzen aller

Fae, die meinen Namen hörten, einen Knoten der Angst hervorrief. Hail Vega, der Grausame König – so nannten sie mich jetzt. Ich hatte nach dem Tod meiner Mutter den Thron bestiegen und geschworen, mein Königreich zu schützen und ihm zu dienen. Diese Versprechen waren verwelkt und verdorrt. Jede Schlacht, die ich schlug, wurde durch diese Schwüre gerechtfertigt, aber sie klangen immer leerer und hohler. Meine Schlachten mögen gewonnen worden sein, weil ich Solarias Schutz im Sinne hatte, aber manchmal fühlte es sich an, als hätte ich getötet, weil ich töten musste. Die Blackouts, während derer ich in ein unstillbares Verlangen nach dem Tod verfiel, das allem trotzte, was ich über mich selbst zu wissen glaubte, wurden immer häufiger.

Ich hatte einmal Pläne gehabt, Pläne, die von Zeit zu Zeit in mir aufkamen und mich an den Mann erinnerten, der ich einmal gewesen war. Wie schnell sich das geändert hatte. Die Macht hatte mich korrumpiert, vermutete ich, obwohl ich manchmal in einem Zustand des Grauens und des Schreckens aufwachte. Dann umgab mich ein Gefühl der Ohnmacht und ich wollte verzweifelt wissen, warum ich so war, wie ich war. Als gäbe es zwei Hälften von mir, die in der Mitte auseinandergerissen worden waren. Aber es schien, als würde der grausame Teil von Tag zu Tag größer werden und den anderen mit scharfen Zähnen verschlingen.

Der Thron wölbte sich an meinem Rücken nach oben, meine Finger hatte ich fest um die riesigen, ineinander verschlungenen Köpfe der Hydra geschlungen, die aus schwärzestem Stein gehauen waren. Ich war dieses Monster, der Thron stellte mich in der Gestalt meiner Hydra-Formgebung dar. Er war ein Geschenk eines weit entfernt lebenden Prinzen gewesen, der in einem Land residierte, das von Elementarstreitkräften gespalten war; Erde, Luft, Wasser, Feuer, alle miteinander im Krieg. Der alte Thron war in den tief im Palast befindlichen Tresor gebracht worden, in dem die Schätze der Königsfamilie lagerten und der nur für Träger des Vega-Bluts zugänglich war.

Ein altes, zersplittertes Stück meiner Seele erwachte, als ich an die brennenden Körper und die Stadt dachte, die gestern unter der Macht meines Feuers zu Asche zerfallen war. Ich umklammerte den Stein fester und krallte mich in ihn hinein, während sich meine Muskeln anspannten und meine Verwirrung in einen bitteren, beißenden Hass auf mich selbst umschlug.

Was hast du getan?

»Hoheit?«

Ich schrak auf, als ich den tiefen Tenor der vertrauten Stimme meines Freundes hörte. Azriel Orion runzelte die Stirn, seine hübschen Gesichtszüge verzerrten sich vor Sorge, als er auf mich zukam. Er neigte respektvoll den Kopf, sodass seine dunklen Haare in seine Augen fielen, und strich sie mit einer schnellen Handbewegung zurück, sodass er für einen Moment wieder wie der Junge aussah, mit dem ich an der Zodiac Academy studiert hatte.

Seine akademischen Fähigkeiten und sein Wissen über dunkle Magie waren für mich von unschätzbarem Wert. Darüber hinaus war er eines der Mitglieder der Garde, ein Beschützer der Royals und des Imperialen Sterns. Obwohl nur ich über diese Informationen Bescheid wusste, denn dieses Geheimnis ging so tief, dass es die Grundfesten des Königreichs erschüttern würde. Jeder Herrscher dieser Welt und jeder Fae, der mächtig genug war, würde versuchen, mir den Stern zu entreißen, sollten sie von seiner Existenz erfahren. Der Imperiale Stern war mein wertvollster Besitz, der von Generation zu Generation durch die Vega-Linie weitergegeben wurde, und er blieb im Zepter verborgen. Er hatte die Macht, fast alles zu tun, was ich von ihm verlangte, seine Magie war unvorstellbar, sowohl zerstörerisch als auch fähig, große Dinge zu vollbringen.

»Azriel«, sagte ich, meine Stimme leer und dunkel.

Er blieb vor mir stehen, die Falte zwischen seinen Augen wurde immer tiefer. »Du bist nicht du selbst.«

»Und wer bin ich?«, fuhr ich ihn an, und meine Wut ließ meine

Worte zu Messern werden, als sie durch den weitläufigen Thronsaal hallten. Ich könnte in dieser höhlenartigen Räumlichkeit in meiner voll verwandelten Formgebung stehen, wenn ich es wollte, als ein Biest, das mit Grausamkeit und ohne Gnade herrschte. Ich wurde in jedem Winkel dieser Erde gefürchtet, aber Azriel zuckte nicht zusammen, als ich ihn in meinem dröhnenden Ton ansprach. Stattdessen trat er näher, und seine fast schwarzen Augen, die wie zwei weit entfernte Galaxien wirkten, blickten in die Tiefen meiner Seele und erkannten meine Wahrheit. Aber was diese Wahrheit war, wusste ich nicht mehr wirklich.

»Du bist Hail Vega. Mein Freund. Ein guter Mann.«

»Gut?« Ich schnaubte. Dieses Wort hatte in diesem Palast keinen Platz mehr. Es steckte nichts Gutes mehr in mir. Was ich getan hatte, war wie Teer für meine Seele gewesen, und die Sterne würden mich dafür vernichten, sobald ich den Schleier passierte. »Entweder spielst du die Rolle eines treuen, unterwürfigen Dieners, oder du bist blind, Azriel. Was ist es? Denn du scheinst mir nicht der unterwürfige Typ zu sein.«

Azriels Unterkiefer zuckte und ein Hauch von Wut spiegelte sich in seinem Gesicht wider. In der Vergangenheit hatte ich Fae für einen Gesichtsausdruck wie diesen bestrafen lassen. Ich hatte sie ins Amphitheater geschleppt, um an ihnen ein Exempel zu statuieren, während ein Schleier blutrünstiger Wut meinen Körper umhüllt hatte. Aber nicht Azriel. Niemals Azriel.

»Ich habe mich an die Schatten gewandt, um Rat zu erhalten«, sagte er leise. »Sie flüstern von Dingen, schrecklichen Dingen …«

»Bist du jetzt ein dunkler Prophet, oder was?«, knurrte ich und versank tiefer im eisigen Käfig meines Throns. »Die Schatten sind voller betrügerischer Seelen, die dich in ihre Umarmung locken wollen. Hast du das nicht selbst gesagt?«

»Das stimmt, aber sie bergen auch Wissen«, sagte er. »Und ich spüre, dass etwas Schreckliches auf uns zukommt, Majestät.«

Ich stieß einen kurzen abschätzigen Seufzer aus. »Es ist bereits da. Ich bin das Schreckliche. Ich bin die Plage, die das Land verwüstet. Meine Seele ist in Blut getaucht und niemand weiß, was ich als Nächstes tun werde. Aber ohne meine Bemühungen hätten unsere Feinde Solaria schon vor langer Zeit erobert.« Diese letzten Worte waren das Einzige, was mich bei Verstand hielt. Die Gewissheit, dass ich das Richtige tat. Dass Solaria in die Hände einer schlimmeren Macht fallen würde, wenn ich nicht gnadenlos gegen meine Gegner vorging.

Azriels Kehlkopf hob und senkte sich. »Ist es das, was du für Solaria wolltest? Dass dein Volk in Angst lebt?«

»Wenn alle Bedrohungen gegen uns gebannt sind, gibt es keinen Grund mehr zur Angst«, sagte ich entschlossen.

»Und was ist, wenn *du* es bist, vor dem sie Angst haben?«, flüsterte er und war so dreist, mir das vorzuwerfen, obwohl es kaum eine Anschuldigung war, die ich leugnen konnte. Mein Volk mochte gejubelt haben, als ich eine weitere Bedrohung in die Knie gezwungen hatte, einige meiner Untertanen von ihnen verehrten mich sogar wie einen Gott. Aber sie alle fürchteten mich.

»Dann sollen sie Angst haben«, zischte ich, aber ein leises Ziehen in meinem Hinterkopf erinnerte mich daran, dass ich mir das für mein Königreich sicher nicht gewünscht hatte.

»Das sind nicht die Worte des Mannes, mit dem ich aufgewachsen bin.« Azriel runzelte die Stirn und sah mich an, als würde er versuchen, etwas in meinen Augen zu finden. Aber sie waren so hart wie Schiefer und gewährten ihm keinen Einlass. »Warum versuchst du nicht, dich zu ändern? Warum besuchst du die Leute nicht und nimmst ihnen diese Angst? Lass sie wissen, dass sie sicher sind. Dass du dafür sorgen wirst. Verteile Geschenke und senke die Steuern. Erinnere sie daran, wer du bist, jenseits des Blutvergießens. Du könntest damit anfangen, das Amphitheater im Palast zu schließen und mit öffentlichen Hinrichtungen aufzuhören, die das Töten zum Sport machen.«

Ich ließ seine Worte auf mich wirken, aber selbst, während ich mich solchen Dingen zuwandte, schienen Tod und Feuer in meiner Seele zu lodern. Manchmal befiel mich die Dunkelheit so schnell, dass es unmöglich war, sie aufzuhalten. Deshalb hielt ich mich so oft wie möglich innerhalb dieser Palastmauern auf und wagte mich nur hinaus, um meine Feinde zu jagen. Tief im Inneren hatte ich Angst davor, was ich unschuldigen Fae antun könnte, wenn ich mich dem Monster in mir hingäbe. Und was das Amphitheater anging, nun, dort wurden die gefährlichsten Rebellen und Aufständischen vorgeführt, um den Preis des Verrats zu bezahlen. Es war barbarisch, ja, vielleicht sogar so grausam, dass es die Fae von Solaria verunsicherte. Aber es war auch notwendig, ein Mittel, um sicherzustellen, dass nicht noch mehr Feinde auftauchten. Es war unerlässlich, oder nicht?

»Lass sie dafür bezahlen, lass die Leute zusehen, wie deine Feinde sterben, erinnere sie daran, was passieren wird, wenn sie sich jemals gegen dich wenden.«

Das Flüstern in meinem Kopf erinnerte mich daran, warum das Amphitheater wichtig war, und verdrängte meine Zweifel.

»Ich kann nicht«, murmelte ich.

»Du hast die Kontrolle über dein eigenes Schicksal«, drängte Azriel.

Ich knirschte mit den Zähnen, als ich einen Hauch von Klarheit fand, an dem ich mich mit aller Kraft festhielt. Aber diese Klarheit entglitt mir wieder und wurde durch eine heftige Wut ersetzt, die mich von meinem Thron aufstehen und das Zepter mit dem Imperialen Stern erheben ließ. Ich richtete es auf Azriel, der sein Kinn hob und seine Augen vor seinem bevorstehenden Tod weit aufriss. Er starrte mich an, den Mann, den er einst gekannt hatte. Doch das Einzige, was sich jetzt in den Augen dieses Mannes widerspiegelte, war ein todbringender Fremder.

»Es gibt keine Kontrolle, nur Chaos«, zischte ich. »Ich werde in einem stürmischen Meer hin und her geworfen, der Himmel ist dunkel, das Wasser noch dunkler. Es gibt keinen Ausweg.«

»Lass mich dir helfen, einen zu finden«, krächzte er. »Hilf mir, zu verstehen!«

Ein Grinsen huschte über mein Gesicht und meine Gedanken drifteten tiefer in diese schwarze Grube, in der ich kaum etwas anderes als Hass empfand.

»Beleidige mich nicht! Ich bin dein König. Ich brauche keine Hilfe«, zischte ich, warf das Zepter auf den Boden und hob stattdessen eine Hand, in der meine Feuermagie wild knisterte und bewies, dass meine Macht auch ohne die Gaben des Sterns allmächtig war. Ich könnte ihn im Handumdrehen verbrennen und auslöschen, und es schien nicht einmal so, als würde er sich seinem Schicksal widersetzen. Obwohl er natürlich wusste, dass er mit einem einzigen gegen seinen König erhobenen Finger ohnehin sterben würde.

»Das bist nicht du«, flüsterte er, als meine Hand zu zittern begann, als würden in mir zwei Kräfte aufeinanderprallen. Die eine bat mich, meine Hand zu senken, die andere, die volle Grausamkeit meiner Magie einzusetzen, um Azriel zu töten. Ich liebte ihn, aber ich musste jeden loswerden, der sich mir widersetzte. Das war der einzige Weg, um die Ordnung aufrechtzuerhalten. Das war die Rolle eines starken Herrschers, nicht wahr?

»Mein König«, hallte Lionel Acrux' donnernde Stimme durch den Raum. Ich hob den Blick und bleckte die Zähne, als ich ihn entdeckte.

Er trug eine dunkelgrüne Robe mit dem Wappen des Rats in Gold auf dem Revers. Seine blonden Haare waren stilvoll nach hinten gekämmt und eine einzelne Augenbraue verzog sich zu einem intriganten Bogen, als er von mir zu Azriel blickte.

»Hat Azriel Orion Euch beleidigt?«, fragte Lionel schockiert, als er näher kam und seinen Blick über uns beide schweifen ließ.

»Habe ich das?« Azriel wich von mir zurück und ich sah ihn wieder an, während sich ein Feuer in meiner Handfläche bildete.

Nein … das stimmte nicht. Azriel war mein Freund, verdammt loyal und ein ehrlicher Mann.

Ich ließ den Arm sinken, schüttelte den Kopf, ließ mich dann wieder auf den Thron fallen und fuhr mir mit der Hand übers Gesicht, als das Feuer darin erlosch.

»Du solltest gehen, Azriel«, murmelte Lionel. »Der König braucht nach dem gestrigen Sieg eindeutig Ruhe.«

»So nennst du das also?«, flüsterte ich. »Blut und Tod – ist das ein Sieg, Lionel?«

»Natürlich, Hoheit. Sie waren Eure Feinde. Sie wollten sich dem Thron widersetzen. Rebellen und Aufständische. Ihr habt gut daran getan, sie loszuwerden, bevor sie den Palast stürmen konnten«, sagte Lionel selbstsicher, und es linderte das Schuldgefühl in meiner Brust. Er hatte recht. Er musste recht haben, sonst könnte ich keinen weiteren Tag mit mir selbst leben.

Azriel gab keinen Kommentar ab, und ich hob den Kopf und stellte fest, dass ich seine Zustimmung brauchte, um die Last von meinem Herzen zu nehmen. Seine Augen waren nach unten gerichtet und seine Hände zu Fäusten geballt. Allgemein war seine Haltung vor allem starr.

»Azriel?«, fragte ich und er blickte wieder auf. »Denkst du auch so?«

»Es steht mir nicht zu, darüber zu urteilen«, sagte er.

»Dann mache ich es zu deiner Aufgabe«, sagte ich bestimmt und mit drohendem Unterton in der Stimme. »Stimmt es, dass die Fae, die ich verbrannt habe, Rebellen waren? Oder nicht?«

Azriels Unterkiefer zuckte und er warf Lionel einen flüchtigen Blick zu, der ihn auffordernd und ermutigend ansah. Azriel räusperte sich und drehte sich wieder zu mir um. Er schien kurz davor sein, zu sprechen, trieb mich mit seinem Zögern aber fast in den Wahnsinn.

»Sprich!«, herrschte ich ihn an, und das Monster in mir erwachte.

»Ich weiß es nicht«, erklärte er mit lauter Stimme. »Ich habe keine Beweise dafür gesehen, also weiß ich es nicht.«

»Du bist nicht in solche Beweise eingeweiht«, sagte Lionel leichthin und winkte ab. »Ich war gut informiert, bevor die Entscheidung getroffen wurde, die Bedrohung zu beseitigen. Ihr dürft nicht an Euch zweifeln, Eure Hoheit. Ihr habt Großes für Solaria geleistet; das Königreich wird wieder so großartig wie in alten Zeiten. Ich für meinen Teil bewundere Eure Entschlossenheit und Eure starke Hand. Das ist es, was das Königreich braucht, um zu gedeihen.«

»Das Volk hat Angst«, sagte Azriel vorsichtig. »Vielleicht ist es Zeit für Frieden.«

»Frieden?« Lionel seufzte. »Und was ist mit dem Königreich Voldrakia, das sich auf einen Krieg gegen uns vorbereitet? Die Voldrakier werden bald in unser Land einfallen, wenn wir ihnen nicht direkt entgegentreten. Du bist kein Ratsmitglied, Azriel, es steht dir nicht zu, als solches zu sprechen. Wenn es nach dir ginge, würden wir alle innerhalb einer Woche unter der Herrschaft eines ausländischen Diktators stehen. König Vega handelt pflichtbewusst im Sinne Solarias und nutzt seine gewaltige Macht, um unsere Nation zu schützen und jede Bedrohung gegen uns zu zerschlagen. Er stärkt unsere Grenzen und unterdrückt jede Rebellion, die von externen Kräften eingeschleusten Fraktionen verursacht wird und die seinen Untertanen schaden könnte. Er sorgt dafür, dass unser großes Königreich vorankommt. So wie er es sollte.«

Azriel öffnete den Mund, aber ich sprach, bevor er es konnte: »Lass uns allein. Ich möchte mit meinem Ratsmitglied allein sprechen.«

Azriel sah aus, als wollte er protestieren, aber dann senkte er den Kopf, drehte sich um und schritt aus dem Thronsaal.

Lionel lächelte, trat näher und verschränkte die Hände auf dem

Rücken. »Ich komme mit Azriel zurecht. Wenn Ihr möchtet, kann er mir direkt Bericht erstatten und muss Euch nicht mehr belästigen.«

Ich runzelte die Stirn, denn die Idee war angesichts Azriels geheimer Position innerhalb der Garde unmöglich. Aber es war mehr als das, was in mir Protest hervorrief. Ich liebte Azriel wie einen Bruder. Er war mir wichtig, auch wenn ich das von Zeit zu Zeit aus den Augen verlor.

»Nein, das wird nicht nötig sein«, sagte ich, und Lionel neigte den Kopf, um sich meiner Autorität zu unterwerfen. »Sag mir, welche Neuigkeiten du über die Bewegungen in Voldrakia hast.«

Lionels Gesicht wurde ernst. »Ihre Armee rekrutiert im großen Stil. Der Krieg steht unmittelbar bevor, wenn wir nicht bald handeln, Majestät. Diese abscheulichen Voldrakier wollen uns nichts Gutes. Wenn sie jemals unser Land in die Finger bekommen, würden sie unsere Ressourcen beschlagnahmen und unser Volk unterdrücken. Solaria hat Angst vor ihnen, mein König, und ist entsetzt angesichts der Vorstellung, dass sie unsere Grenzen stürmen könnten. Aber ich habe gute Neuigkeiten, denn ich habe den Standort des Übungsgeländes ihrer Armee herausgefunden.«

»Und?«, murmelte ich.

Er trat näher, bewegte sich um den Thron herum, bevor er sich an meine Seite stellte und seine Hand auf meinen Arm legte. Dann beugte er sich vor, um direkt an meinem Ohr zu sprechen. Aber bevor ein Wort über seine Lippen kam, erhob ich mich von meinem Thron. Mir war eine Idee gekommen, als sich der Schleier der Dunkelheit in meinem Kopf ein wenig gelichtet hatte.

»Ein Vertrag«, entschied ich. »Ich werde noch diese Woche nach Voldrakia reisen und prüfen, ob ein Vertrag möglich ist. Wenn ich einen Krieg verhindern kann, dann können wir alle vom Frieden profitieren. Ja …« Ich hielt an der Idee fest, weil ich das Gute darin sah.

»Aber ich soll nächste Woche heiraten«, sagte Lionel abrupt, und ich wandte mich wieder ihm zu. »Werdet Ihr nicht teilnehmen?«

»Ah, ja, verzeih mir … Wie wäre es, wenn ich dir den Palast für die Zeremonie anbiete? Du kannst ihn bis zu meiner Rückkehr nutzen.«

Lionels Augen weiteten sich und er nickte schnell, Aufregung funkelte in seinem Blick. »Das ist sehr großzügig von Euch, Hoheit. Ich werde Eure Anwesenheit bei der Hochzeit natürlich sehr vermissen, aber ich werde dafür sorgen, dass die Presse da ist, um jeden Moment zu verewigen.«

»Perfekt«, sagte ich, während ich mich wieder meinen Plänen zuwandte und mein Herz vor lauter Hoffnung pochte. *Dies könnte die Dinge wieder ins Lot bringen.*

»Ihr solltet etwas Zeit in Voldrakia verbringen«, schlug Lionel vor. »Wenn Ihr schon so weit reist, um ein Abkommen zu schließen, dann wäre es am besten, Beziehungen zum Herrscher von Voldrakia und seiner Familie aufzubauen. Nehmt Euch so viel Zeit, wie Ihr braucht. Ich werde die Stellung halten, während Ihr fort seid.«

»Danke, Lionel.« Ich lächelte aufrichtig, was in diesen Tagen eine Seltenheit war. Aber endlich hatte ich ein Ziel, das den Lauf meines Schicksals ändern konnte. Ich würde mit leichtem Gepäck reisen, nur einen kleinen Trupp mitnehmen. Und wenn ich nach Solaria zurückkehrte, würde ich verdammt gute Nachrichten mitbringen. Ich würde einen Krieg verhindern, mein Königreich schützen und vielleicht der König werden, der ich einst hatte sein wollen.

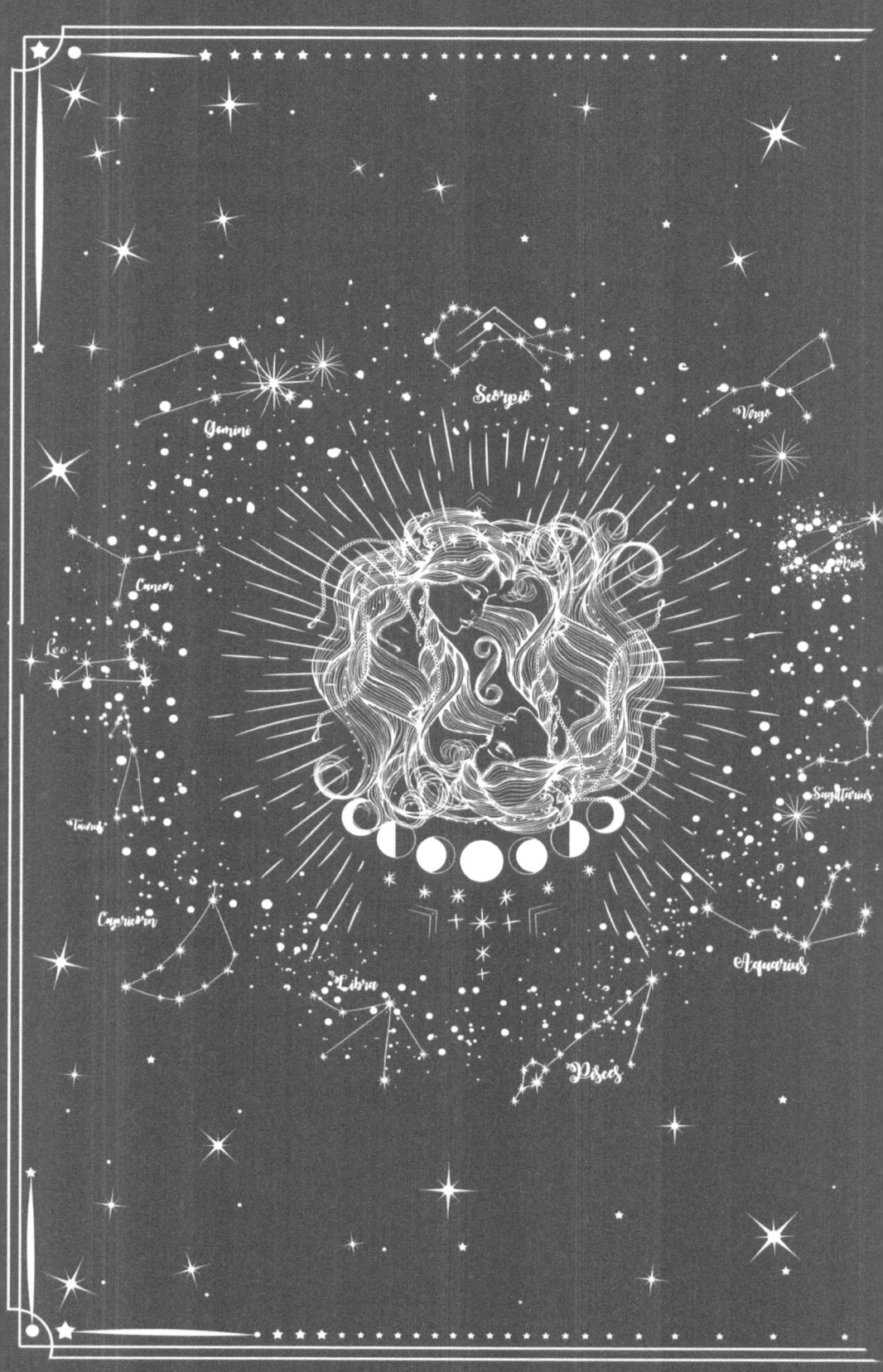

MERISSA

KAPITEL 3

Stolz kann oft die grausamste aller Emotionen sein. Eine stolze Seele auf den rechten Weg zu bringen, ist die schwierigste Herausforderung überhaupt. Aber schöpfe Mut aus dem Licht, denn alle, die den dunkelsten Weg beschreiten, werden am Ende mit der hellsten Erlösung belohnt.

Ich wachte keuchend auf, schweißnasse Laken um meine Knöchel gewickelt. Mein Herz raste in einem unregelmäßigen Rhythmus, während die Visionen, die meine Träume plagten, sich mit einer Wildheit in mich brannten, die mir den Atem raubte.

Ich hasste es, wenn meine Gabe im Schlaf auf diese Weise zu mir kam und meine wachen Momente mit Verwirrung vernebelte. Was war eine reale Möglichkeit für die Zukunft und was einfach nur das Werk meiner Fantasie?

Ich drehte mich um und griff nach dem Kinderbett, das neben meinem Bett stand. Der kleine Junge, den ich erst vor vier Monden geboren hatte, lag darin und gurrte leise im Schlaf.

Gabriel. Ein so großer Name für einen so kleinen Jungen. Ein Name für einen Helden, einen Krieger, ein Name, von dem ich bereits wusste, dass er ihn mit unglaublich viel Stolz und Wildheit annehmen und tragen würde. Er würde hier durch die Korridore des Schlosses schreiten und mit einem einzigen wissenden Blick Angst in die Herzen seiner Feinde treiben, während andere schon bei dem bloßen Gedanken, seine Aufmerksamkeit zu erh…

Meine Fingerspitzen berührten seine winzige Hand und eine Vision traf mich, die mich – in meinem halb wachen Zustand – völlig überrumpelte. Ich atmete scharf ein im Angesicht dessen, was ich *sah.*

Ein anderer Weg. Eine Zukunft außerhalb der dicken goldenen Mauern, die ich so gut kannte. *Ein Leben an einem Ort, an dem es genauso viel Schnee und Regen gab wie Sonnenlicht. Ein Mädchen mit leuchtend grünen Augen und langen blonden Haaren lächelte meinen erwachsenen Sohn breit an, während er mit den Fingern seine dunklen Haare aus den noch dunkleren Augen schob, um seine Gefühle für sie zu verbergen. Aber sie wusste Bescheid. Genauso wie ich Bescheid wusste, während ich sie von einem Fenster aus beobachtete, das den Ort überblickte, den sie für ihr Rendezvous ausgewählt hatten. Das Lachen der Zwillinge lenkte meine Aufmerksamkeit zurück in den Raum hinter mir …*

Die Vision verblasste und ich blinzelte, während ich versuchte, sie zu verarbeiten und zu verstehen, welchen möglichen Grund mein Sohn und ich haben könnten, nach Norden zu reisen.

Gabriels winzige Finger schlossen sich fest um einen meiner eigenen, während er tief und fest weiterschlief, nichts von den beiden Zukunftsvisionen wissend, die seine Mutter nun für ihn gesehen hatte. Oder war es eine gewesen? War es möglich, dass beide Visionen eintreten würden?

Ich wandte meine Gedanken den Bildern zu, die mich aus dem Schlaf gerissen hatten.

Schreiende Männer und Frauen, brennend, ein Schatten, der sich über unser Königreich senkt. Ein Mann mit dunklen Augen und einer noch dunkleren Seele, seine Hand um mein Handgelenk geschlossen, während mein Tod Gewaltbereitschaft in seinen Augen sät.

Ich hatte diese Augen schon einmal *gesehen*. Ich hatte von ihnen geträumt und von diesem Mund, der sich an meinen geschmiegt hatte. Damals, als das Knistern von Elektrizität in meinen Adern zu spüren gewesen war. Verlangen und Angst vermischten sich in mir bei dem Gedanken an den namenlosen Schurken, der im vergangenen Jahr so oft auf Zehenspitzen durch meine Visionen geschlichen war. Ich wusste nicht, ob ich den starken Wunsch verspüren sollte, ihn zu finden, aber ich konnte nichts dagegen tun.

Meine Hochzeit stand kurz bevor und das Leben, das ich für mich gewählt hatte, drängte von allen Seiten auf mich ein.

Ein Schauer lief mir über den Rücken, als ich an den Geruch von Rauch dachte, der noch von der Vision herrührte. Krieg. Er war noch nicht ausgebrochen, aber er hatte sein Auge auf mein Königreich geworfen. Ich konnte spüren, wie sich die Hand des Schicksals bewegte, und obwohl es keineswegs sicher war, rang ich darum, zu sehen, wie ich es vom Blutvergießen abbringen konnte.

Ein heftiges Klopfen an der Tür ließ mich erstarren, und ich fragte mich, ob es mehr als nur die Visionen gewesen waren, die mich aus dem Schlaf gerissen hatten.

Ich zog meine Hand von der Wiege zurück, stand barfuß auf und griff nach einem roten Seidenmantel vom Stuhl neben dem Bett, als es erneut klopfte.

Ein großer Mann mit schulterlangen dunklen Haaren und einem rauen, ungepflegten Bart grinst vor sich hin, während er seinen Gürtel zurechtrückt und die Faust hebt, um erneut zu klopfen.

Ich blinzelte das Bild von Arturo weg, als es mir vor Augen kam, und zögerte auf dem Weg zur Tür einen Moment. Ich warf einen Blick zurück ins Zimmer und zog den Vorhang, der mein Himmelbett verdeckte, um das Kinderbett auf der anderen Seite zu verbergen.

Ich schnippte mit den Fingern, um Gabriel außerdem mit einer Stillekuppel zu umgeben, für den Fall, dass er aufwachen sollte. Und ich befeuchtete meine Lippen, während ich mich darauf vorbereitete, dem Mann gegenüberzutreten, mit dem ich verlobt war, nachdem ich seine Anwesenheit fast sechs Monate lang gemieden hatte.

Als es mir zu mühsam geworden war, meine Schwangerschaft zu verbergen, war ich in die Berge im Süden gereist, unter dem Vorwand, mich abseits des Hofes auf meine magischen Studien konzentrieren zu müssen. Das stimmte zum Teil auch. Ich hatte unermüdlich daran gearbeitet, meine Magie zu verfeinern und so viel wie möglich darüber zu lernen – und zwar mit vier Tutoren, die meine Eltern für mich gefunden hatten. Die Academy, die sie leiteten, war so exklusiv, dass sie nur zehn Studenten gleichzeitig aufnahm, sodass wir innerhalb eines Jahres eine intensive Ausbildung erhalten hatten. Es war die beste im ganzen Land, und ich hatte eine schnelle Auffassungsgabe und unermüdlich daran gearbeitet, den Einsatz meiner magischen Fähigkeiten trotz meiner Schwangerschaft zu perfektionieren. Natürlich hatten alle, die an der Academy gewesen waren, sowohl Studenten als auch Lehrer, bald bemerkt, dass ich schwanger war. Aber sie waren der Krone meines Vaters treu ergeben und wurden für die Geheimhaltung anständig belohnt. Außerdem würde sich jetzt keiner von ihnen trauen, die Wahrheit auszusprechen. Er würde wissen, dass es einer von ihnen gewesen war, und wahrscheinlich alle wegen des Verrats töten lassen.

Alle, die die Heiratsprüfungen überlebt hatten, waren auf die eine oder andere Weise aktiv geworden. Nach unserer Flucht aus dem blutgetränkten Dschungel sollten wir ein Jahr lang die Kunst der Magie erlernen, bevor wir alle unsere Eheversprechen in die Tat umsetzen und unsere Plätze am Hof von Voldrakia als voll ausgebildete Kriegerinnen einnehmen mussten. Mir blieben noch sechs Monate, bis ich mein Versprechen, Arturo zu heiraten, einzulösen hatte, und ich fühlte, wie sich mit jeder Sekunde die Schlinge um meinen Hals enger zog.

Ich liebte mein Imperium und mein Königreich, aber ich liebte den Mann nicht, der dazu bestimmt war, mein Ehemann zu werden.

Ich hatte ihn seit Monaten nicht gesehen, und doch war meine Abneigung gegen ihn in dieser Zeit nur noch größer geworden. Er war brutal und dreist, eine stumpfe Waffe, die nichts weiter als Stärke und Arroganz zu bieten hatte. Er war auch der Grund, warum mein kleiner Junge ohne Vater aufwachsen würde. Er war derjenige, der an jenem Morgen unter den Bäumen den Todesstoß gegen Marcel ausgeführt hatte.

Ginge es nach meinen Eltern, würde man mir Gabriel bald wegnehmen. Sie würden ihn als ihr Mündel großziehen, ohne seine Abstammung als Sohn der Prinzessin von Voldrakia anzuerkennen. Es war ein Geheimnis, das wahrscheinlich nicht lange geheim bleiben würde, und doch würde es niemand wagen, es laut infrage zu stellen. Ein Mündel des Herrschers musste schließlich ein königlicher Bastard sein.

In vielerlei Hinsicht war unser Hof überholt. Macht und Ansehen bedeuteten den Fae, die eigentlich in der Lage sein sollten, die Regeln für sich selbst festzulegen, immer noch viel zu viel.

Ich arbeitete weiterhin an meinen Plänen, diesem Schicksal zu entgehen, und meine Gabe half mir dabei, eine Zukunft zu gestalten, in der ich meinen Sohn an meiner Seite behalten konnte, obwohl er im Geheimen geboren worden war. Aber ich musste erst noch einen klaren Weg in eine Zukunft *sehen*, die mich aus dem Ehebett dieses Mannes bringen könnte.

Ich hob mein Kinn, als ich zur Tür schritt, und wartete, bis ich *sah*, dass er seine Faust hob, um noch energischer anzuklopfen, bevor ich sie aufriss. Er stolperte einen Schritt nach vorn und seine erhobene Faust baumelte nutzlos in der Luft neben seiner Schläfe.

»Es ist nicht nötig, mir zu salutieren, Arturo, wir sind hier nicht im Thronsaal«, sagte ich, lehnte meine Schulter an den Türrahmen und hielt die Tür fest, damit er sich keine Illusionen darüber machte, dass ich ihm Zutritt zu meinen Gemächern gewähren würde.

»Du hast mir nicht gesagt, dass du wieder in der Stadt bist«, grunzte er, und der Geruch von abgestandenem Bier stieg mir in die Nase. Es war nicht schwer zu erraten, wo er die Nacht verbracht hatte. Obwohl er aus einer der mächtigsten Familien Voldrakias stammte, gelang es Arturo nie ganz, den Pomp und die Prahlerei des restlichen Hofes zu imitieren. Sein Hemd hing schlampig an seinem breiten Körper, die dunklen Haare hinter den Ohren sahen eher strähnig als glänzend aus – wie die meines Bruders Jorge, dessen Stil er so oft zu imitieren versuchte.

»Mir war nicht klar, dass ich verpflichtet bin, dich über meinen Aufenthaltsort zu informieren. Und ich war mehr als zufrieden mit meiner Nachtruhe. Du wirst es mir also verzeihen, wenn ich mich wieder hinlege.«

Ich trat einen Schritt zurück und versuchte, die Tür zwischen uns zu schließen, aber sein schwerer Stiefel landete mit einem dumpfen Schlag über meiner Schwelle, sodass das Holz in meinem Griff zurücksprang.

»Ich bin nicht gekommen, um mir von dir die Tür vor der Nase zuschlagen zu lassen, Merissa«, knurrte Arturo, drängte nach vorn und beugte sich so weit vor, dass sein Gesicht dem meinem viel zu nahe kam.

Meine Magie brodelte direkt unter meiner Haut, die Kraft der Erde wand sich in mir, während ich mit einer leichten Bewegung meiner Finger den Zauber einleitete.

»Weshalb dann?«, fragte ich kühl und versuchte, den Blick zu ignorieren, den er mit zusammengekniffenen Augen auf meinen Körper im Nachthemd warf. Ich hatte keine Angst vor ihm. Ich war eine Kriegerin, in deren Adern die Kraft der Erde selbst floss, ganz zu schweigen davon, dass ich seine Prinzessin war.

»Ich will mit dir sprechen«, sagte er knapp. »Mit meiner Verlobten. Und es könnte dir helfen, dich daran zu erinnern, dass die Krone, nach der deine Familie so gierig strebt, nur dir gehört, weil die hohen Familien, die dich unterstützen, so mächtig sind. Du solltest auch daran denken, dass mir zu gefallen der sicherste Weg ist, diese Unterstützung zu erhalten.«

»Ich bin mir der Macht meiner Familie und auch der deinen sehr wohl bewusst. Aber das ist keine Erklärung dafür, dass du hier mitten in der Nacht auftauchst.«

»Ich habe ein Gerücht gehört«, sagte er mit leiser Stimme und rückte näher. »Ein Gerücht über einen Gast, den deine Eltern heute im Schloss erwarten. Ein Gerücht, das meine geliebte Verlobte mir bestätigen soll.«

Dunkle Augen und eine noch dunklere Seele. Hungrig, wütend, verletzt.

Ich blinzelte die Vision weg, denn ich musste einen klaren Kopf bewahren.

Ich blieb standhaft, hob mein Kinn und behauptete meine Position vor ihm. Er war hierhergekommen, um mich einzuschüchtern. Der große Mann zwang seine Anwesenheit einer Frau auf, die halb so groß war wie er, während sie allein und verletzlich war. Wie mächtig musste er sich fühlen, hier im Dunkeln über mir zu thronen, während das Licht des Korridors seine breite Gestalt wie eine Bedrohung hervorhob. Gleichzeitig versperrte er mir damit den einzigen Fluchtweg von diesem Ort. Aber wenn es das war, was er unter wahrer Macht verstand, dann musste er sich die eigentliche Frage stellen: Wenn ich das besaß, was er begehrte, war ich dann nicht diejenige mit der Macht?

»Sprich Klartext, Arturo, bevor ich dich aus diesem Raum werfe wie den lüsternen Betrunkenen, für den ich dich allmählich halte«, antwortete ich mit harter Stimme.

Wenn er der Meinung war, dass eine Ehe mit mir eine einfache sein würde, in der ich gezwungen wäre, mich zu ducken und zu unterwerfen, dann war er noch dümmer, als ich es ihm zugetraut hatte. Und wenn er glaubte, er könnte mich mit der Drohung seiner Größe oder körperlicher Gewalt einschüchtern, dann schien er meine Gabe nicht so ernst zu nehmen, wie er es tun sollte.

Arturo bleckte die Zähne, und wieder lag dieser Geruch von Bier in der Luft, die uns trennte. Ich machte keinen Versuch, meine Abneigung zu verbergen. In diesem Moment wurde mir klar, dass ich ihn nicht heiraten würde. Egal, welche Bräuche und Vereinbarungen für die Einigkeit dieses Imperiums getroffen worden waren, ich würde meinen Körper nicht einem wie ihm hingeben, egal, was es mich kosten sollte.

»Kommt heute eine Delegation aus Solaria?«, zischte Arturo und wollte bereits nach meinem Arm greifen, aber das hatte ich kommen *sehen* und ich wich zur Seite aus, sodass er mich nicht einmal mit einem Finger berühren konnte.

»Solaria?«, wiederholte ich und eine Vision durchzuckte mich. *Ein vielköpfiges Monster, wildes Gebrüll, ein exquisites Bankett mit Fremden, obwohl ich sie nicht klar genug sehen kann, um irgendwelche Gesichter zu erkennen.* »Mir wurde nichts von einem solchen Besuch erzählt.«

Stimmt.

»Versuch nicht, deine Visionen vor mir zu verbergen!«, sagte Arturo, und seine Stimme nahm einen listigen Ton an, der mir sagte, dass er deshalb hierhergekommen war – mit der Hoffnung, über mich eine Antwort von den Sternen zu erzwingen.

Ich schnaubte. »Meine Visionen sind zahlreich und ändern sich ständig«, antwortete ich ruhig und verdrängte weitere, als ein entferntes Dröhnen durch meinen Geist hallte. Wenn ihm das so wichtig war, dann würde ich es ihm ganz sicher nicht einfach so geben.

»Es wäre sinnvoll, wenn du dir diese Art von Wissen für deinen Verlobten wünschst. Was mir nützt, wird am Ende immer auch dir nützen. Sobald wir verheiratet sind und die Macht unserer Familien unter einem Dach vereint ist, wirst du ohnehin alle deine Visionen mit mir teilen müssen.«

Müssen? Oh, dieses Arschloch machte sich selbst etwas vor, wenn er dachte, er könnte mir irgendwelche Forderungen aufzwingen. Ob wir nun verheiratet waren oder nicht.

Ich riss die Augen auf und öffnete den Mund, während ich mit einem plötzlichen Keuchen eine Vision vortäuschte, die seine Augen zum Leuchten brachte.

»Was siehst du?«, fragte Arturo sofort.

»Einen Mann«, hauchte ich, Ranken schlangen sich unter der Kraft meiner Magie über den Boden hinter ihm. Sie kamen immer näher, während seine Gier nach meinem Wissen ihn meinen Launen völlig auslieferte. »Einen Mann mit strähnigen Haaren und einem hirnlosen Schädel …«

»Was tut er?«, fragte Arturo gierig und streckte die Hand aus, um mich erneut zu ergreifen, aber auch das hatte ich *gesehen* und ich wich erneut aus. Ich würde nicht zulassen, dass der Mann, der den Vater meines Sohnes getötet hatte, auch nur einen Finger auf mich legte.

»Er fliegt«, hauchte ich. »Ohne Flügel …«

»Er fliegt? Warum? Wohin?«

»Möchtest du, dass ich es dir zeige?«, fragte ich leise und verführerisch, als würde ich ihm die Möglichkeit bieten, das zu *sehen*, was ich *sah*.

»Ja«, keuchte er und griff nach meiner Hand, als würde ich tatsächlich nachgeben.

Als ich seinen Blick traf, zuckten meine Mundwinkel vor bösartiger Heiterkeit. »Wie du wünschst.«

Ich krümmte meine Finger und die Ranken schossen hervor, umschlangen ihn unter den Achseln und rissen ihn von den Füßen, bevor sie ihn in den Korridor schleuderten, wo er gut drei Meter weit flog, bevor er auf seinen Hintern knallte und davonrutschte wie ein Sack Kartoffeln, der von einem wild gewordenen Esel gefallen war.

»Ich lebe nur, um dir zu dienen, teurer Gemahl«, rief ich ihm nach, als er vor Wut brüllte und das Geräusch in ein wütendes Muhen überging, als er die Kontrolle über seine Formgebung verlor und sich in seine Minotaurusform verwandelte.

Arturo stand auf, senkte seine Hörner und stürmte wütend los, aber die Geräusche, die er von sich gab, hatten die Wachen bereits alarmiert, und ich konnte hören, wie sie näher kamen.

Ich warf die Tür mit einem wilden Lachen zu, meine Ranken verriegelten sie mit unbändiger Kraft, kurz bevor er mit ihr kollidierte und das ganze Ding in den Angeln klapperte.

Wachen rennen durch den Korridor, ein Hilferuf, jemand anderes schreit, Arturo gesehen zu haben, wie er die Nacht im The Whale and Whelk *vertrunken hat, und behauptet dann, er müsse im Vollrausch die Kontrolle verloren haben. Vier Männer zerren ihn weg, während er wütend muht.*

Ich lachte lauter, als die Vision verblasste, und hörte aufmerksam zu, wie sich genau diese Szene in Echtzeit hinter der Tür abspielte.

Ich wartete, bis sein Muhen leiser wurde, entfernte dann die Ranken, mit denen ich meine Tür gesichert hatte, und riss sie auf, wobei ich überrascht nach Luft schnappte, als ich die wenigen Wachen sah, die noch vor Ort waren.

»Was um alles in der Welt ist hier los?«, fragte ich, das Bild der Unschuld und Überraschung.

»Sieht nach betrunkenem Unfug aus, Prinzessin. Entschuldigt die Störung«, antwortete ein Wächter und verbeugte sich tief.

»Ich nehme an, der Täter wird zur Rechenschaft gezogen?«, erwiderte ich und versuchte, streng auszusehen, während ich mich bemühte, meine Belustigung zu unterdrücken.

»Wir werden mit seinem Vater sprechen und ihm die Situation erklären«, stimmte der Wächter zu. »Die Bestrafung wird zweifellos schnell erfolgen.«

Ich nickte zustimmend, wünschte eine gute Nacht und schloss die Tür wieder. Arturos Vater würde ihn in der Tat gründlich dafür bestrafen, dass er sich in der Öffentlichkeit so zum Narren gemacht hatte. Und ich musste davon ausgehen, dass mein Verlobter künftig mehr als nur ein wenig zögern würde, an meine Tür zu klopfen, ohne vorher gerufen worden zu sein.

Ich eilte durch den Raum, schlüpfte in die Stillekuppel, die ich um meinen kleinen schlafenden Gabriel gelegt hatte, und erlaubte mir erst dann, zu lächeln.

Als ich mich wieder auf mein Bett sinken ließ, kehrten die Bilder meiner Albträume zurück: *Feuer, Schreie, Krieg. Ein Mann mit den dunkelsten Augen, die ich je gesehen habe, gewalttätig und leer und allein.*

Ich biss mir auf die Lippe und fragte mich, was das alles bedeutete – in der Hoffnung, dass ich es rechtzeitig herausfinden würde, um eine Veränderung herbeizuführen, die diese schreienden Fae retten würde.

Ich konnte nicht wieder einschlafen und lag einfach den Rest der Nacht mit meinem wundervollen Jungen im Arm im Bett, stillte ihn und beschäftigte mich mit ihm, bis die Sonne aufging und durch die hauchdünnen weißen Vorhänge schien, die das riesige Fenster auf der linken Seite meines Zimmers zierten.

Ich konnte die Hitze bereits spüren, als die Intensität der Sonne zunahm und mich dazu brachte, die Bettdecke von meinen Beinen zu treten.

Als meine Zofe kam, um uns zu versorgen, war Gabriel schon lange wach und lächelte mich an, während ich mich bemühte, ihn zu unterhalten.

»Deine Eltern haben um deine Anwesenheit beim Frühstück gebeten«, sagte Elena leise.

Ich kämpfte gegen das Stechen der Enttäuschung an, weil ich verstand, was das bedeutete. Ich sollte mich heute im Palast blicken lassen. Gabriel würde also in meiner Abwesenheit ohne mich versorgt werden.

Mein Instinkt sträubte sich gegen diese Anweisung, aber ich hatte keine Möglichkeit, dagegen zu argumentieren. Meine Eltern waren nicht von Natur aus grausam, aber sie waren streng. Sie führten ihren Hof effizient und ohne Fehl und Tadel. Wenn ich nicht tat, was von mir verlangt wurde, würden sie eine Strafe verhängen, mir Gabriel wahrscheinlich länger als einen Tag wegnehmen oder sogar damit drohen, ihn ganz aus dem Palast zu entfernen. Zumindest, wenn seine Anwesenheit bedeutete, dass ich meinen Pflichten nicht nachkam.

Ich hatte bereits darum kämpfen müssen, ihn überhaupt in meinem Zimmer haben zu dürfen. Sie hätten ihn am liebsten direkt nach meiner Rückkehr in die Obhut einer Amme gegeben, aber ich hatte auf Knien darum gebettelt, mich selbst um ihn kümmern zu dürfen, und sie hatten nachgegeben. Solange ich meinen Pflichten gerecht wurde.

Ich kämpfte gegen die Tränen an, die mir bei dem Gedanken, stundenlang von ihm getrennt zu sein, über die Wangen kullern wollten, und hoffte, dass er mich nicht zu sehr vermissen würde, während ich gezwungen war, dieses Täuschungsmanöver aufrechtzuerhalten.

Elena nahm ihn behutsam an sich, und ich gab nach, obwohl der Schmerz in meinem Herzen nur noch größer wurde, als ich ihn in ihre Obhut gab.

Ich konzentrierte mich auf ihn und richtete meine Gaben auf seine Zukunft, damit ich alle Wege, die der Tag für ihn nehmen könnte, *sehen* konnte.

»Geh nicht im westlichen Garten spazieren«, sagte ich mit leiser Stimme. »Dort gibt es ein Wespennest und er wird gestochen, wenn du heute in diese Richtung gehen solltest.«

»Ich werde darauf achten, das zu vermeiden«, versprach Elena und drückte meinen Arm beruhigend, während ich meinen Kopf senkte, um Gabriel zum Abschied zu küssen.

Abgesehen von einem möglichen Wespenstich sah ich keine Gefahr für seine Zukunft und keine Anzeichen von Unglück, abgesehen davon, dass er um mich weinte, aber ich konnte nichts tun, um das zu ändern.

Widerwillig zog ich mich zurück, obwohl ich am liebsten geblieben wäre, und begab mich in die an mein Zimmer angrenzende Waschkammer, wo bereits ein Bad für mich eingelassen worden war. Wildblumen und Ziegenmilch trübten das dampfende Wasser.

Ich zog mich aus und badete schnell, dann legte ich das goldene Gewand an, das für mich bereitgelegt worden war. Es war dünn, der Rock bestand aus mehreren durchsichtigen Lagen, sodass die Silhouette meines Körpers durch den Stoff hindurch zu sehen war, während meine Scham bedeckt blieb und ich beim Tragen Kühlung fand. Zumindest so viel, wie es an einem heißen voldrakischen Sommertag möglich war.

Eine andere meiner Zofen erschien, um meine ebenholzschwarzen Haare zu bürsten, und ich ließ es zu, obwohl ich es immer vorgezogen hatte, mich selbst zu frisieren. Es hatte Jahre gedauert, sie alle davon zu überzeugen, mich ungestört baden und ankleiden zu lassen. Die Haare waren ein Kompromiss.

Sie ließ meine Haare offen und legte eine dünne goldene Kette um meinen Hinterkopf, die mit winzigen goldenen Lilien verziert war. Sanfte Locken fielen über meinen Rücken. Das Kleid war hinten offen, damit ich meine Flügel ausbreiten konnte, sollte ich meine Harpyie brauchen, und ich mochte die damit verbundene Freiheit. Die warme Luft an meinem Rücken schien mich zu drängen, mich zu verwandeln, aber ich würde meine Flügel vorerst noch zurückhalten.

Als Nächstes schminkte sie mein Gesicht, schwärzte meine Augen und rötete meine Lippen, bevor sie mich aufstehen ließ.

Ich schlüpfte in die flachen Schuhe, die zum Kleid passten, und schnallte mir dann einen Dolch an den Oberschenkel. Das dünne

Material verdeckte ihn nicht vollständig, aber das war auch nicht beabsichtigt. Ich war eine Kriegerin, wie ich in diesem höllischen Dschungel bewiesen hatte, wo ich um mein Leben gekämpft und als Siegerin hervorgegangen war.

Als ich in meine Kammer zurückkehrte, war Elena bereits mit Gabriel gegangen. Ich zwang mich, nicht an ihn zu denken, denn ich wusste, dass sie ihn fast genauso sehr liebte und vergötterte wie ich. Er war in guten Händen, auch wenn ich mir wünschte, diese Hände wären meine.

Ich schritt durch die Gänge des Schlosses und ging durch das vertraute Steingebäude in Richtung des Speisesaals, den meine Eltern zum Frühstück bevorzugten. Er war nicht so prächtig wie der Saal, der für Bankette genutzt wurde, aber es fanden trotzdem zwanzig Personen Platz, wenn der lange Mahagonitisch voll besetzt war.

Die Wachen öffneten mir die Türen, als ich mich näherte, und verneigten sich aus Respekt vor meiner Position. Ich war schließlich eine Prinzessin. Wenn auch keine, die kurz davorstand, den Thron zu besteigen. Ich hatte vier ältere Geschwister, von denen drei verheiratet waren und bereits eigene legitime Erben zur Welt gebracht hatten. Aber meine Stellung war dennoch höher als die der meisten im Reich.

»Tochter«, begrüßte mich mein Vater, als er meine Ankunft registrierte, und ich senkte respektvoll den Kopf vor ihm und meiner Mutter, die sich an entgegengesetzten Enden der langen Tafel befanden.

»Ich fühle mich geehrt, die Einladung zum Essen erhalten zu haben«, sagte ich und ließ mich von einem Diener zu einem zentral gelegenen Stuhl führen.

Es war sonst niemand hier, aber das bedeutete wenig. Unsere Eltern baten oft einen oder alle von uns, zu den Mahlzeiten zu ihnen zu kommen – einer der raren Momente an ihren Tagen, die im Gegensatz zum Rest ihrer Zeit nicht immer von der Politik des Hofes bestimmt waren. Vielleicht würden noch mehr meiner Geschwister dazu gerufen werden.

Das würde nur die Zeit zeigen. Und meine Eltern würden sicherlich keinen Small Talk damit verschwenden, mir davon zu erzählen.

»Wir haben heute einige … unerwartete Gäste im Schloss«, sagte mein Vater und strich mit der Hand über seinen gut geölten Bart – vom Kinn bis zu dem goldenen Schmuckstück, das ihn in der Nähe der Basis zusammenhielt. Ein Zeichen, von dem ich schon lange wusste, dass es bedeutete, dass er sich Sorgen machte. Die Bewegung brachte mich dazu, mich aufrechter hinzusetzen.

»Sie möchten uns sicher nichts Böses«, fügte meine Mutter hinzu und lächelte mich sanft an. Sie war wunderschön, ihre tiefbraunen Haare waren mit grauen Strähnen durchsetzt und unzählige Lächeln hatten ihre Mundwinkel gezeichnet. Aber keines davon war jemals so aufrichtig, wie es schien. Vermutlich liebte ich meine Eltern, aber ehrlich gesagt liebten sie ihr Königreich weit mehr als ihre Kinder. Und meine eigenen Kindermädchen und Lehrer waren während meiner Kindheit und Jugend eher wie Eltern für mich gewesen. Ich nahm es ihnen nicht übel. Ich war eine Prinzessin von Voldrakia und wusste genau, dass ich es viel schlechter haben könnte. Aber ich hatte immer die Hoffnung gehegt … mehr zu haben.

»Wir möchten, dass du mehr über sie herausfindest«, fügte mein Vater hinzu, und es entging mir nicht, dass ich eigentlich nichts zu essen bekommen hatte, während ihre Teller randvoll vor ihnen standen.

Ich nickte verständnisvoll und stand auf. »Wo sind sie untergebracht?«

»Im Ostflügel. In den Quartieren der Sternenberührten.« Jene Zimmer waren nur für die wichtigsten Gäste reserviert.

Dunkle Augen, grausames Gelächter, Zähne an meinem Hals, Feuer, Schreie, Krieg.

Ich atmete scharf ein, als die Fragmente der Vision auf mich niederprasselten. Meine Mutter legte den Kopf schief.

»Was haben dir die Sterne gezeigt?«, fragte sie.

Es war ihre Seite der Familie, die mir diese Gaben verliehen hatte, obwohl sie selbst nur eine sehr schwache Ausprägung des Sehens hatte, die eher einem guten Instinkt als einer tatsächlichen Prophezeiung glich. Aber ihre Großmutter war eine der größten Seherinnen in der Geschichte unseres Imperiums gewesen, der der Aufstieg des Vermögens unserer Familie zugeschrieben wurde. Sie hatte immer erkennen können, wenn ich etwas *sah*, egal, wie kurz die Visionen auch waren.

»Nichts Eindeutiges«, gab ich zu, da ich wusste, dass mein Vater keine Geduld für die Rätsel der Sterne hatte. »Aber es besteht Gefahr.«

»Ein Grund mehr für dich, mehr herauszufinden«, sagte mein Vater und bedeutete mir mit einer Bewegung seines Kinns, dass ich gehen sollte. »Komm heute Abend mit dem, was du bei deinen Nachforschungen herausgefunden hast, zu uns zurück.«

Ich nickte und verbeugte mich respektvoll, bevor ich mich umdrehte und den Raum verließ. Ich wusste, warum sie mich losschickten. Mit meinen Gaben *sah* ich oft weit mehr, als Augen oder Ohren wahrnehmen konnten, und die Nähe zu bestimmten Personen gab mir manchmal Einblicke in ihre Absichten.

Ich ging davon und wandte mich dem Ostflügel zu, bevor mich mein knurrender Magen und vielleicht auch die Sterne innehalten ließen. Wenn ich so auftauchte, würde ich mehr Aufmerksamkeit erregen und müsste mich sofort vorstellen und sagen, wer ich war, bevor ich überhaupt die Chance hätte, etwas von den Leuten zu erfahren, die ich ausspionieren sollte. Aber wenn ich mit Essen auftauchte, würden sie mich wahrscheinlich für eine Dienerin halten, zumindest für ein oder zwei Minuten. Ihre Wachsamkeit würde nachlassen und ihre Absichten wären leichter zu durchschauen. Die Zukunft konnte sich so leicht durch einen Münzwurf ändern und etwas so Einfaches wie ein Besuch durch einen der Royals könnte ihre Pläne durcheinanderbringen. Wenn ich also herausfinden wollte, was ihre aktuellen Absichten waren, musste ich mir die Zeit nehmen, die nötig war, um sie zu durchschauen.

Niemand schenkte mir viel Aufmerksamkeit, als ich mich vom Schloss entfernte. Da der Markt so nah an den Außenmauern lag, entschied ich mich dafür, zu Fuß zu gehen, anstatt eine Kutsche zu nehmen.

Die Hitze der immer höher steigenden Sonne brannte auf mich nieder, und meine Haut summte unter dem angenehmen Gefühl des Kusses der Sonne, obwohl ich wusste, dass ich ihre Intensität gegen Mittag wahrscheinlich verfluchen würde.

Auf dem Markt herrschte bereits reges Treiben. Händler riefen ihre Waren aus, die unter den ausladenden weißen Markisen über ihren Holzkarren und Ständen zum Verkauf angeboten wurden.

Wie so oft hatte sich etwas Sand auf dem Kopfsteinpflaster angesammelt, und die Straßenfeger, die die Straßen säuberten, würden bald kommen.

Ich suchte mir Obst und Gebäck aus und achtete dabei lediglich darauf, dass alles frisch und verlockend aussah, während ich versuchte, meine Sinne auf die Personen zu richten, die ich in diesen Räumen antreffen könnte. Doch alles, was ich für meine Bemühungen erhielt, war das Gefühl von Phantomlippen auf meiner Haut, ein erhöhter Puls und ein pochendes Verlangen, das ich über alle Maßen stillen wollte.

Ich musste meine Gedanken ablenken, um einen klaren Kopf zu bewahren, aber als ich mich mit dem gekauften Essen wieder dem Schloss zuwandte, hallte eine Stimme in meinem Kopf wider – eine, die ich nicht kannte, die mir aber trotz der Hitze der Sonne eine Gänsehaut über den Körper jagte.

»Du denkst, du kannst eine Kreatur wie mich zähmen?«

Die Worte waren verrucht und sündhaft, Herausforderung und Versprechen zugleich. Mein Mund wurde trocken und ich zitterte vor Vorfreude. Und diese Stimme. Sie war wie ein kratzendes Kribbeln der Lust auf meiner Haut und eine Warnung, auf der Stelle zu fliehen.

Bilder und Visionen schossen mir durch den Kopf, als ich es zurück ins Schloss schaffte, und ich achtete kaum darauf, was um mich herum geschah, während ich das gekaufte Essen auf einem Tablett in der Küche anrichtete, bevor ich mich auf den Weg zum Ostflügel machte.

Augen auf meinem Körper. Männer, die um Gnade flehen. Eine raue Hand um meinen Hals. Der Geruch von Feuer in der Luft. Ein Mund, der meinen Körper hinunterwandert und mich völlig aus der Bahn bringt. Ein vielköpfiges Monster, wie ich es noch nie zuvor gesehen habe, das Schrecken in die Welt um uns herum bringt. Worte an meinem Ohr, Versprechen von Anbetung und Folter und einer Welt, die ich nicht kenne. Blut auf den Straßen, auf denen ich aufgewachsen bin. Und die Sterne flüstern Geheimnisse, als würde jeder meiner Schritte von den Glocken des Schicksals begleitet.

Ich war so verloren im Strudel des Sehens, dass ich nicht einmal über mein Ziel nachdachte, bis mir klar wurde, dass meine Füße mich bereits dorthin gebracht hatten.

Ich stand vor den verzierten Doppeltüren, die in die Quartiere der Sternberührten führten. Als mich eine Stimme aus dem Raum hinter dem dicken Mahagoni erreichte, kniff ich die Augen zusammen.

»Seid Ihr Euch sicher, mein Herr? Es könnte ordentlich in die Hose gehen, wenn die Sterne nicht in der richtigen Konstellation stehen. Das wäre in der Tat ein ordentliches Fass Saure-Gurken-Sud.« Visionen stürzten auf mich ein. *Feuer, Schreie, Flehen, Brennen. Krieg. Tod. Gemetzel.*

»Stell mich noch einmal infrage und ich lasse deinen Kopf zusammen mit dem des Herrschers rollen«, erwiderte eine dunkle Stimme knurrend.

Entsetzt öffnete ich den Mund. Diese Offenbarung war mehr als deutlich gewesen. Genau wie die Bedrohung, die gerade so unverblümt gegen das Leben meines Vaters ausgesprochen worden war.

Ich trat einen Schritt zurück, und ich sah meinen eigenen Tod vor mir, obwohl keine Visionen für ein solches Schicksal aufgetaucht waren. Doch die Tür wurde aufgerissen, bevor ich fliehen konnte.

Mein Herz machte einen Satz, dann stockte es, als ich den riesigen

Mann erblickte, der dort stand. Seine Augen wirkten pechschwarz, und von ihm ging eine so starke Gefahr aus, dass sie die Luft um uns herum fast so stark trübte wie das Knistern von Elektrizität, das den Raum zwischen uns zum Schwingen brachte.

Er überragte mich, sein Körper war kraftvoll gebaut und seine Gesichtszüge waren atemberaubend, trotz seines kalten und unnachgiebigen Blicks. Sein starker Unterkiefer war von Stoppeln gesäumt und seine tiefgrünen Augen musterten mich mit einer Grausamkeit, wie ich sie noch nie zuvor wahrgenommen hatte.

Ich hätte weglaufen sollen. Aber ich tat es nicht. Ich stand da, gefesselt vom Anblick dieser Augen, dieses Mundes und der Hände, die ich tausendmal im Schlaf gespürt hatte, aber noch nie zuvor wirklich erlebt hatte. Das konnte nicht real sein. Aber die Erinnerungen an die Momente, die ich zwischen uns *gesehen* hatte, versprachen so viel mehr als die Dunkelheit in seinen Augen.

»Weißt du, was wir in Solaria mit Spionen machen?«, knurrte der Mann, während Magie zwischen seinen Fingern flackerte, als er einen Schritt auf mich zumachte, ganz so, als wollte er mir die Haut von den Knochen schinden.

»Du«, hauchte ich, und meine Angst wich, als Staunen und Ehrfurcht an ihre Stelle traten. Ich hatte auf ihn gewartet, ohne es überhaupt für möglich zu halten. Ich hatte ihn kommen *sehen*. Obwohl ich nicht mit diesem … Monster von einem Mann gerechnet hatte.

Ich trat näher und schloss die Distanz zwischen uns, bis ich nur noch wenige Zentimeter von ihm entfernt war – viel näher, als es die Etikette erlaubte, besonders bei einem Fremden. Und schließlich war ich ihm nah genug, um die Kraft all dieser Dunkelheit in ihm zu spüren, fast so, als würde sie meine Haut berühren.

»Lady, entfernt Euch von Seiner Majestät!«, rief ein anderer Mann im Raum, aber ich sah ihn nicht an, sondern drückte ihm nur den Obstteller in die Arme, damit ich mich von allem befreien konnte, außer von dieser Kreatur vor mir.

Das Gewicht der Sterne schnürte mir die Kehle zu, bis meine Zunge schließlich Worte formte, die direkt von den Sternen zu kommen schienen.

»Am dunkelsten Tag und in der längsten Nacht werde ich dich voller Liebe nach Hause führen«, flüsterte ich.

Ich hätte Angst haben sollen. Das wusste ich. Aber ich hatte keine. Aus irgendeinem seltsamen, geradezu unmöglichen Grund hatte ich keine.

Ich streckte eine Hand aus und drückte sie an seine Brust, als müsste ich nur das Schlagen des Herzens spüren, das darin schlummerte.

Er erstarrte, die Magie in seinen Händen flammte auf, aber er machte keine Anstalten, mich zurückzudrängen. Als könne er die Kraft zwischen uns spüren, den Geschmack des Schicksals in der Luft. Ich ließ meine Hand über das feine Seidenhemd gleiten, das er trug, und bewegte meine Finger über seinen Hals, bis ich sein Kinn in meiner Hand hielt. Die Rauheit seiner Stoppel war so aufregend, dass mein Puls in die Höhe schoss.

»Ich habe das Leben, das wir teilen sollen, *gesehen*«, sagte ich mit leiser Stimme, während er mich anstarrte, als wäre ich ein faszinierendes Wesen, das ihn in seinen Bann gezogen hatte. »Möchtest du es auch *sehen*?«

Der Blick des Mannes wurde intensiver, wenn das überhaupt möglich war, und er öffnete den Mund, als wäre er wieder zu sich gekommen. Und es sah so aus, als wollte er ablehnen. Aber dann verriet mir meine Gabe, dass er es *sehen* musste. Ein wissendes Lächeln huschte über mein Gesicht.

»Die Wahrheit wird die Welt verändern«, versprach ich, während ich die Dinge, die ich *gesehen* hatte, in seinen Geist drängte. Und noch mehr von unserer möglichen Zukunft offenbarte sich, als hätte sie nur auf diesen Moment gewartet, um auch mir die Augen zu öffnen.

Ich wusste jetzt, wer er war. Er war kein ausländischer Diplomat oder Höfling, der um Gunst buhlte, sondern der Mann, der über die Länder jenseits unseres Reiches herrschte. Hail Vega, der Grausame König.

Das Schicksal rief meinen Namen und winkte mich nach Norden. In ein Land, das ich nicht kannte, und zu einem König, den alle fürchteten. Und ich ertappte mich dabei, diesem Ruf folgen zu wollen.

HAIL

KAPITEL 4

Ihre Magie ergriff Besitz von meinem Geist, bevor ich etwas dagegen tun konnte. Und der kurze Anflug von Sorge, den ich angesichts des Angriffs verspürte, verschwand, als ich in eine Zukunft fiel, von der ich nie zu träumen gewagt hätte, dass ich sie beanspruchen könnte.

Ich *sah*, wie ich von dieser Frau in den Bann gezogen wurde und sie mehr begehrte, als ich jemals etwas begehrt hatte. Sie sah mich auf eine Weise an, wie mich noch nie jemand angesehen hatte, mit einer Liebe, die allem zu trotzen schien, was ich war und jemals sein könnte. In dieser Zukunft erlagen wir einander rasch in einer Besessenheit, die tiefgründiger und heftiger war, als es möglich hätte sein sollen. Ich *sah* mich, wie ich sie nach Solaria zurückbrachte und sie zu meiner Königin erklärte. Das Lächeln auf meinem Gesicht ließ mich wie einen völlig anderen Mann aussehen. Sie wurde zum Mittelpunkt meiner Welt, das einzig Gute, das mir je widerfahren war, und ich begehrte sie, als könnte sie jeden Moment zu Staub zerfallen.

Die Visionen dieses wunderschönen Lebens hüllten mich ein, bis ich mich mit jedem heftigen Schlag meines Herzens danach sehnte.

Sie entließ mich aus ihrer Macht und ich starrte sie mit offenem Mund und festem Blick an. Sie war die Verkörperung von Schönheit, von ihren ebenholzschwarzen Haaren, die in lockeren Locken über ihren Rücken fielen, bis hin zu ihren sanduhrförmigen Kurven und ihrer strahlenden bronzefarbenen Haut. Aber für diese Augen, diese Augen allein, wäre ich in den Krieg gezogen. Sie waren von tiefstem Braun und schimmerten mit dem goldenen Licht eines von Sternen übersäten Himmels.

»Dein Name«, sagte ich, und die Schärfe meiner Worte schwang durch die Luft und erinnerte mich daran, dass ich nicht der Mann war, den sie in diesen Visionen erlebt hatte.

Wenn dies ein Trick zu meiner Verführung sein sollte, dann war sie in ihren Recherchen zu nachlässig gewesen, um mich in ihren Visionen richtig darzustellen. Aber die Echtheit dieser Visionen war zu offensichtlich, die Stärke der Wahrheit, die darin eingewoben war, zu überzeugend. Wie konnte ich das ernsthaft widerlegen?

»Merissa«, sagte sie, während ihre Augen immer noch über meine Züge streiften, als sie ihre Hand von meinem Gesicht nahm. Sofort vermisste ich ihre Berührung.

Wir wurden voneinander angezogen wie zwei Magneten, und ich konnte mich nicht von ihr lösen, sondern stand wie angewurzelt da und hatte das Gefühl, als wäre mein ganzes Leben gerade auf den Kopf gestellt worden.

»Merissa …«, wiederholte ich ihren Namen und ihre Pupillen weiteten sich auf eine Art und Weise, die meinen Puls in die Höhe schnellen ließ. Verdammt, sie war umwerfend, ihre Gesichtszüge zart, aber auch scharf. Sie sah genauso aus, wie ich mir einen Stern vorstellte, sollte er in Fae-Gestalt über die Erde wandeln.

»Hoheit, verzeiht mir, dass ich Euch mit meinem Geschwafel belästige«, begann Hamish und rückte näher. »Aber ich kann meine treue Zunge keine Sekunde länger im Zaum halten. Die Dame ist mit ein paar Schätzen gekommen, und es wäre üblich, dass betreffender GentleFae – also Eure höchst großmütige, majestätische Wenigkeit – ihr einen Moment seiner wertvollen Zeit und vielleicht einen schlüpfrigen Schlupp anbietet, um ihren Durst zu stillen, ja?«

»Einen schlüpfrigen was?«, fuhr ich ihn an, meine Augen immer noch auf sie gerichtet.

»Einen Schlupp, mein König.« Er neigte den Kopf. »Einen schlüpfrigen, um genau zu sein.«

»Was faselst du da?«, herrschte ich ihn an, und Wut brodelte in meiner Brust wie Säure, als ich mich auf ihn stürzte.

Mich überkam ein schlechtes Gewissen, als er zurückwich, als stünde ich kurz davor, ihn zu schlagen, und ich erinnerte mich an eine Zeit, als er und ich enge Freunde gewesen waren. Heutzutage schien ich nicht über meinen Ärger hinwegzukommen, den er mir bereitete, und selbst, während ich daran arbeitete, eine Entschuldigung zu formulieren, erstarb sie auf meinen Lippen.

»Vielleicht könnte ich dich durch die Stadt führen?«, unterbrach Merissa, streckte die Hand aus und ergriff meinen Arm mit einer Vertrautheit, die mich dazu hätte veranlassen sollen, ihr hier und jetzt eine Lektion in Sachen Respekt zu erteilen. Stattdessen brannte mein Blut bei ihrer Berührung und ich trat in den Bogen ihres Körpers, ergriff ihr Kinn, um sie genauer zu untersuchen. Ihr Atem ging etwas schneller, aber sie zuckte nicht erschrocken zusammen, wie es jeder andere Fae getan hätte.

»Du bist eine Seherin?«, vermutete ich und sie nickte.

»Ich habe dich schon lange kommen *sehen*, obwohl ich bis jetzt nicht wusste, wer du bist«, sagte sie mit wippendem Kehlkopf, und ich ließ meinen Daumen nach unten gleiten, um zu fühlen, wie er anschwoll und wieder erschlaffte.

»Mhm«, grunzte ich, während das Verlangen in mir aufflammte und mein Blick auf ihre weichen Lippen fiel. »Und jetzt weißt du, wer ich bin?«

»Ja«, sagte sie.

»Und dennoch verweilst du hier, während die meisten Fae fliehen würden«, bemerkte ich, mein Gesicht so nah an ihrem, dass ich nur sie sehen konnte. Ich versuchte, ihren Entschluss zu brechen, sie einzuschüchtern und die Angst in ihren Augen zu finden, die ich überall sonst sah. Aber sie zeigte sich nicht.

»Die meisten Fae *sehen* nicht, was ich *sehe*«, sagte sie mit einer solchen Zuversicht, dass ich vor Neugier fast platzte.

Ich hatte eine Momentaufnahme einer Zukunft *gesehen*, die wir teilten, und ich wusste, dass ich mich diesem Schicksal nicht entziehen konnte, jetzt, da es mir präsentiert worden war. Sie hatte mich auf eine Realität aufmerksam gemacht, in der ich zutiefst glücklich war, und so unwahrscheinlich das auch schien, wollte die Bestie in mir sie ergreifen.

»Der Herrscher hat mir angeboten, eine der Kutschen des Hofes zu benutzen.« Ich schnippte mit den Fingern in Richtung Hamish. »Bereite sie für die sofortige Abfahrt vor.«

»Oh, welch ein Freudentag! In der Tat, Majestät!« Er rannte vor uns den Korridor entlang und ich ließ Merissa los und marschierte an ihr vorbei, damit sie mir folgen konnte.

Stattdessen bewegte sie sich mit flinken Schritten, nahm meinen Arm und gesellte sich an meine Seite, das Kinn hocherhoben, als hätte sie jedes Recht, mich zu berühren. Ich schalt sie nicht und stieß sie auch nicht weg. Meine Brust schwoll an und ich war sehr stolz darauf, dieses wunderschöne Geschöpf an meiner Seite zu haben. Es fühlte sich unglaublich richtig an, widersprach aber jeglicher Logik.

Wir bahnten uns einen Weg durch das Schloss mit seinen goldenen Wänden, an denen gewaltige Gemälde hingen, die ein Land des Glücks und des Wohlstands darstellten. Außerdem waren da Porträts von Kriegern tief im Bauch eines sonnenverwöhnten Dschungels, mit Waffen in der Hand und wenig anderem. Ich hatte von den Hochzeitsprüfungen gehört, für die Voldrakia berühmt war, dem barbarischen Spiel, das dazu diente, die Schwachen unter den Adligen auszusortieren und mächtige Paare zu bilden, die die stärksten Abstammungslinien sichern sollten. Es war in gewisser Weise bewundernswert, sich als würdig zu erweisen und sich die Hände mit Blut zu benetzen, bevor die eigene Magie überhaupt erweckt werden durfte.

Merissa schien mit den Räumlichkeiten vertraut zu sein, also nahm ich an, dass sie wohl eine Dame des Hofes sein musste. Sie war zu fein gekleidet, um eine Dienerin zu sein, aber wahrscheinlich nicht wichtig genug, um an den Prüfungen teilzunehmen, sonst wäre sie nicht hier und würde sich mir anbieten.

Mein Puls pochte vor Vorfreude, sie allein zu erwischen, und obwohl dies die Definition von Wahnsinn war, spürte ich bereits, wie ich beschloss, dass sie mir gehörte.

Draußen im Hof baumelten weiße Blumen an Ranken über der hölzernen Pergola, die zwischen Säulen aus glänzendem Stein über uns thronte. Hamish eilte davon, um eine Kutsche zu holen, und Merissa ließ mich los und bewunderte den runden Brunnen zu unserer Rechten, während ich im Gegenzug sie bewunderte.

»Bereitet dir unser Schicksal keine Sorgen?«, fragte sie mich.

»Mir bereitet in diesem Leben nur wenig Sorgen«, sagte ich düster, und sie warf mir einen stirnrunzelnden Blick zu.

»Ich habe so lange darauf gewartet, dich kennenzulernen, und jetzt weiß ich, wer du bist ...«, flüsterte sie fast zu sich selbst.

»Hast du Angst?« Ich schloss die Lücke zwischen uns, und ihr freier Rücken lockte meine Hand an.

Ich ließ meine Fingerknöchel über ihren Rücken gleiten und sie erschauderte. Als ich meine Hand zwischen ihren Schulterblättern hindurchgleiten ließ, keuchte sie auf – ein Zeichen dafür, dass ihre Formgebung Flügel besaß.

»Sollte ich Angst haben?«, hauchte sie, als ich ihr noch näher kam und eine Haarsträhne aus ihrem Nacken strich, während ich mich vorbeugte, um ganz leise mit ihr zu sprechen.

»Ich habe im Krieg unzählige Fae mit kalter, bösartiger Brutalität abgeschlachtet. Ich habe zugesehen, wie ganze Städte unter der Macht des Feuers meiner Hydra niedergebrannt sind, und gesehen, wie das Licht aus den Augen meiner Feinde erloschen ist – wie Kerzen, die im Wind ausgeblasen wurden. Sie nennen mich seelenlos, sagen, dass mein Herz aus pechschwarzem Stein ist. Also sag mir, Merissa, solltest du Angst haben?«

Ihre Augen weiteten sich, als sie mich ansah, während meine Finger über den Ansatz ihrer Wirbelsäule strichen. Es war möglicherweise die sanfteste Berührung, die ich je jemandem in meinem bisherigen Leben hatte zuteilwerden lassen. Meine Hände waren mit Blut getränkt, sie hatten Klingen in die Brust von Kriegern getrieben und sie sauber entzweigeschnitten. Dieses arme, schöne Mädchen musste von den Sternen verflucht worden sein, um zu mir geschickt zu werden. Aber es war nicht genug Gutes in mir, um sie gehen zu lassen. Jetzt, da sie an meiner Schwelle angekommen war, würde ich alles tun, um sie in meine Höhle zu locken.

Sie beantwortete meine Frage nicht, wandte ihren Blick von mir ab und schaute in den Brunnen.

»Ich möchte dich kennenlernen«, wies ich sie an.

»Das wirst du«, sagte sie mit einem Hauch von Stärke in ihren Worten. »Wir sind füreinander bestimmt.«

Bevor ich diese Worte richtig verarbeiten konnte, kehrte Hamish mit einer Kutsche zurück und ich legte meine Hand fester auf Merissas Rücken und führte sie zu ihr.

Die Kutsche war aus Mondholz geschnitzt, die Oberfläche silbern und im Licht des heiligen himmlischen Wesens schimmernd, das einen solchen Einfluss auf unsere Seelen hatte. Die voldrakischen Könige zogen es vor, auf bescheidenere, archaischere Weise zu reisen als die Bewohner der modernen Welt von Solaria. Und der stolze weiße Pegasus, der als Zugpferd vor die Kutsche gespannt war, genoss einen Status, der weit über das hinausging, was man bei einer solch unterwürfigen Arbeit erwarten würde. Es war eine Ehre, den Mitgliedern der Königsfamilie zu dienen, und es wurde ein erbitterter Kampf um alle Positionen im Schloss von Cassiopeia für den Herrscher geführt.

Während wir in Solaria die Technologie der Sterblichen importierten und ausbeuteten, zogen sie es hier in Voldrakia vor, an den traditionellen Dingen festzuhalten. Und obwohl ich den modernen Komfort meiner Heimat genoss, konnte ich nicht sagen, dass ich die Lebensweise hier hasste.

Die Pegasus-Stute wieherte höflich zur Begrüßung, ihr Horn schimmerte magisch, bevor sie uns ihren Kopf zuwandte. Ein Diener eilte herbei, um uns die Tür zu öffnen, aber Hamish stieß mit ihm zusammen, bevor dieser dazu kam. Mit seiner riesigen Brust stieß er den Mann zu Boden, bevor dieser überhaupt begriff, was passiert war.

Hamish riss die Tür auf und verbeugte sich so tief, dass seine Nase fast das Kopfsteinpflaster berührte. Seine edle blutrote Jacke schien unter seiner massigen Gestalt fast zu bersten. Er war ein muskulöser Mann, aber seine Vorliebe für Backwaren hatte ihn im letzten Jahr etwas weicher werden lassen. Er mochte wie der freundlichste Fae auf Erden erscheinen, aber wer ihn unterschätzte, war ein Narr. Ich hatte seinen Zorn in Aktion erlebt, seine unerschütterliche Loyalität gegenüber der Vega-Blutlinie und damit einhergehend eine gewisse defensive Wut in ihm, deren Zeuge zu sein ich durchaus genoss.

»Danke«, sagte Merissa und hielt inne, als ich sie ermutigte, vor mir einzusteigen.

Ich streckte ihr eine Hand entgegen, um ihr beim Einsteigen in die Kutsche zu helfen, die andere hielt ich an meinen Rücken gepresst und mein Blick war auf die Schönheit ihres Gesichts geheftet. Sie war … unwirklich. Ihre Bewegungen waren ebenso fesselnd wie ihre Gesichtszüge. Ich hatte schon früher Schönheit gesehen, sie war mir geradezu entgegengeschleudert worden, von unendlichen Fae dargeboten. Aber noch nie hatte ich jemanden angesehen und seine Schönheit bis in die dunkelsten Winkel meiner Seele gespürt.

Sie hatte etwas Besonderes an sich, und obwohl ich mir halbwegs bewusst war, dass die Visionen, die sie mir geschenkt hatte, Teil eines Tricks sein könnten, hatte ich in letzter Zeit zu viele Tage in der Dunkelheit verbracht. Ich war also bereit, meinen Kopf zu riskieren, um herauszufinden, ob sie eine Betrügerin war oder nicht. Schließlich war ich der Grausame König, der letzte der Hydra-Formgebung und ein Mann, der Kindern und Erwachsenen gleichermaßen Angst einflößte. Ich konnte mit einer einzigen Fae fertigwerden, wenn ich musste.

»Wie heißt du?«, fragte Merissa freundlich in Richtung Hamish, und er blickte zu ihr auf, sein Mund blieb offen stehen und er brach in Schweiß aus.

»H-H-H-H-Hamish Grus, Mylady. Heiliger Strohsack, verzeiht mir mein Gestammel und Gestolper. Es ist nur – oh! Ich kann es nicht sagen. Ich darf es nicht, sonst verknotet sich meine Zunge und was dann? In den Schluchten von Rabbaganoot würden wir landen!«

Merissa lächelte ihn herzlich an, als wäre sie von seiner Seltsamkeit bezaubert, anstatt sich davon verunsichern zu lassen. Das waren in der Regel die zwei Möglichkeiten, auf ihn zu reagieren.

»Oh, erzähl«, ermutigte Merissa ihn. »Sonst werde ich für immer neugierig bleiben, und als Seherin ist das ein ziemlicher Fluch, Hamish.«

Er starrte sie an, brach dann in Gelächter aus, warf mir einen Blick zu und versuchte, es zu unterdrücken, indem er buchstäblich eine Hand um seinen Hals legte, um sich zu stoppen.

»Komm schon, Hamish. Lass die Dame nicht zappeln«, sagte ich in meinem wie immer scharfen Tonfall, und er richtete sich auf, als hätte ich ihm einen Eisenstab in die Wirbelsäule geschoben.

»Natürlich, Hoheit. Natürlich. Wo sind meine Manieren? Ich habe mich im Sand verlaufen wie ein Krebs in einer Felsspalte. Wie kann ich es wagen, vor Euch und Eurer eleganten Begleiterin so zu plappern und zu schwatzen? Ihr müsst mich bei unserer Rückkehr ins Schloss auspeitschen lassen. Tatsächlich werde ich das selbst übernehmen, Eure Hoheit. Ich werde mich mit meinem Faltenrock schlagen und flegeln und peitschen, bis ich Buße getan habe …«

»*Hamish!*«, knurrte ich, woraufhin er puterrot anlief und sich in einer Flut von Entschuldigungen erging, die für mich wenig Sinn ergaben. Ich war mir nicht sicher, ob ich ihn jemals so nervös gesehen hatte, und das wollte bei einem Mann, der wie ein Neugeborenes geschluchzt hatte, als ich ihm für seine Dienste eine Ehrenmedaille verliehen hatte, schon etwas heißen. Ich hatte ihn von zwei Männern wegtragen lassen müssen, weil er nicht in der Lage gewesen war, mit dem Schluchzen aufzuhören.

»Ich wollte nur sagen …« Er fing er sich wieder, zog ein Taschentuch aus seiner Brusttasche und tupfte sich die Stirn. Seine Augen huschten zwischen mir und Merissa hin und her, bevor sie auf ihr zur Ruhe kamen. Sie war erstaunlich geduldig mit ihm, und ihr Lächeln verschwand nie, sodass ich Zeit hatte, mir die Form davon einzuprägen. Ihr Mund war ein Spielplatz der Sünde, den ich in den Visionen, die sie mir gezeigt hatte, gekostet hatte. Und Hamish nahm viel zu viel Zeit in Anspruch, die ich hätte nutzen können, um diese Visionen Wirklichkeit werden zu lassen.

»Ich wollte nur sagen, Mylady, dass ich Seine Hoheit noch nie so lange eine Frau habe anstarren sehen. Er hat allein in der letzten Minute nur sieben Mal geblinzelt … Ich habe mitgezählt, und ein achtes Mal fehlt in der Tat noch.«

Ich knirschte mit den Zähnen, und als Merissa sich zu mir umdrehte, als wollte sie Hamishs verdammte Worte bestätigt sehen, blinzelte ich entschlossen, um das Gegenteil zu beweisen. Mein Blick fiel auf meinen Diener, anstatt auf sie, und er verbeugte sich entschuldigend. Ich hatte ihm befohlen, seine Gedanken auszusprechen, also konnte ich mir nur selbst die Schuld dafür geben. Aber die Hitze, die mir den Nacken hinaufkroch, vermittelte mir das Gefühl, bloßgestellt zu sein, und das gefiel mir überhaupt nicht.

»Ist das wahr, Hail?«, fragte Merissa und sprach meinen Namen aus, als wäre ich kein König, sondern nur ein Mann, den sie duzen und von dem sie alles verlangen konnte. Mir wurde klar, dass ich nicht viel hatte, was ich ihr hätte verwehren können. »Hast du mich angestarrt?«

Meine Hand war immer noch ausgestreckt und wartete darauf, dass sie sie nahm, damit ich ihr in die Kutsche helfen konnte, während ich mich gleichzeitig darauf freute, wieder zu spüren, wie glatt und warm ihre Haut auf meiner war.

»Dieses Wort würde ich nicht verwenden. Studieren vielleicht. Die Bedrohung einschätzen«, sagte ich mit der Stimme eines mächtigen Mannes, der wusste, dass er einem Feind gegenüber niemals Schwäche zeigen durfte. Und da ich noch nicht entschieden hatte, ob sie mir feindlich gestimmt war, würde ich meine dominante Position unbedingt behaupten, bevor sie auf die Idee kam, meine Schwachstellen zu finden.

»Die Bedrohung?« Sie lachte, und verdammt, ich spürte dieses Lachen überall. Auch in meinem Schwanz.

»Welcher Formgebung gehörst du an?«, fragte ich plötzlich. Ich musste herausfinden, welche Fähigkeiten sie bei einem Angriff besitzen könnte.

Als Antwort ließ sie zwei wunderschöne silberne Flügel an ihrem Rücken erscheinen, die sie hinter ihrem Rücken bewegte und die in der Sonne glänzten, bevor sie sie wieder ordentlich zusammenfaltete.

»Eine Harpyie«, murmelte ich mit einem Kloß im Hals, als Hamish in einen Schwall von Komplimenten verfiel, die ich nicht hören konnte.

Sie war atemberaubend, jede Feder wie flüssiger Satin, so perfekt, dass ich meine Finger über sie gleiten lassen wollte. Aber dann sah sie mich so an, als hätte sie mich wieder beim Starren erwischt, und diese Unterstellung weckte meinen Zorn.

»Wirst du mich weiterhin wie einen Narren hier stehen lassen, während mir das Blut aus der Hand weicht?«, fragte ich grob und spürte, wie sie mich mit ihrem Gesichtsausdruck verspottete.

Ich konnte mich nicht daran erinnern, jemals einen Fae getroffen zu haben, der nicht vor mir zurückgeschreckt war, wenn ich diesen Ton angeschlagen hatte. Aber diese Frau schien nicht wie andere Fae zu sein. Sie hob ihr Kinn, ihr Lächeln erstarb und in ihren Augen blitzte Macht auf, eine eigene Dominanz, die sie nun zur Schau stellte. Damit brachte sie mein Blut in Wallung, und die Herausforderung in ihren dunklen Augen ließ mich glauben, dass ich sie noch nicht für mich gewonnen hatte – weder durch die Visionen der Sterne noch auf andere Weise. Aber sie gehörte mir, das hatte sie mir klargemacht. Also würde ich diesen Anspruch geltend machen, denn sie war das Erste, was ich seit langer Zeit gesehen hatte, das mir das Gefühl gab, wieder ich selbst zu sein. Ein Mann mit Wünschen, die tiefer gingen als Blutvergießen und Krieg. Davon wollte ich kosten, und ich hatte das Gefühl, dass eine Kostprobe nicht genug sein würde.

»Ja, ich denke, das werde ich«, entschied sie und schritt an mir vorbei, wobei ihr rechter Flügel mir ins Gesicht schlug, als sie in die Kutsche stieg, ohne auch nur in die Nähe meiner ausgestreckten Hand zu kommen.

Die Weichheit dieser Federn zu spüren, trug wenig dazu bei, den Zorn zu besänftigen, der in meiner Brust explodierte, als sie mir hier auf dem Schlossgelände vor aller Augen diese Beleidigung zufügte.

»Hoheit, bitte, atmet tief durch. Wie wir es geübt haben – ein fröhlicher Atemzug rein und ein stinkiger Atemzug raus, erinnert Ihr

Euch?«, flehte Hamish, aber ich stieg bereits in die Kutsche und schlug die Tür hinter uns zu, sodass er entweder auf den Kutschbock klettern konnte oder im Staub zurückbleiben musste.

Merissa hatte es sich am Fenster bequem gemacht, die weißen Lamellen ermöglichten ihr einen Blick nach draußen, aber sie waren verzaubert, sodass niemand hineinsehen konnte. Ihre Flügel waren jetzt weg, aber die Beleidigung durch die Ohrfeige, die sie mir damit verpasst hatte, brannte immer noch auf meiner Wange.

Die Dunkelheit in mir brach hervor, erwachte wie ein Wesen der Zerstörung und verlangte nach Vergeltung. Ich stürzte mich auf sie, drückte mein Knie zwischen ihre Schenkel in die Falten ihres Kleides und packte mit der anderen Hand ihr Kinn, während ich sie gegen ihren Sitz drückte. Ihre Augen blitzten vor Zorn und ihre Hände erhoben sich, um Magie zu wirken, aber sie war gerade in einen der verzauberten Wagen des voldrakischen Herrschers gestiegen. Niemand außer ihm konnte hier Magie wirken, nicht einmal ich.

Sie fluchte, als ihr einfiel, dass sie entwaffnet war und es auf reine Körperkraft ankam. Ein Kampf, den sie nicht gewinnen würde.

»Ich bin der Grausame König«, zischte ich, eine Viper der Bosheit, die sich in meinem Geist wand und mir jede Emotion raubte. Ich war leer, aber ein paar grausame, böse Dinge lebten weiterhin in mir. Hass, Wut, Blutrausch. Vielleicht wusste diese Frau wirklich nicht, mit wem sie es hier zu tun hatte, aber ich würde es ihr schon noch klarmachen. »Dieser Name ist nicht nur Propaganda, er steht für das, was ich bin. Wenn du noch nichts von mir weißt, dann lass mich dich jetzt warnen, denn es wird deine letzte Chance sein, zu gehen. Ich werde dich vor mir davonlaufen lassen, Merissa. Ich werde diese Tür öffnen und dich in das Leben zurückwerfen, aus dem du gekommen bist, wenn du es wünschst. Aber sei dir darüber im Klaren: Wenn du dich entscheidest, zu bleiben, nachdem ich dir die Wahrheit über mich gesagt habe, werde ich dich niemals mehr gehen lassen. Du wirst freiwillig in deine eigene Gefangenschaft spazieren, denn genau das wird es sein. In dem Moment, in dem ich dich zum ersten Mal gesehen habe, ist eine Besessenheit in mir erwacht, und sie wird nicht sterben. So viel weiß ich über mich selbst. Ich bin besitzergreifend und egoistisch, und wenn ich etwas sehe, das ich will, wird es mir nie verwehrt.«

»Also, wer bist du, Hail? Denn meine Visionen zeigen mir einen Mann, der von ganzem Herzen liebt«, sagte sie. »Tust du das nicht?«

Ich stieß ein leeres Lachen aus, beugte mich so weit vor, dass ich ihren Atem spüren konnte, und raubte ihn ihr. »Ich bin die Hölle auf Erden. Ich bin die Pest in Fae-Gestalt, meine Adern sind mit Höllenfeuer vergoldet. Und manchmal habe ich nicht einmal die Kontrolle über meine eigene Unmenschlichkeit.«

»Du bist nicht der, für den du dich ausgibst.« Sie runzelte die Stirn, ihre Augen wurden trüb, als könnte sie eine andere Wahrheit *sehen.* Und als hätte sie sich für diese entschieden. Das allein entfachte einen Feuersturm des Zorns in mir. Wer war sie, mir vorzuschreiben, wer ich war? Vielleicht belog ihre Gabe sie, aber ich würde nicht lügen. Ich würde die Wahrheit offenbaren und sie würde auf sie fallen wie auf ein Schwert.

»Ich bin das gefährlichste Wesen, dem du je begegnet bist. Ich bin unberechenbar, selbst für mich selbst. Manchmal ruft die Gewalt so laut nach mir, dass ich glaube, die Sterne selbst hätten dieses Wort in meine Seele gestickt. Wenn du also bleibst, kann ich dir nicht versprechen, dass du mich überleben wirst«, flüsterte ich ihr zu. Ich war ihr jetzt so nah, dass meine Lippen die ihren streiften, und sie zitterte, als wollte sie mehr. Als würde diese Gefahr in mir sie nicht abschrecken, sondern nur noch näher zu mir ziehen.

Meine Hand glitt zu ihrem Hals hinunter und ich drückte leicht zu, um meine Theorie zu überprüfen. Ihre Pupillen weiteten sich, ihre Schenkel öffneten sich ein wenig weiter – und damit verriet sie mir alles, was ich über ihre Vorlieben wissen musste. Mein Schwanz wurde hart und die Luft zwischen uns wurde immer dünner, als läge die einzige Sauerstoffquelle in ihr und ich müsste ihn aus ihrem Mund in meine Lunge saugen, um zu überleben.

»Also, wofür entscheidest du dich?«, fragte ich mit lüsterner Stimme.

Vor meiner Zeit als König hätte ich nicht behaupten können, ein perfekter Mann zu sein. Aber die Tatsache, dass ich die Krone ergriffen hatte, hatte mich geradewegs auf einen Pfad der Verdammnis geführt. Ich hatte abscheuliche Verbrechen begangen, Dinge, vor denen ich immer noch erschauderte, wenn mich die Erinnerungen mitten in der Nacht einholten. Und inmitten von Zerstörung und Bedauern war ich zu diesem Mann geworden. Zu diesem Monster. Jetzt hatte ich endlich etwas gefunden, das rein war, und so wahr ich hier stehe, ich würde es mir nehmen.

Merissas Blick glitt an mir vorbei zur Kutschentür, und ich hatte die schreckliche Befürchtung, dass sie sich dafür entscheiden würde, zu gehen. Es würde alles in meiner Macht Stehende erfordern, mich jetzt von ihr zurückzuziehen und sie gehen zu lassen, und ich wusste, dass ich bis ans Ende meiner Tage an sie denken würde. Aber diese Entscheidung lag bei ihr, und wenn sie einmal getroffen war, würde sie endgültig sein. Das schwor ich mir stillschweigend.

»Entscheide dich!«, befahl ich, und wieder richtete sie ihren Blick auf mich. Ihre Augen waren voller Feuer, das von ihrer Stärke zeugte. Sie war eine mächtige Fae, das war klar, aber es war mehr als das. Sie besaß die Gabe des Sehens und konnte *sehen*, welche Wege vor uns lagen. Aber wenn alles, was sie *sah*, ein Mann war, der sie liebte, dann spielten die Sterne sicherlich mit ihr und überzeugten sie, sich einer Bestie hinzugeben, die die Bedeutung von Liebe längst vergessen hatte.

»Ich werde bleiben«, entschied sie, und ihre Stimme hallte in der Kutsche wider.

Ich senkte meine Hand, um ihre in die meine zu nehmen.

»Schwöre es!«, befahl ich, und obwohl hier keine Magie wirken konnte, würde der Schwur vorerst ausreichen, bis sie den Deal offiziell machen konnte. Unsere Handflächen berührten einander, ihre Brust hob und senkte sich, Entschlossenheit flackerte in ihren Augen.

So viele hatten mich verlassen. Meine Mutter und mein Vater waren jetzt bei den Sternen, und seit meiner Thronbesteigung waren meine Freunde mir gegenüber misstrauisch und distanziert geworden. Ich hatte sie auch aus Angst vor dem, wozu ich fähig war, von mir gestoßen.

Mitten in der Nacht sehnte ich mich danach, gewollt zu werden, so wie sich alle Fae nach solchen Dingen sehnten. Und jetzt war diese betörende Frau gekommen und zeigte mir Visionen von einem Leben mit ihr. Von einer Liebe, die die Zeit überdauern könnte. Wenn das stimmte, dann handelte es sich um eine Versuchung, der ich genauso wenig widerstehen konnte wie ein Vampir dem Blut. Ich hatte keine echten sozialen Bindungen mehr, es war Jahre her, dass ich so etwas empfunden hatte, und es gab nichts, was sich wirklich damit vergleichen ließ. Jetzt war sie hier, so wild und unmöglich es auch schien. Und ich wusste, dass sie für mich bestimmt war. Ich wusste es so sicher, wie ich wusste, dass morgen die Sonne aufgehen würde. Wie sie schon gesagt hatte, waren wir füreinander bestimmt.

»Ich schwöre, dass ich dein bin. Ich werde dich nicht verlassen, Hail«, versprach sie, und diese Worte brachten mein Herz zum Rasen. Ich hatte keine Ahnung, womit ich das verdient hatte oder ob ich jeden Moment aus diesem Traum erwachen könnte. Aber ich konnte spüren, wie die Echtheit dieses Gefühls durch mein Innerstes pochte. Sie war mir so vertraut wie meine eigene Seele. So verwirrend verrückt es auch war, ich konnte mir keine andere Zukunft vorstellen als mit ihr, jetzt, da wir uns kennengelernt hatten.

Ich ließ ihre Hand los, mein Mund näherte sich ihrem und sie beugte sich zu mir, als sehnte sie sich genauso verzweifelt nach diesem Kuss wie ich. Ich hatte sie in dieser einen Vision geschmeckt, aber nichts war vergleichbar mit der Realität.

»*Mein*«, flüsterte ich gegen ihre weichen Lippen und sie antwortete, indem sie mit ihrer Zunge meine Lippen zuerst nachzeichnete und dann die Kontrolle über einen Kuss übernahm, den ich hätte steuern sollen. Ich schlug mit der Faust gegen die Wand neben mir, um dem Pegasus zu signalisieren, sich in Bewegung zu setzen, und die Kutsche entfernte sich vom Schloss.

»Ich werde dich Stück für Stück erobern«, sagte ich, als ich für eine Frau, die ich gerade erst kennengelernt hatte, auf die Knie fiel.

Ich schob ihre Beine auseinander und sie zog ihr Kleid für mich höher, sodass der dunkle Bronzeton ihrer Beine und das weiße Seidenhöschen zwischen ihren Schenkeln zum Vorschein kamen. Ich packte ihre Knie, spreizte ihre Beine noch weiter für mich und beobachtete ihr Gesicht, während ich nach einer Spur von Röte suchte, einem Preis, den ich für mich beanspruchen könnte. Aber sie starrte mich stattdessen direkt an, ohne Scham oder Verlegenheit. Stattdessen war da nur diese lodernde Lust, die sich durch meine Brust brannte.

Das Wissen in ihren Augen berührte mich zutiefst, selbst mein eigener königlicher Seher hatte mir nie das Gefühl gegeben, der Hüter meines Schicksals zu sein. Mein Leben war bereits mit ihrem verflochten, und sie hatte uns durch Visionen erlebt, bevor ich sie überhaupt kennengelernt hatte. Aber ich hatte endlos Zeit, alles zu erfahren, und ich würde mich von ihr in diesen Wahnsinn führen lassen, selbst wenn es mich auf einen verhängnisvollen Weg führte. Denn ob sie eine Betrügerin war oder nicht, ich war zu sehr in ihrem Bann, um jetzt umzukehren.

Mein Schwanz pochte und das Blut verließ mein Gehirn, als ich meinem animalischen Selbst verfiel und mich von meinen niedersten Begierden leiten ließ.

Ich ließ ihre Knie los, packte ihr Höschen und riss es ihr vom Leib, aber sie keuchte nicht, wie ich es erwartet hatte, sondern legte ihre Beine über meine Schultern und grub ihre Absätze fordernd in meinen Rücken.

»Ich werde etwas finden, das dich erröten lässt«, sagte ich entschlossen.

»Ich kann alles *sehen*, was du mit mir machen willst. Versuch, weniger vorhersehbar zu sein, Hail«, stichelte sie, und ich knurrte und knabberte an ihrem inneren Oberschenkel, was sie nur noch mehr für mich stöhnen ließ.

Sie schlang ihre Beine enger um mich und ich schmeckte ihre Pussy mit einem ausgiebigen Zug meiner Zunge. Ihre Hüften hoben sich, um mir vollen Zugang zu ihr zu gewähren. In dem Moment, in dem meine Zunge über ihre Klit glitt und sie ein Stöhnen ausstieß, das die Luft mit Farbe füllte, intensivierte sich meine Besessenheit zu etwas, das mich völlig vereinnahmte. Etwas, von dem ich bezweifelte, dass ich jemals davon zurückkehren würde. Und ich hatte verdammt noch mal auch nicht vor, das zu tun.

Ich schob meine Hand unter ihren Arsch, umklammerte ihn fest und fixierte sie dort, wo ich sie haben wollte, während ich meine Zunge über ihre wundervolle Haut gleiten ließ und an ihrer Klit leckte, wobei ihre Hüften im Takt meines Mundes zu einem verführerischen Rhythmus wippten. Ich war so hart, ich wollte unbedingt in ihr sein, aber ich würde sie noch nicht nehmen. Nein, ich würde auf diesen Moment hinarbeiten, sie auf jede erdenkliche Weise genießen und sie darum betteln lassen, dass ich sie fickte, bevor ich mit diesem Spiel fertig war.

Sie gehörte jetzt mir, und ich wusste, welche Freude die aufgeschobene Befriedigung bereiten würde. Die Vorfreude würde uns fast umbringen, bevor ich nachgab.

»Sag meinen Namen, wenn du kommst!«, befahl ich. »Sag ihn in diesem anmaßenden Ton, den du jedes Mal verwendest, wenn du ihn aussprichst! Und wenn du fertig bist, will ich, dass du mich deinen König nennst und jegliche Loyalität deinem Herrscher gegenüber aufgibst.« Ich sah zu ihr auf, während ich auf ihre Zustimmung wartete, mein Mund nass von ihrer Erregung, während sie ihre Absätze noch fester in meinen Rücken bohrte, um mehr zu verlangen.

Ich forderte hier verdammt viel, nämlich, dass sie ihre Treue gegenüber ihrem Imperium aufgab und sich mir verschrieb. Aber wenn ihre Gabe des Sehens so großartig war, wie sie behauptete, dann hatte sie diese Zukunft bereits *gesehen*. Dann hatte sie gewusst, dass ich dies verlangen würde. Ich musste es für Solaria tun, aber es ging um mehr als das. Es war eine Eigenschaft meiner Formgebung, aber auch eine einfache Tatsache meines Wesens. Wie Drachen waren Hydras besitzergreifend, aber es gab auch Unterschiede. Meine begehrtesten Schätze waren rar gesät, aber wenn ich mich für einen entschied, stellte ich ihn auf ein Podest und nährte ihn mit allem, was ich zu geben hatte. Der Palast der Seelen war ein solcher Schatz, ein Zuhause, in das ich Magie hatte einfließen lassen, die aus der Wurzel meines Seins und darüber hinaus stammte. Der Imperiale Stern war der zweite, und Merissa sollte mein dritter und letzter Schatz sein. Der heiligste von allen und derjenige, der mir am meisten bedeuten würde. Das hieß jedoch nicht, dass sie bei mir sicher wäre. Dafür gab es keine Garantie, denn wenn die Dunkelheit mich wieder heimsuchte, konnte ich nicht kontrollieren, welchen Schmerz ich der Welt zufügen würde. Ihr eingeschlossen.

»Ich werde deinen Namen sagen«, stimmte sie zu, und eine Welle der Erregung durchströmte mich. »Aber nur, wenn du mich deine Königin nennst und schwörst, nie wieder mit einer anderen Fae zu schlafen als mit mir.«

Meine Augenbrauen hoben sich bei diesen Worten und ich leckte mir die Lippen, hungrig nach mehr von ihr, dieser Frau, die ich noch keine Stunde kannte und die mich bereits auf den Knien hatte, damit ich sie anbeten konnte.

Es war überraschend einfach, ihren Wünschen zuzustimmen. Der Gedanke, eine andere Fae als sie zu beanspruchen, war schon jetzt unattraktiv. Ich fragte mich, ob sie mein Untergang oder meine Rettung sein würde. Nur die Zeit würde das zeigen.

»Meine Königin.« Ich senkte den Kopf und hörte, wie sie leise einatmete, als wären sich die Sterne nicht sicher gewesen, wie meine Antwort darauf lauten würde. »Es wird keine andere geben.«

»Dann nimm mich!«, sagte sie, und mehr Ermutigung brauchte ich nicht.

Ich beugte mich vor und saugte an ihrer Klit, bevor ich zwei Finger in die brennende Hitze ihrer Pussy stieß, die sich fest um mich schloss, als sie sich dem Abgrund näherte. Ich bewegte meine Finger im Takt mit meinen schnellen Zungenschlägen, brachte sie an den Rand der Ekstase und stöhnte, als sie sich mir ganz hingab. Ihre Hüften zuckten und ihr Stöhnen wurde immer lauter, bis es mich umhüllte und meine Seele in Flammen setzte.

»*Hail!*«, stöhnte sie und brachte meinen Schwanz dazu, regelrecht nach ihr zu schmerzen.

Ihre Schenkel umklammerten meinen Kopf fester, und ich lächelte auf ihrer Haut, küsste und saugte sanfter, während ich ihr Vergnügen verlängerte. Schließlich ließ sie mich los, sackte in ihrem Sitz zurück und schob ihr Kleid nach unten, während ich aufstand und mir mit dem Handrücken über den Mund wischte. Ein wildes Grinsen huschte über mein Gesicht.

Sie keuchte, ein Lächeln zierte ihre Lippen, als ich meine Hand an der Wand über ihr abstützte und eine Augenbraue hochzog. »Und der Rest?«, fragte ich.

Ihr Kehlkopf wippte, aber ihre Augen funkelten selbstgefällig, als hätte sie hier einen Preis gewonnen. Es war jedoch genau umgekehrt, und ich musste befürchten, was sie denken würde, wenn sie mich wirklich kennenlernte. Würde sie ihre Entscheidung, zu bleiben, bereuen, sobald sie meine wahre Natur sah?

»Ich erkläre dich zu meinem König«, sagte sie atemlos.

»Und?«, hakte ich nach, beugte mich über sie und legte meine andere Hand über ihre, um mich am Holz festzuhalten und mich gegen die Stöße und Erschütterungen der Kutsche zu stemmen.

»Und ich werde eine wunderbare Königin sein«, sagte sie, beugte sich vor und streichelte mich durch meine Hose, was meine Gedanken durcheinanderbrachte. Ein bösartiger Ausdruck breitete sich auf meinem Gesicht aus, der Sieg kribbelte durch meine Adern und ich fühlte mich jeder Schlacht, die ich je gewonnen hatte, weit überlegen. Obwohl ich mir halbwegs bewusst war, dass sie ihre Loyalität gegenüber dem Herrscher nicht wirklich aufgegeben hatte. Ich würde jedoch dafür sorgen, dass sie es bald tat.

Bevor ich mich davon hinreißen lassen konnte, wie gut sich ihre Hand auf meinem Schwanz anfühlte, setzte ich mich ihr gegenüber und bewunderte sie, während sie ihren Blick aus dem Fenster richtete. Meine Lust auf sie war scharf und fordernd. Aber das war alles Teil des Vergnügens. Ich würde mich ihrer enthalten, solange ich nur konnte.

Ich streifte den Ring meines Vaters von meinem Finger und rollte ihn in meiner Handfläche hin und her. Die Hydra, die in das Gold eingraviert war, erinnerte mich an das Monster in mir, das auch in ihm gelebt hatte. Ich beugte mich vor, nahm ihre linke Hand und schob den Ring auf ihren Ringfinger, um diesen Deal zwischen uns zu besiegeln. Aber mein Weg wurde durch ein silbernes Schmuckstück versperrt. Der andere Ring trug einen Nachnamen, der sich unter einem Wappen wölbte und in meinem Kopf sofort ein Gefühl der Vertrautheit auslöste.

»Was zum Teufel ist das?«, knurrte ich und Merissa zog ihre Hand aus meinem Griff, ihre Gesichtszüge verkrampften sich. »Bist du verheiratet?«

Gehörte sie bereits einem anderen Mann? Stahl ich sie einem armen Kerl weg, der keine Ahnung von dem elenden Schicksal hatte, das ich ihm gerade bescheren wollte? Sie gehörte mir trotzdem, ich würde einen Weg finden, das zu regeln.

»Verlobt«, sagte sie schnell, und ich fuhr mir mit der Zunge über die Zähne.

»Ich werde die Verlobung auflösen lassen.«

»So einfach ist das nicht«, sagte sie mit gerunzelter Stirn. »Er hat die Heirat mit mir in den Prüfungen gewonnen, an denen ich teilgenommen habe. Weißt du denn gar nichts über die Gesetze meines Königreichs?«

Wut breitete sich in meiner Brust aus und meine Haut wurde hart wie Eisen, als sich meine Formgebung in mir regte. Sie hatte also doch an den Prüfungen teilgenommen. Das änderte die Dinge, aber nur in Bezug auf die Komplexität. Ich würde sie niemandem überlassen, weder ihrem Verlobten noch sonst jemandem.

Allein das Wissen, dass ein anderer Mann bereits Anspruch auf sie erhoben hatte, weckte in mir den Wunsch, zu morden. Der Tod war meine einfachste Antwort, aber der Tod eines Adligen würde Krieg bedeuten. Und der eigentliche Zweck meiner Reise war es, den Frieden zu sichern und zu beweisen, dass ich nicht immer ein so gnadenloser König sein musste. Ich hatte Hamish zuvor wütende Worte an den Kopf geworfen und ihm gedroht, den Herrscher zu töten, aber nur, weil die Dunkelheit wieder über mich hereingebrochen war. Ich musste mich daran erinnern, dass ich wegen des Friedens hier war, nicht wegen des Krieges.

»Wer bist du?«, donnerte ich, als mir klar wurde, dass ich diese Frage schon viel früher hätte stellen sollen, bevor ich mich von meinem unbändigen Verlangen nach ihr dazu hatte hinreißen lassen, vor ihr auf die Knie zu fallen.

Sie richtete sich in ihrem Sitz auf und mir wurde klar, noch bevor sie es aussprach, dass sie königlicher Abstammung war. Jetzt war es so verdammt offensichtlich. »Ich bin Prinzessin Merissa Adhara, Tochter des Herrschers Adhara. Und ich bin Arturo Boötes versprochen.«

Ich schlug gegen die Wand der Kutsche, das Holz barst um meine Faust herum und Hamish schrie irgendwo draußen auf. »Und du hast nicht daran gedacht, das früher zu erwähnen?«, brüllte ich.

Obwohl sie sitzen blieb und viel kleiner war als ich, schien sie sich von meinem Ausbruch nicht aus der Ruhe bringen zu lassen und sich meiner Macht in keiner Weise unterzuordnen. »Du hast nicht gefragt.«

Ich stieß einen wütenden Atemzug aus, dunkelvioletter Rauch quoll von meinen Lippen, als meine Hydra vollständig erwachte.

»Du hast mir unsere gemeinsame Zukunft gezeigt, also musst du auch einen Weg sehen, deine Verlobung zu umgehen«, zischte ich und sie lächelte, als ich mich mit der Bitte um Rat an sie wandte. Eine Geste, die so natürlich wirkte, obwohl sie eine Fremde war.

»Es wird nicht einfach sein«, sagte sie zögerlich. »Viele deiner Handlungen könnten einen Krieg auslösen.«

»Dann wird es eben einen Krieg geben«, knurrte ich, entschlossen, sie zu haben. Meinen Wunsch nach Frieden hatte ich bereits aufgegeben. Die Dunkelheit nahm mich immer so leicht gefangen, und sie wurde wieder hungrig.

Auch Argwohn dieser ganzen Sache gegenüber machte sich in mir breit. War das alles ein Komplott des Herrschers? Hatte er seine Seherin zu mir geschickt, um mir falsche Visionen in den Kopf zu setzen und mich für sie angreifbar zu machen?

Aber diese Visionen … Sie waren so real gewesen, wie konnten sie etwas anderes als die Wahrheit sein?

»Wenn du gegen meine Familie in den Krieg ziehst, werde ich nicht an deiner Seite stehen«, sagte sie wütend. »Ich werde nicht zulassen, dass du mein Volk angreifst, um deine Macht zu demonstrieren und mich zu erobern.«

»*Dein* Volk ist es, das mit Krieg droht. Ich bin hier, um Frieden zu schließen.«

»Frieden?«, spottete sie. »Ich habe gehört, wie du davon gesprochen hast, meinen Vater zu enthaupten, als ich vor deinem Quartier stand.«

Fuck.

»Ich war wütend. Manchmal kann ich nicht kontrollieren, was ich tue oder sage.« Ich fuhr mir mit der Hand durch die Haare.

»Das klingt nach einer Ausrede«, warf sie mir vor.

»Eine Ausrede?«, knurrte ich. »Ich wünschte, es wäre eine Ausrede. Ich wünschte, ich müsste nicht gegen diese Dunkelheit in mir ankämpfen. Aber sie ist ein Teil von mir und wird mit jedem Tag, der vergeht, nur noch intensiver.«

Ich konnte spüren, wie das Chaos in mir aufstieg, und versuchte, nicht zu tief hineinzurutschen. Denn ich wusste, dass ich mich bei meiner Rückkehr ins Licht zweifellos in einem blutigen Krieg mit Voldrakia und einer gestohlenen Prinzessin im Schlepptau befinden würde, wenn ich nach Solaria zurückkehrte.

Merissa runzelte die Stirn, als würde sie versuchen, mich zu verstehen, und ihre Wut ließ nach. »Du wirst nicht in den Krieg ziehen. Du wirst die richtige Entscheidung treffen«, sagte sie, und ihr Vertrauen in mich war deutlich. Ich schnaubte.

»Ich kann mich nicht an die letzte gute Entscheidung erinnern, die ich getroffen habe. Selbst die gut gemeinten Entscheidungen neigen dazu, zu verwesen.« Ich wandte meinen Blick von ihr ab und versank immer tiefer in diesem dunklen Teil in mir. Ich konnte spüren, wie die Dunkelheit von mir Besitz ergriff – der Hunger nach Krieg, das Verlangen nach Zerstörung, danach, alle Feinde zu vernichten, die mir im Weg standen, um zu bekommen, was ich wollte.

»Vernichte alle, die sich dir widersetzen. Erobere so viel Land wie möglich. Erweitere die Grenzen Solarias bis an die Ränder der Welt.«

Die Worte hallten in meinem Kopf wider, als wären sie von den Sternen gesandt, obwohl ich manchmal befürchtete, dass es nur die Dunkelheit war, die aus mir sprach.

»Hail«, hauchte Merissa, als könnte sie etwas Schreckliches kommen *sehen*, und ich wusste, dass es kam, ohne die Gabe des Sehens zu besitzen. So fühlte es sich immer an, kurz bevor ich etwas unvorstellbar Schreckliches tat. Wenn mir die Zügel des Schicksals entglitten und die Bestie in mir die Kontrolle übernahm.

Meine Hände begannen zu zittern, und bevor ich die völlige Beherrschung verlor, riss ich die Kutschentür auf und zeigte in den Himmel. »Breite deine Flügel aus und fliege davon! Ich kann dich durch den Ring zu mir rufen. Er wird heiß brennen, wenn es sicher ist, zurückzukommen.« Ich ergriff ihre Hand und steckte meinen Ring auf denselben Finger, den ihr Verlobter beansprucht hatte.

Sie ergriff meinen Arm, aber ich riss mich los, und das Bedürfnis nach Brutalität wurde zu einem tosenden Donner in mir. Oh, mögen die Sterne jenem helfen, der nah genug war, um meiner Gnade zu verfallen.

»Ich verlasse dich nicht«, sagte sie inbrünstig, hielt meine Wange mit ihrer Hand und zwang mich, sie anzusehen.

Die letzten Reste meiner Vernunft entglitten mir, und ich starrte auf dieses kostbare Geschöpf vor mir, während die Angst meine Brust zerdrückte, als ich mir vorstellte, wie sie blutig und leblos zu meinen Füßen lag.

Ich griff nach dem Stoff ihres Kleides und zog sie auf die Füße, während die Bilder der Zukunft in ihren Augen aufflackerten. Der Schrecken, der sich auf ihrem Gesicht ausbreitete, zeigte ihr genau, wozu ich fähig war. Und dieses Schicksal kam auf uns zu wie ein Lastenzug. Würde ich sie verlieren, bevor ich sie überhaupt richtig kennengelernt hatte?

Ich beugte mich zu ihr hinunter, um ihr ins Ohr zu sprechen, ihr Körper an meinen gepresst, während ich sie unnachgiebig in meiner

Gewalt hielt. »Du wirst gleich erfahren, warum man mich den Grausamen König nennt, Prinzessin. Fange an, zu den Sternen zu beten, denn sie sind die Einzigen, die dich jetzt noch retten können.«

DIE
SCHWELENDEN
QUELLEN

EIN KURZES PREQUEL, EIN JAHR VOR DER ANKUNFT DER ZWILLINGE AN DER ZODIAC ACADEMY

LIONEL

AUS LIONELS REFUGIUM …

Und so ziehen wir weiter durch die Jahre, wobei ich viel List und Brutalität meinerseits außen vor lasse. Das alles blieb im Verborgenen, während ich auf den richtigen Zeitpunkt wartete und mich darauf vorbereitete, den Thron für mich zu beanspruchen.

Natürlich gestaltete sich die Sache nicht so einfach, wie ich es mir nach dem Untergang der Vega-Linie erhofft hatte. Ich hätte voraussehen müssen, dass wir die Nymphen als Vergeltung für den Tod unseres Monarchen gnadenlos angreifen mussten.

Zunächst aber hatte ich meinen Platz im Celestia-Rat zu behaupten und sicherzustellen, dass kein Verdacht auf mich zurückfiel. Obwohl ich natürlich der Mächtigste von allen bin, konnte ich nicht riskieren, dass sie mich für einen Verräter hielten. Ich persönlich hatte keinen Zweifel daran, Tiberius Rigel, Antonia Capella und Melinda Altair besiegen zu können, aber wenn sie mich als Verräter betrachteten, würden sie mich als solchen angreifen. Und selbst ein mächtiger Fae wie ich könnte es nicht mit allen dreien gleichzeitig aufnehmen.

Also war ich leider gezwungen, mich ihnen wieder anzuschließen, mich an ihrer Dezimierung der Nymphen zu beteiligen und mich meiner Verbündeten zu berauben, die ich so geschickt eingesetzt hatte, um mich des Grausamen Königs und seiner Frau zu entledigen.

Damals schien es am sinnvollsten, auf der Lauer zu liegen. Ich verbrachte Jahre damit, meine Pläne zu konkretisieren und das Vertrauen der Nymphen zurückzugewinnen, zu deren Auslöschung ich gezwungen worden war – in der Tat keine leichte Aufgabe. Und ja, ich hatte auch Zeit damit verbracht, meinen Erben nach meinem Bilde zu formen. Denn welchen Sinn hätte es gehabt, ein Königreich zu beanspruchen, aber einen unwürdigen Erben zu haben, sobald meine Zeit als Herrscher abgelaufen war?

Das führt uns zu dieser Erzählung voller Ausschweifungen, die ich hier für euch zur Lektüre bereitstelle, damit ihr genauso deutlich wie ich seht, wie völlig ungeeignet die folgende Generation von Ratsmitgliedern für die Herrschaft ist. Es gibt nur sehr wenig, was diejenigen, die sich in einer Machtposition wie der unseren befinden, nicht im Namen des Vergnügens beanspruchen können. Aber die Vereinigung der Linien Capella und Altair ist undenkbar. Ihre Verbindung wäre von höherer Natur als die Bande, die zwischen meinem Erben und dem Rigel-Jungen bestehen. Daher hätte ihre Verbindung niemals zugelassen werden dürfen. Das wussten sie selbst – und doch haben sie, wie ihr gleich sehen werdet, diese Regeln immer wieder missachtet.

Wer kann es mir verübeln, dass ich die Notwendigkeit einer starken Hand erkannte, die das Ruder unseres schönen Königreichs übernehmen sollte? Wer kann es mir verübeln, dass ich die Machtposition einnahm, bevor sie es selbst wagten, danach zu greifen? Ich mag zu diesem Zeitpunkt nichts von diesem Techtelmechtel gewusst haben, aber die Tatsache, dass es stattgefunden hat, bestärkt mich nur in meinem eigenen Bedürfnis, die Macht zu beanspruchen, bevor sie die Chance bekamen, selbst gegen Darius vorzugehen.

Natürlich ist die Angelegenheit meines erstgeborenen Sohnes eine ganz eigene Schande, auf die wir später noch zu sprechen kommen werden …

SETH

KAPITEL 1

Ich hob meine Wolfsnase zum vollen Blutmond und heulte. Der antwortende Ruf meines Rudels sandte einen Strom von Kraft durch meine Adern. Ich hatte Maurice heute Morgen niedergerungen, und die Rudelpolitik war immer noch etwas holprig, seit ich an der Academy angekommen war und meine Dominanz behauptet hatte. Ich hatte diese Woche so viele Kämpfe geführt, dass ich, wenn ich nicht schon vor meiner Ankunft hier gelernt hätte, wie man Wunden heilte, genauso wie die anderen Freshmen voller Schnittwunden und blauer Flecken gewesen wäre.

Die meisten von ihnen liefen auf dem Campus herum und wurden von Vampiren und Sirenen belästigt, von Minotauren verhauen und von angepissten Drachenwandlern schikaniert. Na ja, von einem angepissten Drachenwandler im Besonderen, wenn man bedachte, dass es nicht allzu viele von ihrer Sorte gab. Darius hatte eine sadistische Freude daran, das Raubtier zu spielen, seit er die Zodiac Academy besuchte – genau wie die anderen Erben und ich. Es war ein neues Jagdrevier und die Hierarchie war bisher nicht festgelegt, also hatten wir eine Menge Spaß dabei, sie zu etablieren.

Die älteren Jahrgänge stellten uns auf die Probe und versuchten, herauszufinden, ob wir wirklich die Stärksten im ganzen Königreich waren. Und verdammt, es fühlte sich unglaublich gut an, die Kraft zu entfesseln, die seit unserem frühen Erwachen in meinen Adern brodelte.

Ich war jahrelang Rudelführer über meine Geschwister gewesen und niemand hatte mich herausgefordert. Daher fühlte es sich fantastisch an, endlich loslassen zu können. Am ersten Tag war ich direkt auf die Spitze des Aer-Turms gestiegen, in das Zimmer des Hausvorstehers gestürmt und hatte ihm einen Tritt in die Eier verpasst. Er hatte sich in einen Greif verwandelt und versucht, mir mit seinem riesigen Schnabel die Augen auszuhacken, und ich hatte ihn mit jeder Brise meiner Luftkraft beschossen, bis er durch ein Fenster gekracht war. Und dann hatte ich auch seine kleinen Kumpels einen nach dem anderen verprügelt, wenn sie sich mir in den Weg gestellt hatten.

Es war schon lustig, wie arrogant einige der Fae an diesem Ort waren. Obwohl ich der Erbe einer der mächtigsten Fae-Familien im Land war, bildeten sie sich immer noch ein, eine Chance zu haben. Aber ich war eine unaufhaltsame Kraft, ein Höllenhund mit einem Durst nach wünschenswerten Seelen. Meine Mutter meinte immer, dass sich jedes Ziel im Leben um Macht drehen sollte. Jeder Sieg, jeder Kampf, jeder Fick – alles musste meinen Status in dieser Welt verbessern. Also machte ich es mir zur Lebensaufgabe, auf jede erdenkliche Weise erfolgreich zu sein. Ich wollte zusammen mit meinen Freunden der Beste sein. Wir vier wie Sterne hier auf Erden, die über das Schicksal unserer Art entschieden. Wir waren Könige unter den Tieren und ich war bereit, zu herrschen.

Am Tag meiner Übernahme des Hausvorsteher-Postens von Aer hatte Caleb gegen das Medusa-Mädchen gekämpft, das Haus Terra bis dato dominiert hatte. Angeblich war sie auf die Knie gegangen und hatte ihm direkt vor Ort einen geblasen, obwohl das möglicherweise nur meiner Fantasie entsprungen war. Aber, na ja, es schien doch nur natürlich, wenn man von einem mächtigen Leviathan wie Cal – oder mir – besiegt worden war.

Das war es, was mein neues Rudel die ganze Woche über für mich getan hatte. Jedes Mal, wenn ich einen neuen Herausforderer besiegte, fügte er sich entweder und bettelte um meinen Schwanz – oder kam an einem anderen Tag für eine zweite oder dritte Niederlage zurück. Ich genoss beides gleichermaßen. Sex und Kampf erzeugten den gleichen Nervenkitzel. Es war, als würde man ein Hoch nach dem anderen jagen, während man sich durch den Kampf schwitzte. Jemand war immer gezwungen, sich zu ergeben. Und dieser Jemand war nie ich, denn selbst wenn ich geschlagen wurde, kam ich zurück. Immer und immer wieder. Ich kämpfte mich vom Rand des Todes zurück, nur, um zu beweisen, dass ich nicht zu besiegen war. Es lag mir im Blut, eine Quelle der Kraft sprudelte durch meine Brust und ich wollte, dass alle daraus tranken, damit sie den Geschmack eines wahren Siegers kennenlernten.

Darius hatte Haus Ignis in einem erbitterten Kampf gegen den Zerberus erobert, der zuvor über das Haus geherrscht hatte. Er hatte den Kerl in drei Teile zerrissen in der Uranus-Krankenstation zurückgelassen. Ich war dabei gewesen und hatte vor Aufregung gejault, als die beiden Bestien auf dem Rasen vor ihrem Haus aufeinandergeprallt waren. Ich war sogar mit etwas Blut bespritzt worden, das von dem Hinterbein stammte, das Darius abgetrennt und beiseite geworfen hatte. Es war episch gewesen. Das Nachsitzen, das er für den übermäßigen Einsatz seiner Formgebungs-Fähigkeiten erhalten hatte, war es wert gewesen. Außerdem konnten Beine nach einigen Tagen auf der Krankenstation, einer langwierigen magischen Heilung und einer Menge Schmerz schnell wieder anwachsen und einwandfrei funktionieren. Wo lag also das Problem?

Ich hatte auch Max' Kampf gesehen, der das Pegasus-Mädchen zum Orb gelockt und die volle Kraft seiner Sirenengaben eingesetzt hatte, um sie dazu zu bringen, jedes dunkle und schmutzige Geheimnis preiszugeben. Und das so lange, bis sie ihm unter Tränen ihren Posten überlassen hatte. Alles war so öffentlich gewesen, wie es nur möglich war. Unsere Eltern hatten uns ermutigt, für Furore zu sorgen, Schlagzeilen zu machen und den Fae hier zu zeigen, dass wir nicht gebluft hatten, als wir der *Celestial Times* von unserer immensen Stärke erzählt hatten.

Manchmal war es grausam, und manchmal genoss ich diese Tatsache. Die Dunkelheit in mir war gewachsen, seit ich meine Kraft erhalten hatte, und ich wusste, wie leicht ich dadurch korrumpiert werden konnte. Aber wenn ich mit den anderen Erben allein war, weit weg vom Druck der Welt und dem Ruf nach ultimativer, unendlicher Macht, fand ich zu mir selbst zurück. Zu dem Typen, der Witze machte, der diese Jungs mehr liebte, als ich es je für möglich gehalten hätte, und der sich nichts sehnlicher wünschte, als so lange wie möglich in dieser kleinen, abgeschotteten Blase zu bleiben. Diese Welt zu regieren schien so verdammt verlockend, solange sie immer an meiner Seite waren. Wir gegen den Rest der Welt, an der Spitze herrschend, denn alles andere wäre ein völliger Misserfolg. Dafür war ich geboren, dazu war ich geschaffen, und ich war mir sicher, dass ich unter all den Anforderungen an meine Seele zusammengebrochen wäre, wenn meine besten Freunde auf der ganzen verdammten Welt diese Last nicht mit mir geteilt hätten. Wir trugen unsere Rüstung nach außen – und sie war so dick und undurchdringlich, dass niemand außer uns durch sie hindurchdringen konnte. Aber in ihrem Inneren hatten wir unseren eigenen Zirkel der Sicherheit, des Trostes und der Freiheit. Es war ein winziger Raum, der nur für uns gebaut worden war, aber solange er existierte, konnte ich mich allem anderen stellen. Ich konnte das Monster sein, das die Welt in mir sehen wollte, das rücksichtslose Wesen, das verehrt und beklatscht wurde und dem alle ihr Vertrauen schenkten.

Ich bellte meinem Rudel zum Abschied etwas zu, verließ den Weg und schoss von ihnen weg ins Unterholz, während sie mich mit einem Chor aus klagendem Heulen verließen. Ich machte mich auf den Weg zu den drei Fae, mit denen ich heute Abend zusammen sein musste.

Diese Woche war aufregend, aber auch anstrengend gewesen, und ich musste heute Abend einfach nur abschalten und *sein*.

Bald erreichte ich das King's Hollow, unser kleines Refugium im Wimmernden Wald, das wir uns am ersten Tag unserer Ankunft hier angeeignet hatten. Seit der Zeit unserer Eltern hatten nicht viele Fae die Academy besucht, die mächtig genug gewesen waren, das Geheimnis zu lüften, sodass der Ort praktisch nach uns gerufen hatte, um ihn als unser eigenes geheimes Paradies zu nutzen.

Ich verwandelte mich wieder in meine Fae-Gestalt und drückte meine Hand gegen den Stamm, woraufhin der Baum mich hereinließ, während die Magie über mich hereinbrach. Er war immer nur für die mächtigsten Fae hier bestimmt gewesen, und seitdem wir ihn für uns beanspruchten, stärkten wir ihn mit Schutzzaubern, damit nur wir Zugang zu ihm hatten. Manchmal tauchte Professor Orion hier auf, um mit Darius abzuhängen, und verschwand sofort, wenn ich oder einer der Erben aufkreuzte. Ich wusste, dass Darius seit Jahren mit ihm befreundet war, aber der Typ hatte echt Probleme, und seit er mir neulich beim Sexualkundeunterricht einen Pfirsich in den Mund gesteckt hatte und ich fast daran erstickt wäre, weil ich zu laut über meine sexuellen Erfahrungen gesprochen hatte, konnte ich nicht gerade behaupten, dass ich ein großer Fan von ihm war.

Ich stieß die Tür oben am Treppenabsatz auf und hechelte fast vor Aufregung, alle zu sehen. Als ich Cal auf der Couch entdeckte, rannte ich auf ihn zu, warf mich auf ihn und leckte ihm das Gesicht.

»Bei der Sonne, steck deinen verdammten Schwanz weg!«, forderte er, lachte aber, als ich weiter seine schroffe Wange leckte und mich an ihn schmiegte.

Ich wirbelte herum, als hinter mir eine Diele knarrte, und sah, dass

Darius versuchte, auf Zehenspitzen vor mir zu fliehen. Ich sprang auf ihn, schlang meine Arme und Beine um ihn, während er fluchte und ich vor Freude über seinen Anblick heulte.

»Klamotten!«, sagte Max bestimmt, zog mich von Darius weg und drückte mir eine Jogginghose in die Hand – eine Welle der Bereitschaft schwappte von ihm auf mich über.

Ich zog die Hose an und stürzte mich als Nächstes auf Max, um auch ihn ausgiebig abzulecken. Sie liebten meine Liebkosungen. Selbst wenn sie das Gesicht verzogen und mich wegstießen, versuchten sie nie, mich aufzuhalten. Vermutlich war ich einfach unwiderstehlich liebenswert oder so. Magnetisch, nannte mich meine Mutter.

»Was machen wir heute Abend?«, fragte ich, nachdem ich ihn losgelassen hatte, und warf mich auf die Couch, während Caleb mit einem Fingerschnippen eine Ranke herbeizauberte, um mir ein Bier zu holen und es mir in die Hand zu drücken. Ich öffnete die Flasche mit den Zähnen und nahm einen großen Schluck, um meinen Durst nach dem Lauf mit meinem Rudel zu stillen. »Sollen wir uns noch mehr von dem Pegasus-Porno ansehen, den wir online gefunden haben? *Zwei Hörner, ein Kelch.*«

»Nee, ich will Party machen.« Caleb kippte sein Bier runter und ich beobachtete, wie sich sein Kehlkopf bewegte, als er jeden Tropfen hinunterschluckte.

»Ich will mich später mit ein paar anderen Freshmen amüsieren«, sagte Darius düster und ein Grinsen umspielte seine Lippen, wobei ein wenig Rauch zwischen ihnen aufstieg. Er war ein brutaler Bastard und brachte das Böse in mir immer dazu, ein wenig heißer zu brennen. Ich war mir ziemlich sicher, dass wir einen schlechten Einfluss aufeinander hatten, aber nicht einmal die Sterne könnten uns jetzt noch voneinander trennen, selbst wenn sie es wollten. Wir waren zu Brüdern geformt worden, und es gab keine Macht in Solaria, die das Fundament, das wir uns selbst gebaut hatten, zum Einsturz bringen könnte. Unsere Wege waren vorgezeichnet. Der Thron von Solaria war unser Schicksal und es gab keine Hindernisse auf unserem Weg, die uns davon abhalten könnten, ihn zu beanspruchen.

»Hast du jemanden Bestimmten im Sinn?«, fragte Max, und die Aufregung, die von ihm ausging, schwappte auf den Raum über und ließ auch meine eigene Begeisterung anschwellen.

»Ein paar dieser verrückten Royalisten haben in der Bibliothek Prophezeiungen studiert und versucht, Hinweise auf unseren Untergang und den Aufstieg der alten Blutlinien zu finden«, sagte Darius, und wir alle lachten.

Ja, die Wahrscheinlichkeit, dass die Vegas von den Toten auferstehen und ihren Thron zurückerobern könnten, war genauso hoch wie die eines soliden Comebacks des Peace-Zeichens.

»Ist Grus involviert?«, fragte Max mit etwas tieferer Stimme.

»Sie ist immer involviert, wenn es um diesen Scheiß geht«, sagte Caleb. »Ich glaube, sie ist nicht ganz richtig im Kopf.«

Darius zuckte mit den Schultern. »Ich schere mich nicht um ihre verrückten Unternehmungen, aber ein Vögelchen hat mir gezwitschert, dass sie heute Abend eine Party schmeißen. Und ratet mal, wie sie sie genannt haben?«

»Wie?« Ich hüpfte aufgeregt auf und ab.

»Das Anti-Erben-Brimborium«, erwiderte Darius mit ausdrucksloser Miene. »Und laut meiner Quelle planen sie einen großen, *urkomischen* Stunt, um uns zu demütigen.«

Caleb zupfte an dem Shirt, das ich mir zwischenzeitlich übergeworfen hatte, und zog mich näher zu sich heran. Als ich ihn ansah, stellte ich fest, dass seine Reißzähne ausgefahren waren. Er war verdammt durstig und das machte mich auch irgendwie durstig.

»Erzähl mir mehr!«, drängte er Darius und ich war mir ziemlich sicher, dass er nicht einmal bemerkt hatte, dass er mich festhielt. Wütender kleiner Vampir. Ich liebte es, wenn er blutrünstig wurde. Es brachte mich dazu, zum verdammten Mond heulen zu wollen.

»Na gut.« Darius holte sich ein weiteres Bier und kühlte das Glas mit einer Eisschicht runter.

Max grinste, als er sich auf seinen Lieblingsplatz fallen ließ.

Darius strahlte heute Abend eine gewisse Gefahr aus, die mir Schauer über den Rücken jagte. Ich konnte die Stimmung meiner Freunde immer spüren, ob sie meine Kuscheleinheiten wollten, meine Kuscheleinheiten brauchten oder ob gerade keine Zeit zum Kuscheln war. Aber die Stimmung, die mich immer so richtig in Fahrt brachte, war diese hier – wenn die Tiere in uns aus unseren Augen spähten und die Atmosphäre vor Spannung knisterte. Die Sterne wandten sich uns zu, amüsiert von dem Chaos, das wir heute Abend anrichten würden, und wir enttäuschten sie nie.

Darius ließ sich in den Ohrensessel am Kamin fallen und die Flammen loderten hinter ihm höher, als sein Element die Kontrolle über sie übernahm. Sofort wurde es wärmer im Raum. Er saß im Schatten, die Flammen hinter ihm warfen eine Silhouette auf die Wand, und für einen Moment sah er aus wie sein Vater, mit zusammengekniffenen Augen und einem grausamen Zug um den Mund. Ein Wimmern entrang sich meiner Kehle, und ich lehnte mich an Caleb, denn ich mochte es nicht, Lionel Acrux hier in unserem heiligen Raum zu spüren. Darius war selten sanftmütig, aber wenn er es war, dann uns gegenüber. Und das war der wahre Charakter meines Freundes, nicht der, den sein Vater ihm eingeimpft hatte. Ich spielte genauso gern mit Macht wie der Rest der Erben, aber ich wollte keine Kopie unserer Eltern sein. Ich wollte, dass wir immer noch *wir* waren, wenn wir im Rat saßen, aber manchmal machte es mir Angst, wie leicht ich zu einem wilden und herzlosen Wesen werden konnte. Wo hörten die Spiele auf und wo begann die Brutalität? Es schien alles so leicht ineinander überzugehen, besonders jetzt, da wir an einem Ort waren, an dem wir täglich ermutigt wurden, unsere inneren Fae zu entfalten, unsere Unterlegenen zu vernichten und uns zu dem zu erheben, zu dem wir geboren worden waren.

Ich schob meine Sorgen in die Ecke meiner Brust, in die ich nie schaute, schloss sie weg und richtete mich auf, während ich der Dunkelheit in meinem Freund mit meiner eigenen Dunkelheit begegnete. Anfangs hatte ich sie wie einen Umhang getragen, den ich bei Bedarf einfach abnehmen und zusammenfalten konnte, aber sie fühlte sich immer mehr wie eine zweite Haut an, die sich mit meinem Körper verband und ihn nie wieder losließ. Innerhalb dieser vier Wände konnte ich sie noch abstreifen, aber es war allzu einfach, es nicht zu tun. Das Problem mit der Dunkelheit war, dass sie nach Verzückung und Freiheit schmeckte. Und verdammt, ich wollte frei sein.

»Sie werden unten bei den Schwelenden Quellen sein«, erklärte Darius. »Grus versucht, Mitglieder für eine traurige kleine Gesellschaft zu rekrutieren, die sich uns aktiv widersetzen wird.«

Max lachte laut auf, strich mit dem Daumen über seine Bierflasche und ließ die Flüssigkeit mit einem Hauch seiner Wassermagie direkt in seinen Mund gleiten. »Dieses Mädchen geht mir tierisch auf die Nerven. Ich kann nicht glauben, dass Orion sie ins Pitball-Team aufgenommen hat. Wisst ihr, was sie gestern in *Grundlagen der Magie* gesagt hat? Dass ich nicht einmal einen Löwenzahn diddeln könnte, wenn er unter meinem Geigenbogen blühen und mir sagen würde, wo ich ihn hinstecken soll. Was zum Teufel soll das überhaupt bedeuten?« Max rieb mit seinem Fingerknöchel über sein Kinn.

»Ja, sie ist echt durchgeknallt, Alter«, stimmte ich zu.

»Ich könnte sehr wohl einen Löwenzahn diddeln«, murmelte Max, sichtlich noch in Gedanken bei dem, was Grus zu ihm gesagt hatte, während er missmutig auf sein Bier starrte.

»Ignorier sie einfach«, sagte Cal achselzuckend, legte den Arm auf die Rückenlehne der Couch, spreizte die Beine weit und machte überhaupt den Eindruck, als wäre ihm das alles scheißegal. Seine Herangehensweise war immer die entspannteste, die er wählen konnte. Er war weniger geneigt, ein aktiver Arsch zu sein, es sei denn, die Gelegenheit lag direkt vor seiner Nase, dann konnte er nicht widerstehen. Obwohl ich mir sicher war, dass er lieber beobachtete, als selbst Hand anzulegen. Sein verschmitztes Lächeln verfolgte mich immer, wenn ich mir einen Freshman zum Spielen aussuchte.

»Oh, wenn das so einfach wäre«, entgegnete Max. »Sie ist überall – und außerdem bereit, sich gegen uns zu stellen. Ich habe sie im Wasserelementarkurs mit einer Stillekuppel umgeben, um ihre Rede über die ›Verderbtheit des Scharlatanenrats‹ nicht hören zu müssen. Aber sie hat stattdessen einfach angefangen, sie pantomimisch nachzustellen.« Max' rechtes Auge begann zu zucken und ich konnte sehen, dass dieses Mädchen ihm wirklich zu schaffen machte.

»Keine Sorge, Bruder«, sagte ich und lächelte ihn strahlend an. »Wir werden sie heute Abend zerquetschen. Dann wird sie dich nicht mehr belästigen.«

Max bedankte sich mit einem halben Lächeln, obwohl ich sehen konnte, dass seine Gedanken immer noch um Grus kreisten. Diese verdammten Royalisten! Sie waren zu diesem Zeitpunkt im Grunde eine Sekte, nur ein paar einsame Larrys, die sich immer noch an die alten Ideale klammerten und so taten, als könnte alles wieder so werden, wie es einmal gewesen war. Es war krank, mehr nicht. Der Grausame König hatte unser Königreich unterworfen und ohne Zustimmung durchgefickt. Grus musste verrückt sein, wenn sie diese Art von Führung wiederherstellen wollte, aber wann immer dieses Argument diesen Verrückten entgegengeworfen wurde, argumentierten sie, dass die Verfehlungen des Königs nicht das Gute zunichtemachten, das er in seinen früheren Jahren getan hatte. Oder das Gute, das die Royals Jahrhunderte vor ihm vollbracht hatten. Aber was sie nicht berücksichtigten, war, dass der Celestia-Rat die Lösung war, um zu verhindern, dass solche Verfehlungen jemals wieder vorkommen würden. Der Grausame König hatte den Verstand verloren und seine Wut an Solaria ausgelassen, aber wenn das einem Mitglied des Rates passierte, gab es drei andere, die es in Schach halten und notfalls stürzen konnten. Es war ein Gleichgewicht, eine viel bessere Möglichkeit, die Fae von Solaria zu schützen, als einem einzigen König auf dem Thron zu erlauben, alles zu entscheiden, egal, in welcher Stimmung er gerade war. Ich mochte ein machthungriger Arsch sein, aber ich nahm meine Zukunft ernst. Und sobald ich im Rat an der Seite meiner Brüder saß, würden wir das Richtige für Solaria tun, weil wir vier durch Pflichtgefühl verbunden und unser ganzes Leben lang darauf vorbereitet worden waren, ordentlich zu regieren. Es gab niemand Besseren als uns, wenn es darum ging, unser Königreich zu Größe zu führen, und daran glaubte ich aus tiefster Seele. Denn wenn dies nicht der Wahrheit entspräche, wäre mein ganzes Leben null und nichtig und ich könnte mich genauso gut in den riesigen Vulkan von Beruvia stürzen und damit abschließen.

Darius erzählte uns mehr über die Pläne, die er in Bezug auf Grus' Party aufgeschnappt hatte, und ich begann, mich zu entspannen, als wir Bier tranken und unser Gespräch sich irgendwann auf die unbeschwerten Geschichten unserer Kindheit verlagerte. Ich konnte spüren, wie die Schwärze in meiner Brust den Sonnenstrahlen wich, während ich lachte und auf der Couch auf und ab hüpfte.

»Erinnert ihr euch an den Tag, an dem wir beschlossen haben, wegzulaufen?«, fragte Caleb mit einem breiten Grinsen im Gesicht.

»Alter, wir waren damals vielleicht zehn, oder?«, erwiderte Max und beugte sich in seinem Sitz nach vorn, während seine Augen beim Gedanken daran glänzten.

»Das war direkt nach dem Treffen mit unseren Eltern, bei dem sie uns die ›Bedeutung, ein Erbe zu sein‹ eindrücklich vor Augen geführt haben«, sagte ich und ahmte Lionel mit tiefer Stimme nach.

Darius fuhr mit der Hand über sein Gesicht. »Verdammt, das hatte ich ganz vergessen. Ich hatte einen Batzen von Vaters Gold in meinem Rucksack.«

»Wir wollten per Anhalter in die Polarhauptstadt fahren«, sagte ich und musste lachen.

»Ja, aber nur, weil wir keinen Sternenstaub auftreiben konnten. Nicht einmal Lionel hat welchen herumliegen lassen«, sagte Caleb lachend, während er an seinem Bier nippte. »Erinnerst du dich noch an diese blöde blaue Schirmmütze, die du getragen hast, um nicht aufzufallen?« Caleb stupste mich an und ich schürzte die Lippen.

»Zu der stehe ich nach wie vor. Wer erwartet schon, dass ein Erbe eine Schirmmütze trägt?«, beharrte ich und Max brach in schallendes Gelächter aus.

»Du sahst aus wie ein Vollidiot«, sagte Max zwischen seinen Lachanfällen.

»Du hast gut reden. Du bist in dem großen Trenchcoat aufgetaucht, der deinem Vater gehört hat«, warf ich ihm entgegen, und Max' Lachen erstickte in seiner Kehle.

»Er hatte ungefähr fünfzig magische Taschen, in denen ich alles Mögliche verstecken konnte«, verteidigte er sich, während Darius und Caleb sich einen Blick zuwarfen und dumm grinsten.

»Er war viermal zu groß für dich«, sagte Caleb und ich lachte, weil ich es toll fand, dass wir jetzt Max und nicht mich aufzogen.

»Und beim Gehen hast du ihn über den Boden geschleift«, schnaubte Darius und Rauch quoll aus seinen Lippen, als er es nicht mehr aushielt. Max gab es auf, so zu tun, als wäre der Trenchcoat eine gute Idee gewesen, und lachte mit uns.

»Mein Dad ist ausgerastet, als er uns erwischt hat«, meinte Darius und seine Augen verrieten eine düstere Erinnerung, die mir den Magen zusammenzog. »Trotzdem – das war es wert.« Er nippte an seinem Bier und sein Lächeln kehrte beim Schlucken zurück, aber jetzt hatte es etwas Gezwungenes an sich.

»Meine Mutter hat in dieser Woche dafür gesorgt, dass alle meine Geschwister gegen mich um die Vorherrschaft gekämpft haben«, seufzte ich. »Und zwischen den Kämpfen hat sie mich nicht geheilt, die anderen aber schon.«

»Du hast trotzdem gewonnen.« Caleb grinste mich an und meine Brust schwoll an, als ich zustimmend nickte und mit ihm anstieß. Seine Mutter hatte ihm nur geraten, sich »etwas Zeit zu nehmen, um über die Zukunft nachzudenken, die er sich wünschte« – was er getan hatte, indem er sich bei Regen an ein Fenster gesetzt und schließlich beschlossen hatte, doch ein Erbe sein zu wollen.

Ich lehnte mich an ihn, während mich ein Gefühl des Friedens überkam, und war mir nicht sicher, ob ich überhaupt noch rausgehen wollte, um Grus' Party zu sabotieren. Ich wollte einfach nur hierbleiben, umgeben von meinen besten Freunden, wo ich nicht so tun musste, als wäre ich jemand oder etwas anderes. Aber wenn Grus versuchte, sich gegen uns zu stellen, wusste ich, dass der Fae in mir das nicht zulassen würde. Wir mussten diesen Gedanken im Keim ersticken, bevor er sich festsetzte, wie wir es bei jeder Opposition taten, mit der wir konfrontiert wurden.

Eine weitere Stunde verging und schließlich stand Darius auf, und auch wir anderen erhoben uns, als sich die Energie zwischen uns veränderte. Unser Lächeln verschwand und ich spürte, wie in uns eine giftige Bestie aus dem Schlaf erwachte und sich die Lippen nach Blut leckte.

Dunkelheit umhüllte mich und legte sich auf meine Haut, und ich umarmte sie, ließ sie in meine Knochen eindringen und genoss den Rausch, den sie mir bereitete. »Es ist Zeit.« Ich hüpfte von einem Fuß auf den anderen und Caleb schüttelte seine Schultern aus, gähnte laut und entblößte dabei seine Reißzähne.

»Macht dich der Blutmond durstig, Bro?«, fragte ich und Calebs Augen huschten zu meiner Kehle, der Teufel lauerte in seinem Blick. Es war allgemein bekannt, dass Blutmonde Vampire durstig machten – und die rote Schönheit am Himmel hatte heute Abend eindeutig eine besondere Wirkung auf ihn. Der Mond konnte wirklich unartig sein – genau nach meinem Geschmack.

»Die Jagd ruft«, sagte er und stieß einen tiefen Atemzug aus, und mir wurde klar, wie sehr er sich heute Abend zusammenriss. Aber er würde keinen von uns angreifen. Er konnte überall Blut herbekommen, und er wusste, dass wir ihm unser Blut nur allzu bereitwillig anbieten würden, wenn er es brauchte. Allerdings … störte mich der Gedanke auch nicht, dass er versuchen könnte, es auf eine aufregendere Art und Weise von mir zu bekommen.

»Ich sag dir was …«, sagte ich und näherte mich ihm mit stolz geschwellter Brust, während ich ihm meine beiden Handgelenke hinhielt. Er ließ seine Augen zwischen ihnen hin und her huschen, als würde er versuchen, sich zwischen zwei köstlichen Desserts zu entscheiden. »Du kannst mich beißen …«

Cal trat einen Schritt vor, und ich tänzelte davon und wirkte einen Luftschild, um ihn aufzuhalten.

»*Wenn*«, fuhr ich fort, und er leckte sich die Lippen und starrte mich mit einer Intensität an, die mein Herz höherschlagen ließ, »du ohne deine Vampirgeschwindigkeit vor mir bei den Schwelenden Quellen bist.« Ich wackelte verführerisch mit den Augenbrauen und Caleb grinste.

»Abgemacht«, stimmte er zu, und ich schob mich an Max vorbei, rannte zur Tür hinaus und zog einen erneuten Luftschild hinter mir hoch. Caleb prallte fluchend dagegen, und ich spürte, wie er die Magie mit einem Feuerball durchbrach, um mir nach unten zu folgen. Aber ich war bereits draußen, heulte den tiefroten Mond am Himmel an und rannte in

Richtung der Schwelenden Quellen in die Bäume davon.

»Los, Cal!«, rief Max uns hinterher, während Cals Schritte dicht hinter mir zu hören waren. »Knabber an seinem Hals!«

»Verräter!«, rief ich zurück, und Darius und Max' Gelächter brachte mich zum Grinsen, als ich weiterrannte.

Ich baute links und rechts von mir Luftschilde auf und hörte, wie Cal mit wütendem Knurren mit ihnen kollidierte. Mein Gelächter hallte durch die Luft, als ich einen Blick hinter mich warf, um ihn anzusehen. Fehler. Ich prallte gegen eine Erdwand, die Caleb errichtet hatte, stolperte rückwärts und verlor den Halt. Ich landete mit dem Arsch auf dem Boden und mein Kopf drehte sich.

Caleb raste mit einem Jubelschrei an mir vorbei, und ich knurrte, rappelte mich auf und setzte ihm nach. Wir verließen den Wald und erreichten das felsige Gelände des Feuer-Territoriums. Cal war auch ohne seine Vampirgeschwindigkeit schnell, aber ich war ein verdammt entschlossener Typ und sprintete ihm mit zusammengebissenen Zähnen hinterher. Mit einem Luftstoß riss ich ihm die Füße unter den Beinen weg und er flog über meinen Kopf, als ich erneut die Führung übernahm. Ich versuchte, ihn mir zu schnappen, während er wie ein Fisch ohne Wasser zappelte, aber er durchtrennte meine Kraft mit einer Ranke, die mich direkt am Arsch traf.

Ich heulte wie ein neugeborener Welpe, stolperte auf die Knie, umklammerte meinen Hintern und stellte fest, dass meine Jogginghose an dieser Stelle aufgerissen war und meine Haut von dem Schlag brannte.

Caleb rannte wieder an mir vorbei und lachte sich kaputt. Ich heilte die Wunde an meinem Arsch, während ich mich aufrappelte und mich beeilte, ihn einzuholen. Er begann, Löcher in die Erde zu reißen, und ich sprang immer wieder darüber, wobei ich schwer atmete und meine eigene Erdmagie einsetzte, um einige der größeren Löcher zu schließen, über die ich nicht springen konnte.

»Du versohlst mir den Hintern, Cal, ich versohle dir deinen!«, rief ich ihm nach und wirkte ein Paddel in meine Hand. Dabei konzentrierte ich meinen Blick auf mein pfirsichähnliches Ziel in seinen Jeans. Dieser Hintern gehörte *mir*.

Die Quellen tauchten vor uns auf und ich ließ Luft unter meine Füße strömen, sodass ich mit enormer Geschwindigkeit davonschoss. Der Sturm, den ich gewirkt hatte, trieb mich immer weiter in Cals Richtung.

Ich war so schnell wie eine Wildgans, die im Winter gen Süden flog, und dabei so lautlos wie eine Mücke, die in einem Aufwind gefangen war. Plötzlich krachte ich so hart mit Cal zusammen, dass wir beide zu Boden fielen, unsere Gliedmaßen sich verhedderten und unsere Köpfe aneinanderschlugen, während wir über die Erde rollten.

Caleb milderte den Aufprall mit seiner Magie und ließ uns weiter hüpfen, bis ich schließlich auf ihm lag – er mit dem Gesicht nach unten – und seinen Kopf in den Schlamm drückte. Ich zog ihm die Hose runter und versohlte ihm den Hintern mit dem Paddel, der Sieg zauberte mir ein breites Grinsen ins Gesicht und Caleb holte mit dem Ellbogen aus, traf mich im Gesicht und schleuderte mich auf den Rücken.

Ich ging zu Boden wie ein Sack Sand, keuchte und lachte, als ich das Paddel in meiner Hand verschwinden ließ und Caleb seine Hose wieder über seinen Arsch zog.

»Wichser«, knurrte er mich an, seine Reißzähne ausgefahren und vor Lachen prustend.

Ein massiver Fuß landete auf seinem Rücken und er wurde zu Boden gedrückt, als Darius lässig über ihn hinwegging. Max trat mir fast in den Schwanz, als er auch auf mir herumtrampelte.

»Ihr habt beide verloren«, sagte Darius, als er und Max offiziell den felsigen Bereich betraten, der zu den Quellen hin abfiel.

»Na-hein«, knurrte ich und stand auf. Aber Caleb war bereits auf den Beinen und rannte los, um es vor mir auf die Felsen zu schaffen. Dann drehte er sich zu mir um, und seine Augen leuchteten vor Freude.

»Blut«, verlangte er, und ich rollte mit den Augen, stapfte auf ihn zu und drückte ihm mein Handgelenk so fest gegen die Lippen, dass sein Kopf nach hinten ruckte.

»Du bist ein schlechter Verlierer«, stichelte er, packte meinen Arm und nahm sich Zeit, um genau zu entscheiden, wo er zubeißen wollte, während er meine Adern untersuchte.

Er bohrte seine Reißzähne in mich hinein und ich stieß ein wölfisches Knurren aus, womit er den Alpha in mir herausforderte und verlangte, dass ich ihn abwehrte. Aber er war der einzige Vampir auf der Welt, bei dem ich meine Instinkte zurückhalten konnte, um ihm zu erlauben, sich von mir zu ernähren. Es fühlte sich nicht so an, als würde er mir etwas wegnehmen. Vielmehr war es so, als würde er einem Teil meiner Seele Kraft geben. Und je mehr er trank, desto heftiger pochte mein Herz und desto mehr Blut konnte zwischen seine Lippen gelangen. Das Stöhnen, das er dabei von sich gab, ließ ein Lächeln über mein Gesicht huschen.

Es lag in meiner Natur, meine Rudelmitglieder zu befriedigen, und ich drückte meine Finger in seine Haare, kurz bevor er seine Reißzähne aus meiner Haut zog. Ich drückte etwas fester zu und beugte mich zu ihm hinunter, wobei ich seine Wange so streichelte, wie es seine Art normalerweise von niemandem akzeptierte. Aber bei mir und den anderen Erben trotzte alles den Gesetzen der Fae. Unsere Bedürfnisse waren alle einzigartig und widersprachen sich oft gegenseitig, aber irgendwie gelang es uns, ein Gleichgewicht zwischen uns zu finden. Und solange all unsere Bedürfnisse erfüllt wurden, funktionierte es.

Caleb brauchte Blut wie ich den Körperkontakt. Wir waren das genaue Gegenteil voneinander, aber dennoch balancierten wir beide jeweils ein Ende der Waage aus, wie es das Sternbild der Waage verkörperte.

»Besser?«, fragte ich ihn und er nickte. Seine Augen spiegelten für eine Sekunde den großen roten Mond wider und ließen ihn mehr wie eine Nymphe als einen Fae aussehen.

»Und du?«, fragte er und ich nickte, ließ ihn los, obwohl meine Finger immer nach mehr verlangten. Denn jedes Mal, wenn ich zu lange ohne die Wärme eines anderen Fae in meiner Nähe auskommen musste, erinnerte ich mich an die Prüfung, die meine Eltern mir als Jungtier auferlegt hatten, indem sie mich eine ganze Woche lang allein auf einem Berg mir selbst überlassen hatten. Wenn ich jetzt zu lange von meinen Brüdern getrennt war, erinnerte ich mich an diese Kälte. Dann spürte ich, wie sie meine Knochen erstarren ließ, wie die Angst in mir aufstieg und mich anflehte, sie wiederzufinden, um mich zu vergewissern, dass die anderen meiner Formgebung in der Nähe waren.

»Mir geht es immer gut, wenn du in meiner Nähe bist, Cal«, sagte ich und lächelte ihm schief zu, als wir Max und Darius folgten. Musik drang von den Quellen zu uns. Meine Hose war immer noch über meinem Arsch aufgerissen, aber ich genoss irgendwie die Brise, die über meine Pobacken tanzte. »Verschwinde nie wieder einfach so!«

»Werde ich nicht«, schwor Cal, und diese Worte legten ein eisernes Band um mein Herz und machten es so stark, dass niemand mehr hinein konnte. Niemand außer ihm und meinen Jungs.

CALEB

KAPITEL 2

Das dumpfe Trommeln der Musik, die fast an rituelle Klänge erinnerte, zog uns weiter in das Herz der Schwelenden Quellen, wo Dampfwolken aus den heißen Wasserbecken aufstiegen, uns umhüllten, unsere Sicht trübten, aber auch unsere Annäherung verbargen.

»Die königliche Blutlinie darf nicht vergessen werden!«, rief Geraldine laut und ihre Stimme hallte unter dem Einfluss eines Verstärkungszaubers von den Felsen wider. »Ebenso wenig wie der eigentliche Zweck des Celestia-Rates – zu dienen wie die Unterlegenen, die sie sind.«

Ein paar Jubelschreie, mehrere betrunkene Jauchzer und eine ganze Menge Buhrufe folgten.

Ich leckte mir die Lippen, mein Herz pochte vor Aufregung angesichts der bevorstehenden Herausforderung und der Geschmack von Seths Blut tanzte auf meiner Zunge.

Seit ich als Vampir erwacht war, hatte mir fast jeder und jede Fae Blut angeboten. Ich hatte die vergangenen Jahre damit verbracht, endlose Varianten meines Lieblingsgetränks zu probieren, aber nichts war mit dem Geschmack der anderen Erben zu vergleichen.

Nichts.

Und während der Blutmond tief, fett und rot am Himmel hing, wurde mein Verlangen nach mehr davon nur noch größer.

Meine Mutter hatte mich vorhin angerufen und mich daran erinnert, wie heiß der Blutrausch heute Nacht durch meine Adern strömen würde – egal, wie oft ich trank. Und ich wusste, dass ich viel mehr als diese kleine Kostprobe brauchen würde, um mich bis zum Sonnenaufgang zu befriedigen. Aber es war ein verdammt guter Anfang.

»Fallt nicht dem Reiz dieser vier schillernden Gestalten zum Opfer, die in unserer angesehensten Academy herumstolzieren, als wären sie dazu geboren, ihre unwürdigen Hintern auf den Thron unseres gefallenen Königs und seiner armen, ermordeten Kinder zu setzen! Denkt daran, dass sie nur Hunde ohne Herrchen sind, die frei zwischen einem Feld von Schafen herumlaufen und nach einer Macht lechzen, die ihnen nie zustehen wird!«

»Wem steht sie dann zu, Grus?«, rief Max, als er zwischen zwei sprudelnden Becken um eine Ecke trat, und wir anderen folgten ihm in den offenen Bereich, in dem sie ihre kleine Rede hielt.

Geraldine, die auf einem Baumstumpf stand, von dem ich annehmen musste, dass sie ihn mit ihrer Erdmagie erschaffen hatte, wirbelte zu uns herum. Der türkisfarbene Taft, mit dem sie sich eingewickelt hatte, flatterte bei der Bewegung, als sie ihr Kinn hob und auf uns herabblickte.

»Oh-ho!«, rief sie. »Wenn man von den verleumderischen Salamandern spricht, dann werden sie auch kommen!«

Die etwa dreißig Studenten, die sich um sie versammelt hatten, erstarrten, als sie unsere Ankunft bemerkten. Sie rutschten unbehaglich auf den Felsen hin und her. Die meisten von ihnen waren in Badekleidung und sahen aus, als hätten sie die Quellen genossen, anstatt extra für diese Zusammenkunft der Geraldine-Gang hier aufzutauchen.

Ich betrachtete das Poster, das Geraldine hinter sich an einen Felsen geklebt hatte, und musste angesichts der Worte darauf schmunzeln.

Schließt euch der Fraktion Elitärer Utopisten für Cultische Heiligkeit und Tradition *an – holt euch noch heute euer F. E. U. C. H. T.-Abzeichen!*

Am unteren Rand ihres Plakats war Platz für Leute, die sich ihr anschließen wollten. Sie hatte genau eine Anmeldung und das war sie selbst; das große braune F. E. U. C. H. T.-Abzeichen hatte sie stolz über der Brust ihres beeindruckenden Kleides befestigt. Ein ganzer Eimer dieser Abzeichen wartete neben ihr – in der Hoffnung, dass jemand eines davon beanspruchen würde.

»Wen nennst du hier einen Salamander, Grus?«, knurrte Max, schlenderte auf sie zu und zog sein Hemd aus, um die marineblauen Schuppen zu enthüllen, die über seine Haut krochen.

Seth stupste mich mit einem aufgeregten Grinsen an und ich lächelte zurück. Wir warteten beide darauf, zu sehen, mit welcher Emotion er sie zuerst unter Kontrolle bringen würde.

»Nimm dir einen Moment, um über dein Spiegelbild nachzudenken, du fette Forelle«, sagte sie abweisend. »Dann wird sich deine Frage von selbst beantworten.«

Angst breitete sich in mir aus, als Max seine Finger bewegte, und ich gab mich einen Moment lang der Kälte hin, bevor ich meine mentalen Schutzschilde verstärkte und ihn ausblendete.

Die Menge wich zurück, als sie den Druck seiner Gaben spürte, und wir vier pirschten uns langsam vorwärts, während die Luft vor Spannung knisterte. Alle schienen darauf zu warten, herauszufinden, was als Nächstes passieren würde, und das Gefühl der Angst wurde immer stärker.

Darius streckte die Hand aus, um die Musik auszuschalten, nahm eine Flasche von dem Tisch mit den Getränken, die für diese kleine Party zusammengetragen worden waren, und schraubte den Verschluss ab, bevor er einen großen Schluck daraus nahm.

Seine Augen leuchteten auf, als er schluckte, und er grinste breit, gerade als eines der Mädchen aus seinem Haus auf ihn zukam und seinen Arm berührte.

»Ähm, Darius? Ich dachte nur, du solltest wissen, dass sich in dieser Flasche *Footloose Faraday* befindet«, sagte sie und biss sich auf die Lippe, was definitiv ein Versuch der Verführung war, während sie eine rote Haarlocke um ihren Finger wickelte. Sie war ziemlich heiß, aber entweder war Darius nicht in der Stimmung für Sex oder er stand einfach nicht auf sie. Er schenkte ihr kaum einen Blick, sondern konzentrierte sich auf Max, der immer noch Grus gegenüberstand, die ihn finster anblickte, während sie die Auswirkungen seiner Sirenengaben bekämpfte.

»Danke, Marge«, sagte Darius abweisend, schüttelte sie ab und reichte mir die Flasche. »Ist mir aufgefallen.«

Ich zuckte mit den Schultern, nahm sie an und beschloss, meine Hemmungen fallen zu lassen und selbst einen großen Schluck von dem magischen Getränk zu nehmen, dessen Hitze beim Schlucken bis in die Magengrube spürbar war.

Seth riss mir die Flasche aus der Hand, bevor ich fertig war, und sein wölfischer Gesichtsausdruck brachte mich zum Lachen, während ich ihn gleichzeitig verfluchte. Das Getränk lief meine Brust hinunter und durchnässte mein Hemd.

»Du wirkst ein wenig angespannt, Grus«, knurrte Max, als er näher auf sie zuging, aber ehrlich gesagt konnte ich das so nicht bestätigen. Sie hatte ihr Kinn hocherhoben und diesen stolzen Gesichtsausdruck aufgesetzt, den sie immer dann zur Schau stellte, wenn sie einen von uns ansah. Und sie starrte ihn einfach nur an und forderte ihn heraus, seine schlimmste Seite zu zeigen.

»Ich fürchte die Psychospielchen eines launischen Sandkastenkönigs nicht, der sich als Herrscher gebärdet«, höhnte sie. »Keiner deiner ausgefallenen Flossen-Tricks bringt mich zum Stottern, du kampflustiges Krustentier.«

Max verhärtete seine Gesichtszüge, als er sich ihr weiter näherte, und die Leute an der Front der Menge wichen zurück. Einer von ihnen schrie vor Schreck auf und rannte in Richtung der Felsbecken davon, als Max' überschäumende Gaben zu viel für ihn wurden.

Seth leerte die *Footloose-Faraday*-Flasche, und seine Augen blitzten silbern auf, als sein innerer Wolf erwachte. Er warf die Flasche beiseite, die gegen einen Felsen knallte, und eine Studentin schrie laut auf. Der Lärm ging schnell in ein erschrecktes Wiehern über, als sie die Kontrolle verlor und sich in ihre Pegasusform verwandelte. Ihr Bikini platzte, das Gummiband riss und traf Max am Auge.

Er schrie auf, als er die Kontrolle um seine Gabe verlor, und mir rutschte das Herz in die Hose, als ungezügelte Angst aus ihm herausströmte und sich ziellos auf jede einzelne Person in unserer Umgebung ergoss.

Seth heulte, als er von einem fliehenden Greif fast zertrampelt wurde, und Darius lachte, während er den Klauen eines Mantikors auswich, der in den Himmel davonflog – eine halb zerfetzte Badehose hing an einer seiner pelzigen Arschbacken.

Ich schoss von dem Chaos und den schluchzenden Studenten weg und schärfte meine mentalen Schutzschilde, während die Mauer des Schreckens über alle hereinbrach. Der Anblick all der weglaufenden Studenten trieb meine Blutlust auf neue Höhen.

Ich raste zwischen den Leuten hindurch, meine Reißzähne schnappten hervor und der Wunsch, die Verfolgung aufzunehmen, verzehrte mich, während eine kleine Stimme in meinem Hinterkopf säuselte: *Warum nicht?*

Die Stimme bestand zu etwa drei Teilen aus dem magischen Getränk und zu vier Teilen aus meinen eigenen tierischen Instinkten. Und bevor ich mich zurückhalten konnte, stürzte ich mich auf das Mädchen, das immer noch in einem türkisfarbenen Taftkleid über dem Chaos stand, um die Leute dazu aufzurufen, sich ein F. E. U. C. H. T.-Abzeichen zu schnappen, bevor sie gingen.

Geraldine schrie auf, als ich mit ihr zusammenstieß. Aber bevor sie etwas tun konnte, um sich zu wehren, hatte ich sie bereits gegen den felsigen Rand eines der Becken gedrückt und meine Reißzähne tief in ihrem Hals versenkt.

Ich stöhnte angesichts des Geschmacks ihres Blutes, das über meine Zunge rann, während ich mich an den leichten Stoff klammerte, der ihren Körper bedeckte. Als ich gierig trank, spürte ich, wie der Einfluss des Blutmondes auf mich einstürzte.

Verdammt, sie war stark! Ihr Blut war eine Mischung aus Aromen, die mich an das verwirrende Gefühl erinnerten, drei verschiedene Lieder zu hören, die alle gleichzeitig spielten.

»Nimm deine Beißerchen aus meinem Hals, du lockenköpfiger Lothario! Sonst sehe ich mich gezwungen, mich zu verteidigen!«, schrie Geraldine und schlug mir mit beträchtlich mehr Kraft auf die Schultern, als es meine Beute normalerweise unter dem Einfluss meines Giftes zustande brachte.

Ich knurrte sie an, während ich weitertrank. Die Blutlust sorgte dafür, dass sich meine Muskeln anspannten, während ich mir nahm, was ich brauchte, gierig schluckte und ihre Proteste ignorierte.

Ihr Taft raschelte wie eine Schlange im langen Gras und ihr Knie kollidierte so plötzlich mit meinem Schwanz, dass ich mit einem Fluch zurückwich, sie von meinem Biss befreite und keuchend meine Eier umklammerte.

»Bei den verdammten Sternen!«, zischte ich, kurz bevor Max mir eine Faust ins Gesicht rammte und mich auf den Hintern beförderte, während er mir seine Zähne zeigte.

»Halt dich zurück, Arschloch, das ist mein Kampf!«, warnte er, und seine Augen blitzten herausfordernd, aber ich hatte nicht vor, nachzugeben.

Ich heilte meine Eier mit einem Zauber und sprang auf, ein Lächeln breitete sich auf meinem Gesicht aus, als ich mich meinem Bruder stellte und mich auf den Kampf vorbereitete, den er mir anbot.

Aber bevor wir richtig loslegen konnten, erregte eine Bewegung zu meiner Linken meine Aufmerksamkeit. Meine Augen weiteten sich vor Schreck – eine Sekunde bevor Geraldine eine riesige Kugel stinkenden, tropfenden Schlamms direkt auf uns schleuderte.

Ich schoss mit meiner Vampirgeschwindigkeit davon, bevor der Schlag landen konnte, aber Max hatte nicht so viel Glück und bekam den ganzen Haufen ins Gesicht, als er sich der Bedrohung zuwandte. Schließlich war er von Kopf bis Fuß damit bedeckt.

»Nimm das, du aufgeblasener Kugelfisch!«, schrie Geraldine. »Ich werde für immer F. E. U. C. H. T. sein und du wirst mich niemals davon abhalten können!«

Sie riss sich ihr Kleid vom Leib, während alle, die noch anwesend waren, sie geschockt anstarrten. Und ich erhaschte einen Blick auf ihre riesigen Brüste, etwa zwei Sekunden bevor sie sich in ihre riesige Zerberusform verwandelte und mit einem bellenden Lachen davonrannte, das von allen Felsen, die uns umgaben, widerhallte. Die Tasche mit den F. E. U. C. H. T.-Abzeichen und ihr Kleid waren jeweils in den Kiefern eines ihrer drei Köpfe eingeklemmt.

Ich konnte mich vor Lachen kaum halten, fasste mir an die Seite und lehnte mich an den Rand des Felsens. Max stieß einen herausfordernden Schrei aus, der die Luft um uns herum durch seine Emotionen zum Vibrieren brachte. Eine Mischung aus Wut, Lust und Belustigung durchströmte mich und ich öffnete mich ihr, genoss das Gefühl seiner Kraft, die meine eigenen Gefühle für ein paar Minuten vertrieb und mir einen verrückten Kick verschaffte.

Eine ganze Armee von weiblichen und männlichen Fans lauerte uns nun auf, bestehend aus den Leuten, die es geschafft hatten, die Schreckenswelle zu überstehen, oder die aufgetaucht waren, als sich die Nachricht von unserem Erscheinen auf dem Campus verbreitet hatte. Wie es eben immer der Fall war. Die Leute klimperten mit den Wimpern, ließen ihre Muskeln spielen und versuchten alles, um die Aufmerksamkeit jener Erben auf sich zu ziehen, die eines Tages über das gesamte Königreich herrschen würden.

Ich war für diese Aufgabe geboren und damit aufgewachsen und hatte eine Vorstellung davon gehabt, wie es für uns sein würde, wenn wir nach unserem Erwachen in die Welt hinausgingen. Aber auf die Realität dessen, was wir hier vorfanden, hätte sich keiner von uns vorbereiten können.

In den Jahren seit unserem frühen Erwachen waren wir vier privat und getrennt von allen anderen unterrichtet worden. Wir hatten alle grundlegenden Lektionen erhalten, die während unseres ersten Studienjahres und darüber hinaus unterrichtet werden würden, und wir hatten zusätzliches Training in allen Kampfsportarten absolviert, um sicherzustellen, dass wir diesen Ort im Sturm erobern konnten, sobald wir ankamen. Das hatten wir getan – und noch viel mehr. Wir waren nur nicht vollständig darauf vorbereitet gewesen, wie es sein würde, an diesen Ort gebracht zu werden, weg von der schützenden Obhut unserer Eltern und unter Fae, die wir nicht kannten. Die ständige Aufmerksamkeit war überwältigend, Mädchen und Jungs warfen sich uns permanent an den Hals, wollten unsere Freunde sein oder mehr. Hauptsache, sie konnten sich uns auf irgendeine Art und Weise anschließen.

Und wir machten bei jeder Gelegenheit das Beste daraus.

Ich konnte keinen Raum betreten, ohne dass sich eine Fae-Schlange bildete, die mir ihr Blut anbot. Und es wäre verdammt unhöflich gewesen, es abzulehnen.

Seths Rudelmitglieder waren mittlerweile aufgetaucht, hielten sich in der Nähe auf und versuchten, ihm nahe zu kommen, wie sie es die meiste Zeit taten. Sie beobachteten ihn genau und warteten darauf, dass seine Aufmerksamkeit auf sie fiel. Er grinste, als er sie entdeckte, und bedachte sie mit erhitzten Blicken. Ich war mir sicher, dass er mit seinem Schwanz dachte, während er sie der Reihe nach betrachtete.

»Ich werde dieser royalistischen Spinnerin eine Lektion erteilen«, knurrte Max, während ein Wasserzauber aus seinen Händen strömte, den er auf sich selbst richtete, um den Schlamm wütend fortzuspülen.

Eine Gruppe von Fae versuchte verzweifelt, nicht zu lachen, aber ich machte mir nicht die Mühe, meine Belustigung zu verbergen. Laut lachend schoss ich zur Seite, als er mir verärgert Wasser entgegenspritzte, und blieb auf einem Felsvorsprung neben Seth stehen, wo ich meinen Arm prompt um seine Schultern legte. Er lachte ebenfalls.

»Brauchst du Hilfe bei der Jagd, Bruder?«, fragte ich, als Max fertig war, sich zu waschen, und sich abwandte, um Geraldine zu folgen.

»Nein«, antwortete er mit einem grimmigen Knurren.

»Schick uns aber ein Bild, wenn sie es wieder schafft, dich mit Scheiße zu bewerfen, ja?«, rief Seth ihm nach. Max zeigte uns über seine Schulter den Mittelfinger, bevor er den felsigen Pfad hinunter verschwand, den Geraldine eingeschlagen hatte.

»Hm, das war viel zu einfach«, seufzte Darius, als er sich uns mit einem weiteren Drink, den ihm die Rothaarige gegeben hatte, anschloss. Sie folgte uns mit einem hoffnungsvollen Gesichtsausdruck, während sie ihn so anschmachtete, dass ich ihren Pornoblick nicht länger ertragen konnte und wegsehen musste. »Ich hatte heute Abend auf einen echten Kampf gehofft.«

»Hat dich der Blutmond auch in Stimmung gebracht?«, neckte ich ihn und grinste dabei, während ich seinen Puls am Hals beäugte.

»Wann bin ich nicht in Stimmung für einen Kampf?«, gab er zurück und blickte hoffnungsvoll von uns weg, als könnte sich ein anständiger Gegner in Sichtweite befinden.

Doch niemand trat vor. Stattdessen wurde sein herausfordernder Blick nur mit gesenkten Köpfen und Unterwürfigkeit beantwortet, und er seufzte enttäuscht.

»Ich trete dir gern in den Hintern, wenn du auf einen Kampf aus bist«, schlug ich vor und ließ meine Reißzähne aufblitzen, als er mich wieder ansah und seine Pupillen sich zu den reptilienartigen Schlitzen seiner Drachenform veränderten.

»Komm mit uns laufen, Alpha«, bat ein Mädchen, bevor Darius meine Herausforderung annehmen konnte. Und wir warfen einen Blick auf Seth, als seine Rudelmitglieder beim bloßen Gedanken daran anfingen, auf und ab zu hüpfen. Das Heulen, das sie kollektiv ausstießen, hallte über die Quellen und bescherte mir eine Gänsehaut.

Seth legte den Kopf in den Nacken und schaute zum Mond auf, und ich beobachtete, wie seine Gesichtszüge bei dem Gedanken daran aufleuchteten, obwohl er zögerlich in unsere Richtung blickte. Als wäre er hin- und hergerissen, ob er mit seinesgleichen davonlaufen oder bei uns bleiben sollte.

»Wie wäre es, wenn wir alle eine Runde laufen gehen?«, fragte ich. »Eine Runde um das Gelände und dann zurück – zum Kämpfen, Feiern und was auch immer uns sonst noch in den Sinn kommt.«

»Läufst du diesmal wirklich mit uns?«, fragte Seth und kniff misstrauisch die Augen zusammen. »Denn als du das letzte Mal mit meinem Rudel mitgelaufen bist, hast du dich einfach verpisst, um zu vögeln, und mich im Dunkeln zurückgelassen.«

Ich schmunzelte, weil das eine zutreffende Einschätzung war, und streckte ihm dann meine Hand entgegen. »Ich schwöre, dass ich mich dieses Mal nicht davonschleiche, um Sex zu haben«, versprach ich, und Seth lächelte breit, bevor er seine Hand in meine legte. Ein magisches Klatschen ertönte zwischen unseren Handflächen, als der Deal besiegelt wurde.

Seth wandte sich seinem Rudel zu und heulte es an, und sie jubelten alle, jauchzten lauthals und zogen sich in aller Eile aus, um sich auf ihre Verwandlung vorzubereiten.

Auch Darius zog sich aus und warf sein Getränk der Rothaarigen zu, die aussah, als würde sie gleich den ganzen Boden vollsabbern. Er drehte ihr den Rücken zu, bevor er seine Hose fallen ließ und sich so plötzlich verwandelte, dass mehrere Fae aufschrien.

Schließlich sah man nicht jeden Tag einen zehn Tonnen schweren Drachen vor sich auftauchen, und Darius war ein wunderschönes goldenes Biest, wenn er in seiner verwandelten Form war.

Er erhob sich mit einem Schlag seiner mächtigen Flügel und einem Gebrüll, das laut genug war, um die Felsen um uns herum zum Vibrieren zu bringen. Seth verwandelte sich als Nächstes, machte einen Satz nach vorn und landete auf den vier riesigen weißen Pfoten seiner Wolfsform. Er heulte laut auf, als sich sein gesamtes Rudel hinter ihm verwandelte, und gemeinsam stoben sie alle den felsigen Pfad entlang in Richtung des Feuer-Territoriums östlich der Schwelenden Quellen davon.

Ich warf einen Blick auf die Rothaarige, die ihnen mit offenem Mund nachstarrte, und ich rutschte näher an sie heran, während meine Reißzähne kribbelten.

»Hey Marge?«, fragte ich und brachte sie dazu, sich umzudrehen und mich anzusehen.

»Eigentlich heiße ich Marguerite«, korrigierte sie und ich nickte, als würde mich das irgendwie interessieren.

»Richtig. Ja. Ich dachte, du könntest mir einen Drink spendieren?«

Sie blinzelte mich an, nickte dann und eilte zum Getränketisch, als hätte ich einen verdammten Kellner gerufen. Ich seufzte, eilte ihr hinterher, packte sie am Handgelenk und biss zu, bevor sie überhaupt wieder zu mir aufblicken konnte. Der Mond machte mich heute Nacht verdammt unersättlich und ich knurrte, als ich von ihr trank, denn der fade Geschmack ihres Blutes reichte nicht einmal annähernd an das heran, was ich brauchte. Bei den Sternen, es war stinklangweilig. Es schmeckte so öde wie lauwarmes Pfützenwasser.

»Oh, tut mir leid«, keuchte sie. »Ich wusste nicht, dass du das gemeint …«

Ich unterbrach sie, indem ich sie losließ, ihren Arm zurückstieß und dem Drang widerstand, mir den Mund an meinem Handrücken abzuwischen. Mein Blick wanderte zu dem Pfad, den Seth eingeschlagen hatte, und die Erinnerung an sein berauschendes Blut in meinem Hals kreiste in meinem Kopf. Mit einem Knurren bereitete ich mich darauf vor, dem nachzugehen, wonach ich mich wirklich sehnte.

»Erzählst du Darius, dass du von mir getrunken hast?«, rief Marge, als ich mich von ihr entfernte. »Damit er weiß, wie bereit ich bin, alles zu tun, um alle Erben zu unterstützen.«

»Klar, sicher«, stimmte ich abweisend zu und vergaß, wozu ich mich bereit erklärt hatte, bevor sie überhaupt zu Ende gesprochen hatte. Und als sie anfing, davon zu reden, dass ich ein gutes Wort für sie einlegen sollte, damit sie den Schwanz meines besten Freundes lutschen konnte, machte ich mich aus dem Staub. Sie konnte sich gern Darius' Schwanz verpflichten, wenn sie wollte. Er hatte bereits eine ganze Schar von Mädchen, die das getan hatte, also würde ich meine Zeit nicht damit verschwenden, ihr zu versprechen, ihn speziell auf sie aufmerksam zu machen. Man konnte nie wissen, vielleicht würde er sich ja für sie entscheiden, wenn sie sich genug Mühe gab, aber das war nicht meine Sache.

Ich floh vor ihrem langweiligen Blut und ihren verzweifelten Worten und rannte dem heulenden Wolfsrudel mit Höchstgeschwindigkeit hinterher, während die Nachtluft meine Locken zerzauste und die Euphorie meiner Geschwindigkeit mein Herz zum Rasen brachte.

Ich hielt meine Hände vor den Mund und heulte dem Blutmond entgegen. Seths Antwortgeheul kam von weiter vorn, bevor es das gesamte Rudel auf den Plan rief.

Ich rannte zwischen den pelzigen Körpern der Wölfe hindurch und lachte, als die Mischung aus Alkohol und Adrenalin mein Herz zum Rasen brachte, und machte mich auf den Weg zu Seth, um an seiner Seite zu rennen.

Darius brüllte, als er über uns hin und her fegte, und wir alle heulten zu ihm auf, während wir in einer Flut von Bestien über den Campus rasten. Oh, uns lag die ganze Welt zu Füßen!

Seth stupste mich mit seiner großen Wolfsnase an, als wir zusammen rannten, und mein Herz schwoll mit einer reinen Art von Glück an, die ich nur in der Gesellschaft meiner besten Freunde empfand.

So liefen wir über eine Stunde lang, und als wir uns endlich wieder den Schwelenden Quellen näherten, schoss ich vor ihnen her, zog mich aus und schnappte mir eine Flasche Wodka, bevor ich auf das größte beheizte Becken mitten im Herzen der Quellen zurannte.

Kurz bevor ich splitternackt ins Wasser springen konnte, zwang mich eine Bewegung dazu, abrupt innezuhalten, und meine Reißzähne fuhren aus, als ich Lance Orion in seinem Professor-Bullshit-Anzug gegenüberstand. Auch er knurrte mich mit ausgefahrenen Reißzähnen an.

»Fünfzig Punkte Abzug für Terra, weil Sie einem Lehrer Ihren Schwanz gezeigt haben, Altair«, blaffte er und rümpfte die Nase, als er mich anfunkelte. Aber ich funkelte wütend zurück.

»Und was verlieren Sie, wenn Sie sich Ihrem zukünftigen Herrscher gegenüber wie *ein Schwanz* verhalten?«, erwiderte ich bissig, während ich die Wodkaflasche an meine Lippen hob und einen so großen Schluck nahm, dass mir schwindelig wurde. Es war trotzig und irgendwie sinnlos, aber die Rivalität zwischen uns brachte immer den eingebildeten Arsch in mir zum Vorschein.

»Wir beide wissen, dass ich nichts mehr zu verlieren habe, weshalb ich auch in Betracht ziehe, Sie umzubringen – und das nur aus reinem Nervenkitzel«, sagte er mit ausdrucksloser Miene.

Ein Brüllen unterbrach uns und Darius stürzte vom Himmel herab, wich im letzten Moment aus und landete auf zwei Beinen in dem Raum zwischen uns.

»Lance«, sagte er zur Begrüßung und ich bemerkte, dass er keine Hauspunkte abgezogen bekam, weil er seinen verdammten Schwanz zur Schau stellte.

»Darius«, antwortete Orion und warf mir einen finsteren Blick zu, bevor er fortfuhr. »Ich habe eine Spur zu einigen der Dinge, bei denen Sie mir helfen wollten.«

»Wirklich?«, fragte Darius und seine Augen leuchteten auf, was mich zusammenzucken ließ.

»Was ist mit unserem Kampf?«, fragte ich ihn, als er sich aufmachte, um die Kleidung zu suchen, die er zuvor ausgezogen hatte. Offensichtlich hatte er vor, uns für seinen Superfreund sitzen zu lassen. Orion sah auch deswegen ziemlich selbstgefällig aus, und ich warf ihm einen vernichtenden Blick zu.

»Ich habe eben ein besseres Angebot bekommen«, antwortete Darius, zog seine Jeans hoch, schlüpfte in seine Schuhe und machte sich nicht die Mühe, sein Hemd zu suchen, bevor er sich umdrehte, um Orion zu folgen. »Ich trete dir morgen früh in den Arsch.«

Ich öffnete den Mund, um ihnen etwas nachzurufen, aber als ich meinen eigenen Namen hörte, wandte ich mich dem Wasser zu. Eine Gruppe von vier Mädchen winkte mir kichernd zu. Sie waren alle splitternackt und die Einladung war eindeutig.

Ein Knurren kroch mir die Kehle hinauf und ich legte den Kopf in den Nacken, um zum Mond aufzuschauen, der jetzt voll und rund genau in der Mitte des Himmels hing. Die Anziehung seiner Kraft war jetzt am stärksten, und mein Blut pochte heiß und schnell in meinen Adern, während das Bedürfnis zu trinken, mich verzehrte.

Ich schoss ins Wasser und entlockte den Mädchen ein Kreischen, als sie mich in weniger als einem Herzschlag zwischen sich entdeckten. Ich grinste diejenige an, die mir am nächsten war, als sie nach mir griff.

»Du siehst durstig aus«, sagte sie und biss auf ihre Unterlippe. Die rote Farbe des Mondlichts ließ ihre dunkle Haut in seinem Schein erstrahlen und das Verlangen meiner Art wuchs auf ein verzweifeltes Maß.

Ich nickte kurz, bevor ich sie packte und meine Zähne in ihre Kehle bohrte, sodass sie laut aufstöhnte, als unsere nackten Körper aneinandergepresst wurden.

Ihr Blut schwappte über meine Zunge und ich trank es mit schmerzender Brust, die durch das leise Summen der Kraft, die in ihren Adern floss, in keiner Weise befriedigt wurde.

Ihre Freundinnen scharten sich um mich und pressten ihre Körper von allen Seiten gegen meinen. Harte Brustwarzen und umherwandernde Finger tanzten über meine Haut und weckten andere Bedürfnisse in mir, aber das reichte nicht.

Ich zog meine Reißzähne aus dem Hals des Mädchens, drehte mich um, packte das Handgelenk derjenigen zu ihrer Linken, versenkte meine Zähne tief in ihr und knurrte, als ich noch weniger Kraft in ihren Adern schmeckte. Mein Herz pochte immer schneller mit dem Verlangen nach mehr.

Jemand schlang seine Hand um meinen Schwanz, der mit Mühe und Not hart wurde, aber das unbefriedigende Blut war ein echter Abturner, egal, wie viele Mädchen mich umringten. Ich riss meine Reißzähne wieder zurück, denn selbst der Anblick ihres Bluts, das sich mit dem sprudelnden Wasser vermischte, reichte bei Weitem nicht aus, um mein Interesse an ihnen zu wecken.

Im Ernst, ich konnte den Mond in meinen Ohren flüstern hören. Und er drängte mich, mehr zu nehmen und das zu finden, wonach ich mich sehnte. Ich drehte mich so schnell um, dass die Mädchen erneut aufschrien, obwohl das Mädchen, dem ich gegenüberstand, nicht zurückwich, sondern den Kopf anbot und die brünetten Locken zur Seite schob, um mir einen besseren Zugang zu ermöglichen.

Ich biss sie fester als beabsichtigt, obwohl das laute Stöhnen, das sie ausstieß, verriet, dass ihr das gefiel. Und ihre Hand fand meinen Schwanz erneut unter Wasser. Sie streichelte ihn, während ich ihr Blut in gierigen Schlucken hinunterwürgte, nur um erneut enttäuscht zu werden.

»Fuck!«, fluchte ich, als ich meine Zähne auch aus ihrer Haut zog und ihre Hand beiseite schlug. »Ich brauche mehr.«

Ich drehte mich um und musterte das letzte Mädchen, das gerade seine eigenen Brüste streichelte und sich mit gespreizten Schenkeln an den felsigen Rand des Pools lehnte. Mit einem verlockenden Verlangen in den Augen schien es auf mich zu warten.

Aber bevor ich mehr Aufmerksamkeit aufbringen konnte, kündigte ein lautes Platschen das Eintreffen des Wolfsrudels an. Alle dreißig Wölfe tauchten in Formgebung in den Pool ein und verwandelten sich unter der Oberfläche, was den Rest der Partygäste in helle Aufregung versetzte.

Seth tauchte direkt vor mir auf und Wasser rann über seine durchtrainierten Bauchmuskeln, während er seine langen braunen Haare nach hinten warf. Er sah so aus, als würde er in einer Art Video für seine Fans auftreten, und ich musste schwer schlucken, als ich ihn ansah.

Seine dunklen Augen trafen meine, als er sich mit den Fingern durch die Haare fuhr, um sie aus seinem Gesicht zu streichen. Der wilde Ausdruck in seinem Gesicht verriet mir, dass der Wolf in ihm unter dem Einfluss dieses verdammt schönen Mondes immer noch sehr präsent war.

»Hey, Cal«, sagte er, seine Stimme eine raue Umschmeichelung meines Namens, woraufhin ich augenblicklich die Zähne fletschte. »Bist du immer noch durstig?«, fragte er überrascht, obwohl seine Augen vor Aufregung über diese Tatsache leuchteten.

»Die Bestie in mir lässt sich heute Nacht nicht so ohne Weiteres zähmen«, antwortete ich, während mein Herz immer schneller schlug, als er sich mir näherte. Und ich konnte nicht anders, als auf die Pulspunkte an seinem entblößten Körper zu starren, wo sein Blut nach der Anstrengung seines Laufs heiß und schnell pumpte.

»Tja, ich wette, ich kann dir dabei helfen«, sagte er, kam auf mich zu und brachte mich dazu, mir die Lippen zu lecken, während meine Aufmerksamkeit auf eine pochende Ader fiel, die sich durch das V an der Basis seiner Bauchmuskeln zog – kurz, bevor das Wasser um seine Taille schwappte, um sie zu verbergen.

Er blieb vor mir stehen, ließ seinen Blick meinen Körper hinuntergleiten und brachte mich zum Lächeln, da er sich nicht die Mühe machte, seine Wertschätzung zu verbergen.

»Verdammt, bist du sicher, dass du nicht wenigstens ein bisschen schwul bist, Cal?«, neckte er mich. »Denn du siehst echt gut aus, so nass und durstig.«

Ich nahm einen großen Schluck aus meiner Wodkaflasche und zuckte mit den Schultern. »Deine Titten sind nicht groß genug für mich«, erklärte ich, während ich ihm die Flasche hinhielt. Aber als ich einen gezielten Blick auf seine Brust warf, um meinen Standpunkt zu verdeutlichen, konnte ich nicht behaupten, ein Problem mit den definierten Konturen seiner Brustmuskeln zu haben.

Seths Finger berührten meine, als er mir die Flasche abnahm, und ich zwang mich, stillzuhalten, obwohl mein Blick auf seinen Hals gerichtet war und meine Reißzähne vor Verlangen, ihn zu beißen, praktisch zu pochen begannen. Um das zu bekommen, wonach ich mich sehnte und was der Mond verlangte.

Seth trank die Flasche leer und warf sie dann einem seiner

Rudelmitglieder zu, der gerade an uns vorbeischwamm. Der Typ fluchte, als die Flasche ihn so hart am Kopf traf, dass er blutete, aber Seth ignorierte ihn komplett.

Ich schenkte dem Blut des Typen auch keine Beachtung, sondern gab meine Zurückhaltung auf und stürzte mich auf Seth. Dabei ergriff ich sein Kinn und steuerte so abrupt auf seinen Hals zu, dass Seth überrascht nach Luft rang. Aber das Arschloch hatte offenbar damit gerechnet, dass ich zubeißen würde, und ich fluchte, als meine Reißzähne auf einen soliden Luftschild trafen, den er eine Haaresbreite von seiner Haut entfernt platziert hatte. Mit einem Knurren zuckte ich zurück.

»Hey, mach mal langsam, Großer«, rief Seth lachend, als Erdmagie in meinen Handflächen aufflammte. Ranken wanden sich an meinen Armen empor, während ich mich bereit machte, gegen ihn zu kämpfen, um meinen Durst endlich zu stillen.

»Lass mich von dir trinken, Seth!«, zischte ich. Mir schwirrte der Kopf vor lauter Verlangen, während ich spürte, wie der Blick des Mondes noch stärker auf mich drückte.

»Du siehst aus, als müsstest du mal flachgelegt werden, Bruder.« Seth lachte und deutete auf die Mädchen, die immer noch versuchten, meine Aufmerksamkeit zurückzugewinnen. Aber ich hatte praktisch vergessen, dass sie überhaupt da waren.

»Die können mir nicht geben, was ich brauche«, knurrte ich und fletschte herausfordernd die Zähne. Ich stand verdammt noch mal kurz davor, mich ihm aufzuzwingen, und als er mich musterte, schien er endlich zu begreifen, wie verzweifelt ich wirklich war.

»Ja ... das sehe ich. Komm schon, ich habe eine Idee.«

Seth nahm meine Hand und ich runzelte die Stirn, als er mich hinter sich herzog. Aber ich gab nach, mein Verlangen nach seinem Blut war zu stark, um ihm zu widerstehen. Meine Aufmerksamkeit fiel wieder auf seine Kehle, während sich sein Griff um meine Finger wie das Einzige anfühlte, das mich in diesem Moment verankerte.

Er bellte seinem Rudel zu, für uns zur Seite zu gehen, zog mich durchs Becken, bevor er unter einen Wasserfall aus heißem Quellwasser schritt und mich in die abgelegene Höhle dahinter zog.

Als wir den dunklen Raum erreichten, ließ Seth mich los. Das schimmernde Wasser ließ die Höhlenwand in einer Vielzahl winziger Regenbogen erstrahlen, die auch über seine nasse Haut tanzten und ihn wie eine Art ätherisches Wesen erscheinen ließen, das der Mond selbst zu mir gebracht hatte.

Er grinste mich an, während er sich ins Wasser setzte, den Kopf zur Seite neigte und mich interessiert ansah.

»Du schirmst dich immer noch ab«, sagte ich mit leiser Stimme, meine Beherrschung hing am seidenen Faden, und ich ließ meine Reißzähne in meine Unterlippe sinken, um ihnen eine kleine Gnadenfrist zu gewähren.

Seths Grinsen wurde breiter, als ihm klar wurde, dass ich ihn ertappt hatte, und er zuckte mit den Schultern, ohne sich die Mühe zu machen, es zu leugnen.

»Irgendwie gefällt es mir, das Biest in dir zu sehen, Cal. Ich überlege, es noch ein bisschen mehr zu reizen, nur, um herauszufinden, wie tief deine Dunkelheit geht, wenn du in die Enge getrieben wirst.«

Seine Worte entfachten ein Feuer in mir und ich trat einen Schritt nach vorn, aber bevor ich die Distanz zwischen uns verringern konnte, tauchte ein Mädchen hinter mir durch den Wasserfall und zog meine Aufmerksamkeit auf sich.

»Ich dachte, Alice könnte uns helfen, diese Party ein wenig aufzumischen«, erklärte Seth und winkte sie mit einem Finger zu sich. Sie lächelte mich verführerisch an, als sie an mir vorbeiging, und ließ ihre Hand über meinen Arm gleiten, bevor sie sich auf Seths Schoß setzte und ihn leidenschaftlich küsste. Ich stand einfach nur da und sah ihnen zu.

Seth öffnete die Augen, während er sie weiter küsste, und der silberne Glanz kehrte zurück, als er mich ansah. Die Herausforderung in seinem Blick war deutlich.

»Du willst, dass ich Wolf spiele?«, fragte ich und betrachtete das hübsche Mädchen auf seinem Schoß. Die Vorstellung gefiel mir fast so gut wie der Gedanke, erneut sein Blut zu schmecken.

»Ja«, stimmte Seth zu, unterbrach den Kuss und schenkte mir sein Wolfsgrinsen, während sie begann, ihren Mund an seinem Hals entlangzubewegen, und dabei leise stöhnte.

Er winkte mich mit einem Finger näher zu sich heran, genau wie er es bei Alice getan hatte, und ich schnaubte bei dem Gedanken, dass ich mich ihm unterwerfen sollte. Trotzdem gehorchte ich.

»Na gut«, stimmte ich zu, und mein Schwanz wurde hart, als ich mich ihnen näherte und mich neben ihn setzte. Mein Bein streifte das seine und meine Haut wurde durch die Berührung heiß. »Aber du solltest dir darüber im Klaren sein, was du verlangst, wenn du einen anderen Alpha in dein Rudel holst.«

Ich hielt seinen Blick fest, während ich die Hand nach Alice ausstreckte, ihren Oberschenkel ergriff und ihn über mein Bein zog, sodass sie halb auf uns beiden saß und Seths Arm gegen meinen drückte.

Sie drehte den Kopf, nahm meinen Mund anstelle des seinen und versenkte ihre Zunge zwischen meinen Lippen.

Ich knurrte, als ich den Kuss vertiefte. Seth streichelte meinen Nacken und drückte seine Finger in meine Locken, als er sich ebenfalls vorbeugte.

Sein Kinn berührte das meine, und ich knurrte, teils warnend, teils vor Lust, als Alice sich wieder ihm zuwandte, sodass ich meinen Mund stattdessen an ihrer Halsseite entlangführen konnte.

Mein Herz pochte heftiger, als mich der Ruf ihres Blutes anzog. Und als meine Reißzähne ihre Haut streifen, keuchte sie auf, während ihre Hüften sich vor Verlangen wiegten.

»Neige deinen Kopf, Alice!«, knurrte Seth. »Gib ihm, was er will, und wir geben dir im Gegenzug, was du willst.«

Alice nickte und neigte ihren Kopf nach hinten, um sich mir anzubieten. Ich ließ meinen Blick über die Nippel ihrer Brüste schweifen. Seth zupfte an einem und sein erhitzter Blick traf den meinen, als Alice ihre Hand unter Wasser senkte und begann, seinen Schwanz in ihrer Faust zu pumpen.

Ich stöhnte, als ich sah, wie sich seine Pupillen weiteten, mein Puls donnerte und meine Reißzähne schmerzten, was mich dazu zwang, mich vorzubeugen und sie mit einem tiefen Knurren zu beißen.

Alice stöhnte, als ich von ihr trank, und ich seufzte. Ihr Blut war so viel stärker als das der anderen, von denen ich getrunken hatte, seit ich auf dieser Party war. Und ich kam der Befriedigung des Bedürfnisses, das der Mond in mir geweckt hatte, ein ganzes Stück näher.

Ich bewegte meine Hand zwischen ihre Beine, wobei meine Finger eine Linie an Seths Oberschenkel entlangfuhren und ihn zum Stöhnen brachten, während er zwischen Alice und mir hin und her blickte und die Show genoss.

Alice stöhnte laut auf, als ich zwei Finger in ihr versenkte, und mehr von ihrem Blut lief meine Kehle hinunter, als ich anfing, sie zu verwöhnen. Ich liebte es, dass ihr Blut zwischen meinen Lippen zu pulsieren begann.

Ihre Hand umschloss meinen Schwanz und ich stöhnte, fickte sie weiter mit meiner Hand und trank mehr von ihrem Blut, während das Pochen in meinem Kopf nur ein wenig nachließ.

Aber je mehr ich trank, desto klarer wurde mir, dass es immer noch nicht genug war. Ein Knurren entrang sich mir, als mich der Frust überkam, und meine Muskeln zogen sich mit einem Bedürfnis zusammen, das nicht gestillt werden würde.

»Komm schon, Alice, das kannst du besser«, fauchte Seth, und mein Herz machte einen Sprung, als seine Hand auf meinen Oberschenkel wanderte. Die Berührung seiner Haut mit meiner ließ das Tier in mir den Kopf heben und mein Schwanz zuckte in Alice' Griff.

Seths Hand schloss sich meiner an, und er ließ seine Finger über meinen Handrücken gleiten, bevor er auch sie berührte. Sie stöhnte laut auf, als er mit mir einen Rhythmus fand, während sie zwischen uns aufschrie und ihre Pussy sich um uns herum zusammenzog, als sie sich dem Abgrund näherte.

»Fuck!«, keuchte Alice. »Fuck, bei den Sternen, Alpha!«

Ich stieß meine Finger mit einer Art verzweifeltem Verlangen in sie hinein. Ihr Blut pulsierte schneller, als sie ihren Höhepunkt erreichte, und neckte mich mit dem Versprechen dessen, was ich so dringend brauchte, während sie vor Lust aufschrie und ihre Pussy sich um meine und Seths Finger schloss.

Ihr Orgasmus schickte Wellen von Blut zwischen meine Lippen und ich knurrte wütend, als mir die Erlösung, die ich brauchte, verweigert wurde. Ich schlug ihre Hand von meinem Schwanz weg und zog meine Zähne frustriert aus ihrem Hals.

Seth nahm seine Finger aus ihr, entfernte auch meine Hand und bellte ihr ein Kommando zu, härter zu arbeiten, während er meine Haare festhielt und meinen Kopf so bewegte, dass ich ihn ansah.

»Sag mir, dass du mich willst, Cal, und ich gehöre dir«, sagte er, und seine Augen blitzten mit einer übermütigen Art von Kraft, und ich knurrte, als ich ihm meine blutbefleckten Reißzähne zeigte.

»Fick dich!«, fauchte ich und fuhr mir mit der Hand durch die Locken, während ich versuchte, den Blutrausch zu zügeln, der drohte, die Kontrolle über mich zu übernehmen.

Seth wimmerte wölfisch, als ich meine Augen schloss, und plötzlich veränderte sich das Wasser um mich herum. Sein Körper bewegte sich auf mich zu, und er stieß Alice von uns. Ich spürte außerdem, wie er den Luftschild von seiner Haut fallen ließ.

Ich stürzte mich auf ihn, ohne auch nur die Augen zu öffnen, und ein Knurren drang aus der Tiefe meiner Kehle, als meine Reißzähne tief in sein Fleisch eindrangen. Ich stöhnte laut auf, als der Strom seines Blutes endlich meine Zunge liebkoste.

»Bei den Sternen!«, stöhnte Seth, als ich ihn gegen die Felswand drückte und meinen Schwanz gegen seinen Oberschenkel presste. Die Lust, die durch die reine Kraft in seinem Blut entfacht wurde, brachte mich dazu, meine Hüften ohne nachzudenken gegen ihn zu reiben.

Seths Hand lag nach wie vor auf meinem Hinterkopf und er griff nach einem Büschel meiner Haare, um mich näher zu sich zu ziehen. Seine andere Hand glitt meinen Arm hinunter und krallte sich in meinen harten Bizeps, während ich seine Taille umklammerte.

Ich verlor mich in seinem Geschmack, dem Gefühl, wie sich sein Körper meinem beugte, und der Reinheit seiner Kraft, die durch sein Blut in mich floss, während ich gierig schluckte. Die Kraft des Mondes verdrehte mir verdammt noch mal den Kopf.

Ich trank, bis ich von ihm berauscht war, und sein Kopf fiel nach hinten, während er nach Luft rang. Der Rausch war für ihn genauso intensiv wie für mich.

Sein Daumen streifte die Seite meines Schwanzes und ich stöhnte benommen, zog meine Zähne aus ihm heraus und drehte meinen Kopf gedankenlos in seine Richtung.

Seths Mund traf den meinen, als er sich ebenfalls zu mir umdrehte, und mein Herz machte einen Sprung bei dem seltsamen Gefühl, seine Stoppeln an meinen zu spüren. Das tiefe Knurren, das in seinem Rachen widerhallte, ließ mich erschauern.

Seine Lippen teilten sich für mich und ich versenkte meine Zunge zwischen ihnen und stöhnte tief, als er meiner Zunge mit seiner eigenen begegnete. Erneut glitt sein Daumen an der Seite meines Schwanzes entlang und brachte mich dazu, vor Lust und Blutrausch den Kopf zu verlieren.

Seth zog mich näher zu sich, der Kuss wurde intensiver, doch mein Gehirn begriff langsam, was wir taten, wohin das führte und wie sehr ich es mir wünschte, dass es weiterging.

Ich presste meine Hüften an ihn, spürte seinen Schwanz an meinem Bein – die Antwort auf den festen Stoß meines Schwanzes gegen seinen Körper – und ertappte mich dabei, über etwas nachzudenken, an das ich noch nie zuvor gedacht hatte.

Ich zog mich ein wenig zurück, schaute ihm in die Augen und sah dort jene Lust, von der ich sicher war, dass er sie auch in meinen sehen konnte.

»Seth?«, keuchte ich, eine Frage und gleichzeitig auch ein Angebot, während sein Daumen erneut die Länge meines Schwanzes nachzeichnete. Und ich begann, meine Hand von seiner Taille zu seinem Schwanz zu bewegen.

»Ja«, sagte er, das Verlangen in ihm war deutlich, und ich biss mir auf die Lippe, während ich es in mich aufsaugte und mir wünschte, es noch so verdammt viel weiter zu treiben.

Alice war weg und ich hatte keine Ahnung, wann sie gegangen war, aber ich war froh, dass sie nicht hier war. Ich wusste nicht, ob es der Mond oder sein Blut war, eine Kombination aus beidem oder etwas viel Mächtigeres, aber ich wusste, dass ich diese Höhle nicht verlassen wollte, bis ich es herausgefunden hatte.

Ich beugte mich vor und er leckte sich die Unterlippe, weil er eindeutig auch mehr wollte …

»Kümmern Sie sich nicht um mich!«

Ich zuckte erschrocken zurück, als ich Professor Washers Stimme hinter mir hörte. Und als ich herumwirbelte, sah ich, wie er auf der anderen Seite der Höhle aus dem Wasser auftauchte. Schuppen bedeckten seine Haut und er hatte ein Lächeln auf den Lippen, das alle Arten von falscher Verlegenheit ausdrückte.

»Ich brauche nur einen kleinen Schluck Luft, bevor ich wieder in die feuchten Tiefen dieses Lochs hinabgleite. Sie wissen sicherlich, was ich meine.«

Er tauchte wieder ab, kurz bevor Seth einen Fluch ausstieß und ihm eine Ladung Luftmagie an den Kopf schleuderte. Ich wischte mir mit der Hand übers Gesicht, als die verrückte Macht des Mondes von meinen Gliedern wich und an ihrer Stelle Ekel über unseren widerlichen, lauernden Professor aufkam.

»Scheiße«, sagte ich und lachte, während ich einen verlegenen Blick mit meinem besten Freund austauschte. »Der Mond ist heute Nacht echt abgefuckt.«

»Ähm, ja«, stimmte er zu. »Ich bin noch geiler als sonst, was schon was heißen will.«

Ich lachte und wandte den Blick ab. »Ich auch. Und die Blutlust macht mich total fertig. Ich bezweifle, dass ich mich morgen früh an die Hälfte dieser Nacht erinnern kann.«

»Was unter dem Blutmond passiert, bleibt unter dem Blutmond«, bot Seth grinsend an und ich nickte.

»Ja, klingt gut.«

Einige Sekunden lang herrschte eine unangenehme Stille zwischen uns, und ich warf einen Blick zurück zu der Stelle, an der Washer verschwunden war.

»Ich verspüre den plötzlichen Wunsch, von hier zu verschwinden«, sagte ich.

»Einverstanden.« Seth folgte mir, als ich die Höhle wieder verließ, und wir fanden das Wasserbecken dahinter ebenfalls leer vor. Die Partygäste waren weitergezogen oder hatten sich für die Nacht ins Bett verkrochen.

Ich blickte zum Mond auf und sah, wie er tiefer am Himmel stand und Wolken darüber hinwegzogen, um ihn vor unseren Augen zu verbergen.

Die stärkste Magie war nun gedämpft und ließ mich ein wenig klarer denken.

»Sehen wir uns zum Frühstück?«, fragte ich und blickte zurück zu Seth, der ebenfalls zum Mond aufblickte.

Seine Mundwinkel hoben sich und er nickte. »Ja. Frühstück.«

Ich wandte mich von ihm ab und schoss über den Campus zu meinem Haus und meinem Bett, ließ den Blutmond hinter mir und schüttelte den Kopf angesichts des Wahnsinns, den er heute Nacht in mir geweckt hatte. Andererseits hatte jede Nacht, die ich seit meinem Start an der Zodiac Academy verbracht hatte, mit der einen oder anderen verrückten Geschichte geendet, also würde ich es einfach auf eine weitere durchzechte Nacht des Wahnsinns schieben und es dabei belassen. Seth war mein bester Freund und ich fand Jungs sowieso nicht attraktiv.

Es war nur eine Art von Mondwahnsinn gewesen und ich wusste, dass morgen alles wieder beim Alten sein würde. Das würde nichts zwischen uns ändern. Wir waren Kumpels, also zum Teufel mit dem Mond und seinen Spielchen. Nicht einmal dieser enorme Himmelskörper konnte das Band zwischen Seth und mir zerstören. Nichts konnte das. Nicht der Mond, die Sonne oder alle Sterne am Himmel. Wir waren die besten verdammten Freunde, und so würde es immer bleiben.

GERALDINE

EINE ANEKDOTE ÜBER DEN WONNEPLAUZ VON EINEM TAG, AN DEM DIE VEGA-ZWILLINGE ZURÜCKGEKEHRT SIND

LIONEL

AUS LIONELS REFUGIUM ...

Zu diesem Zeitpunkt muss ich mir eingestehen, ein wenig selbstgefällig gewesen zu sein — meine Verbundenheit mit den Nymphen hatte sich wieder einmal ausgezahlt.

Mein Erbe war sowohl in magischer Kunstfertigkeit als auch in Grausamkeit an der Academy unübertroffen, und täglich erreichten mich Geschichten über seine Dominanz über jeden Studenten der Schule.

Auch meine Arbeit mit den anderen Celestia-Ratsmitgliedern näherte sich dem Wendepunkt, den ich unbedingt erreichen wollte — Linda Rigel hatte mein Vertrauen gewonnen, ihre klare Präferenz für ihr zweitgeborenes Kind war zwar etwas befremdlich, aber leicht auszunutzen. Ich musste nur andeuten, dass ich das Mädchen unterstützte, und schon war sie mehr als bereit, mir Einzelheiten über Tiberius' Pläne zuzuflüstern.

Melindas Familie war eine verschworene Gemeinschaft, aber dennoch hatte ich ihren Bruder als Druckmittel im Visier — der Verstand des Mannes war so verwirrt, dass er an Wahnsinn grenzte, und ich hatte viel Spaß dabei, in seiner Gegenwart unsinnige Gerüchte zu murmeln und dann zu beobachten, wie er einen Skandal nach dem anderen verursachte, um seine Schwester zu beschäftigen und sie von mir abzulenken.

Antonias Rudel war natürlich undurchdringlich, aber die jüngeren Mitglieder ließen sich leicht zu Unfug verleiten. Während ich so viele kleine Fakten wie möglich zusammentrug, um sie zu untergraben, entgingen ihr meine listigen Machenschaften, und ich arbeitete unentwegt daran, mir meinen Thron zu sichern.

Ja, alles lief genau nach Plan. Die einflussreichen Fae im Vorstand tanzten nach meiner Pfeife, während Stella Orion mir mit dunkler Magie half und ich mich darauf vorbereitete, in die Rolle zu schlüpfen, die mir schon so lange zugedacht war.

Aber dann erreichte mich die Nachricht meiner Nachlässigkeit – eine Sache, die ich zutiefst bedauere und wahrscheinlich bis ans Ende meiner Tage bereuen werde. Irgendwie, zu diesem Zeitpunkt völlig unverständlich – obwohl ihre Formgebungen es jetzt natürlich erklären –, hatten diese quengelnden Vega-Gören, die ich im Reich der Sterblichen hatte verbrennen lassen, überlebt.

Es war äußerst bedauerlich, dass die Entdeckung ihrer magischen Signatur eine so öffentliche Angelegenheit war und ich gezwungen wurde, so zu tun, als würde mich die Entdeckung, dass sie noch lebten, begeistern.

Die anderen Ratsmitglieder verstanden die Bedrohung, die zwei ungebildete und praktisch unFaeige Kinder für den Frieden und den Wohlstand unseres Königreichs darstellten. Und so waren wir uns alle einig, dass unsere Erben sie testen sollten – idealerweise, um sie dazu zu bringen, offiziell auf alle Ansprüche auf den Thron zu verzichten. Ich glaube immer noch, dass das funktioniert hätte, wenn es nicht die Rebellen gegeben hätte, die ich in meinen Reihen übersehen hatte. Die unerschütterlichen Royalisten, die darauf beharrt hatten, die Rückkehr der Vega-Zwillinge zu feiern und ihnen Vorstellungen von Größe zu vermitteln, die weit über der Position lagen, die sie verdienten. Und niemand war so verbissen entschlossen, sie aufsteigen und mich herausfordern zu sehen, wie diese verdammten Köter mit dem Namen Grus …

GERALDINE

KAPITEL 1

»**S**chmatzende Schratzelzwerge, ihr funktionsgestörten Mücken, die Sekunden vergehen und die Zeit ist nahe!«, schrie ich und meine Stimme hallte vom gewölbten Dach des Orbs wider. Der versammelte Pöbel fiel über seine eigenen Füße und war unfähig, auch nur eine einzige Sache richtig zu machen.

Ein Gerücht. Sicherlich war es ein Gerücht. So etwas konnte nicht der Wahrheit entsprechen. Den ganzen Sommer über hatte ich gehofft und die Sterne darum angefleht, und doch hatten sie meinen Ruf nicht erhört. Ich hatte das Flüstern des Triumphs erst vor wenigen Augenblicken vernommen, aber ich zögerte, daran zu glauben, davon zu träumen, dass es wahr sein könnte.

Und doch …

Meine Gewässer. Meine feuchten und weinenden Gewässer begannen sich zu regen.

»Nehmen Sie Platz!«, rief Rektorin Nova über den Lärm im Raum hinweg. »Die erwachten Freshmen werden in Kürze eintreffen, und wir wollen sie nicht gleich beim Betreten des Raums verschrecken.«

Ich packte Justin am Arm, und seine dunklen Haare bebten unter dem heftigen Ruck, den ich ihm versetzte, als ich ihn Nase an Nase zu mir zog.

Nur er und ich teilten diese uneingeschränkte Hingabe in unserem Blut. Nur er und ich waren durch die Nachricht von der bevorstehenden Rückkehr unserer großen Königinnen gelähmt und geradezu ausgelaugt.

»Glaubst du, dass da etwas dran ist?«, zischte ich.

Den ganzen Sommer hatte ich mir nichts sehnlicher gewünscht, aber traute ich mich? Traute ich mich, auch nur einen Moment lang zu glauben, dass es wahr sein könnte? Dass *sie* wirklich …

»Mutter behauptet, dass es wahr ist«, flüsterte er. »Und du weißt, dass ich die Worte meiner lieben Mama nie anzweifeln würde. Erst heute Morgen hat sie es mir ins Ohr geflüstert, während sie mir meinen Snackbeutel in die Tasche gesteckt hat. Sie glaubt …«

»Pah!« Ich schob ihn beiseite, breitete die Arme aus und stieß meiner lieben Freundin Angelica den ausgestreckten Finger ins Auge, während ich etwas Raum um mich herum schuf. Mit der ganzen Sehnsucht eines gestrandeten Wals, der auf die sich zurückziehenden Wellen starrte, blickte ich zur Tür. »Ich werde es selbst sehen müssen, bevor ich es wage, daran zu glauben.«

Justins Mutter beschäftigte sich nur mit Gerüchten, aber ich konnte es nicht wagen, mich falschen Propheten hinzugeben, damit nicht all meine tiefsten Hoffnungen zerschlagen wurden wie das Gehirn eines Pavians, der von einem Baum auf einen Felsen gefallen war.

»Au«, murmelte Angelica und setzte sich auf einen gepolsterten Stuhl, aus dem ich sie sofort heraushievte.

»Schlurf dahin, liebe Angelica, schlurf dahin«, zischte ich und nahm ihren Platz ein, da ich auf die bessere Sicht auf die Tür nicht verzichten konnte.

Sie war nicht so besorgt wie ich, wer durch die Tür kommen könnte. Sie kannte die Tragweite der Veränderung, die sich gerade in der Luft abzeichnete, aber ihre Hingabe war nur ein winziger Fleck der Bedeutungslosigkeit neben dem strahlenden Glanz meiner.

Ihre Macht war zu spüren gewesen. *Zu spüren gewesen.* Und jetzt schwatzte die ganze Academy darüber. Aber sie waren nicht würdig. Keiner von uns war es.

Ich zappelte auf dem prallen Kissen, das Lady Petunia umschmeichelte, unfähig, es mir bequem zu machen, während die Energie in mir darum bettelte, ein Ventil zu finden. Würden die Sterne es zulassen? Würde die Hoffnung in unserem großen Königreich endlich wiederhergestellt werden?

Meine Lippen zitterten, als ich die selbst gebastelte Willkommenskarte aus meinem Rucksack nahm. Ich hatte achtzehn Tage daran gearbeitet, siebenhundertachtunddreißig Gänseblümchenblätter in neununddreißig verschiedenen Farbtönen von Hand bemalt und sie dann mit einer Pinzette aufgeklebt, um das Aquarellbild zu erstellen. Es zeigte zwei großherzige Königinnen, die gemeinsam auf einem Thron saßen, während ich mich zu ihren Füßen auf dem Boden niederwarf – ein wertloses Geschöpf im Vergleich zu ihrer Großartigkeit.

Ich hatte die Worte, die sie doch unbedingt lesen sollten, in den Samt der Karte selbst gestickt. Den Faden hatte ich aus dem Fell von dreiundvierzig Nerbrung-Kaninchen gewebt – jedes einzelne Härchen war ihnen unter großen Schwierigkeiten aus den flauschigen Schwänzen gezupft worden, während ich sie durch ein Weißdorn-Dickicht gehetzt hatte, in dem ich mir fast die Augen ausgekratzt hätte.

Die Karte war Müll. Völlig unwürdig der Aufmerksamkeit der wahren Königinnen. Und doch hielt ich sie bereit. Das Gedicht, das ich eingestickt hatte, klang in meinem Kopf, meine Lippen formten die Worte, während ich es in meinem Kopf aufsagte.

O edle Königinnen, einst fort und versteckt,
wo habt ihr euch all die Zeit nur bedeckt?

Ich hoffte und träumte, bat Nacht für Nacht,
nun seid ihr zurück – mein Wunsch ist vollbracht.
Ich sehnte mich mehr, als Worte vermögen,
und schwöre euch heut, meine Treue zu pflegen.

Ich wagte einen Blick auf die Gruppe von Kabeljau, die den königlichen Thron all die leidvollen Jahre mit so eifriger, unwürdiger Begierde beäugt hatten. Und ich konnte nicht verhindern, dass mir das Herz in der Brust zu zerspringen drohte.

Max Rigel lachte wie der widerliche Seeigel, für den ich ihn hielt, und sein vornehmes Gesicht strahlte vor selbstsicherem Vertrauen. Oh, wie ich hoffte, ihn noch vor Ende der Nacht wie einen Flan auf einem Steinboden zerschmettern zu können.

»Es ist in meinen Gewässern«, sagte ich zu Justin, als er sich neben mich setzte. »Sie zittern schon bei dem bloßen Gedanken daran. Sag mir, dass ich in meinem Verlangen nicht hoffnungslos bin!«

»Die königliche Linie brennt mit der Reinheit und rechtmäßigen Macht des Schicksals selbst«, antwortete er wie der unerschütterliche Tausendfüßler, der er war. »Meine Familie hat nie an eine Auslöschung geglaubt, wie sie stattgefunden haben soll. Wir haben alle auf diesen Tag gewartet, seit vielen Mon…«

»Still!«, brüllte ich und schlug eine Hand auf seinen riesigen Schnabel, um sein nerviges Nörgeln zum Schweigen zu bringen.

Ein Freshman war aufgetaucht. Der erste. Sicherlich würden sie die ersten sein.

Aber dieses Wesen war ein Mann, seine Haare blond gefärbt, was ihn ganz wie den Trottel aussehen ließ, als den er sich mit Sicherheit erweisen würde.

Wenn sie hier wären, hätten sie dann nicht vor dem Pöbel herlaufen müssen? Wo waren die Trompeten? Die königlichen Wachen? Die

Pferde? Wo war der Pomp? Das Fest?

»Oh, ihr funkelnden Sterne am Himmel, ich habe so völlig versagt«, keuchte ich, unfähig, Luft zu holen, als mir klar wurde, dass dieser enttäuschende Abend hätte vermieden werden können, wenn ich nur erkannt hätte, dass ich diejenige sein würde, die ihn planen musste.

Aber ich hatte nicht gewagt, daran zu glauben. Ich hatte mich nicht vorbereitet. Nicht eine Blüte, nicht einmal ein Papierhut in Sicht. Keine Fanfare, keine Party, keine Feier, die den wahren Königinnen würdig gewesen wäre. Nur ein Reinfall von einer Karte, die nicht einmal gut genug war, um die königlichen Ärsche abzuwischen. Hatte ich uns alle verflucht? War das der Grund, warum ein unglückliches Gesicht nach dem anderen durch die Türen wanderte, murmelnd und nuschelnd, und wie ein Haufen ehrfürchtiger Robben dreinschaute, die auf einen glitzernden Stein starrten? Oh, wie sie auf das bronzene Dach über ihnen glotzten, als wären sie noch nie zuvor in einem Gebäude gewesen, das aus dem reinsten Metall geschnitzt und geschaffen worden war, um die Form des Himmelskörpers zu verkörpern, der uns allen das Leben schenkte.

»Hey, Grus!«, rief Max, der unverbesserliche Kabeljau-Knuddler, und lenkte meine Aufmerksamkeit für einen Moment auf sich, wobei ich meinen Blick sofort auf seinen drallen Körper richtete. »Hast du die ganze Woche auf diesen Moment hingefiebert? Denn du siehst aus, als würdest du vor lauter Aufregung gleich kommen.«

Ich war empört über seine groben Bemerkungen und bemitleidete ihn wegen seines unzulänglichen Tuns, das auf nichts als unüberlegte Anspielungen reduziert war, die zweifellos die Possen seines eigenen schlaffen Lachses widerspiegelten.

»Ich bezweifle sehr, dass du die Fähigkeiten hast, zu erkennen, wann eine Lady kurz vor dem Orgasmus steht, du vulgärer Rüpel. Also nimm bitte deine Augen von meinem Antlitz und kehre zu deinem Müßiggang mit den anderen Kötern des Ablagestapels zurück«, antwortete ich mit einer abweisenden Handbewegung.

Aber leider hätte ich wissen müssen, dass er nicht einen Funken Würde besaß. Denn kaum hatte ich meinen Kopf gedreht, hob er die Hand und benutzte seine Luftmagie, um mir die Karte aus der Hand zu reißen.

Ich verfluchte das wanstige Walross und funkelte es finster an, während meine eigene Magie an die Oberfläche meiner Haut strömte. Und ich war zwischen dem Gedanken hin- und hergerissen, auf ihn zuzustürmen und mir meinen schäbigen Tand zurückzuholen oder in der besten Position zu bleiben, um meine Königinnen bei ihrer Ankunft zu erspähen.

Max schnappte sich die Karte mit einem bösen Grinsen auf seinen Salamanderkiefern aus der Luft und der Rest des Pöbels beugte sich vor, um einen Blick auf das Ergebnis meiner endlosen Arbeitsstunden zu werfen.

»Gib das zurück, du langfingriger Lurch!«, schrie ich und machte einen Schritt auf sie zu, hielt dann aber inne und schaute zurück zur Tür, wo weiterhin neue Studenten eintrudelten.

Was für eine Wahl. Und doch hatte ich gar keine Wahl. Sie waren nichts im Vergleich zu meinen Ladys. Schmutz auf dem Schuh eines tollwütigen Flohs. Rein gar nichts.

Ich vergaß die Erben und die gestohlene Karte. Ich wusste, dass meine Arbeit die Aufmerksamkeit der wahren Königinnen nicht wert war, also war es vielleicht besser, wenn sie ihre Augen nicht damit beleidigen mussten, sie anzusehen.

Aus dem Augenwinkel sah ich, wie Caleb Altair meine Kreation in Flammen setzte, aber ich drehte mich nicht um, um zuzusehen. Mein Blick war starr auf den Raum zwischen den lärmenden Studenten gerichtet, der Lärm im Orb war ohrenbetäubend, die Vorfreude trieb mich in den Wahnsinn.

Und dann verblasste alles.

Die Welt fiel auseinander, zerbrach, setzte sich neu zusammen – und eine neue, hellere Sonne erstrahlte über uns allen.

Nicht nur eine, sondern zwei. Zwei wunderschöne Wesen, die in die Gegenwart der Unwürdigen traten, ohne dass auch nur eine Trompete ihre Ankunft ankündigte – außer man zählte das nervöse Pupsen eines in der Nähe befindlichen Justin dazu, der seine Pobacken zusammenkniff, um zu versuchen, das Geräusch zu unterdrücken. Aber meine Ohren wurden nicht verschont, ebenso wenig wie meine bescheidenen Nasenlöcher. Es spielte keine Rolle, denn nichts konnte meine Aufmerksamkeit von ihrer Ankunft ablenken.

Ihre Brillanz war für alle offensichtlich, ihr Strahlen überwältigend. Ich konnte nicht anders, als den dunkle Bronzeton ihrer Haut zu bewundern, die weicher aussah als der buttrigste Tropfen auf dem saftigsten Bagel. Ihre Haare waren glänzender als Federn eines Sumpfhuhns, strahlender als die hellsten Sterne. Ihre Augen waren so grün wie der Apfel des Lebens, die Lippen zwei Rosenblätter, die vor Verlangen, zu blühen nur so strotzten. Sie waren … majestätisch.

Ich konnte nicht atmen. Ich konnte mich nicht erheben.

Ich musste mich vor ihnen niederwerfen, obwohl sie mich hier unter dem Pöbel nicht sehen konnten. Ich musste mich ihnen zu Füßen legen und ihnen meine unendliche Treue erklären.

Meine Prinzessinnen waren aus der Asche des Verderbens wiedergeboren worden, die der Tod ihres Vaters über dieses hohle Königreich gelegt hatte.

Meine Lippen zuckten und flatterten, meine Fingernägel ritzten Halbmonde in Justins Schenkel, während er mich anstarrte. Wir waren beide wie gelähmt vor Staunen.

Ich wagte nicht zu atmen.

Ich starrte nur. Selbst als meine Lunge brannte und meine Ohren mit dem Bedürfnis nach Luft dröhnten, fühlte ich mich nicht würdig, die

Luft zu atmen, die sie atmeten.

Ich war nichts, ein Niemand. Ein Floh zu Füßen zweier Göttinnen, die aus dem Sternenlicht selbst geboren worden waren.

Meine Lunge schrie nach Luft. Aber ich konnte nicht atmen.

Ich wollte es nicht.

Ich. War. Nicht. Würdig.

Mit einem Geräusch, das dem eines mit großer Geschwindigkeit entleerten Luftballons ähnelte, verschlang die Dunkelheit meine Sicht und ich verlor die holden Wesen aus den Augen, denen nun mein ganzes Herz gehörte. Und ich fiel von meinem Stuhl und auf den Boden – dorthin, wo ein unwürdiger Tölpel wie ich hingehörte.

ORION

EIN ALTERNATIVES POV JENER NACHT, IN DER DARCY MIT BLAUEN HAAREN AN SEINE TÜR KAM – *ZODIAC ACADEMY 3: DIE ABRECHNUNG*

LIONEL

Die Orions. Ihre Familie wurde von mir selbst zusammengeführt. Ein von mir errungener Sieg, den ich mir schon in meiner Jugend sicherte, als ich Stella kennenlernte. Eine wohlerzogene Schönheit, und dazu auch noch kraftvoll.

Mehr als einmal ließ Stella ihren Blick über mein stattliches Äußeres schweifen, und ihre Besessenheit vertiefte sich im Laufe der Jahre immer mehr. Ein Exemplar, das die Aufmerksamkeit meines Schwanzes verdiente, aber auch nicht mehr. Was die eheliche Zweckmäßigkeit betraf, gehörte sie schließlich nicht zur richtigen Blutlinie. In dieser Hinsicht ließ ich sie im Stich und nahm mir eine weitaus passendere Frau in Form der exquisiten Drachin Catalina. Anfangs war sie leicht von meinen Fähigkeiten zu überzeugen, doch mit der Zeit wurde meine Frau immer eigensinniger. Und Stella war der Schlüssel, um sie wieder auf Kurs zu bringen. Dunkle Manipulation. Eine mächtige Kraft, die nur von den größten Fae beherrscht werden konnte. Ich nutzte Stellas Lehren auf vielfältige Weise, um den Grausamen König zu kontrollieren. Und wann immer es möglich war, um meine Frau in Schach zu halten.

Ja, Stella war in der Tat ein großartiges Werkzeug, und sie wurde noch wertvoller, als ich ihre Ehe mit Azriel Orion arrangierte. Ein Mann, der das Ohr des Grausamen Königs hatte und der aus einer so engen Beziehung herausgelöst werden musste. Ich ermutigte Stella, ihn zu verführen, und sie tat es, um mich zufriedenzustellen. Ihr Interesse an ihm lenkte Azriel eine Zeit lang ab, aber noch wirkungsvoller war es, als sie zwei Nachfolger zur Welt brachten. Seine Vernarrtheit in seine Familie war so leicht zu manipulieren, und ein Hauch von Dunkler Manipulation reichte aus, um ihn vom Grausamen König und seiner Frau abzubringen. Ihre Verbindung zerbrach nur allzu leicht. In diese Lücke schob ich mich und benutzte Azriel und Stella für meine eigenen Zwecke, während ich die Fähigkeiten ihrer heranwachsenden Nachkommen beobachtete.

Azriel brachte seinem ältesten Sohn Lance schon in jungen Jahren die Wege der dunklen Magie bei, und es war fast zu einfach, den Jungen in Darius' Leben zu platzieren. Ihre Bindung war eng und seine Nützlichkeit für meinen Erben lag auf der Hand. Sein Wissen über dunkle Magie sicherte ihm später eine Position als Darius' Berater in solchen Angelegenheiten. Wusste ich von Beginn an, dass ich sie durch ein Wächterband verbinden würde? Vielleicht hatte ich ein oder zweimal mit dem Gedanken gespielt. Aber trotz all meiner sorgfältig ausgearbeiteten Pläne hatte ich Lance Orions Verrat irgendwie nie kommen sehen. Sein Groll gegen mich war stärker als ich es vorhergesagt hatte, und seine Schwächen wurden im Jahr nach der Rückkehr der Vega-Zwillinge offenkundig. Ein Mann, der sich von den Launen seines Schwanzes leiten lässt, ist überhaupt kein Mann …

ORION

KAPITEL 1

Orio:

Ein Sturm zieht auf, der Zodiac ziemlich hart treffen wird – und nichts davon stand im Wetterbericht. Besteht die Möglichkeit, dass dein Freund darin verwickelt ist?

Noxy:

Ja, und es wird sogar noch schlimmer. Dante hat richtig schlechte Laune. Er lässt gerade Stürme über ganz Solaria wüten, und dabei hat er Celestia noch nicht einmal erreicht.

Orio:

Lionel benimmt sich mal wieder wie ein Arschloch, hm?

Noxy:

Wie kommst du denn darauf?

Orio:

Irgendwann musste er ja mit seinem Kuschelkurs aufhören.

Noxy:

lachendes Emoji
*Er hat seine Drachengilde zu einem schicken kleinen
Wochenendausflug nach Celestia eingeladen, den er als Kriegsrat
inszeniert, um über die Nymphen zu diskutieren. Aber ich konnte einen
Blick darauf werfen, was Dante erwartet, und für mich sieht das nach
viel Geschwätz, Cocktails und Bullshit aus.*

Orio:

Die Sterne mögen ihm beistehen! Das ganze Wochenende?

Noxy:

*Schrecklich, oder? Aber ich habe gesehen, dass Dante ein paar
Spielchen im Sinn hat, um sich zu unterhalten, und er durfte eine
Begleitung mitbringen, also ist er wenigstens nicht allein.
Genieße deinen Abend, Orio. Du wirst einen besseren haben als er,
denke ich.*

Orio:

Was hast du gesehen?

Noxy:

Nichts Bestimmtes ...

Ich betrat die Pluto-Büros, steckte meinen Atlas weg und löste meinen
Luftschild auf, der mich vor dem strömenden Regen draußen geschützt
hatte. Ich zögerte, weil ich die einzige Fae vor mir stehen sah, die mich

im Handumdrehen um den Verstand bringen konnte. Zähneknirschend ließ ich meinen Blick von Darcy Vega zu dem übel schmeckenden Jungen schweifen, der ihr immer wie ein streunender Köter hinterherlief.

»… komm schon, *chica*, ich habe dir mein Paket gezeigt, jetzt bist du dran.« Polaris stürzte sich auf Darcy, die lachte, vor ihm davontanzte und ihre Tasche hinter dem Rücken hielt.

»Nein! Es ist eine Überraschung«, beharrte sie, als er seine Arme um sie legte und versuchte, ihre Tasche zu erreichen. Darcys Lachen hallte von der Decke wider und sie stolperte gegen die Ablage, als Polaris an dem Riemen der Tasche zog.

»Komm schon! Zeig mir dein Päckchen, Darcy!«, drängte er und steckte seine Hand in ihre Tasche.

»*Diego*«, warnte sie ihn, und das war der Moment, in dem ich rotsah. Etwas in mir platzte und ich bewegte mich plötzlich mit rasender Geschwindigkeit auf sie zu, stieß mit Polaris zusammen und warf ihn zu Boden. Er ließ fallen, was auch immer er aus ihrer Tasche genommen hatte, und rutschte durch die Lobby davon. Und ich … starrte Darcy Vega mit klopfender Brust und einer Heftigkeit im Blut an, deren Quelle ich nicht benennen konnte.

»Was zum Teufel?«, fragte sie und eilte hinüber, um Polaris auf die Beine zu helfen. Der Junge rieb sich den Kopf und funkelte mich mit wütenden Augen an. Wenn er mich zu einem Kampf herausfordern wollte, würde ich ihn nur zu gern wieder in seine Schranken weisen.

Ich ballte meine Finger zu einer Faust, als mir klar wurde, dass ich mich gerade wie ein verdammter Psycho verhalten hatte, und ich wusste nicht genau, warum. Nur, dass ich in die Defensive gegangen war, sobald sie ihn abgewiesen und er nicht aufgehört hatte. Ich setzte mich in Bewegung, Darcys Päckchen aufzuheben, in der Hoffnung, dass ich es nicht kaputt gemacht hatte, aber als ich es anhob, hörte ich keine Scherben darin klirren. Also hatte es den Sturz vielleicht unbeschadet überstanden.

Darcy trat vor, um es mir abzunehmen, aber Polaris hielt ihre Hand fest und zog sie von mir weg, als wäre er ein verdammter Ritter in schimmernder Rüstung.

Ich war hier der Bösewicht. Das konnte ich an den brodelnden Blicken in ihren Augen erkennen. Und ja, vielleicht hatte ich überreagiert, aber jetzt, da Polaris seine Hand fest um Darcys geschlungen hatte, begann ich zu denken, dass ich nicht weit genug gegangen war. Meine Reißzähne verlängerten sich und mein Herz trommelte eine wütende Kriegsmelodie.

Nimm deine verdammten Hände von ihr.

Ich wollte mich auf ihn stürzen, ihn zu Boden werfen und verlangen, dass er sie nie wieder anrührte. Aber dieser verrückte Gedanke wurde von der viel rationaleren Stimme in meinem Kopf unterdrückt, die mir sagte, dass ich kein Recht hatte, so etwas zu tun. Wenn sie wollte, dass er losließ, hätte sie ihre Hand bereits befreit.

»Er wird mir nicht wehtun.« Darcy blickte zu Polaris, aber der schien nicht überzeugt zu sein. Und obwohl sie mit dieser Aussage recht hatte, ging ich davon aus, dass Polaris tief im Inneren wusste, dass sie hier nicht in Gefahr war.

Schadensbegrenzung. Das war es, was ich tun musste. Meine Position als ihr Professor wiedererlangen.

»Zehn Punkte Abzug für Aer«, knurrte ich und warf Darcy das Päckchen vor die Füße. Sie würde wie alle anderen auch die Arschlochbehandlung bekommen.

»Wofür?«, fragte Diego. »Wir haben nichts falsch gemacht.«

Ich starrte ihn kalt an, unfähig, zu glauben, dass er immer noch mit mir spielen wollte. »Wollen Sie mir etwa widersprechen, Polaris?«, knurrte ich und hoffte nur, dass er mir einen Grund geben würde, ihn erneut zu bestrafen.

Darcy befreite ihre Hand von der von Diego, bückte sich, hob ihr Päckchen auf, steckte es in ihre Tasche und schürzte die Lippen zu einem

Schmollmund. Na bitte. Das Gleichgewicht war wiederhergestellt.

Ich stapfte davon, ging zu der langen Reihe der Mitarbeiterpostfächer, riss meins auf und holte eine Handvoll Briefe heraus.

»Komm schon!«, murmelte Polaris zu Darcy, mein Vampirgehör nahm es ohne Probleme auf. »Lassen wir den *sanguijuela* allein.«

Die Temperatur meines Blutes stieg und ich straffte mein Rückgrat. Der Feigling konnte mich nicht einmal ins Gesicht beleidigen; er musste wie ein verängstigtes kleines Streifenhörnchen vor sich hin murmeln.

Sie bewegten sich auf die Tür zu, aber ich würde Polaris auf keinen Fall gehen lassen, ohne ihn für seine Taten zur Rechenschaft zu ziehen.

»Wie haben Sie mich genannt?«, fragte ich mit meiner ruhigsten, tödlichsten Stimme.

Ich konnte seine Angst praktisch in der Luft riechen, als ich auf sie zustürmte. Sie wirbelten herum und Polaris rückte näher an Darcy heran, als könnte sie ihn vor meinem Zorn schützen.

Meine Briefe wurden in meiner Faust zerdrückt, als ich meine Beute anstarrte, und ich konnte fast hören, wie Polaris' Knie zitterten.

»Ich habe Sie einen Blutsauger genannt«, sagte Polaris, aber seine Stimme zitterte vor Angst. »Das ist keine Beleidigung, nur eine Tatsache.«

Ich bleckte die Zähne bei diesem Wort. Sicher, ich war ein Blutsauger. Aber er hatte es voller Abscheu gesagt. Als wäre meine Art für ihn abstoßend. Was ich abstoßend fand, waren rückgratlose, zitternde Fae, die Kämpfe begannen, aber nicht das Zeug dazu hatten, sie zu beenden. Aber jetzt musste er die Suppe auslöffeln. Denn an der Zodiac Academy stand man auf und kämpfte für sich selbst, egal, was dabei herauskam. Man trat für sich selbst ein, wenn es sonst niemand tat, denn das bedeutete es, ein Fae zu sein. Er hasste mich? Na schön. Das kümmerte mich einen feuchten Rattendreck. Aber wenn er zu viel Angst hatte, um mir offen die Stirn zu bieten, dann würde ich ihm zeigen, was ich von seinem feigen Gemurmel hielt.

»Professor«, sagte Darcy leise und zwang mich, ihr meine

Aufmerksamkeit zu schenken. »Er hat es nicht böse gemeint. Richtig, Diego?«

Ich betrachtete das Stück Scheiße und seine Lippen zuckten, aber es kamen keine Worte heraus. Weder ein Murmeln noch ein Piepsen. Dieses Mädchen war manchmal zu sterblich für ihr eigenes Wohl. Der Wunsch nach Frieden war kein Charakterzug, den ich üblicherweise bei meinen Studenten vorfand, aber als mein Blick sich in ihren brannte, spürte ich in meiner Seele den Drang, ihrem Willen nachzugeben. Sie wollte nicht, dass ich ihren Freund angriff, das war offensichtlich. Aber ich konnte ihm trotzdem wehtun, ohne körperlich zu werden.

Ich rollte meine Schultern nach hinten und atmete langsam aus, um das Biest in mir zu beruhigen. Dann trat ich um Darcy herum und beugte mich dicht an Polaris' Ohr. Er zitterte sichtlich und schrumpfte unter mir zusammen.

»Liebes Tagebuch«, stichelte ich. »Heute wurde ich fast von meinem Arschloch von Professor ermordet. Ich werde ihm nie wieder widersprechen, denn wenn ich es das nächste Mal tue, ende ich wohl wirklich in einem Leichensack.« Ich wollte mich bereits entfernen, hielt dann aber inne, beugte mich mit einem berechnenden Grinsen noch einmal vor und überlegte, wie ich ihn am besten vernichten könnte. »PS: Ich bin total in Darcy Vega verknallt, aber sie scheint es nicht zu merken. Ich frage mich, was sie sagen wird, wenn sie es erfährt.« Ich spazierte durch die Tür in den Sturm hinaus und ließ den Regen auf mich niederprasseln, anstatt ihn mit meiner Luftmagie fernzuhalten.

Er kühlte die Hitze in meinem Blut und als ich zum Asteroidenplatz zurückkehrte, begann sich ein Gefühl des Bedauerns in meiner Brust aufzubauen. Denn alles, was ich in meinem Kopf sehen konnte, als ich vor meinem Chalet ankam und die Tür öffnete, waren zwei anklagende grüne Augen, denen nicht gefiel, womit sie es zu tun hatten.

Ich stieß die Tür zu, warf das Briefbündel auf die Küchentheke und ging ins Badezimmer. Dort riss ich mir meine durchnässten Klamotten vom Leib, stieg in die große Duschkabine und seufzte, als das heiße Wasser über meine Haut strömte.

Meine Muskeln waren immer noch verkrampft von dem Bedürfnis eines Kampfes, den ich an diesem Abend wohl nicht bekommen würde. Ich brauchte ein Ventil. Verdammt, ich brauchte einen Drink.

Ich drehte das Wasser ab, trocknete mich mit Luftmagie, schoss in mein Schlafzimmer, wo ich eine schwarze Jogginghose anzog, und stapfte in die Küche. Dort wartete meine Rettung auf mich.

Bourbon. Auf der Theke stand eine Flasche, bereit, den Knoten in meiner Brust zu lösen und mich bis morgen in Vergessenheit zu ertränken. Aber als ich danach greifen wollte, zögerte ich, sobald meine Finger das Glas berührten.

In letzter Zeit war es mir besser gegangen. Ich widerstand dem Drang zu trinken, immer öfter. Denn ein Glas führte immer zu zwei, und zwei führten zu drei. Und dann waren wir im Land des Scheißdraufs und dort passierte nie etwas Gutes. Normalerweise war es mir egal. Was brachte es, Widerstand zu leisten? Es würde den morgigen Tag nicht besser machen. Es würde Clara nicht zurückbringen. Es würde nicht reparieren, was in mir zerbrochen war.

Dennoch …

Ich rieb mit der Hand über mein Gesicht, weil die leuchtend grünen Augen von Darcy Vega immer noch sehr präsent in meinem Kopf waren. Es war kein Gefühl der Verurteilung, das ich bei diesem Blick empfand, oder gar Enttäuschung. Ich wollte einfach nicht der Arsch sein, den sie jedes Mal vor sich sah, wenn sie mich anschaute. Der alkoholabhängige Loser-Professor, der keine Perspektiven im Leben hatte und dessen einziges Vergnügen in dieser Welt darin bestand, die Studenten zu quälen, die er unterrichten sollte. Sie war auf dem Weg zu einem viel besseren Leben. Ungeachtet von Thronen und Räten, selbst wenn sie sich nie um diese Dinge kümmerte, war sie immer noch eine der mächtigsten Fae in ganz Solaria. Sie konnte sich jeden Traum erfüllen, den sie hatte. Sie konnte eine Schneise des Ruhms durch ihr Leben schlagen – während ich immerzu hierbleiben würde. Gefangen im Niemandsland, wo ich mich mit meiner Autorität an meinem kümmerlichen Rest an Macht festklammerte. Denn mehr würde ich nie besitzen.

Aber trotzdem … trank ich nicht.

Stattdessen stellte ich die Flasche in einen Schrank, ging in mein Schlafzimmer, nahm unterwegs ein Numerologie-Buch aus dem Regal und beschloss, mir ein Vergnügen zu gönnen, das nicht destruktiv war.

Irgendwie tat ich das für sie. Ein besserer Mann zu sein. Die bessere Wahl zu treffen. Aber warum? Weil ich die dumme Wahnvorstellung hatte, sie zu erobern? Meine Gedanken kreisten immer nur um sie, aber es waren verbotene Gedanken, von denen ich wusste, dass ich sie nie in die Tat umsetzen könnte. Jedenfalls nicht noch einmal. Es sei denn, sie wollte es auch.

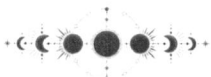

Die Luft knisterte heute Abend, die Blitze, die jenseits meines Schlafzimmerfensters zuckten, ließen mir die Nackenhaare zu Berge stehen. Dies war kein normaler Sturm, Dantes Macht breitete sich am Himmel aus und signalisierte seine Wut über das, was auch immer ihm gerade widerfuhr.

Aber da war noch etwas anderes in der Luft – ein intensives, instinktives Gefühl, das mich immer wieder von meinem Buch ablenkte. Und normalerweise lenkte mich nichts von meinen Büchern ab.

Ich warf einen Blick auf die Uhr an der Wand und war froh, dass ich heute Abend nicht für die Nymphenpatrouillen im Einsatz war. Das Ticken des Sekundenzeigers schien lauter als sonst, jedes einzelne war irgendwie wichtiger, bedeutsamer.

Ich nahm meinen Atlas zur Hand und in diesem Moment erhielt ich eine Nachricht, die meinen Puls in die Höhe schnellen ließ.

Darcy:

Was machst du ...?

Ein Grinsen umspielte meine Lippen und ich antwortete ihr in Form eines Fotos, das mich im Bett zeigte – mit freiem Oberkörper und meinem Buch in der Hand. Ich wusste, dass das falsch war, dass wir wieder zu weit gegangen waren, aber sie war den ganzen Abend in meinen Gedanken gewesen, und jetzt, da sie mit mir sprach, wollte ich nicht, dass es aufhörte.

Lance:

Ich lese ...
Ich muss dich sicher nicht daran erinnern, das Bild sofort zu löschen.
Was machst du gerade?
(Fotografische Antworten sind ausdrücklich erwünscht.)

Darcy:

Du verdienst kein Foto. Du warst unhöflich zu meinem Freund.

Ich musste lachen. Das Arschloch hatte es verdient.

Lance:

Polaris hat es nicht anders gewollt. Außerdem hat er dich betatscht, also kannst du dem Vampirkodex die Schuld geben. Ich muss meine Quelle schützen.
PS: Was muss ich tun, um mir dieses Foto zu verdienen?

Darcy:

Du bekommst ein Bild, wenn du mir den wahren Grund nennst, warum
du Diego angegriffen hast.

Ich seufzte und klopfte gegen den Rand meines Atlas, als mir klar wurde, dass ich reinen Tisch machen musste. Aber die Wahrheit war ein Geständnis, das ihr vielleicht nicht gefallen würde.

Lance:

Na schön.
Wenn ich sehe, wie dich ein anderer Kerl auch nur berührt, möchte ich
ihm die Augen ausstechen, damit er dich nie wieder ansehen kann.

Darcy:

Das ist echt dunkel.

Du hast ja keine verdammte Ahnung, wie dunkel, meine Schöne.

Lance:

Das ist die Natur, Baby ;)
Wo ist mein Foto?

Ich bekam mein Foto und mein Herz machte einen Sprung, bevor ich ein leises Lachen ausstieß. Das Bild zeigte einen Kissenbezug über ihrem Kopf.

Lance:

Scheiße, woher weißt du von meinem Kissenbezug-Fetisch?

Darcy:

Ich habe eine Entscheidung bezüglich meiner Haare getroffen.
Und die bekommst du noch nicht zu sehen.

Ich setzte mich auf, weil ich unbedingt wissen musste, wofür sie sich entschieden hatte.

Lance:
Warte – warum nicht?
Sind sie grün oder blau?
Oder liege ich völlig daneben?
Bitte sag mir, dass du keinen Iro hast wie Max Rigel. Obwohl ich dich wahrscheinlich genauso begehren würde. Das habe ich auch, als dir dieser Wichser Capella die Haare abgeschnitten hat.

Ich wartete auf ihre Antwort, während meine Worte wie Feuer durch meine Adern strömten. Scheiße, es war ja nicht so, dass sie nicht wusste, dass ich auf sie stand, aber es so direkt zu sagen, machte mich nervös. Vor allem, weil sie immer noch nicht antwortete.

Ich seufzte, als keine weitere Nachricht einging, und überlegte, ob ich noch eine schicken sollte. Aber ich wollte mich nicht unFae verhalten. Ich musste jetzt zu meinem Verlangen nach ihr stehen und es nicht mit einem sinnlosen Rückzieher verwässern.

Ich konnte mich aber nicht wieder dem Buch zuwenden, mein Blick schweifte immer wieder zu meinem Atlas. Sie war wahrscheinlich eingeschlafen oder überlegte noch, wie sie ihrem Mistkerl von Professor antworten sollte, der ihr gesagt hatte, dass er sie wollte. Oder vielleicht war sie damit beschäftigt gewesen, die Tür für ihren nächtlichen One-Night-Stand zu öffnen, und lag jetzt bereits unter ihm und …

Ich bremste meine Gedanken aus, fluchte und umklammerte mein Buch so fest, dass sich der Buchrücken bog.

»Verdammt!« Ich benahm mich wie ein pubertierender Loser mit seinem ersten Schwarm.

Ich versuchte es zwei ganze Minuten lang, wieder zu lesen, bevor ich das Buch aufs Bett warf und ins Wohnzimmer ging.

Gabriel würde wissen, was zu tun war. Aber dann fiel mir ein, dass mir ein Seher – wenn ich ihm sagte, dass ich mich wegen einer Studentin so fühlte – wahrscheinlich nur ein hübsches Bild von meiner Zukunft in Darkmore malen würde. Und ich zog es vor, mich dieser Realität gegenüber ignorant zu verhalten, in der Annahme, dass es nie dazu kommen würde. Denn die Möglichkeit überhaupt in Betracht zu ziehen … Na ja, der Gedanke daran war zu schrecklich. Verdammt, es wäre ein schlimmeres Schicksal, als für den Rest meiner Tage hier festzusitzen und zu unterrichten. Hier war ich wenigstens jemand, auch wenn dieser Jemand ein Arschloch war, das niemand mochte. In Darkmore würde mich die Außenwelt vergessen, ich würde dort mit den schlimmsten Fae des Landes verrotten und mich höchstwahrscheinlich in einem blutigen Leichensack wiederfinden, bevor meine Strafe abgesessen war. Nein, ich war mehr als zufrieden damit, so zu tun, als stünde mir dieses Schicksal nicht bevor, während ich wie ein eingesperrtes Tier in meinem Wohnzimmer auf und ab ging und mir mit der Hand über den Bart strich.

Ein leichtes Klopfen an der Tür ließ mich innehalten, und ich runzelte die Stirn, unsicher, ob ich es wirklich gehört hatte oder ob der Regen mir einen Streich spielte.

Ich ging zur Tür, um nachzusehen, riss sie auf und vergaß vor lauter Staunen über das wunderschöne Geschöpf vor mir, zu atmen. Darcy Vega war bis auf die Haut durchnässt, ihre Wangen waren gerötet. Ihre Haare waren tiefblau – die Farbe des Nachthimmels. Strähnen klebten an ihren Wangen und hingen ihr über die Schultern. Meine Kehle wurde eng, als diese Augen Löcher in meine Seele brannten.

»Blau«, sagte sie, und ihr Atem stieg in einem Nebelwölkchen vor mir auf, was bewies, wie kalt ihr war. Und ich wusste, dass dieses Wort als Antwort auf die Frage gemeint war, die ich ihr gestellt hatte. Blau oder grün. *Blau bedeutet, dass du mich magst.*

Das war ihre Erklärung, ihr Eingeständnis, dass sie mich wollte, und mein Kopf war so durcheinander, weil ich sie hier vorfand, dass ich nicht wusste, wie ich ihr antworten sollte. Ihr plötzliches Auftauchen hatte mich sprachlos gemacht.

»Ich … bin nur gekommen, um dir das zu sagen«, sagte sie und zog sich zurück, da sie mein Schweigen offensichtlich als Ablehnung auffasste.

Aber verdammt, ich würde sie nicht gehen lassen.

Ich ergriff ihre Hand, bevor sie in die Nacht entkommen konnte, zog sie nach drinnen und schloss die Tür. Ich umschloss sie mit meinen Armen, hielt sie fest und drückte eine Hand gegen die Tür, während ich auf sie hinunterblickte.

»Ich weiß, dass das verrückt ist«, flüsterte sie.

Wasser tropfte unentwegt von ihren Haaren, und ich streckte die Hand aus, strich mit den Fingern hindurch und wirkte heiße Luft, um sie zu trocknen, sodass sie weich und glänzend um ihre Schultern fielen und ich die wahre Farbe bewundern konnte. Ich ließ die Luft ihren Körper hinunterwandern, trocknete jeden Zentimeter von ihr und vertrieb die Kälte, die an ihrer Haut haftete. Dabei wanderte mein Blick von ihren Augen zu ihren Lippen und wieder zu ihren blauen Haaren.

»Dann komm mal rein.« Ich wandte mich ab und ging in die Küchenzeile, weil ich eine Sekunde brauchte, um zu atmen, nachzudenken und zu verarbeiten.

»Drink?«, rief ich, um Zeit zu gewinnen. Denn ich musste dringend den Elefanten im Zimmer ansprechen. Ihr Kommen könnte zu mehr führen – und bei den Sternen, ich wollte mehr. Aber mehr war gefährlich. Mehr könnte dem blutigen Leichensack in Darkmore gleichkommen, dessen Möglichkeit ich definitiv ignorierte. Andererseits könnte ich zumindest als glücklicher Mann sterben.

»Ähm, nur Wasser.« Ich hörte, wie sie ihren Mantel und ihre Schuhe auszog, und konzentrierte mich weiter auf die anstehende Aufgabe. Zwei Gläser mit Wasser zu füllen. Ganz einfach. Warum war es dann unmöglich, mich darauf zu konzentrieren?

Es gelang mir schließlich, mich umzudrehen, und als ich Darcy ansah, bemerkte ich, dass sie nervös war. Ihr Blick huschte immer wieder in Richtung meines Schlafzimmers. Sie trug einen freizügigen Pyjama, ihr dünnes weißes Oberteil ließ die Erhebungen ihrer Brustwarzen erkennen und mein Schwanz wurde bei diesem Anblick sofort hart.

Ich lehnte mich an die Küchentheke und beobachtete sie, während ihre Augen endlich wieder die meinen fanden.

Sie räusperte sich und machte einen Schritt auf den Ausgang zu. »Wahrscheinlich … gehe ich jetzt besser.«

Gehen? Dieses Wort peitschte wie Kanonendonner durch meinen Kopf.

Bevor sie noch einen Schritt machen konnte, schoss ich wie ein Wirbelwind vor sie, drückte sie an die Rückenlehne der Couch und reichte ihr eines der Wassergläser.

»Nein«, sagte ich. »Bleib!«

Sie nickte, nahm mir das Glas ab und ihre Beine berührten meine. Diese einzige Berührung machte mich heiß auf mehr. So viel mehr. Sie nahm einen Schluck Wasser, ihr Blick war fest auf meinen gerichtet, während sie das Glas leerte. Ich folgte ihrem Beispiel.

Dann nahm ich ihr leeres Glas und griff an ihr vorbei. Meine Schulter streifte die ihre, als ich mich vorbeugte und die Gläser auf einen Tisch am Ende der Couch stellte.

»Du trinkst nicht?«, hauchte sie.

»Nein.« Ich rückte näher und legte meine Hände auf die Couch zu beiden Seiten von ihr. *Du befreist meinen Geist mehr als jeder Drink es je getan hat.*

»Und du hast auch nicht getrunken?« Sie hob eine Augenbraue und ein Lächeln huschte über mein Gesicht, als ich den Vorwurf in diesen Worten bemerkte.

»Nein.« Ich nahm ihre Hand und verschränkte meine Finger mit ihren. Ihr Atem stockte, als ich mich näherte, unsere Körper berührten einander fast, aber ich würde nicht mehr tun, bis sie deutlich machte, dass sie das wollte.

»Bist du wütend, dass ich gekommen bin?«, fragte sie und runzelte die Stirn, als könne sie meine Stimmung nicht deuten. Ich war ein hinterlistiges Arschloch, aber ich musste die Maske fallen lassen. Ich musste sie sehen lassen, was ihr Geständnis für mich bedeutete.

Ich senkte den Kopf und mein Mund streifte die bronzefarbene Haut ihrer Schulter. Allein das brachte mich an den Rand des Wahnsinns. »Nein.«

»Ist das alles, was du sagen kannst?«, fragte sie, sichtlich frustriert, als ich den Kopf hob und meine Hand auf ihre Wange legte. Dabei schob ich meine Finger in ihre dunkelblauen Haare. Sie war atemberaubend, zu faszinierend, als dass Worte ihr gerecht werden könnten.

»Nein«, sagte ich grinsend und neckend, während sie immer wütender auf mich zu werden schien.

»Hör auf«, flehte sie und stieß mich gegen die Brust, aber ich gab nicht nach, sondern schloss die Distanz zwischen uns. Mein nackter Oberkörper schmiegte sich an ihre Hitze, und ich spürte, wie ihre Brustwarzen meine Haut streiften und ihre Brüste sich gegen mich wölbten, sodass ich ein Knurren der Begierde unterdrücken musste.

»Was möchtest du von mir hören?«, fragte ich.

»Du hast dich nicht dazu geäußert, dass ich gekommen bin«, sagte sie verärgert und warf erneut einen Blick zum Ausgang, als würde sie immer noch darüber nachdenken, zu gehen.

Ich packte ihr Kinn und zog es zu mir, damit sie mich ansehen musste.

»Gib mir eine Sekunde. In der einen Minute schreiben wir miteinander und ich wünsche mir, ich könnte dich hier bei mir haben. Und in der nächsten bist du hier.« Ich beugte mich vor, küsste ihren Mundwinkel und gönnte mir eine weitere verbotene Kostprobe. Sie verkörperte all meine liebsten Sommerfreuden: Sonnenschein, Erdbeeren und Ekstase.

Ich küsste eine Linie bis zu ihrem Ohr, schob meine Finger wieder in ihre Haare und kostete ein wenig von dem, was ich unbedingt wollte, bis sie mir direkt sagte, dass sie mehr wollte.

»Ich will dich nicht in Schwierigkeiten bringen«, flüsterte sie, während ihre Hände meine Arme hinaufglitten und leicht auf meinen Schultern ruhten.

Ich ließ meine Finger über ihren Rücken gleiten, schob sie unter ihr Oberteil und genoss das Gefühl ihrer seidigen Haut auf meiner. Meine Reißzähne streiften ihre Ohrmuschel und sie fröstelte – eine Reaktion, die mir so gut gefiel, dass ich mir wünschte, sie würde mir die völlige Kontrolle über ihren Körper geben.

»Orion«, warnte sie mich, und bei diesem Namen durchzuckte mich ein Gefühl der Verärgerung, das mich an die Position erinnerte, die ich an der Academy über sie innehatte.

»Lance«, korrigierte ich sie scharf. »Und ich kenne die Risiken.« Ich schob ihr Oberteil auch vorn hoch, sodass noch mehr von unserer nackten Haut vereint war, was mich höllisch hart werden ließ. »Aber tust du das auch?«

Ich schob ihre Haare über ihre Schulter und ließ meine Lippen auf die frisch entblößte Haut sinken. Ein Angebot. Sie neigte ihren Kopf zur Seite und gewährte mir dadurch besseren Zugang, während sie ein gehauchtes Stöhnen von sich gab, das sich für meinen verdammten Schwanz wie ein Gebet anhörte.

»Ja«, keuchte sie, aber das reichte nicht.

Ich schob meinen Finger unter den linken Riemen auf ihrer Schulter, hielt dann inne und hob den Kopf, um sie mit besorgter Miene anzusehen. »Wenn wir das tun, gibt es kein Zurück mehr.«

Verstand sie wirklich, was das bedeutete? Nicht nur ich würde ins Gefängnis kommen, wenn das schiefging, sie würde wahrscheinlich von der Schule verwiesen werden. Gesetz war Gesetz. Es wurde nicht einmal für Vega-Prinzessinnen gelockert.

Sie schlang ihre Hand um meinen Nacken und zog mich zu sich, um meine Lippen in einem brennenden Kuss zu berühren. All meine Bedenken schwanden für sie, für mich, denn wie könnten wir diese Sache zwischen uns leugnen? Es war eine Sache der körperlichen Lust, aber es war auch mehr als das. Viel mehr. Etwas, dem ich nicht einmal einen Namen geben konnte. Ich wusste nur, dass es eine Antwort darauf geben musste.

Ich drückte meine Zunge in ihren Mund und sie küsste mich zunächst zögerlich zurück, bevor sie sich diesem Wahnsinn hingab und zuließ, dass er von ihr Besitz ergriff. Die Barrieren unserer Magie krachten plötzlich in sich zusammen und die Kraft schwappte zwischen uns hin und her, sodass ich vor dem berauschenden Rausch ihrer Magie zu stöhnen begann. Dieser Rausch war so gewaltig, dass er jeden anderen übertraf, den ich je zuvor gefühlt hatte. Ihre Kraft war wie ein Tsunami, der gegen die Küste brandete. Sie stöhnte ebenfalls, als sie meine Magie spürte, all diese Kraft war fast zu viel für sie.

Ich packte ihre Beine und zog sie hoch, um sie so auf die Couch zu setzen, dass ich zwischen ihren Schenkeln stehen konnte. Meine Fingerspitzen tasteten sich bis zu den Säumen ihrer Shorts vor und verharrten dort, als mir ein vager Funken Klarheit zuteilwurde.

»Wenn du willst, dass ich aufhöre, dann sag mir, dass ich aufhören soll«, sagte ich atemlos, und sie schlang ihre Beine um meine Taille.

»Okay, hör nicht auf«, flüsterte sie, bevor sie ein berauschendes Lachen verlauten ließ, als ich sie eng an mich zog. Ich brauchte sie dringender als den morgigen Sonnenaufgang.

»Ich will dich so sehr, dass es wehtut, Blue«, gab ich zu, mein Verlangen nach ihr war eine Qual, die nie enden würde. Ich konnte nicht aufhören, an ihren klugen Mund, ihren neugierigen Verstand und all ihre Schönheit zu denken.

Sie lächelte, ließ ihre Hände über meine Schultern gleiten und bohrte ihre Fingernägel in meine Haut, der Schmerz entfachte einen wilden Hunger in mir.

»Dann nimm mich!«, befahl sie, und die Fesseln fielen von meiner Seele, jede Zurückhaltung war dieser Forderung zum Opfer gefallen.

Ich hob sie in meine Arme, meine Hände fest auf ihren Oberschenkeln, als ich sie in mein Schlafzimmer trug und die Tür hinter uns zuschlug. Ich drehte mich um und drückte sie dagegen, mein Mund traf hart auf ihren, als ich sie gegen das Holz presste und sie mit einer Leidenschaft küsste, von der ich bisher nur in Mythen und Legenden gelesen hatte. In Geschichten von Liebenden, die nur durch einander befriedigt werden konnten, die nie genug von den grundlegendsten Berührungen des jeweils anderen bekommen konnten.

Ich fixierte sie mit meinen Hüften und mein harter Schwanz zwischen ihren Schenkeln brachte sie zum Stöhnen. Sie wölbte ihre Hüften, um ihre Pussy an mir zu reiben, und das machte mich verdammt verrückt.

»Fuck, Blue!«, knurrte ich, bevor ich sie noch inniger küsste.

Ich zog mich zurück und stellte sie auf die Füße – ich wollte das auskosten. Ich ließ meine Finger durch ihre Haare gleiten und bewunderte sie im Licht, die dunkelblaue Farbe glitzerte ein wenig. Es war kaum zu glauben, dass dieses Mädchen ausgerechnet meinetwegen hierhergekommen war. Und ich wollte verdammt sichergehen, dass sie es nicht bereute.

Ich ließ ihre Haare los und wirkte eine Stillekuppel, während ich meinen Blick über Darcy schweifen ließ, die mich mit ebenso großem Hunger ansah. Ich griff nach der Kordel ihrer Shorts und zog sie mit einem Knurren in der Kehle näher an mich heran.

»Du kannst immer noch Nein sagen«, erinnerte ich sie, aber sie grinste und schüttelte den Kopf.

Dieser Gesichtsausdruck trieb meinen Puls in die Höhe, und für eine Sekunde fühlte ich mich nicht wie ihr Professor, sondern wie ein Mann, den sie wollte, und das war ein Gefühl, an das ich mich gewöhnen könnte.

Ich lächelte sie verschmitzt an, und sie legte ihre Hand auf meine Brust und drückte mich entschlossen zurück zum Bett. Ich ließ mich von ihr führen, aber nicht mehr lange.

Langsam ließ ich mich auf die Matratze sinken, und sie drückte meine Schultern nach unten, während sie sich über mich kniete. Ich packte ihre Hüften und zog sie fest auf mich herunter, und sie keuchte auf, als sie spürte, wie mein harter Schwanz gegen sie stieß. Es war nicht zu leugnen, wie sehr ich sie wollte; dieses Feuer, das sie in meinem Fleisch entzündet hatte, brannte mit jeder Sekunde tiefer.

Ich umfasste ihren Nacken und zog sie zu einem weiteren Kuss zu mir heran, dieses Mal langsamer, da ich mir Zeit nahm, sie zu genießen.

»Ich hoffe, du hast deinen Pfirsich mitgebracht«, neckte ich sie, und ein Lachen drang aus ihrer Kehle, als sie sich von mir weglehnte.

»Du bist ein solches Arschloch!« Sie verpasste mir einen Schlag gegen die Schulter und ich lachte, meine Hände glitten unter den Bund auf der Rückseite ihrer Shorts und griffen nach ihrem Hintern.

»Ich weiß.« Ich grinste und sie wollte mich wieder küssen, aber ich lehnte mich zurück, um ihr zu entkommen, und plötzlich wurde mir etwas klar.

Ich stand auf und ließ sie aufs Bett fallen. »Leg dich so hin!« Ich zeigte ihr, was ich meinte, und sie runzelte die Stirn, als sie sich diagonal über das Bett bewegte. Scheiße, sie sah so gut aus, wenn sie sich auf meinem Bett ausbreitete.

»Warum?«, fragte sie mit einem amüsierten Lachen.

Ich grinste zur Antwort und ihre Augen wanderten an meinem Körper hinunter, während ich sie mit lüsternem Blick betrachtete.

Ich beugte mich vor, ergriff ihren rechten Fuß und legte meine Hand um ihren Knöchel. Sie wand sich, als ich die empfindliche Haut dort streichelte, und brach in Gelächter aus.

»Kitzelig, Blue?«, stichelte ich und strich mit meinen Fingern über ihre Ferse. Sie schrie auf und ihr Rücken krümmte sich, als sie versuchte, sich von mir zu befreien.

Ich lachte düster und ließ meine Hand an ihrer Wade entlanggleiten. Sie seufzte erleichtert, als ich ihren Fuß in Ruhe ließ. Meine Hand wanderte höher und ich kroch das Bett hinauf, bis ich über ihr schwebte. Ihr Lachen verstummte, als sich unsere Blicke trafen. Meine Knie drückten gegen die Innenseiten ihrer Schenkel, und ich zögerte, weil ich wusste, dass ich sie vor den möglichen Folgen schützen sollte, die sich daraus ergeben könnten.

»Hör nicht auf!«, sagte sie bestimmt, und ich spürte das wilde Hämmern ihres Herzens. »Ich will es.«

Aufregung durchströmte mich, und ich wusste, dass es jetzt kein Zurück mehr gab.

»Zeig mir, wie sehr!«, knurrte ich, und ihre Augen funkelten auf diese Worte hin.

Sie nahm meine Hand und zog sie zu ihren weichen Lippen, um mir einen Kuss auf die Fingerknöchel zu drücken. Dann führte sie meine Handfläche an ihren Hals, über die Wölbung ihrer Brüste und ihren Bauch, und atmete tief ein, während sie mich unter den Bund ihrer Shorts führte. Meine Hand kribbelte vor Erregung, als ich ihre Haut auf meiner spürte.

Ich fluchte, als meine Finger über ihre klatschnasse Pussy glitten und ich feststellte, dass sie so feucht war, dass mein Schwanz vor Verlangen zu zucken begann. Sie befreite ihre Hand, streckte sie aus und legte sie stattdessen um meinen Hals, um mich noch näher zu sich zu ziehen. Als ich anfing, sie zu necken, spreizte sie ihre Schenkel weiter, meine Finger wanderten über ihre enge Öffnung und entlockten ihr ein hauchendes Stöhnen. Dieses Geräusch war mein Verderben und ich beugte mich vor. Mein Mund krachte auf ihren, während ich mit meinem Daumen ihre

Klit umkreiste. Ihre Hüften hoben sich, um mich zu treffen.

»Halt still!«, befahl ich mit belegter Stimme, während ich meine Tortur fortsetzte und es genoss, sie in diesem Zustand zu haben, in dem sie mehr von mir brauchte.

Sie nickte und ich belegte sie mit dem Verhütungszauber, drückte meine Hand auf ihre warme Haut und ließ die Magie über sie hinwegrauschen. Unsere Blicke trafen sich, als sie realisierte, was ich getan hatte, und das Glitzern in ihren Augen verriet mir, dass sie mehr als glücklich darüber war.

Sie zog mich an sich, und ich gab ihrer Forderung mit Freuden nach, verlagerte mein Gewicht auf sie und zog meine Hand aus ihren Shorts. Sie streifte ihr Oberteil über den Kopf, und ich stöhnte vor Vergnügen, legte meine Hand auf ihre linke Brust und ließ meine Zunge über ihre harte Brustwarze gleiten. Meine Reißzähne streiften ihre Haut und ich fröstelte, als meine Zunge ihren Nippel liebkoste und ihr ein Fluchen entlockte.

Mein Daumen glitt über ihre andere Brust, und sie krümmte sich unter meiner Berührung, als könne sie nicht genug davon bekommen. Das Gefühl beruhte auf Gegenseitigkeit, verdammt noch mal.

Sie hob ihre Beine zu beiden Seiten von mir, während sie mit ihrer Hand über die Wölbung meiner Schulterblätter strich. Und ich rutschte tiefer und bewegte meinen Mund über ihre Brüste und dann hinunter zu ihrem nackten Bauch, wobei der Geschmack von Erdbeeren meine Zunge benetzte. Ich wanderte tiefer und tiefer und spürte Darcys Vorfreude, als ich meine Hand in ihre Shorts schob und sie ihre glänzenden Beine hinunterzog. Als ich sie beiseite warf, kniete ich mich hin und betrachtete ihren nackten Körper mit so viel Verlangen, dass ich mich auf nichts als niedere Begierden und sündige Laster reduziert fühlte.

Ich grinste verschlagen, vergrub dann mein Gesicht zwischen ihren Schenkeln und ließ meine Zunge in einer langen Bewegung über ihre Klit gleiten, was sie vor Lust aufschreien ließ.

Sie bäumte sich auf, um jedes Quäntchen Vergnügen zu erfahren, das ich ihr geben konnte. Und meine Zunge leckte und kreiste und führte sie in den Untergang. Ich war high vom Klang ihres Stöhnens, mein Ego wuchs mit jeder Sekunde, während ich sie an den Rand der Ekstase führte und sie dann von dort wieder zurückzog, ohne sie fallen zu lassen. Nicht, bis ich es ihr erlaubte.

»*Lance*«, flehte sie, und ich grinste gegen ihre Pussy, wobei dieser Appell mein Herz höherschlagen ließ.

Ich hob meinen Kopf, ließ sie in der Schwebe und bewunderte den herrlichen Glanz ihrer Haut unter mir. Sie hatte die Augen geschlossen, während sie ihren Kopf nach hinten neigte und nach mehr verlangte.

Ich rutschte vom Bett, ließ meine Jogginghose fallen und bewegte mich wieder zwischen ihre Schenkel, um die Spitze meines Schwanzes an ihre feuchte Pussy zu führen und sie mit einem kraftvollen Hüftschwung in Besitz zu nehmen. Ich glitt tief in sie hinein, und sie fühlte sich so viel perfekter an, als ich es mir hätte vorstellen können.

Sie bäumte sich mit einem Schrei auf, krallte ihre Fingernägel in meinen Rücken und schrammte mit ihren Zähnen über meine Schulter, während sie sich an meine Größe gewöhnte. Ich griff nach ihren Haaren und zog daran, damit ich ihre Augen sehen konnte. Ich musste sehen, ob Bedauern in ihnen aufleuchtete.

Sie schlang ihre Beine noch enger um mich, und ihre Fingernägel bohrten sich immer noch in meinen Rücken, während die Enge ihrer Pussy mich fast um den Verstand brachte.

»Verdammt noch mal!«, keuchte sie. »Beweg dich!«

Ich lachte verrucht, meine Nase berührte die ihre. »Wollte nur sichergehen.«

»Hör auf, sicherzugehen!«, keuchte sie, wiegte ihre Hüften – und verdammt, das fühlte sich so gut an, dass ich kein Problem damit hatte, ihr nachzugeben.

Ich zog meine Hüften zurück, sodass ich fast ganz aus ihr draußen war, dann glitt ich wieder langsam hinein und genoss das Gefühl, sie um mich herum zu spüren. Darcy wand sich unter mir, forderte mich mit hungrigen Küssen heraus, wohl wissend, dass ich sie auf die Folter spannte.

Ich drang härter in sie ein und sie klammerte sich an mich, unsere Münder trafen aufeinander, als ich meine Hüften kreisen ließ und meinen Schwanz an dieser empfindlichen Stelle in ihr rieb. Sie stöhnte laut, und ich wiederholte die Bewegung, stieß bei jedem Hüftschwung gegen diese Stelle, erhöhte mein Tempo und fand einen Rhythmus, der sie in den Wahnsinn trieb. Ich konnte nicht genug von ihr bekommen. Ihr Körper war wie für mich geschaffen, und ihre Pussy umklammerte meine dicke Länge und wurde immer feuchter, während ich daran arbeitete, sie zum Orgasmus zu bringen.

Ich konnte fühlen, wie sie dem Höhepunkt näher kam, als sie immer lauter schrie, und bei jedem Stoß meiner Hüften für mich zitterte.

Ich legte meine Hand auf die Rückseite ihres linken Oberschenkels, verlangsamte mein Tempo und lockte sie mit den neckischen Bewegungen meiner Hüften näher an den Abgrund, ohne sie fallen zu lassen. Ihre Innenwände schlossen sich um meinen Schwanz, und ich fluchte leise, um mich davon abzuhalten, selbst den Höhepunkt zu erreichen, während sich meine Muskeln anspannten, als ich immer wieder tief in sie hineinstieß.

Schaudernd rang ich darum, mich zurückzuhalten. Kein Mädchen hatte sich jemals so angefühlt, keines hatte mich jemals so weit bringen können, bis ich selbst hatte fallen wollen.

»Du bringst mich noch um den Verstand«, keuchte ich, vergrub mich in ihr und verlangte, dass sich ihr Körper dem meinem beugte.

Sie keuchte, dann schrie sie, verloren in ihrem Orgasmus, als ihre Pussy um meinen Schwanz herum pulsierte. Und ich stieß ein letztes Mal in sie hinein und folgte ihr in die Glückseligkeit. Ich ergoss mich in ihr, der heiße Strom meines Samens ließ sie lauter stöhnen, während ich ihre Seiten festhielt. Jeder Muskel in meinem Körper spannte sich an – und entspannte sich dann mit der Erlösung. Es war der beste verdammte Orgasmus meines Lebens. Das Vergnügen, das mich durchzuckte, ließ mich schließlich völlig erschöpft zurück.

Ich hielt sie mit meinem Körper fest und meine Hüften waren fest an ihren gepresst, während sie unter mir stöhnte und sich wand, genauso verloren in diesem Genuss wie ich.

Dann erstarrten wir beide, und ich sah sie an, während ich meinen Daumen über ihre Unterlippe führte. Sie öffnete langsam die Augen. Unsere Blicke trafen sich, ihre grünen Augen leuchteten und waren voller Leben.

Ich hob eine Hand zu ihrem Mund und ließ einen sanften Lufthauch auf ihre Lippen treffen, damit sie etwas ruhiger atmen konnte. Dann zog ich meine Hüften zurück, löste mich von ihr und drehte mich auf den Rücken, um neben ihr zu liegen. Ich starrte an die Decke und legte eine Hand auf ihren glühend heißen Bauch.

Es wurde still zwischen uns und ich erwachte aus meiner Benommenheit und warf einen Blick auf Darcy, die einen besorgten Gesichtsausdruck aufgesetzt hatte. Ich legte meine Hand um ihre und zog sie zu mir heran.

»Sprich mit mir, Blue!«, drängte ich.

Sie drehte sich um und lehnte sich an meine Brust, während ich meinen Arm um sie schlang und sie festhielt.

»War das ein Fehler?«, flüsterte sie, und ich zuckte bei diesen Worten zusammen, weil ich Angst hatte, dass sie genau das dachte.

»Nicht für mich«, sagte ich schnell. »Für dich?«

»Nein«, antwortete sie, legte ihre Hand auf meine Wange und ließ ihre Finger durch meinen Bart gleiten.

Erleichterung durchströmte mich, als ich meine Hand auf ihren unteren

Rücken gleiten ließ, und die Anspannung in meinem Körper löste sich auf. Langsam bewegte ich meine Finger über ihre Haut, worauf sie mit einem Frösteln reagierte, und ich genoss es, wie gut sie auf mich reagierte.

»Wenn wir damit weitermachen wollen, müssen wir vorsichtig sein«, warnte ich sie.

»Ich weiß.« Sie küsste mich sanft und ich schob meine Hand in ihre Haare, um sie noch einen Moment länger festzuhalten.

»Du darfst niemandem davon erzählen.«

Sie nickte.

»Nicht einmal deiner Schwester«, betonte ich und dachte daran, dass uns das alles um die Ohren fliegen könnte, wenn wir nur einen falschen Schritt machten. Aber der Gedanke, sie nicht mehr auf diese Weise zu erleben, war eine noch unmöglichere Option, als das Risiko einzugehen, wieder zusammen zu sein.

Sie seufzte und nickte, sichtlich unzufrieden damit, aber zumindest wusste ich jetzt, dass sie das Geheimnis zwischen uns bewahren würde.

Sie stöhnte und verbarg ihr Gesicht an meiner Schulter.

»Sollten wir jemals erwischt werden, werde ich alles in meiner Macht Stehende tun, damit du nicht von der Schule fliegst«, sagte ich ernst, und diese Wahrheit kam aus tiefstem Herzen.

»Lass uns den Vorsatz fassen, niemals erwischt zu werden«, erwiderte sie.

»Vorsätze sind die beste Methode, um die Sterne zum Lachen zu bringen«, betonte ich mit einem spielerischen Grinsen.

»Dann lass sie doch lachen.« Sie lächelte und mein Blick fiel auf ihren geröteten Mund, mein Schwanz wurde schon wieder hart für sie.

»Bleib«, raunte ich und fuhr mit meinem Finger ihren Arm hinunter.

»Du weißt, dass ich das nicht kann«, sagte sie mit gerunzelter Stirn. »Es ist zu riskant.«

Ich seufzte, hob meinen Hintern an, um die Bettdecke unter uns hervorzuziehen, und legte sie um uns, damit sie liegen blieb. Mein Numerologie-Buch fiel irgendwo heraus, und sie lachte.

Bei diesem Geräusch drang ein animalisches Brummen aus meiner Kehle. »Noch fünf Minuten, dann bringe ich dich zurück«, schlug ich vor.

»Sie sind ein harter Verhandlungspartner, Mr. Orion.«

Ich grinste. »Ich kann noch viel härter werden.«

»Sehr verlockend, aber ich bin mir nicht sicher, ob fünf Minuten dafür ausreichen.«

Ich lachte, als sie sich an mich kuschelte und ihren Kopf auf meine Schulter legte, während ich versuchte, mich daran zu erinnern, wann ich zuletzt mit einem Mädchen gekuschelt hatte. Ich war mir ziemlich sicher, dass es noch nie passiert war. Sicherlich nicht so. Nicht auf eine Art, die mich dazu gebracht hätte, sie so lange wie möglich hier behalten zu wollen.

Die Fenster klapperten im Sturm, und obwohl ich wusste, dass wir alles riskierten, indem wir hierblieben, ließ mich etwas an der Ungezähmtheit dieser Nacht sicher sein, dass wir nicht auffliegen würden. Und als Darcy ihr Bein über mich legte, ich ihren Oberschenkel streichelte, ihr Blick dem meinem begegnete und sie mich mit dem verführerischsten Lächeln ansah, das ich je gesehen hatte, wusste ich, dass fünf Minuten Bullshit waren. Unsere Lust aufeinander war zu stark, und als ihre Hand nach unten wanderte, um meinen Schwanz zu umschließen, hatte ich mehrere Ideen, was ich mit ihr machen wollte. Und ich fragte mich, wie viele ich umsetzen könnte, bevor ich sie gehen lassen müsste.

ORION

EIN ALTERNATIVES POV DES
FAIRY FAIR – *ZODIAC ACADEMY 3:*
DIE ABRECHNUNG

LIONEL

AUS LIONELS REFUGIUM ...

Zu diesem Zeitpunkt war ich zwar durch das Auftauchen der Vega-Zwillinge verunsichert, hatte mich aber wieder gefangen und suchte angesichts solch schlechter Vorzeichen nach einem Vorteil, den ich natürlich auch fast sofort fand.

Die Zwillinge waren mir kaum mehr als ein Dorn im Auge, da sie von Darius und den anderen Erben beobachtet und herausgefordert wurden. Ihre Ankunft bewirkte kaum mehr, als die Royalisten aufzustacheln, die in meinem Königreich auf der Lauer lagen. Tatsächlich war das Ganze für mich so etwas wie ein Segen – ich hatte jetzt eine Liste mit Namen. Namen derer, von denen ich wusste, dass sie mir nie wirklich treu ergeben sein würden.

Und so, wie es jeder große Anführer tun muss, veränderte ich meine Pläne. Ich machte eine Bestandsaufnahme dessen, was mir zur Verfügung stand, und nutzte meine unglaubliche Gerissenheit, um genau die Antwort zu finden, nach der ich gesucht hatte.

Der Grund, warum ich gezwungen war, im Celestia-Rat zu vegetieren, lag in der verheerend irritierenden Tatsache, dass meine Macht mit der meiner Mitstreiter übereinstimmte und es mir daher nicht leichtfiel, sie herauszufordern und meinen Platz über ihnen mit Gewalt einzunehmen.

Aber mit der Ankunft der Vega-Gören ergab sich der glückliche kosmische Zufall, dass die Sterne sich so ausrichteten, dass ich eine weitere Chance bekam, mir die Macht zu sichern, die ich brauchte, um meine Überlegenheit über sie durchzusetzen.

Ich hatte schon lange nach den Schatten getrachtet, da ich in ihnen die Macht sah, die ich mir wünschte. Und so suchte ich nach Wegen, sie für mich zu beanspruchen.

Stella Orion war in dieser Hinsicht tatsächlich eine wichtige Spielfigur gewesen, und wir waren so kurz davor gewesen, alles zu erlangen, was wir uns so viele Jahre zuvor mithilfe meiner treu ergebenen Clara erhofft hatten.

Leider hatte sich Clara am Ende als zu schwach erwiesen, um mir diese Macht zu verleihen. Eine Schwäche, die ich immer wieder verflucht hatte, wobei die Antwort auf das Problem immer auf eine stärkere Blutlinie hingewiesen hatte.

Xavier war die offensichtliche Wahl für meinen nächsten Versuch gewesen, aber mit der Ankunft der Vega-Zwillinge in meinem Königreich wurde mir eine noch bessere Option geschenkt. Und darüber hinaus gab es zwei von ihnen, also doppelte Erfolgschancen.

Hätte ich besser aufgepasst, wäre mir vielleicht der Skandal aufgefallen, der sich innerhalb des Campusgeländes abspielte. Vielleicht wäre mir dann klar geworden, dass Lance Orion von Gwendalina Vega bezirzt worden war und sich gerade dabei befand, sich für nichts weiter als das Vergnügen, seinen Schwanz mit einer Prinzessin von Solaria zu befeuchten, zu verdammen. Es hätte mir viele Unannehmlichkeiten erspart, wenn ich die Wahrheit über ihre Affäre früher erkannt und sie beendet hätte, bevor die Presse davon Wind bekam, aber ich war mit meinen Plänen zur Eroberung der Schatten beschäftigt.

Pläne, die ja schließlich doch Früchte tragen sollten …

ORION

KAPITEL 1

Ich sprintete von einem Ende des Pitball-Spielfelds zum anderen, hielt mich mit meiner Vampirgeschwindigkeit zurück, ging aber bis an meine Grenzen, ohne diese Fähigkeiten einzusetzen. Jedes Mal, wenn ich ein Ende erreichte, ließ ich mich auf den Rasen fallen und machte so viele Liegestütze wie möglich, bis meine Arme versagten.

Der Schweiß glitzerte auf meiner Haut, mein Shirt hatte ich längst ausgezogen, sodass nur noch meine Shorts in Position waren. Als ich so erschöpft war, dass mir schwindelig wurde, trank ich die Hälfte meiner Wasserflasche auf einmal aus und nahm dann einen der schweren Erdbälle, die ich aus dem Spind geholt hatte. Ich warf ihn so kräftig wie möglich in die Luft, rannte dann los, um ihn zu fangen, drehte mich und bereitete mich auf das harte Aufschlagen des Metalls auf meiner Brust vor, wobei ich meine Füße in den Boden grub, um das Gleichgewicht zu halten. Das tat ich wieder und wieder, bis sich ein rötlicher Bluterguss über meinen Brustmuskeln abzeichnete und ich eine Trinkpause einlegen musste.

Seitdem ich die Flasche Bourbon aus dem Fenster meines Büros geworfen hatte, hatte ich keinen einzigen Tropfen mehr getrunken. Und dank meines unbändigen Verlangens, meinen Gedanken zu entfliehen – vor allem, weil die Dinge zwischen Darcy und mir immer noch so abgefuckt waren –, hatte ich zu diesem Schwachsinn greifen müssen.

Ich machte am Rand des Pits Übungen, bei denen ich einen Feuerball auf einem Luftzug über mir schweben ließ, während ich darunter Sit-ups machte. Jedes Mal, wenn mein Rücken den Boden berührte, ließ ich die Kraft der Luft, die den Ball in den Himmel hielt, los, sodass er in einem gleißenden Feuer auf mich herabflog. Und ich erlaubte mir nur dann, erneut Luft fließen zu lassen, um ihn aufzuhalten, wenn ich es rechtzeitig schaffte, mich aufzurichten. Ich nannte diese Übungen *Death-ups* und ließ sie oft vom Pitball-Team ausführen, während ich mich auf die Luftelementare verließ, um die Feuerbälle davon abzuhalten, sie zu treffen. Es genügte wohl, zu sagen, dass sich viele Leute bei diesen Aufwärmübungen verbrannten – vor allem, weil Seth Capella und Max Rigel sich darauf konzentrierten, ihre kleine Vierergruppe vor Schaden zu bewahren, und oft geflissentlich vergaßen, anderen zu helfen. Es war ein Chaos, aber das war Pitball. Und wer es im Training nicht schaffte, der würde es auf dem Spielfeld erst recht nicht schaffen.

»Willst du dich umbringen, Orio?« Gabriels Stimme ertönte von irgendwo über mir und einen Augenblick später entdeckte ich dunkle Schwingen am Himmel.

Er landete mit einem dumpfen Aufprall neben mir, schnappte sich den Ball aus der Luft, nutzte sein Wasserelement, um ihn einzufrieren und die Flammen zu löschen. Sie würden sich jedoch durch das Eis hindurchfressen, denn die Bälle waren alle mit mächtiger Magie verzaubert, die sich nicht so leicht manipulieren ließ.

Er warf ihn von Hand zu Hand, und ich ließ mich mit keuchendem Atem ins Gras fallen. »Was machst du hier?«

»Ich bin mit meiner Familie in der Stadt, um den Fairy Fair zu besuchen«, sagte er, und ich registrierte das schöne weiße Hemd, das er hinten in seine Jeans gestopft hatte.

»Oh, ist der heute?«, murmelte ich, obwohl ich mir dessen mehr als bewusst war. Ich hatte Darius gebeten, mit mir auf Nymphenjagd zu gehen, und er hatte nur geantwortet, dass er mit seinen Erben-Kumpels auf dem Weg zum Jahrmarkt sei. Und da jedes Academy-Mitglied ebenfalls dorthin gehen würde, verzichtete ich ganz darauf. Obwohl es da eine Person gab, mit der ich gern hingegangen wäre ...

Sie machte sich wahrscheinlich gerade mit ihren Freunden fertig und sah zehnmal so verlockend aus wie sonst.

Gabriel nahm die Feuerball-Tasche, schob diesen hinein und warf sie zu Boden.

»Warum kommst du nicht mit?«, schlug er vor, und ich schüttelte den Kopf, als er mir seine Hand anbot und mich auf die Füße zog.

»Nee, ich bleibe einfach zu Hause und ...«

»... liegst allein auf der Couch und schaust dir alte Wiederholungen deiner liebsten Starfire-Spiele an?«, beendete Gabriel den Satz für mich mit einem mitleidigen Blick. »Das klingt verdammt erbärmlich, Orio.«

»Das ist nicht das, was ich sagen wollte.« Ich verschränkte die Arme vor der Brust und er warf mir diesen allwissenden, all*sehenden* Blick zu, der ein Knurren der Verärgerung in meiner Kehle aufsteigen ließ. »Na gut. Aber es ist nicht erbärmlich, es ist ein vollkommen vernünftiger Abend.«

»Wow, du hast recht. Ich kann nur danach streben, einen ›vollkommen vernünftigen Abend‹ zu erleben. Das klingt nach dem Gipfel der Existenz.« Er grinste.

»Leck mich!« Ich grinste, aber dieses Grinsen verschwand schnell wieder, als meine düstere Stimmung erneut die Oberhand gewann – kaum gemildert durch das intensive Training, dem ich mich in den letzten Stunden unterzogen hatte.

»Hör zu, ich muss los, die anderen warten auf mich. Ich bin nur vorbeigekommen, um dir das hier zu geben.« Er schob eine Hand in die Tasche, holte eine kleine Schriftrolle heraus und reichte sie mir.

Sie wurde von zwei zierlichen goldenen Klammern zusammengehalten, und als ich das Pergament entrollte, wurde mir klar, was ich da vor mir sah.

»Das ist einer der ursprünglichen Fabel-Flüche«, raunte ich ungläubig, als ich das Familienwappen der Fabel-Familie oben auf dem Pergament sah, ein kursives G, das mit Efeu verziert war. Die Geschichte dieser Familie war von dunkler Magie geprägt und sie war berühmt für die Erschaffung vieler verworrener Flüche, die jetzt alle illegal waren.

»Wie bist du da rangekommen?«, fragte ich ehrfürchtig. »Waren die nicht alle im Museum der Fae-Antiquitäten eingeschlossen?«

Er öffnete den Mund, um zu antworten, aber es dämmerte mir, wer diese Schriftrolle sichergestellt hatte, noch bevor er seinen Namen sagte.

»Leon«, sagte er mit einem halben Schulterzucken.

»Dieser Löwe ist ein verdammt guter Dieb«, sagte ich und riss meinen Blick von der Schriftrolle los, um Gabriel anzusehen. »Sag ihm nicht, dass ich das gesagt habe. Er schickt mir sonst einen verdammten Geschenkkorb voller Dildos oder so einen Scheiß.«

»Das war ein einziges Mal«, sagte Gabriel mit einem Schnauben.

»Was zum Teufel glaubt er eigentlich, wofür ich fünfzehn Dildos brauche?« Ich schüttelte den Kopf und war wieder einmal verwirrt über das bizarre Geschenk, das Leon mir geschickt hatte, nachdem ich ihm bei einer zwielichtigen Sache geholfen hatte, in die sie alle damals an der Aurora Academy verwickelt gewesen waren.

»Ich werde ihm sagen, dass einer gereicht hätte«, meinte Gabriel schmunzelnd, und ich warf ihm einen ausdruckslosen Blick zu.

»Lach nicht! Willst du wissen, was mit diesen Dildos passiert ist? Dieser verdammte Washer hat sie in die Finger bekommen. Er hat sie im Müll gefunden und daraus einen Traumfänger gemacht, der jetzt in seinem Fenster hängt.«

»Bei den Sternen.« Gabriel verzog das Gesicht und ich wandte meine Aufmerksamkeit wieder der Schriftrolle zu. »Glaubst du, dass sie das sein könnte, wonach du gesucht hast?«

Ich runzelte die Stirn angesichts des Fluchs auf der Schriftrolle und der Skizze von Mond und Sonne, die sich oben auf dem Pergament kreuzten. Diese dunkle Magie konnte nur bei einer Mondfinsternis ausgeführt werden, und ich wusste mit Sicherheit, dass Lionel eine sehr seltene, sehr verbotene Sammlung der Werke der Fabel-Familien besaß, weil meine eigene Mutter sie ihm geschenkt hatte. Dieser Fluch war völlig abgefuckt und klang genau nach dem kruden Scheiß, für den sich Lionel interessieren würde.

»Könnte sein«, sagte ich nickend. »Ich werde ihn Darius zeigen. Vielleicht kann er nach Hinweisen darauf suchen, dass sein Vater diese Objekte gesammelt hat.« Viele der genannten Dinge waren verdammt selten und einige davon existierten meines Wissens nach nicht einmal mehr. Der Fluch erforderte unter anderem die Verwendung einer Blentle-Feder, aber diese Vögel waren schon vor langer Zeit ausgestorben. »Danke, Noxy.«

»Keine Ursache.« Er bewegte seine Flügel, zögerte dann aber. Seine grauen Augen wurden kurz glasig, bevor er in den gegenwärtigen Moment zurückkehrte. Ein wissendes Lächeln umspielte seinen Mund. »Du solltest nach Hause gehen, damit dein Abend beginnen kann.«

Er klopfte mir auf die Schulter, flog davon und ließ mich mit dem Gefühl zurück, dass er etwas wusste, was ich nicht wusste. Aber das war irgendwie unvermeidlich, wenn man mit ihm befreundet war.

Ich beobachtete, wie seine dunkle Gestalt hinter dem offenen Dach des Stadions verschwand, seufzte dann und schoss mit rasanter Geschwindigkeit los. Ich brauchte genau eine Sekunde, um alle Pitbälle aufzusammeln, dann stand ich in der Umkleidekabine unter der Dusche, splitternackt, und seifte meinen Körper ein. Fünf Sekunden später stand ich an meinem Spind, völlig trocken dank der kombinierten Wirkung meiner Luft- und Wasserzauber, und einen Augenblick später trug ich Anzughose und Hemd. Ich schlüpfte in meine Schuhe, deren Sohlen aus gehärtetem Minogum bestanden, genau wie alle meine Schuhe. The Vamporium war ein Designerladen, der sich auf Schuhe für meine Formgebung spezialisiert hatte, und sie waren so hergestellt, dass sie dem Abrieb auf jeder Oberfläche bis zu unserer Höchstgeschwindigkeit standhielten.

Ich schnappte mir meine Tasche, schloss meinen Spind und rannte aus dem Stadion. Auf den Wegen wimmelte es von Studenten, die sich für einen Abend auf dem Fairy Fair herausgeputzt hatten. *Diese verdammten fröhlich grinsenden kleinen Scheißer.*

Ich schlängelte mich zwischen ihnen hindurch und raste durch das Erd-Territorium in Richtung Asteroidenplatz, verlangsamte aber mein Tempo, als ich vor mir einen Schimmer blauer Haare entdeckte. Mein Herz schlug mit voller Wucht gegen meinen Brustkorb.

Ich blieb an einer Wegbiegung stehen, die durch eine kleine Baumgruppe führte, und lauschte jedem Wort, das sie mit dem sie begleitenden Arschloch sprach. Diego fucking Polaris. Er hatte keine Mütze auf. Und hatte er sich die Haare geschnitten? Arschloch. Außerdem war er wie ein schicker kleiner Trottel angezogen. Was hatte er vor? Wollte er mein Mädchen beeindrucken? Scheiße, ging sie mit ihm auf den Jahrmarkt?

Ihre Haare waren mit einer silbernen Spange halb hochgesteckt und ein schwarzes Strickkleid schmiegte sich eng an ihre Figur und lenkte meinen Blick auf ihre Kurven. Kurven, die ich vor nicht allzu langer Zeit mit meiner Zunge erforscht und deren Perfektion ich geschmeckt hatte.

Meine Reißzähne prickelten in meinem Mund und ich ging weiter, anstatt hier wie ein Ekel herumzulungern.

Ich folgte ihnen auf Abstand, beobachtete aber jede ihrer Bewegungen, während mein Unterkiefer zu zucken begann. Ihre Arme waren ineinander verschränkt, und sie wirkten für meinen Geschmack viel zu vertraut miteinander. Die Erkenntnis dieser beschissenen Realität traf mich wie ein Güterzug. Sie gingen zusammen zum Jahrmarkt, nur die beiden, kein Hauch von einem anderen Freshman in Sicht. Und das klang verdammt nach einem Date.

Plötzlich warf Darcy einen Blick über ihre Schulter, als hätte sie mich bemerkt, und ihre leuchtend grünen Augen durchbohrten mich wie ein Wirbelsturm. Ich schritt gemächlich den Weg zu meiner Rechten hinunter, der zum Asteroidenplatz führte, und bewies damit, dass ich nur zufällig direkt hinter ihr gewesen war, anstatt ihr wie ein Stalker zu folgen. Dabei unterdrückte ich das lodernde Höllenfeuer, das in meiner Brust emporstieg.

Mein Blick wanderte über die Stelle, an der ihre Arme ineinander verschränkt waren, und mein Herz hämmerte in einem schmerzhaften Takt. Der Wunsch nach Gewalt benetzte meine Zunge und Besitzgier versetzte meinen Geist in einen wütenden Wahn. Das war es also gewesen, hm? Wir waren durch und jetzt ging sie mit diesem verdammten Polaris aus?

Es schmerzte, als würde ein Messer unter meine Rippen getrieben und den darunter liegenden schlagenden Muskel finden, um ihn ordentlich zu zerfetzen.

Darcy presste ihre Lippen aufeinander, ihre anhaltende Wut auf mich war deutlich zu spüren, als sie sich einfach so abwandte und ihre Aufmerksamkeit wieder *ihm* zuwandte.

Niemand wusste von Darcy und mir, wenn sie also von diesem Moment an nicht mehr mit mir sprach, wäre es das gewesen. Wir waren fertig, und niemand würde jemals erfahren, dass wir etwas miteinander gehabt hatten. Wie ein Funke Feuer in einer zu heißen Pfanne, der ausgebrannt war, bevor wir genug Brennstoff gefunden hatten, um uns aufrechtzuerhalten.

Ich hatte das quälende Gefühl, dass ich es vermasselt hatte, dass das alles meine Schuld war und ich meine Karten völlig falsch gespielt hatte.

Ich rieb mein Gesicht, während ich weiterging, und sobald ich außer Sichtweite war, holte ich meinen Atlas heraus, scrollte zu Francescas Namen und drückte auf *Anrufen*. Sie ging beim zweiten Klingeln ran, und ich hoffte, dass sie genauso wie ich plötzlich Lust auf einen Abend außer Haus hatte.

»Hey«, sagte ich knapp. »Hast du Lust, zum Fairy Fair zu gehen?«

»Das ist ja verrückt. Ich habe gerade einen Anruf von meiner Freundin bekommen, dass sie nicht mitkommen kann, also habe ich eine Karte übrig.«

»Bist du startklar?«

»Ich kann in fünf Minuten da sein.«

»Perfekt.«

Ich legte auf, stürmte dann mit neuem Elan los, eilte zum Asteroidenplatz zurück und ließ das Tor hinter mir ins Schloss fallen, während ich schon an meiner Haustür ankam. Meine Faust knallte gegen die Wand daneben, bevor ich mich zurückhalten konnte. Ein Riss zog sich durch das Mauerwerk – das würde mir eine Standpauke von Elaine einbringen.

Ich stieß die Tür auf und betrat mein Chalet, während mein Kopf zu dröhnen begann. Ich musste zu diesem Jahrmarkt. Ich konnte die frische Luft und die Zeit mit Francesca gebrauchen. Das würde mir guttun. Und ich würde auf keinen Fall dorthin gehen, um Darcy und ihr kleines Date im Auge zu behalten.

Wenn er sie auch nur anfasst, schlitze ich ihn auf und mache aus seinen Innereien einen Kuchen. Ich backe sonst nie, aber für ihn würde ich eine kleine rosafarbene Schürze anziehen, den Teig selbst herstellen und einen Kuchen backen, der so verdammt gut ist, dass ich den ersten Preis bei einem örtlichen Backwettbewerb gewinne.

Die Tür schwang auf, und als ich mich umdrehte, stand Francesca in einem eng anliegenden roten Kleid und einer langen Jacke da und runzelte besorgt die Stirn. »Ich habe deine Wand repariert. Warum war sie gerissen?«

»Du warst schnell«, sagte ich und blickte auf meine Knöchel, die, wie ich feststellte, aufgerissen waren. Blut tropfte auf den Boden.

»Lance«, keuchte sie, ergriff meine Hand und heilte sie im Handumdrehen. Sie sah mich mit dunklen, vertrauten Augen besorgt an.

»Diese Wand verdient es schon seit einiger Zeit«, murmelte ich trocken, zog mich von ihr zurück und ging in die Küche, wo ich auf der Suche nach einer Flasche die Schränke aufriss. Warum blieb ich überhaupt nüchtern? Bourbon war schon immer meine Antwort gewesen, warum sollte ich das ändern?

»Wonach suchst du?«, fragte Francesca, aber ich antwortete nicht, sondern durchsuchte weiterhin die hinteren Bereiche der nur spärlich gefüllten Schränke und fluchte jedes Mal, wenn ich nicht fündig wurde. Ich hatte alle Flaschen entfernt und zahlte nun den Preis für diese Dummheit.

»Lance.« Francesca packte meinen Arm und drehte mich zu sich. »Rede mit mir!«

Ich seufzte, meine Haare fielen mir in die Augen, als ich den Kopf sinken ließ. »Es ist nichts.« *Oder alles, je nachdem, wie man es betrachtete.*

»Hast du manchmal das Gefühl, dass die Sterne gegen dich sind?«, fragte ich, und ihre Augen weiteten sich angesichts meines scharfen Tons. »Denn ich fange an, zu glauben, dass sie meinen Namen ganz oben auf ihrer Abschussliste stehen haben, Francesca. Sie nehmen mir alles Gute, was ich für mich auserkoren habe.«

Sie streckte die Hand aus, um meine Wange zu berühren, und ich holte tief Luft, um mich zu sammeln. Ich spürte, wie ich an diesen dunklen Ort abrutschte, der mir so vertraut war. Zumindest war er das gewesen, bevor Darcy ein paar Tropfen Sonnenlicht in den Pool der Trostlosigkeit geworfen hatte, an dessen Grund ich mich verirrt hatte. Ich hatte endlich eine Richtung gefunden, in die ich schwimmen konnte, und egal, wie falsch es gewesen war, ihrem Licht zu folgen, hatte ich mich davon leiten lassen – in dem Wissen, dass ich mich vielleicht in einem noch tieferen Abgrund wiederfinden würde, sollte ich sie verlieren. Natürlich war mir klar gewesen, dass ich sie irgendwann verlieren könnte, aber ich hatte nicht erwartet, dass das Licht so schnell verblassen würde.

»Nicht alles«, meinte Francesca sanft. »Was ist passiert?«

Ich wandte den Blick ab und schüttelte kaum merklich den Kopf, denn dieses Geheimnis war zu schwer, um damit herauszurücken. Sie war zwar meine Interstellare Verbündete, aber sie arbeitete für das FIB – und sie war die letzte Person auf der Welt, mit der ich darüber sprechen konnte. Ich ging nicht davon aus, dass sie mich verraten würde, aber ich könnte ihren Job gefährden, wenn dieses Geheimnis jemals auf andere Weise aufgedeckt und ich verhört würde. Das konnte ich ihr nicht antun.

»Ich hatte einfach einen miesen Tag«, sagte ich, und es widerstrebte mir, ihr gegenüber die Wahrheit zu umschiffen. Früher hatten wir einander alles erzählt, aber ehrlich gesagt war ich seit Claras Tod ein ziemlich mieser Freund gewesen. Ihr Verlust hatte mich kalt und distanziert gemacht. Es fiel mir nicht mehr so leicht, zu lächeln, nicht so wie früher, als wir uns an der Academy kennengelernt hatten. Ich hatte mich verändert, und aus irgendeinem Grund war sie bei mir geblieben, obwohl ich vergaß, anzurufen, oder Pläne kurzfristig absagte. Und wenn sie versuchte, mit mir darüber zu reden, blockte ich einfach ab. Denn das Letzte, was ich wollte, war, Clara zur Sprache zu bringen und ihren Verlust noch einmal zu spüren. Also ließ ich mich stattdessen einfach treiben, erfüllte meine Pflichten hier an der Zodiac Academy mit dem geringstmöglichen Aufwand und fand in so gut wie nichts einen Sinn – außer Darius beim Training zu helfen, damit er es mit seinem Vater aufnehmen konnte.

Es war das Einzige, was mich morgens aus dem Bett brachte: das Wissen, dass ich Lionel eines Tages zu Fall bringen und vielleicht dann etwas Frieden in der Vergeltung finden würde. Zumindest war das so gewesen, bis Darcy aufgetaucht war. Sie hatte keine verdammte Ahnung, wie sehr ich mich darauf freute, sie in *Grundlagen der Magie* zu sehen, zu beobachten, wie ihre Augen vor Freude leuchteten, wenn sie das Wissen, das ich ihr über diese Welt gab, verinnerlichte. Oder zu sehen, wie die kleine Falte zwischen ihren Augenbrauen entstand, wenn sie über die Unermesslichkeit ihrer Fähigkeiten nachdachte. Und es war so viel mehr als das geworden. Jeder Blick, den wir einander zuwarfen, barg ein Geheimnis, das mein Herz höherschlagen und meine Reißzähne vor Verlangen kribbeln ließ. Ich sehnte mich auf eine Art und Weise nach ihr, die meine ganze Aufmerksamkeit in Anspruch nahm und mich all den dunklen Scheiß vergessen ließ, der mich plagte – bis nur noch die hoffnungslose Möglichkeit unserer Beziehung übrig blieb.

Ich spürte Francescas Blick auf mir; sie wollte mich sicher zu einer genaueren Antwort drängen, aber als sie sprach, schien sie sich glücklicherweise dafür entschieden zu haben, es bleiben zu lassen. »Na, dann hast du ja Glück.« Sie wedelte mit etwas vor meiner Nase herum, und ich nahm die silbernen Eintrittskarten für den Fairy Fair mit dem glitzernden Riesenrad darauf in Empfang. »Wir gehen nämlich aus. Und wir werden all den Scheiß, der uns auffrisst, vergessen.«

»Was frisst dich auf?« Ich runzelte die Stirn.

Sie seufzte schwer. »Mein Chef macht mir Druck wegen des neuesten Nymphenberichts. Er will, dass ich das Nest, das wir letzte Woche überfallen haben, unberücksichtigt lasse, weil es einen knappen Kilometer außerhalb unserer Jagdgrenzen lag. Er versucht, die Bedrohung in der Gegend herunterzuspielen, damit die Öffentlichkeit nicht durchdreht. Aber sollten wir nicht da draußen sein und die Wahrheit ans Licht bringen? Die Leute müssen vorbereitet sein.«

»Das ist Bullshit«, stimmte ich zu, und sie nickte.

»Vergiss die Arbeit. Vergiss alles, um genau zu sein. Lass uns einfach eine gute Zeit haben, ohne dass du Prügeleien mit irgendwelchen Hauswänden anfängst, die dich verärgert haben könnten. Bitte.« Sie klimperte mit den Wimpern.

»Na gut, ich ziehe mich um«, sagte ich, schoss dann von ihr weg ins Schlafzimmer, zog Jeans und ein schwarzes Hemd an, bevor ich meine Lederjacke überwarf.

Ich kehrte ins Wohnzimmer zurück, und Francesca ließ ihren Blick an meinem Outfit hinabgleiten, bevor sie auf mich zukam und meinen Arm ergriff. »Bereit?«

»Mhm«, sagte ich und ließ mich von ihr zum Ausgang ziehen.

»Ich habe Sternenstaub«, schlug sie vor, aber ich hatte mein Auto seit einer Woche nicht mehr gefahren und war wirklich in der Stimmung dafür. Vielleicht würde eine Spritztour auch etwas von dieser potenten Energie in mir freisetzen.

»Lass uns den *Fae*rarri nehmen.« Ich schnappte mir meine Schlüssel, riss Francesca von den Füßen und schoss mit ihr aus dem Chalet, während ihr Gelächter immer lauter wurde. Ich rannte so schnell ich konnte, die Luft wirbelte wild um uns herum und mein Herz pochte heftig – fast so stark, dass ich das Messer, das Darcy mir zuvor reingerammt hatte, nicht spüren konnte. Pah, wem wollte ich hier was vormachen?

Ich hielt erst an, als wir direkt neben meinem schicken roten Auto auf dem Parkplatz standen, und öffnete schnell die Beifahrertür, damit Francesca einsteigen konnte. Sie fuhr sich mit den Fingern durch ihre vom Wind zerzausten Haare, während sie einstieg, und ein strahlendes Lächeln erhellte ihr Gesicht.

Ich schoss herum, setzte mich auf den Fahrersitz, drückte den Knopf, um den Motor zu starten, und ein tiefes Schnurren ertönte. Ich setzte zurück, verließ den Parkplatz, fuhr über den Campus, passierte bald darauf die Tore und bog auf eine Nebenstraße ab, um die interessantere Route zum Jahrmarkt zu nehmen.

Mit durchgetretenem Gaspedal und geschärftem Gehör versuchte ich, zu erkennen, ob sich etwas auf der Straße vor uns befand, aber es war alles frei.

Ich ließ den Wagen förmlich fliegen, fuhr mit wilder Hingabe um Haarnadelkurven, schlängelte mich durch den Wald und erklomm die Hügel.

»Was ist in dich gefahren?«, rief Francesca, ihr Lachen verwandelte sich in einen Jubelschrei, als ich mit voller Geschwindigkeit eine weitere Haarnadelkurve nahm und meine Knöchel am Lenkrad weiß wurden.

»Nichts.« *Nur eine blauhaarige Prinzessin, die die Thronerbin unseres gesamten Königreichs ist – und meine Studentin, die ich nicht einmal berühren darf.*

Es war wohl nicht okay, sie unter mir festzuhalten, während sie meinen Namen stöhnte, ich mich in der Enge ihres Körpers verlor und die Hitze ihrer nackten Haut auf meiner spürte. Ja, das würde mich ganz sicher nicht hundert Meter unter der Erde in Darkmore landen lassen, falls jemals jemand davon erfahren sollte, oder? Und da sie mir derzeit nicht treu ergeben war und bereits jemand anderem diese bezaubernden grünen Augen widmete, konnte ich nicht mal mit Sicherheit sagen, ob sie unser Geheimnis für sich behalten würde. Fuck.

Ich beschleunigte wieder und raste bergab, während das Sonnenlicht rings um uns erlosch und die Sterne zum Vorschein kamen, um dort oben in ihrem Bett aus Dunkelheit zu glitzern.

Ich musste mich zusammenreißen. Darcy war nicht nachtragend. Sie würde mich nicht bei den Behörden verpfeifen, es sei denn, sie hätte einen verdammt guten Grund dafür. Und was wir gehabt hatten, war echt gewesen, oder nicht? Für mich war es das auf jeden Fall gewesen, aber die Art und Weise, wie sie sich bereits wieder auf etwas Neues einzulassen schien, weckte in mir die Frage, ob ich ein kompletter Idiot gewesen war, zu glauben, dass sie echte Gefühle für mich gehegt hatte.

Ich schaffte es zum Fairy Fair und bog auf das Feld ein, auf dem vor dem

Jahrmarkt reihenweise Autos standen. Ich suchte mir einen Platz am hinteren Ende neben einem auffälligen weißen Auto, das Seth Capella gehörte.

Ich stieg aus und Francesca gesellte sich zu mir, als wir unter einem glitzernden Bogen hindurch zum Eingang gingen. Dahinter erhob sich ein Riesenrad in der Dunkelheit, zusammen mit mehreren Achterbahnen, die hoch über dem Gewirr aus Ständen, Fahrgeschäften und Buden standen. Francesca reichte einem Mitarbeiter die Eintrittskarten, und wir wurden auf den Jahrmarkt gelassen, wo mich Neonlichter aus allen Richtungen anstrahlten. Instinktiv suchte ich die Menge nach blauen Haaren ab, bevor ich mich zwang, stehen zu bleiben, um Francesca zur ersten Reihe der Stände zu führen.

Wir schlenderten weiter und hielten an einem Van in Form einer riesigen Bierflasche an, um uns etwas zu trinken zu holen, aber trotz meiner Suche nach Bourbon vorhin war der Durst abgeklungen. Ich bestellte mir einen Kaffee und holte Francesca ein Bier, dann schlenderten wir weiter über den Jahrmarkt und unterhielten uns über den allgemeinen Scheiß in unserem Leben.

»Oh, hey, da ist Anika.« Francesca zeigte auf ihre Freundin. »Ich bin gleich wieder da.« Sie eilte los, um ihre Freundin zu begrüßen, und ich trank den letzten Schluck meines Kaffees, während sich die Menge um mich herum weiterbewegte, die Leute lächelten und plauderten und sich blendend unterhielten. Ich konnte das nicht nachvollziehen.

»Huuuhuuu!« Washers Stimme brachte meine Nerven zum Vibrieren, und ich drehte meinen Kopf nicht in die Richtung, aus der sie gekommen war, sondern betete, dass er nicht meine Aufmerksamkeit im Sinn hatte. Aber offensichtlich hatte ich nicht so viel Glück. Wer hätte das gedacht. »Lancey-Boy! Schau hinter dich!«

Widerwillig drehte ich mich um und fand ihn hüfthoch in lilafarbenem Wackelpudding in einem breiten Gummiring auf dem Boden. Daneben hing ein Schild, auf dem dieses Spiel als »Wackelpudding-Kampf«

bezeichnet wurde.

»Hallo, Brian.« Ich nickte ihm knapp zu und hoffte, dass das ausreichen würde, um weitere Aufmerksamkeit zu vermeiden, aber natürlich war das nicht der Fall.

»Komm, wir toben ein bisschen im Wackelpudding! Elaine zieht sich gerade im Umkleidezelt aus, um sich darauf vorzubereiten, nass und wild zu werden, aber du könntest als Nächster an die Reihe kommen. Was sagst du?«

»Nein, danke«, sagte ich mit einem falschen Lächeln. »Ich würde mir lieber mit einer Gabel die Augen ausstechen.«

»Was war das?«, rief er und hielt sich die Hand ans Ohr. »Hier ist es so laut, nicht wahr? Jetzt komm schon, zieh dich aus, damit ich dich niederringen kann, mein Großer.«

Er begann, sich im Wackelpudding auf und ab zu bewegen, sodass ein ekelhaftes Geräusch entstand. Der lilafarbene Matsch klatschte gegen seine gebräunte Brust und tropfte an ihr nach unten. Er kroch auf allen vieren, sein in eine Badehose gezwängter Hintern schnellte in die Luft, als er begann, seinen Rücken zu krümmen und den Kopf in den Nacken zu werfen, sodass Wackelpudding aus seinen Haaren flog und ihn übergoss.

»Bei den Sternen!«, fluchte ich und trat einen Schritt zurück.

Elaine Nova kam in einem schwarzen Bikini aus dem Umkleidezelt, sprang direkt in die Wackelpudding-Masse und ließ sich auf Washer fallen, sodass er flach auf dem Bauch landete.

»Ha!«, rief sie, und Washer wälzte sich herum, um sie mit einem Aufschrei der Begeisterung von sich zu stoßen. Er rollte sich auf den Rücken und setzte sich halb im Wackelpudding auf. Elaine warf ein Bein über seine Hüfte und ritt ihn, und die beiden begannen, hin und her zu wippen, einander zu schubsen und zu boxen, bevor sie anfingen, sich mit viel zu viel Zunge zu küssen.

Francesca ergriff meine Hand und ich drehte mich zu ihr um, entsetzt über das, was ich gerade gesehen hatte.

»Lauf!«, flüsterte sie und zog mich mit sich. Ich brach in einen Sprint aus und ließ mich von ihr durch die Menge führen, in der verzweifelten Hoffnung, dem Anblick zu entkommen, den ich nie wieder vergessen würde.

Wir bogen in eine weitere Reihe von Ständen ein und blieben neben einer der Spielbuden stehen. Lachend tauschten wir einen Blick der Erleichterung aus.

»Danke«, sagte ich und warf meinen Kaffeebecher in einen Mülleimer in der Nähe.

»Jederzeit«, sagte sie grinsend und entsorgte auch ihre Bierflasche. »Im Ernst, *jederzeit*. Niemand verdient es, Washer so oft ausgesetzt zu sein, wie du es bist.«

»Es ist, als wäre sein Schicksal mit meinem verbunden«, meinte ich mit einer Grimasse.

Sie tätschelte meinen Arm mit gespielter Anteilnahme. »Jup. Vielleicht seid ihr ja Elysische Gefährten.«

Ich lachte schallend. »Bei den Sternen, wenn es jemals einen Grund gäbe, einen perfekten Partner abzulehnen, dann ist es dieser. Ich würde meine schwarzen Ringe mit Stolz tragen und nie wieder lieben.«

Sie grinste mich an. »Rate mal! Anikas neuer Freund hat ein Ferienhaus in Lucena an der Küste. Sie meinte, wir könnten im Frühling alle dorthin fahren und …«

Sie redete weiter, aber das Gurren eines aufgeregten Mädchens lenkte meinen Blick von ihr weg durch die Menge, direkt dorthin, wo Darcy neben Diego vor einer Spielbude stand, bei dem ein großes Pegasus-Stofftier zu gewinnen war.

»Den gewinne ich dir«, sagte Diego, blähte seine Brust auf wie ein eingebildeter Gockel und stellte sein Getränk auf den Tisch. In dessen Mitte befand sich eine langläufige rote Waffe, und im hinteren Teil des Standes hing ein einzelnes magisches Ziel in der Luft.

Der Mann hinter der Theke kam näher. »Wollen Sie Ihr Glück versuchen, Miss?«, fragte er Darcy.

»Klar«, sagte sie fröhlich und trat vor, um die Waffe zur Hand zu nehmen.

»Ich mach das«, beharrte Diego und reichte das Geld weiter, bevor Darcy dort ankam, und mein Mund blieb vor Wut offen stehen. *Sie hat gesagt, dass sie es versuchen will, du kleiner Angeber.*

Darcy seufzte und verschränkte enttäuscht die Arme, als Diego die Waffe nahm, und ich knirschte mit den Zähnen.

»Ich muss nur das Ziel treffen?«, fragte er den Mann.

»Dreimal. Sie haben dreißig Sekunden und eine unbegrenzte Anzahl von Schüssen«, bestätigte der Verkäufer mit einem Blick, der andeutete, dass es nicht so einfach sein würde. Und ich hoffte, dass Diego sich gleich zum Affen machen würde. »Bereit?«

Diego nickte, und der Mann grinste und trat zur Seite, um ihn schießen zu lassen. Diego hob die Waffe, um das breite Ziel zu treffen. Eine Explosion aus rotem Licht schoss aus der Waffe, mit einem starken Rückstoß, der ihn zurückstolpern ließ, und ich grinste breit. Das Ziel bewegte sich seitwärts, und die Explosion löste sich in einem Funkenregen auf, als der Schuss daneben ging. Diego fluchte, hob die Waffe und schoss erneut, aber dieses Mal schrumpfte das Ziel auf die Größe einer Erbse und Diego verfehlte ein weiteres Mal.

Tja, wenn das sein Versuch gewesen war, Darcy zu beeindrucken, dann hatte ich vielleicht doch nicht so viel Grund zur Sorge.

»Das ist unmöglich«, sagte Darcy lachend, aber Diego sah wütend aus, als er die Waffe wieder ausrichtete. Er feuerte einen Schuss nach dem anderen ab, aber das Ziel bewegte sich nach links, rechts, oben, unten und ließ sich kein einziges Mal treffen.

Ich hatte mich in Bewegung gesetzt, bevor ich realisierte, dass ich mich direkt von Francesca entfernte – angetrieben von dem Urbedürfnis, ihn bloßzustellen.

Diego knallte frustriert die Waffe auf den Tisch und ich trat neben ihn.

»Platz da!«, befahl ich und schob Diego beiseite, während Francesca sich zu mir gesellte.

Ich weigerte mich, Darcy überhaupt anzusehen, da ich wusste, dass sie meine Konzentration stören würde, und ich wollte hier wirklich, wirklich etwas beweisen.

Francesca neigte den Kopf und legte ihre Hand auf meinen Arm. »Für mich?«, fragte sie.

Ich legte einen Arm um ihre Taille und zog sie an meine Hüfte, damit Darcy es sehen konnte. Damit sie sich genauso fühlte, wie ich es tat, wenn ich sie mit einem anderen Mann sah. »Willst du den blauen Pegasus oder den silbernen?«

Am Rande meines Sichtfelds packte Diego Darcys Ärmel, um sie wegzuziehen, aber sie stemmte sich dagegen und ich spürte, wie sich Zufriedenheit in mir ausbreitete. *Braves Mädchen, jetzt schau, was ein echter Fae kann.*

Francesca streichelte meinen Arm. »Blau«, entschied sie, was einfach perfekt war.

»Meine Lieblingsfarbe.« Ich küsste ihre Nasenspitze, obwohl ich wusste, dass das übertrieben war. Halb rechnete ich schon damit, dass Francesca mich wegstoßen würde, weil ich ihr so viel Aufmerksamkeit schenkte, aber aus irgendeinem Grund tat sie es nicht.

Ich wandte mich dem Ziel zu, legte das Ende der Waffe an meine Schulter und zielte durch das Visier. Der Mann hinter der Theke startete das Spiel neu und die Zielscheibe flog zur Seite, aber mein Blick verfolgte und fixierte sie. Ich drückte den Abzug und die Zielscheibe explodierte in einem Schauer bunter Funken, als ich sie genau traf. *Einfach.*

Das Ziel tauchte in Miniaturform wieder auf, schwirrte wie eine Biene umher, und ich bewegte die Waffe mit einem Blitz meiner

Formgebungsgeschwindigkeit. Ich drückte den Abzug und eine Funkenwolke folgte dem Treffer, gefolgt vom letzten Schuss, den ich so schnell abfeuerte, dass ich das Ziel noch treffen konnte, bevor es seine nächste Form angenommen hatte. Es war ein Kinderspiel.

Der Mann nahm eines der riesigen blauen Pegasus-Stofftiere von der Stange, reichte es mir und ich gab es direkt an Francesca weiter. Ich legte meinen Arm um ihre Schultern und führte sie weg, ohne mich umzusehen – aber auch ohne mich darauf zu konzentrieren, wohin ich ging, da ich weiterhin auf das Mädchen hinter mir achtete.

»Lass uns mit so vielen Fahrgeschäften fahren, bis wir kotzen!«, sagte Darcy fröhlich, und Bitterkeit erfüllte mich. Berührte sie das alles überhaupt nicht? Würde sie nicht einen einzigen Kommentar dazu abgeben?

»Äh … okay«, sagte Diego, und ich warf einen Blick zurück und sah, wie sie Diegos Hand ergriff und ihn in die Menge führte. Mein Herz war zerfetzt, in Scheiben geschnitten und für die Krähen ausgelegt, damit sie daran picken konnten.

»Möchtest du etwas trinken?«, fragte Francesca, und ich blinzelte mich in meine eigene Realität zurück und stellte fest, dass wir vor einem Kaffeestand stehen geblieben waren.

Ich schüttelte den Kopf, als sie sich einen Kaffee holte, und ich reckte derweil den Hals, um zu versuchen, einen Hauch blauer Haare zu entdecken, der sich durch die Menge entfernte. Aber sie ließ sich nicht mehr blicken. Sie genoss ihr kleines Date und kümmerte sich offensichtlich nicht darum, dass Diego die Zielgenauigkeit einer blinden, beinlosen Taube hatte.

Ich ging weiter und zog das große Pegasus-Stofftier unter Francescas Arm hervor, als mir eine Idee kam. »Ich bringe das zurück ins Auto, wenn du willst?«

Sie hob die Augenbrauen, nickte zustimmend und öffnete den Mund, um noch etwas zu sagen, aber ich war schon weg und raste über den Jahrmarkt zurück zum Parkplatz. Ich warf das Stofftier in den Kofferraum meines Autos und kehrte zum Jahrmarkt zurück, um den ganzen Rummelplatz abzusuchen und Darcy aufzuspüren. Meine Reißzähne kribbelten, als das Adrenalin in mir aufwallte, und ich versuchte, mich nicht zu sehr dem Ruf der Jagd hinzugeben, obwohl es verdammt verlockend war.

Ich fand Darcy in der Warteschlange für eine Achterbahn und kehrte mit einer bestimmten Richtung im Kopf zu Francesca zurück, ergriff ihre Hand und führte sie dorthin.

Ich zog sie an ein paar Ständen vorbei zur Seite, und als Francesca sich umdrehte, um zu stöbern, richtete ich meinen Blick entschlossen auf mein Ziel.

Darcy stand Diego gegenüber, die beiden standen sich viel zu nahe, und in dem Moment, in dem ich das dachte, schlang er seinen Arm um ihre Taille und zog sie noch näher an sich heran. Sie blickte zu ihm auf und ich sah den genauen Moment, in dem er beschloss, sie zu küssen. Er neigte den Kopf und seine Augen wurden ausdruckslos und verträumt.

Die Wut schoss so heiß durch meine Adern, dass ich einen Schritt nach vorn machte, aber es war bereits zu spät. Sein Mund senkte sich auf ihren und ich erstarrte; meine Muskeln wurden zu Stein, als Schmerz und Eifersucht ein schwarzes Loch in die Mitte meiner Brust rissen und alles hineinzogen, bis nur noch der Wahnsinn übrig blieb, der mich zur Gewalt trieb.

Darcy trat plötzlich einen Schritt zurück und die Menge bewegte sich, sodass ich ihren Gesichtsausdruck nicht mehr sehen konnte. Als ich endlich wieder freie Sicht hatte, entfernte sich Blue gerade aus der Warteschlange und ließ Diego und das Fahrgeschäft zurück. Ihre Augen trafen die meinen, als spürte sie die Intensität meines Blicks, und ihr Gesicht wurde blass, während ich versuchte, jede einzelne Emotion aus meinem Gesicht zu verbannen, um sie nicht wissen zu lassen, wie sehr sie mich gerade verletzt hatte. Sie begann, sich durch die Reihe der Fae zu drängen, und steuerte direkt auf mich zu, als hätte sie etwas, das sie mir unbedingt sagen wollte. Aber ich wollte kein einziges Wort davon hören.

Ich war voller Bosheit, mein Geist war geradezu davon benebelt, und als Francesca sich mit leuchtenden Augen zu mir umdrehte, fand ich eine Antwort auf diese fieberhafte Qual. Eine, die rein egoistisch und voller Bosheit war.

Ich packte sie und zog sie an mich. Ihre Augen weiteten sich, als sie begriff, was ich wollte, und sie umklammerte meine Lederjacke und zog mich ermutigend näher zu sich heran. Unsere Münder trafen aufeinander und ich schmeckte die Sündhaftigkeit dieser Tat, die Absicht der Wunde, die ich zufügen wollte.

»Darcy!«, rief Diego und informierte mich, dass sie ihn wirklich zurückgelassen hatte und nun auf dem Weg zu uns war.

Ich drehte uns herum, drückte Francesca fest gegen die Seite des Standes, schob eine Hand in ihre Haare und schlang die andere fest um ihre Taille. Ihre Zunge traf meine in hungrigen Zügen, und ich zwang meinen Körper, auf ihre Berührung zu reagieren, wie er es früher getan hatte. Aber es war, als wäre in mir ein Schalter umgelegt worden, als Darcy Vega in diese Welt gekommen war, um jeden meiner Gedanken zu vereinnahmen.

Francesca krallte sich an meiner Jacke fest, während ihre freie Hand mein Kinn umfasste und ihre Finger durch meinen Bart strichen. Und ich ließ alles geschehen und goss fröhlich Öl in das Feuer, das Darcys und meine Welt vernichtete. Aber *sie* war diejenige, die das Streichholz angezündet hatte.

Ich spürte, wie Darcys Blick die Haut von meinen Knochen brannte, und war erleichtert, endlich eine Reaktion von ihr zu bekommen, zu wissen, dass ihr das genauso wehtat wie mir. Es war kleinlich, unreif und grausam, aber ich war so voller Eifersucht. Ich wusste, wenn ich das nicht tat, würde ich Polaris etwas viel Schlimmeres antun. Ich würde ihm den Kopf von den Schultern reißen und mir eine Haftstrafe in Darkmore für eine weitaus weniger verlockende Sünde einhandeln als die, die ich bereits mit Darcy begangen hatte.

Ich dachte an nichts anderes als an Blue, als ich eine Frau küsste, die ich ohne Konsequenzen küssen konnte. Und ich wünschte mir, ich könnte stattdessen diejenige für mich beanspruchen, die ich nicht berühren durfte. Meine Gedanken waren so sehr mit Darcy Vega beschäftigt, dass sie Teil dieses Kusses wurde, das Messer in meiner Brust umdrehte und in die dunkelsten Tiefen meiner Seele starrte.

Was Darcy von diesem Kuss mitbekam, war eine Lüge. Sie sah, wie ich sie zurückwies, sah, wie ich ihr meinen Wunsch nach einer anderen Frau offenbarte. Aber das war eine verdammte Fata Morgana, von mir selbst erschaffen, denn *sie* war es, die ich wirklich wollte. Sie war das Mädchen, das ich nie haben, nie behalten und nie aus meinen Gedanken verbannen konnte.

Das würde dem Wahnsinn sicherlich ein für alle Mal ein Ende setzen, denn sie war hier mit Diego, nicht mit mir. Sie wollte ihn. Nicht. Mich.

Sie würde ihre Mauern hochziehen, mich ausschließen, und es gäbe keine verstohlenen Blicke mehr, keine unerlaubten Nachrichten, nichts mehr, was mir Hoffnung geben könnte, dass sie immer noch wollte, dass ich diese Grenzen erneut überschritt.

Francesca stöhnte in meinen Mund, ihr Rücken krümmte sich, als ich sie achtlos gegen die Wand drückte. Der Kuss schmeckte bitter, und ich könnte schwören, dass ich spürte, wie die Sterne am Himmel die Hände ausstreckten und mich an der Kehle packten, um mich von ihr wegzuzerren. Warum sie in letzter Zeit so versessen darauf waren, mich zu verarschen, war mir ein Rätsel. Vielleicht hatte mich jemand mit einem dunklen Fluch belegt, denn manchmal hatte ich das Gefühl, dass in meinem Leben nichts mehr richtig lief.

Ich trat einen Schritt zurück, aber Francesca machte einen Schritt auf mich zu, saugte verführerisch an ihrer Unterlippe und streckte erneut die Hand nach mir aus. Ich wich noch weiter zurück, fuhr mir mit den Fingern durch die Haare und betete um die Klarheit, die mir dieser Kuss hoffentlich geben würde. Ich hatte das Gefühl, dass die Türen zwischen Darcy und mir nun für immer verschlossen, verriegelt und undurchdringlich waren, aber stattdessen wandte ich den Kopf und meine Augen suchten bereits in der Menge nach ihr. Wenn ich vielleicht den Schmerz in ihrem Gesichtsausdruck sehen könnte, die Rollläden, die sich vor mir schlossen, würde ich spüren, wie dieses Band zwischen uns riss. Vielleicht könnte ich dann damit abschließen. Aber ich konnte sie nicht in der Menge finden, und das war irgendwie noch schlimmer, weil ich gehofft hatte, sie würde mich mit Wut und Verrat in den Augen ansehen und mir damit zeigen, dass ich ihr immer noch etwas bedeutete.

Francesca sagte etwas zu mir, aber ich konnte es nicht hören, da ich immer noch nach dem blauhaarigen Mädchen suchte, das meine Aufmerksamkeit so fest in seiner Faust gefangen hielt. Ich war eine Wespe und sie war ein Honigglas. Jeder Geschmack von Süße, den ich stahl, lockte mich meinem Ende entgegen, aber ich war ein Sklave meiner eigenen Begierden und ging zu bereitwillig in meinen Untergang.

»Lance.« Francesca schnippte mit den Fingern vor meinem Gesicht und der Lärm in meinen Ohren ließ nach, sodass ich die Welt endlich wieder scharf wahrnehmen konnte. »Was ist heute Abend in dich gefahren? In einem Moment bist du ganz verrückt nach mir und im nächsten scheinst du mich nicht einmal zu sehen.«

Ich kniff mir in den Nasenrücken und bemerkte, dass meine Reißzähne ausgefahren waren, hungrig nach einer Frau, nach der ich mich sehnte wie nach einer Sucht.

»Entschuldige, ich …« Ich schüttelte den Kopf, weil ich keinen wahrheitsgemäßen Schluss für diesen Satz finden konnte, den ich laut aussprechen durfte. Ich war ein Arschloch, sie so auszunutzen. Sie war meine Freundin, meine Interstellare Verbündete, verdammt noch mal.

Ich hätte mich ihr anvertrauen sollen, anstatt sie als eine Art Vega-Köder zu benutzen.

Ja, Lance, erzähl der FIB-Agentin alles darüber, wie du eine Studentin mit ins Bett genommen hast. Mal sehen, wie gut das ankommt.

»Es war eine lange Woche«, murmelte ich und war dankbar, dass das zumindest die Wahrheit war.

Francesca schmiegte sich an mich und streichelte meinen Bizeps, aber ich verschränkte die Arme vor der Brust und schuf so eine Art Barriere zwischen uns.

»Warum gehen wir nicht zu mir? Du hast offensichtlich keinen Spaß. Wir können uns einen ruhigen Abend machen, einen Film ansehen und eine Flasche Wein trinken. Ich werde dir helfen, das alles zu vergessen.« Sie warf mir einen koketten Blick zu und mein Schwanz schickte meinem Gehirn eine E-Mail in Großbuchstaben.

LIEBES GEHIRN,

VERDAMMT, NEIN.

MIT FREUNDLICHEN GRÜSSEN

SCHWANZ

Ich seufzte und wollte schon wieder die Vampir-Karte ausspielen, denn wie ein verdammtes Arschloch hatte ich diese Ausrede in letzter Zeit oft benutzt. Ich brauchte Zeit für mich, klar, das war eine verständliche Anforderung meiner Formgebung. Aber Francesca würde mir das nicht ewig abkaufen. Ich war kein sternverdammter Einsiedler.

»Ich glaube, ich brauche einfach etwas Zeit für mich allein«, seufzte ich. »Ich gehe nach Hause.«

»Nein, komm schon«, beharrte sie. »Bleib! Ich werde dich aufmuntern.« Sie packte meinen Arm und zog mich mit sich. »Lass uns Achterbahn fahren!«

»Ich bin wirklich nicht in der Stimmung.«

»Früher hast du Achterbahnfahren geliebt.« Sie warf mir einen stirnrunzelnden Blick zu und zog mich weiter mit sich.

»Francesca«, knurrte ich.

»Ich akzeptiere kein Nein als Antwort. Mein Horoskop sagt, dass ich heute einer Waage zur Seite stehen soll, und jetzt weiß ich, dass du damit gemeint bist. Also werde ich genau das tun. Wohin du heute Abend auch gehst, ich komme mit dir.«

Ich wusste, dass sie nur eine gute Freundin sein wollte, aber ich musste jetzt wirklich allein sein. Und ich kam mir vor wie ein Arsch, überhaupt hierhergekommen zu sein. Francesca hatte jedoch nicht vor, mich so schnell aus den Augen zu lassen, und ich wollte wirklich nicht, dass sie mich zum Campus begleitete.

Ich entdeckte eine Reihe von Dixi-Klos und entfernte mich von ihr. »Bin gleich wieder da.«

Ich schoss davon, schlüpfte in eine der Toiletten und zog die Tür hinter mir zu. Es war ein Miniatur-Luxusbad mit Marmorboden und einem vergoldeten Spiegel an der Rückseite der Tür, sanfte klassische Musik spielte um mich herum und der Duft von Vanille lag in der Luft.

Ich holte meinen Atlas heraus, lud schnell eine App herunter, die meine Nummer verschleierte, und rief dann das FIB an. Während die Verbindung hergestellt wurde, strich ich mir mit der Hand über den Hals, um meine Stimme zu verzaubern, damit sie anders klang.

»Ich habe gerade eine Nymphe im Osten von Tucana gesehen«, sagte ich hektisch. »An der Ecke der Majesty Street. Beeilung, bitte!«

»Wir schicken sofort eine Einheit los«, sagte der Beamte, und ich legte auf, schob meinen Atlas in die Tasche und sah mich im Spiegel an, während ich meine Stimme wieder normalisierte.

»Arschloch«, murmelte ich mir selbst zu, stieß dann die Tür auf und kehrte zu Francesca zurück.

»Achterbahn. Jetzt!«, forderte sie und ergriff meine Hand.

Ihr Atlas klingelte und sie zog ihn aus ihrer Tasche; eine Falte bildete sich auf ihrer Stirn, bevor eine professionelle Maske über ihre Gesichtszüge glitt.

»Verdammt, es ist die Arbeit«, sagte sie, dann entfernte sie sich, um den Anruf entgegenzunehmen. Ich fragte mich, ob ich einfach ehrlicher zu ihr hätte sein sollen, anstatt sie auf eine aussichtslose Suche zu schicken. Aber hier waren wir nun.

Ich stand allein da und sah zu, wie Fae Kokosnüsse auf eine magische Kiste schleuderten, die immer wieder verschwand. Ich hob eine Hand an den Mund und wischte mir die Lippen am Handrücken ab, um Francescas Geschmack loszuwerden. Es war nicht ihre Schuld. In letzter Zeit fühlte sich alles mit ihr falsch an. Vielleicht brauchte ich Urlaub, aber da Lionel immer ein Auge auf meine Anwesenheit hatte, damit ich in der Nähe von Darius sein konnte, würde ich für eine ganze Weile keine Chance auf einen solchen bekommen. Nein, ich war am Arsch. Ein Verdammter, der von dem Bedürfnis besessen war, sein eigenes Grab zu schaufeln.

Leg die Schaufel hin, verdammt! Du hast noch eine Chance.

»Hey, Professor!«, rief jemand, und mein Blick wanderte widerwillig in die Richtung, in der Seth Capella mit einem großen Plüsch-Eisbären unter dem Arm spazierte. Max und Darius waren an seiner Seite, und die Menge teilte sich vor ihnen, als ginge ein abstoßender Zauber von ihren Körpern aus. Aber ich wusste es besser. Es war ihr Ruhm, der die Aufmerksamkeit aller auf sich zog. Die Leute schnappten nach Luft und zeigten auf sie, während die Erben so taten, als würden sie es nicht bemerken. Oder vielleicht waren sie so daran gewöhnt, dass sie es wirklich nicht bemerkten.

»Ganz allein hier?«, fragte Seth, als sie sich mir näherten.

»Hey, Alter«, sagte Darius, und ich trat im selben Moment wie er einen Schritt nach vorn. Wir wollten einander umarmen, das Wächterband zwischen uns summte deutlich. Aber wir realisierten im selben Moment, was los war, und hielten stattdessen inne.

»Wow, Sie schmecken nach gebrochenem Herzen und Eifersucht«, kommentierte Max und strich sich mit der Hand über seinen rot gefärbten Irokesenschnitt. Ich baute meine mentalen Schutzschilde auf und zwang ihn, sich zurückzuziehen. »Wer hat Ihnen das Herz gebrochen und Sie hier zurückgelassen wie einen unerwünschten Fang?«

»Niemand«, knurrte ich.

»Also sind Sie mit jemandem hier?«, drängte Seth weiter, während er einen Lutscher aus seiner Tasche holte, ihn auswickelte und ihn sich in den Mund steckte. »Und dieser Jemand hat Sie abserviert?«

»Ich wurde nicht abserviert«, blaffte ich und versuchte, einen klaren Kopf zu bewahren, während Max mich mit seinen Sirenenkräften bedrängte.

»Mit wem sind Sie hier?«, fragte Darius, und seine gerunzelte Stirn verriet mir, dass er heute Abend selbst nicht in bester Stimmung war. Ich wünschte, die beiden anderen Deppen würden sich verpissen, damit wir einen Moment allein sein und darüber reden könnten.

»Francesca«, sagte ich. »Sie nimmt gerade einen Anruf entgegen.«

»Riiiiiiichtig«, sagte Seth sarkastisch und ließ den Lutscher zwischen den Zähnen kreisen. »*Natürlich*, Sir. Hey, warum gehen wir nicht alle zusammen auf die Wildwasserbahn? Darius kann es kaum erwarten, nicht wahr, Bro?« Er warf Darius einen Blick zu, der sich auf eine Fahrt mit der Wildwasserbahn genauso zu freuen schien wie darauf, in der Öffentlichkeit scheißen zu müssen.

»Er ist heute ein richtiger Quell der Heiterkeit, ich spüre, wie sehr er darauf brennt, auch eine Runde auf dem Teetassen-Karussell zu drehen«, sagte Max mit einem leisen Lachen, und Darius schnippte lässig mit der Hand und setzte das Gras um die Füße seines Freundes in Brand. Max löschte es mit einem Schwall Wasser und lachte noch lauter.

»Also, wo ist der vierte Ninja Turtle?« Ich sah mich nach Caleb um, und Darius spie Rauch zwischen den Lippen aus, was mich dazu brachte, eine Augenbraue hochzuziehen. »Sie haben sich doch nicht mit Michelangelo gestritten, oder?«

»Pah«, unterbrach Seth. »Entschuldigung, aber *ich wäre* Michelangelo. Caleb ist Leonardo, Darius Raphael und Max Donatello. Oh, und ich schätze, das macht Sie zur mutierten Ratte, Sir. Meister Splinter.« Er und Max fingen an zu lachen, und ich warf ihnen einen trockenen Blick zu, bevor ich näher an Darius herantrat, ihm eine Hand auf die Schulter legte, eine Stillekuppel um uns herum erzeugte und die beiden Arschlöcher ausschloss, die meine Ninja-Turtles-Analogie gekapert hatten.

»Alles in Ordnung bei dir?«, fragte ich ernsthaft.

»Nein, bei dir?«, konterte er, und ich runzelte die Stirn.

»Nein«, gab ich zu.

»Willst du darüber reden?«, fragte er.

»Nein. Und du?«

»Nicht mal ein bisschen«, sagte er und steckte die Hände in die Taschen. Ich nickte, weil ich davon ausging, dass es sich nur um ein Drama unter den Erben handelte, für das er mich nicht brauchte. Ich wünschte, ich könnte ehrlich sein, was mich innerlich wirklich fertigmachte, aber Darius würde sich so verdammt betrogen fühlen, wenn er wüsste, dass ich mich mit einer Vega abgegeben hatte. Es war alles so … abgefuckt.

Ich überlegte, die Fabel-Fluch-Schriftrolle zu erwähnen, die Gabriel mir mitgebracht hatte, aber das konnte warten, bis wir allein waren, um die Angelegenheit richtig zu besprechen.

Ich ließ die Stillekuppel fallen und Seth kam näher. »Worüber flüstert ihr zwei?« Von seinem Lutscher stieg der Duft von Blaubeeren auf, als er ihn wieder zwischen den Zähnen hin und her rollte.

»Ich habe Darius gerade erzählt, wie gut Ihre Mutter mich gestern Abend genommen hat«, sagte ich, um Seth zu provozieren, woraufhin er knurrte und Max seinen Plüsch-Eisbären in die Arme warf.

»Wichser«, zischte er und stürzte sich auf mich. Ich machte lediglich einen Schritt zur Seite, sodass er gegen die Bude hinter mir prallte.

»Ja, das bin ich«, sagte ich, und er wirbelte wütend herum.

Ich dachte, er würde sich erneut auf mich stürzen, aber stattdessen fasste er sich wieder und ein bösartiges kleines Lächeln umspielte seinen Mund. »Wissen Sie, es ist irgendwie erbärmlich, wie Sie Darius überallhin nachlaufen. Nur weil niemand mit Ihnen zum Fairy Fair gehen wollte, haben Sie nicht das Recht, uns auf so unheimliche Weise zu folgen, *Professor*.«

»Halten Sie den Mund, Capella!«, warnte ich ihn.

»Sonst was?« Er breitete die Arme aus. »Wollen Sie einen Erben in der Öffentlichkeit angreifen?« Er ging auf mich zu, sodass sein Brustkorb an meinen stieß, und ich bleckte drohend die Zähne. »Sind Sie sich sicher, dass Sie sich diese Abreibung einhandeln wollen? Ich sehe schon die Schlagzeile vor mir: *Seth Capella zwingt abgehalfterten Pitball-Star, seinen Kopf in den eigenen Arsch zu stecken.*«

Ich trat vor, um die Herausforderung anzunehmen, mehr als glücklich, mich auf diesen Kampf einzulassen.

»Das reicht, Seth!«, warnte Darius, das tiefe Grollen seines Drachen durchzog seine Stimme.

Seth warf mir einen prüfenden Blick zu, während sein Unterkiefer zuckte, als würde er überlegen, ob er auf seinen Freund hören sollte.

»Komm schon, Alter«, ermutigte Max und sandte beruhigende Schwingungen durch die Luft. »Lass es gut sein.«

Seths Blick glitt zurück zu mir, als er Max den Eisbären wieder abnahm und ihn sich langsam um die Schultern legte, als ob das unheimlich wirken sollte.

»Passen Sie auf sich auf, *Sir*.« Er stapfte an mir vorbei, und ich spürte die Magie in meinen Fingern brennen, dieses Arschloch zu zerstören und ihn wieder in seine Schranken zu weisen. Aber Darius bewegte sich auf mich zu und bedachte mich mit einem Blick, der mich dazu drängte, es sein zu lassen.

Ich atmete tief durch, wich zurück und nickte ihm zum Abschied zu. Aber als sie sich von mir weg in Richtung Achterbahn bewegten, konnte ich nicht widerstehen, ein wenig subtile Luftmagie zu wirken, die Seths Lutscher in seinen Rachen katapultierte.

Ich fuhr mir so lässig wie nur möglich mit der Hand durch die Haare, während er daran zu ersticken drohte, und ein Grinsen umspielte meinen Mund.

Francesca tauchte wieder auf und kam mit gerunzelter Stirn auf mich zu. »Entschuldige, Lance. Ich muss los«, sagte sie, als sie mich erreichte. »In Tucana wurde eine Nymphe gesichtet.«

»Kein Problem, ich mache mich auch auf den Heimweg«, sagte ich, und Erleichterung erfüllte mich. »Dieser Abend ist sowieso die reinste Shitshow.«

»Ist er das?«, fragte sie mit einem Hauch von Überraschung in der Stimme und vielleicht auch einem Anflug von Schmerz.

»Nicht mit dir, ich meine nur … Es ist zu voll hier«, ruderte ich zurück. Sicher, ich hasste Leute, und so vielen Leuten auf einmal so nahe zu sein, war nicht gerade meine bevorzugte Art, einen Abend zu verbringen. Aber das war nicht der wahre Grund dafür, dass ich einen Scheißabend hatte.

Sie lächelte. »Du bist so introvertiert.«

Ich zuckte mit den Schultern. »Schuldig.«

Sie kam näher, ging auf Zehenspitzen und hatte eindeutig vor, mich zu küssen. Ich bewegte meinen Kopf schnell genug, dass sie nur meine Mundwinkel berühren konnte. »Gute Nacht.«

»Nacht«, sagte ich, und sie wandte sich ab und ließ mich allein zurück.

Ich machte mich auf den Weg zurück zum Parkplatz und spürte, wie die Last der Nacht auf mir lastete. Es fühlte sich nicht richtig an, dieser ganze Scheiß zwischen Darcy und mir. Alles war so perfekt gewesen, wie hatte sich das alles dermaßen schnell zum Schlechten wenden können?

Als würden die Sterne meine Füße zu ihr führen, entdeckte ich sie ganz vorn in der Schlange zum Riesenrad. Diego war an ihrer Seite. Ich blieb stehen und beobachtete sie, während das Blut in meinen Adern zu rauschen begann.

Mein Kopf signalisierte mir, dass es Zeit war, zu verschwinden, aber mein Herz flehte mich an, etwas zu unternehmen. Und ich hatte plötzlich das unheilvolle Gefühl, dass die Dinge zwischen uns irreparabel zerbrechen würden, sollte ich jetzt gehen.

Vielleicht musste ich Farbe bekennen, einen letzten Versuch unternehmen, uns zu retten, bevor es zu spät war. Wenn ich es nicht täte, würde ich es vielleicht für immer bereuen.

Sie stieg in die Gondel, nachdem ein Paar sie verlassen hatte, und als Diego ihr folgen wollte, schoss ich mit einem Satz nach vorn, sodass ich mich im Handumdrehen hinter ihm befand. Ich schubste ihn zu Boden und stieg lässig neben Darcy in die Gondel.

»Ich brauche meine Quelle«, knurrte ich Diego an, als dieser sich aufrappelte. Schließlich brauchte ich eine Ausrede, die jeder um mich herum schlucken würde.

»Hey – nein!«, schrie Darcy wütend, aber es war zu spät.

Sie bewegte sich, um die Gondel zu verlassen, aber ich erwischte den Rücken ihres Kleides, zog sie zurück auf ihren Sitz und fixierte sie mit einem Arm. Mit meinem Kinn drückte ich ihren Kopf zur Seite, atmete ihren Erdbeerduft ein und bohrte meine Reißzähne in ihre Kehle. Es störte mich nicht, bei meiner Story für mein Hiersein zu bleiben. Vor allem nicht, als ich ihre Vollkommenheit schmeckte, ihre Kraft raubte und uns beide durch diesen instinktiven Akt meiner Art verband.

Ein kurzer Schrei entrang sich ihrer Brust, das Geräusch war durchdringend und hallte über den ganzen Jahrmarkt, aber niemand kam, um sie vor mir zu retten. Sie zappelte in meinem Griff, aber sie war jetzt in meiner Falle, ihre Magie war gebannt und der süße Geschmack ihres Blutes ritt auf meiner Zunge.

Der Typ, der das Riesenrad bediente, pfiff vor sich hin, während er beiläufig das Tor schloss, und wir bewegten uns in einem immer schnelleren Tempo nach oben, was mir etwas Zeit allein mit ihr verschaffte.

»Loslassen!« Sie stieß mich wütend weg, und ich grunzte, zog widerwillig meine Reißzähne aus ihrer Haut, hielt aber meinen Arm fest um ihre Taille geschlungen.

Ich bewegte mein Gesicht mit gefletschten Zähnen dicht an ihres heran. Mein Durst nach diesem Mädchen war so groß, dass mir schwindlig wurde. Und dieses Verlangen ging weit über Blut hinaus.

Ihre Lippen teilten sich bei meinem Gesichtsausdruck, ihre Pupillen weiteten sich und das Geräusch ihres Herzschlags pochte wie ein eingesperrter Vogel in meinen Ohren. Ich fuchtelte mit der Hand, um eine Stillekuppel um uns herum zu erzeugen, und ihre Augen füllten sich mit Zorn.

»Es reicht«, zischte ich, um direkt zur Sache zu kommen. »Du hast ihn hierhergebracht, um mich sauer zu machen.«

Ungläubig öffnete sie den Mund, ihre Augen spiegelten die Ablehnung meiner Worte wider. »Du hast mich *gebeten*, mit ihm zu reden. Und du bist nicht gerade allein hier, *Professor*«, fuhr sie mich an.

»Lance«, verlangte ich eindringlich, weil ich es verabscheute, wenn sie mich so nannte. Insbesondere nach allem, was wir gemeinsam erlebt hatten. Wir waren hier nicht Studentin und Lehrer, wir waren so viel mehr, und ich war mir sicher, dass sie das auch spürte. Ich würde nicht zulassen, dass sie sich jetzt vor dieser Tatsache wegduckte.

»Nein«, zischte sie und versuchte, meine Finger von ihrem Kleid zu lösen, aber mein Griff war eisern. »Ich nenne dich nicht so, weil wir nichts mehr miteinander zu tun haben. Ich ficke keine vergebenen Typen.

Wenn *Fran* dir im Schlafzimmer nicht das gibt, was du brauchst, dann werde ich es bestimmt nicht tun.«

Zufriedenheit breitete sich in mir aus, als ich die Eifersucht in ihr sah, und ein dunkles Lächeln huschte über mein Gesicht. »Sie ist nicht meine Freundin.«

»Richtig. Hast du ihr deshalb vorhin deine Zunge in den Hals gerammt? Weil sie *nicht* deine Freundin ist?« In ihren Augen blitzte der Schmerz auf, den ich ihr zugefügt hatte, aber sie war nicht die Einzige, die hier litt.

»Du bist eine Heuchlerin«, warf ich ihr vor, und mein Lächeln verschwand, während ich erneut daran dachte, wie Diego seinen Mund auf ihren gedrückt und Anspruch auf etwas erhoben hatte, das ihm nicht zustand. Ich hob meine Hand, fuhr mit meinem Daumen über ihre Lippen und rieb kräftig darüber. Sie wand und wehrte sich, versuchte, mich aufzuhalten, aber ich hatte sie in die Enge getrieben.

»Was zum Teufel machst du da?« Sie schubste mich, aber ich ignorierte sie und drückte mein Knie gegen ihren Oberschenkel, um sie in Position zu halten.

»Ich versuche, Diego Polaris' Sabber von meinem Mädchen zu entfernen«, knurrte ich, und da war es passiert. Meine verborgenen Wünsche ergossen sich aus mir wie eine Regenwolke, die sich endlich entlud. Ich hatte sie mein Mädchen genannt und damit bewiesen, dass ich wollte, dass sie genau das war. Und jetzt, da ich ihr wieder so nah war, fühlte es sich wie die Wahrheit an, nicht nur wie eine leere Behauptung.

Sie drückte eine Hand auf meine Brust, während Verwirrung in ihr Gesicht trat, und versuchte, etwas Abstand zwischen uns zu bringen. Sofort kamen meine Zweifel zurück.

»Diego hat *mich* geküsst. Ich war völlig überrumpelt. Aber du hast sie geküsst, weil du es wolltest«, entgegnete sie, und die Emotionen brannten in ihren Augen und verrieten mir, wie sehr es sie getroffen hatte, mich eine andere Frau küssen zu sehen. Um ehrlich zu sein, ich war erleichtert. Obwohl ich ein totales Arschloch war.

Meine Lippen wurden zu einer schmalen Linie. »Du weißt, warum ich das getan habe.«

»Tu das nicht. Du wälzt immer alles auf mich ab und erwartest, dass ich deine verdammten Gedanken lese«, knurrte sie und versuchte immer noch, mich zurückzustoßen. Aber ich drückte mich an sie und legte meine Hand auf ihren Oberschenkel, um diese Kluft zwischen uns zu überbrücken.

Sie packte meine Hand und schleuderte sie zu mir zurück. »Und tu auch das *nicht*!«

»Warum?«

»Weil wir fertig sind«, sagte sie atemlos und schnitt mir damit mein Herz auf. »Es war eine einmalige Sache, also lass uns mit unserem Leben weitermachen.«

»*Fühlt* es sich für dich so an, als wären wir fertig?«, fragte ich, überzeugt davon, dass sie diese rohe Energie spüren konnte, die zwischen uns in der Luft schwirrte. Ich war doch nicht völlig verrückt, oder? Das hier war echt, und sie spürte es auch.

Mein Blick wanderte zu den blutigen Einstichen an ihrem Hals, und ich hob eine Hand, um sie zu heilen, strich mit meinem Daumen über ihre seidige Haut und spürte, wie sie für mich zitterte.

Komm schon, Blue, gib zu, dass du das auch fühlst.

Ich wartete auf ihre Antwort, ihr Puls pochte in meinen Ohren, während die Sekunden verstrichen.

»Ich kann nicht glauben, dass du sie geküsst hast«, zischte sie, und ihre Augen sprühten vor Feuer. Pure Kraft strömte über ihre Haut. Sie war das personifizierte Chaos, in ihr brodelte die Stärke wie Lava im Bauch eines Vulkans. Und ich bezweifelte, dass sie das überhaupt realisierte. Aber eines Tages würde sie explodieren, und die ganze Welt würde die Gefahr erkennen, die die ganze Zeit unter der Oberfläche geschlummert hatte.

Wir waren fast am Gipfel des Riesenrads angelangt, und Darcy schwieg, drehte sich um und blickte über den Rummelplatz, während mein Blick auf ihr ruhte. Das Lichtermeer unter uns flackerte und tanzte in ihren Augen, und ich verfiel erneut ihrem Zauber. Sie war eine Göttin, die mir so leicht mein Herz aus der Brust gerissen hatte – und die sich jetzt entscheiden musste, ob sie einen Bissen davon nehmen wollte oder nicht.

»Du bist mit Diego hier, um mich zu verletzen«, knurrte ich und zog ihren Blick wieder auf mich.

»Du hast mich gebeten, mit ihm zu reden«, sagte sie und schüttelte wütend den Kopf.

»Du weißt, dass ich damit kein verdammtes Date gemeint habe«, brummte ich.

Sie wandte sich ab, aber ich packte ihr Kinn, damit sie sich diesem Streit nicht entziehen konnte, und zog sie zurück, sodass sie mir in die Augen sehen musste. »Als ich gesehen habe, wie du mit ihm den Campus verlassen hast, habe ich Francesca angerufen.«

Ihr Kehlkopf wippte, als sie meine Worte verarbeitete. »Um es mir heimzuzahlen?«

Ich nickte, und Bedauern überkam mich. »Der beschissenste Fehler meines Lebens. Ich würde lieber bluten, als das zu fühlen, was ich gefühlt habe, als ich seinen Mund auf deinem sehen musste.«

»Du hast sie also geküsst, um dich an mir zu rächen?«, blaffte sie.

»Ja«, sagte ich und wich ein wenig zurück, da mich das schlechte Gewissen plagte, Francesca so ausgenutzt zu haben. Aber ich war heute Abend einfach nicht ich selbst. Ich war einem Wahnsinn verfallen, den ich nicht kontrollieren konnte.

»Ich frage dich noch einmal: Sind wir fertig, Blue?« Ich packte ihren Arm fester, weil ich die Antwort auf diese Frage brauchte, egal, wie sie ausfallen würde. Wenn sie mit mir fertig war, musste ich es hier und jetzt wissen. Dann würde ich einen Weg finden, weiterzumachen, aber im Ungewissen zu leben, war eine Qual.

Langsam schüttelte sie den Kopf, und die Anspannung wich aus meinem Körper, Erleichterung durchströmte jede Faser meines Wesens.

»Vielleicht sollten wir fertig sein. Ich möchte nicht, dass es so weit kommt, aber du hast mich verletzt«, sagte sie schnell, als sie meine Reaktion sah.

»Du hast mich zuerst verletzt.« Mein Unterkiefer zuckte, und sie schüttelte den Kopf.

»Was ich getan habe, war etwas *ganz* anderes.« Sie wandte den Blick ab, die Kiefer fest aufeinandergepresst und Wut in ihren Gesichtszügen.

Ich seufzte und streckte die Hand aus, um ihre Wange zu berühren, aber sie wehrte mich ab, und mein Puls begann wieder, zu rasen. »Es tut mir leid, okay? Ich hätte sie nicht küssen sollen.«

Sie nickte steif, offensichtlich ohne diese Entschuldigung anzunehmen.

»Wenn du mich in Zukunft verletzen willst, benutze deine Hände«, sagte ich mit finsterem Blick. »Ich denke, körperlicher Schmerz wäre besser.«

»Nun, ich werde nicht aufhören, dir wehtun zu wollen, bis du dich für das, was mit Darius und Tory passiert ist, entschuldigst«, erklärte sie scharf und brachte damit auf den Punkt, worum es ihr wirklich ging. »Das hast du bis heute nicht getan – und das belastet mich wie nichts anderes. Du scherst dich nicht darum, was du getan hast.«

Ihre Augen glänzten, und mein Herz zersprang beim Anblick ihres Schmerzes. Ich wusste, dass sie deswegen wütend war, aber das war die Natur unserer Art. Fae gegen Fae.

Ich runzelte die Stirn und erinnerte mich daran, dass sie nicht wie ich mit Eltern aufgewachsen war, die es aktiv gefördert hatten, dass ich mit meiner Schwester kämpfte und unsere Probleme auf diese Weise löste. Seit ich meine Fäuste schwingen konnte, hatte ich in der Schule immer wieder Streit angefangen, und das galt auch für alle anderen Fae in diesem Reich.

So handhaben wir die Dinge, und niemand durfte sich einmischen. Es wäre eine Schande, das zu tun, und die meisten Fae würden lieber blutig geschlagen und im Dreck besiegt werden, als sich von jemandem retten zu lassen. Aber Darcy und Tory hatten im Reich der Sterblichen immer nur einander gehabt, und ihre Regeln waren anders als unsere, ihre Kultur war mir völlig fremd. Sie hatten wahrscheinlich Seite an Seite gekämpft und sich nie etwas dabei gedacht. Sie waren einander zu Hilfe geeilt, sobald ihre andere Hälfte in Gefahr gewesen war, und ich hatte Darcy davon abgehalten, als ihre Schwester in Schwierigkeiten gewesen war.

Das Problem ging eindeutig tiefer, als mir klar gewesen war, und war nichts, was man durch eine Erklärung der Lebensweise unserer Art lösen konnte. Sie würde es lernen – wenn sie ein oder zwei Jahre hier verbracht hatte, würde sie es verstehen. Da sie genauso Fae war wie ich, musste sie nur die letzten Fesseln des Reiches der Sterblichen abschütteln.

»Du brauchst eine Entschuldigung, Blue? Na schön. Ich liefere dir die beste, die mir einfällt.« Ich küsste sie auf den Mundwinkel, stand dann auf und kletterte über das Tor, das uns in der Gondel festhielt.

Ich sprang, hörte, wie Darcy hinter mir nach Luft schnappte, als ich zu Boden fiel, und benutzte meine Luftmagie, um mich sanft auf die Füße zu bringen.

Es dauerte nicht lange – und das an sich war Überraschung genug –, bis mir eine völlig verrückte Idee kam, wie ich Darcy dazu bringen könnte, mir zu vergeben. Als ich das Zirkuszelt fand, in dem eine Elektroschock-Challenge stattfand, fügte sich der Plan zusammen.

Im Zelt lief gerade eine Show, die sich einige der Professoren der Zodiac Academy ansahen. Ich wartete also, bis die Luft rein war, und schickte Darcy eine Nachricht.

Lance:

Ich bin bereit, mich zu entschuldigen.
Komm in fünf Minuten zum Zirkuszelt!

Ich hatte alles mit einem Typen namens Rusty Star arrangiert, der das Spiel leitete, an dem ich teilnehmen würde. Und er führte mich hinter die Kulissen, wo ich auf die Teilnahme an *Der Gefühlslose Mann* warten sollte. Ein großer Kerl stand dort mit nacktem Oberkörper und aß mit der Wildheit einer Bergziege einen Burrito. Ich blieb mit ihm zurück, um auf mein Schicksal zu warten.

Eine wunderschöne Frau in einem mit Edelsteinen besetzten Bikini und einer riesigen rosafarbenen Feder am Rücken stolzierte herbei und lächelte mich an. »Hey Süßer, zieh dein Hemd aus. Wir müssen dich festschnallen. Das beweist, dass du nicht schummelst, okay?«

»Okay«, wiederholte ich trocken.

Sie kam auf ihren High Heels auf mich zu und hob die Augenbrauen. »Bei den Sternen, mir ist gerade klar geworden, wer du bist. Lance Orion, richtig? Du warst mal der Geheimtipp für den nächsten großen Pitball-Star.«

»Das Schlüsselwort ist *mal*«, sagte ich, und sie lachte leise.

»Ich sollte eigentlich Tänzerin auf der Bühne des *Sunshine Theatre* sein, aber ich bin hier gelandet – als beschissene Assistentin eines noch beschisseneren Künstlers«, seufzte sie. »Manche Leute werden wohl bei der Geburt mit Sternenlicht bestreut, was? Wir gehören nicht zu den Glücklichen. Ich bin übrigens Zena.« Sie warf dem großen Kerl einen Blick zu und wandte sich dann wieder mir zu. »Streng dich da draußen nicht zu sehr an, Süßer. Es lohnt sich, aufzugeben, bevor du anfängst, dir in der Öffentlichkeit in die Hose zu machen.«

»Fantastisch«, murmelte ich.

»Willkommen im *Cirque de Sol-Fae*! Ich bin Ihr Gastgeber, Rusty Star. Versammeln Sie sich, wir haben einen mutigen Kandidaten hinter der Bühne, der gegen den Gefühlslosen Mann antreten möchte«, rief Rusty von der Bühne aus und die Menge jubelte.

Zena trat nach draußen und ich zog mein Hemd aus und warf es auf einen Plastiksitz.

»Hast du irgendwelche Tipps?«, fragte ich den großen Kerl, der weiterhin auf seinem Burrito herumkaute.

»Stirb nicht.« Er lachte, als Rusty ihn rief, und verschwand in Richtung Bühne.

»Danke, Arschloch«, murmelte ich.

»Bitte begrüßen Sie unseren furchtlosen Kandidaten, Lance Orion!«, rief Rusty.

Ich betrat die Bühne und setzte ein Grinsen auf – ich wusste genau, wie weit ich gehen wollte.

Ich nahm auf dem Metallstuhl Platz, der bereits auf mich wartete, und warf einen Blick auf den großen Kerl, der bereits fest an seinen eigenen Stuhl gefesselt war. Zena fixierte mich mit einem verschmitzten Lächeln auf den Lippen, die Metallfesseln waren eisig kalt auf meiner Haut.

Ich suchte die Menge ab und war erleichtert, als ich Darcy entdeckte. Offensichtlich hatte sie sich entschieden, mir eine Chance zu geben, solange ich mich ihr gegenüber bewährte. Sie warf mir einen fragenden Blick zu, der besagte, dass sie noch nicht herausgefunden hatte, worum es bei dem Spiel ging, und ich lächelte noch breiter, als Zena sich entfernte und zu einem riesigen roten Hebel ging, der aus der Bühne ragte.

»Wenn unser Kandidat den Gefühlslosen Mann in diesem gefährlichen Spiel besiegen kann, wird er unseren unglaublichen Preis gewinnen. Die Krone des Erfolgs!« Rusty zeigte auf eine Glasbox, die über uns hing und in einem Schauer goldener Funken aufleuchtete. »Der Gefühlslose Mann hat eine höhere Schmerzgrenze als jeder andere, der jemals diese Bühne betreten hat. Noch nie hat jemand die Krone gewonnen – wird das bei unserem heutigen Kandidaten anders sein?«

Darcy sah mich mit einem besorgten Funkeln in den Augen an.

»Bist du bereit, Diamond?«, fragte Rusty Zena – ich vermutete, dass dies ihr Künstlername war. Sie nickte und griff nach dem Hebel, während Rusty die Menge mit einem manischen Glanz in den Augen anstarrte. »Jeder Stuhl ist an einen ansteigenden Stromfluss gekoppelt. Wer zuerst das Bewusstsein verliert, scheidet aus dem Spiel aus.«

Darcy riss die Augen auf, und ich lehnte mich entspannt zurück und betrachtete das wunderschöne Geschöpf vor mir.

»Sie brauchen nur die Hand zu heben, dann wird der Stromfluss gestoppt«, sagte Rusty, und Gelächter hallte durch den Raum.

Ich stemmte meine Muskeln gegen die Fesseln, die mich festhielten, aber sie gaben meiner Kraft nicht nach, was mir verriet, dass sie sich nicht so leicht lösen würden.

Rusty gluckste. »Na gut, Sie können es auch einfach sagen, Mr. Orion.«

»Sie gehen davon aus, dass ich zuerst aufgebe«, sagte ich mit einem finsteren Grinsen.

Ein *Oooh* ertönte aus der Menge und Darcy formte ein *Nicht* mit ihrem Mund, aber ich ignorierte ihre Bitte und wartete darauf, dass der Strom zu fließen begann. Sie brauchte eine Entschuldigung und ich hatte vor, ihr die bestmögliche zu geben.

»Wir haben einen sehr selbstbewussten Herausforderer, meine Damen und Herren. Mal sehen, wie lange seine Zuversicht anhält«, sagte Rusty mit einem hämischen Lächeln und deutete auf Zena. »Leg den Hebel um!«

Sie riss ihn zurück und Elektrizität schoss in meine Adern, wodurch ich mich sofort verkrampfte und meine Hände zu Fäusten ballte, um mich davon abzuhalten, Magie einzusetzen. Das Geräusch von zischender und knisternder Energie lag in der Luft, begleitet von donnernder Musik, die die Atmosphäre im Raum aufheizte und noch mehr Publikum anzog.

Der Gefühlslose Mann lächelte breit, ohne auf die Elektrizität zu reagieren.

»Höher!«, befahl Rusty und Zena zog den Hebel noch weiter zurück.

Ich knirschte mit den Zähnen, als der Strom tiefer und schärfer durch meinen Körper floss und meine Nervenenden in Brand setzte. Aber es war erträglich.

»Höher!«, rief Rusty erneut.

Ein gewaltiger Blitz schien durch mich hindurchzufahren, und ich stieß einen Schmerzensschrei aus. Ich würde jedoch nicht aufgeben, auf gar keinen Fall. Ich musste nur direkt auf den Grund meines Hierseins schauen, dann würde ich durchhalten. Selbst wenn meine Schultern zitterten und mein Gehirn in meinem Kopf rasselte.

»Du hast deinen Standpunkt klargemacht!«, schrie Darcy, aber ich war noch nicht fertig. Ich würde so weit gehen, wie ich konnte, denn dieses Arschloch neben mir musste doch irgendwann aufgeben. Ein Blick in seine Richtung signalisierte mir jedoch, dass er nicht im Geringsten beeindruckt war, und ich fragte mich, ob das ganze Spiel manipuliert war.

»Höher!«, befahl Rusty.

Ich brüllte vor Schmerz, die Elektrizität blendete mich, als ich mit Weiß-der-Teufel-wie-vielen-Volts konfrontiert wurde, und bevor ich mich überhaupt an die neue Hölle gewöhnen konnte, schrie Rusty: »Höher!«

»Nein!«, brüllte Darcy, aber ihre Stimme war wie ein Echo in meinem Kopf und tanzte zwischen den Stromschlägen, die durch meinen Schädel rasten.

Der Gefühlslose Mann stieß einen Schmerzensschrei aus, und Hoffnung keimte in mir auf.

»STOPP, STOPP!«, schrie er, und Rusty sah ihn alarmiert an, während ich mittlerweile Mühe hatte, bei Bewusstsein zu bleiben.

»Diamond!«, schnauzte Rusty und sie betätigte den Hebel, um den Strom abzuschalten. Auf einmal war alles vorbei und ich holte tief Luft und sackte auf meinem Stuhl nach vorn. Meine Hände waren nach wie vor zu Fäusten geballt, während die letzten Wellen des Stroms verebbten.

Zena beeilte sich, den Gefühlslosen Mann loszubinden, und ich hörte, wie er mit einem Wimmern von der Bühne lief. Als Nächstes kam sie mir zu Hilfe, löste meine Fesseln und beugte sich zu mir herunter, um mir ins Ohr zu flüstern. »Tja, du hast dich nicht eingepisst. Vielleicht hast du mehr Glück, als ich dachte.«

Ich stieß einen amüsierten Seufzer aus, schaffte es, mich aufrecht hinzusetzen und siegessicher zu lächeln.

»Unser allererster Gewinner, meine Damen und Herren!«, stotterte Rusty sichtlich geschockt, und Applaus ertönte.

Ich stand torkelnd auf, hob eine Hand, um mich zu heilen, und der Schmerz verschwand.

Rusty wirkte einen Zauber auf die Glasbox, um sie auf die Bühne zu bringen, öffnete sie mit einem widerwilligen Gesichtsausdruck und hielt mir die Krone hin.

»Herzlichen Glückwunsch«, sagte er mit einem falschen Lächeln, offenbar kein Fan von Leuten, die sein kleines Spiel gewannen.

Ich grinste, als ich meinen Preis entgegennahm. »Und ich dachte schon, das Ding wäre manipuliert.«

»Niemals«, sagte Rusty und räusperte sich.

Ich ging hinter die Bühne, um mein Hemd zu holen, zog es an und begab mich dann wieder nach draußen, um Blue zu suchen und herauszufinden, ob sie mir endlich vergeben hatte. Eine Reihe von Lehrern betrat das Zelt, und ich sah, wie Darcy sich von ihnen abwandte und nach mir Ausschau hielt.

Ich zog meinen Atlas aus der Tasche und tippte eine Nachricht an sie, da ich im Moment nicht mit ihr gesehen werden konnte.

Lance:

Willst du mitfahren?

Ich sah, wie sie die Nachricht las, auf ihrer Unterlippe herumkaute und mich dazu brachte, genau das Gleiche tun zu wollen. Mein Atlas piepste und ich las ihre Nachricht mit einem Lächeln auf meinem Gesicht.

Darcy:
Bist du verrückt???

Lance:
Ja. Nach dir ;)
Komm mit mir!

Sie antwortete nicht sofort, und ich warf ihr einen Blick zu und sah, wie sie unschlüssig die Stirn runzelte, aber in der nächsten Sekunde antwortete sie.

Darcy:
Okay, wohin soll ich kommen?

Lance:
Hinter dem Zelt ist ein Zaun, der an die Straße grenzt.
Warte auf der anderen Seite.

Ich entfesselte meine Vampirgeschwindigkeit und raste über den Jahrmarkt, sodass ich in weniger als fünf Sekunden auf dem Parkplatz war. Sanft glitt ich in meinen *Faer*arri, warf die gewonnene Krone auf den Rücksitz und machte mich auf den Weg zur Straße.

Ich umrundete den Festplatz, blieb aber zunächst im dichten Verkehr steckten, bevor ich es endlich auf die ruhige Straße schaffte, die hinter dem Zirkuszelt verlief.

Darcy wartete neben dem hohen Holzzaun, ihr Atem kondensierte in der kalten Nachtluft, und ich war voller Vorfreude, sie endlich für mich allein zu haben. Ich hielt neben ihr, öffnete das Beifahrerfenster und lehnte mich zu ihr.

Sie schlug wütend gegen die Seite der Tür, und meine Augenbrauen hoben sich. »Wie konntest du das tun? Ich hätte fast einen Herzinfarkt bekommen.«

»Um fair zu sein – ich auch. Also sind wir jetzt quitt?«

Sie schüttelte den Kopf und blinzelte heftig, bevor sie gegen das Vorderrad trat.

Ich runzelte die Stirn. »Kannst du aufhören, mein Auto anzugreifen? Sie mag das nicht.«

Darcy zog die Nase hoch, drehte mir den Rücken zu und blickte gen Himmel.

Verdammt, weinte sie etwa?

Ich stieß meine Tür auf, schoss mit einem Satz auf sie zu und blickte sie mit angespanntem Gesichtsausdruck an.

»Ich wollte dich nicht verärgern«, sagte ich ernst. »Ich entschuldige mich nicht sehr oft. Das ist kein typisches Fae-Verhalten. Habe ich es nicht richtig gemacht?«

Sie schlug mir auf die Brust, während ihr eine Träne über die Wange lief, aber ich erwischte sie, bevor sie ihr Kinn erreichte, und wischte sie mit meinem Daumen weg. Ich fühlte mich wie ein kompletter Idiot, weil ich ihr das angetan hatte.

»Du hättest auch einfach sagen können, dass es dir leidtut«, flüsterte sie, und ich lächelte sie hoffnungsvoll an und rückte näher an sie heran.

»Es tut mir leid.« Ich drückte meine Hände links und rechts von ihr aufs Auto, und ihr Atem stockte.

»Du riechst nach ihr«, murmelte sie, während ich mich für den ganzen Schlamassel, den ich heute Abend mit Francesca verursacht hatte, am liebsten geohrfeigt hätte. Ich hatte sie nicht gewollt, ich hatte diesen Kuss nicht gewollt, und es hätte mich alles kosten können.

»Dann mach, dass ich nach dir rieche!«, befahl ich, und sie packte mich an der Jacke und zog mich zu ihrem Mund.

Ich schmeckte ihre Tränen, ihren Schmerz, und küsste sie inniger, um all das zu vertreiben und zu versuchen, das zu kitten, was zwischen uns zerbrochen war. Ich spürte, wie alles zur Bedeutungslosigkeit verblasste, denn hier gab es nichts anderes als uns und das Verlangen unserer Seelen nacheinander.

»Komm schon«, sagte ich und trat zurück. »Dieser Abend ist noch zu retten.«

»Ich wünschte, wir könnten zusammen auf dem Jahrmarkt bleiben.« Sie runzelte die Stirn, und mir wurde wieder einmal bewusst, wie wenige Orte wir im Moment tatsächlich aufsuchen konnten.

»Nun … ich habe gehört, dass ein weiterer Jahrmarkt seine Tore geöffnet hat. In meinem Schlafzimmer«, neckte ich sie, um die Stimmung aufzulockern.

Ein Lachen entrang sich ihrer Kehle, und ich grinste bei dem Geräusch und schob ihr eine Haarsträhne hinters Ohr.

»Wenn du zurück zu deinen Freunden willst, verstehe ich das.« Ich drückte ihre Hand, und sie verschränkte ihre Finger mit meinen.

»Hm, ich finde, dieser andere Jahrmarkt klingt gar nicht übel. Gibt es dort eine Achterbahn?«

»Nein, aber eine Rutsche.«

Sie lachte wieder, und ich riss die Tür auf, damit sie einsteigen konnte. Sie ließ sich in mein Auto fallen und schloss die Tür hinter sich, während sie das Fenster zumachte. Ich holte tief Luft, warf einen Blick auf die Sterne und bat sie, diese Nacht so lang wie möglich dauern zu lassen, dann schoss ich um den Wagen und ließ mich auf den Fahrersitz fallen.

Es wurde still und ich lauschte dem schweren Pochen von Darcys Herz, bevor ich den Motor startete und meinen Fuß aufs Gaspedal drückte.

»Wo ist Fran?«, fragte sie beiläufig.

Ich musste lachen, weil sie versuchte, ihre Eiseskälte hinter diesen Worten zu verbergen. »Sie würde dich umbringen, wenn sie hören würde, dass du sie so nennst.«

Sie zuckte mit den Schultern.

»Sie musste zur Arbeit. Angeblich wurde in Ost-Tucana eine Nymphe gesichtet. Der anonyme Anrufer war sehr hartnäckig«, sagte ich und neigte unschuldig den Kopf, woraufhin ihr der Mund offen stehen blieb.

»Hast du nicht getan?«

»Doch, natürlich.« Ich lachte schallend. »Wo ist Polaris?«, fragte ich düster.

»Wir haben uns gestritten«, erklärte sie knapp.

»Worüber?«, fragte ich und legte ihr eine Hand aufs Knie, während meine Verachtung für den Jungen immer größere Ausmaße annahm.

»Über dich«, gab sie zu, und mein Herz setzte einen Schlag aus, als ich daran dachte, was sie ihm wohl erzählt hatte.

Ich warf ihr einen besorgten Blick zu. »Er weiß nicht Bescheid, oder?«

»Natürlich nicht. Er denkt nur, dass ich in dich verknallt bin, und hält mich deshalb für erbärmlich. Und offensichtlich auch für eine Hure.«

Dieses Wort versetzte meinen Verstand in helle Aufregung, weckte die primitiveren Instinkte meiner Formgebung und drängte mich dazu, nur noch eines tun zu wollen: jagen.

Ich umklammerte ihr Knie fester, während ich gegen das Gefühl ankämpfte.

»Verdammter Hosenscheißer! Wenn ich ihn das nächste Mal sehe, reiße ich ihm den Arsch auf«, knurrte ich.

»Da schließe ich mich dir möglicherweise an.« Sie legte ihre Hand auf meine, ihre Haut war eiskalt.

Ich umschloss ihre Finger mit einem Stirnrunzeln.

»Du bist eiskalt.« Ich ließ eine Welle warmer Luft über sie strömen und sie zitterte dankbar.

Ich bog in eine dunkle Straße ein, wo sich die Bäume über uns neigten und einen langen Tunnel bildeten, der sich bis in die Schatten erstreckte. Er schien endlos, aber ich wusste, dass er das nicht war. Alle Straßen hatten ein Ende. Sogar unsere. Besonders unsere. Aber in diesem kurzen Moment bewegten wir uns immer noch vorwärts, und ich konnte die Reise zumindest genießen, solange sie andauerte.

»Hast du mir jetzt verziehen?«, fragte ich.

»Eigentlich hättest du dich bei meiner Schwester entschuldigen müssen«, gab sie zu bedenken, und ich warf ihr einen ungläubigen Blick zu.

»Bei den Sternen, muss ich mich einer weiteren Stromschlagbehandlung unterziehen? Dieses Mal für Tory Vega?«

Sie lachte. »Du weißt, dass der Kerl gar nicht ans Stromnetz angeschlossen war, oder? Zumindest nicht, bis ich das Kabel in die Finger bekommen habe.«

»Was?« Ich stieß einen erstickten Laut aus und versuchte, in ihrem Gesichtsausdruck Anzeichen für eine Lüge zu erkennen.

»Ja.« Sie drückte meine Finger, ein Ausdruck des Trotzes huschte über ihr Gesicht, der meinen Schwanz für sie hart werden ließ.

Ich fuhr an den Straßenrand, zog sie für einen Kuss zu mir heran und presste meine Lippen auf ihre. Dann bemerkte ich, dass der Sicherheitsgurt sie halb erwürgte, löste ihn schnell, zog sie näher und versenkte meine Zunge zwischen ihren weichen Lippen.

Sie kletterte auf meinen Schoß, setzte sich rittlings auf mich und krallte ihre Hände in meine Haare, während unser Kuss immer wilder wurde.

Verdammt, ich hatte sie vermisst. Sie schmeckte nach Sonnenlicht, das endlich wieder Farbe in meine Welt brachte, und ich wollte nie wieder ins Graue zurückkehren.

Meine Hände glitten unter ihr Kleid, und sie ermutigte mich, weiterzumachen, indem sie ihre Hüften hob und ihre Finger fest in meine Schultern grub. Ein tiefes Knurren entrang sich mir, als ich feststellte, dass Strumpfhosen den Weg versperrten, und ich riss ein Loch in den Stoff zwischen ihren Schenkeln, was sie aufstöhnen ließ.

»Orion«, rief sie lachend, aber ihr Lachen verwandelte sich in ein Stöhnen, als ich meinen Weg in ihr Höschen fand und zwei Finger in ihre klatschnasse Hitze schob. Allein dieses Geräusch und das Gefühl ihrer engen feuchten Pussy hatten mich bereits steinhart gemacht – und ich wollte unbedingt in sie eindringen.

»Du schuldest mir eine neue«, erklärte sie atemlos und lehnte sich an mich, um sich abzustützen, während ich meine Finger langsam in sie hinein und aus ihr heraus bewegte und es genoss, wie bereit sie für mich war.

»Ich besorge dir eine neue Garderobe, wenn du noch einmal dieses Geräusch machst.«

»Welches Geräusch?«, keuchte sie, und ich bewegte meine Finger noch heftiger und entlockte ihren Lippen ein weiteres gieriges Stöhnen. Es war voller Verlangen, das ich immer wieder stillen wollte.

»Das da«, grunzte ich und schob meine freie Hand zwischen uns, um meine Jeans zu öffnen.

Sie wölbte sich nach oben, um mir Platz zu machen, und ihr Kopf knallte gegen die Decke. Mein Lachen vermischte sich mit ihrem, und ich zog meine Hand aus ihrer Strumpfhose und zog ihr das Kleid über den Kopf, weil ich sie richtig sehen wollte.

»Lass uns die loswerden!« Ich riss ihre Strumpfhose entzwei, und sie keuchte, als ich sie von ihren Beinen schälte und ihre schöne bronzefarbene Haut entblößte, die ich mit brennender Begierde zu streicheln begann.

»Hey, wie wär's, wenn wir ein paar *deiner* Klamotten zerreißen?« Sie zerrte an meinem Hemd, und ich fing ihre Handgelenke mit einem wilden Grinsen auf. *Ich habe hier die Kontrolle, Blue.*

Mein Blick wanderte an ihrem fast nackten Körper hinunter zu der roten Spitzenunterwäsche, die sie trug. Ihre Brüste drückten gegen den dünnen Stoff und gewährten mir einen Blick auf ihre straffen Brustwarzen darunter.

Ich leckte mir über die Unterlippe und nahm mir Zeit, ihren Anblick zu genießen – von der schmalen Taille bis zu dem sinnlichen Ausdruck in ihrem Gesicht.

»Das habe ich so sehr vermisst.« Ich beugte mich vor, um ihr Schlüsselbein zu küssen, und spürte, wie sie unter meinen Lippen fröstelte. Oh, ich liebte es, diesen Effekt auf sie zu haben. »Und das.« Ich wickelte eine blaue Haarlocke um meinen Finger und führte auch sie zu meinen Lippen. »Und das.« Ich drückte ihre Brüste und sie lachte. »Hm … etwas fehlt.«

»Was denn?« Sie runzelte die Stirn.

Ich griff hinter meinen Sitz, holte die Krone hervor, die ich auf dem Jahrmarkt gewonnen hatte, und setzte sie meinem Mädchen auf den Kopf. Ein Lächeln breitete sich auf Blues Wangen aus, das ihre grünen Augen erhellte, und sie sah aus wie eine Königin, als sie mich unter sich drückte.

»Besser«, sagte ich, legte meine Hände auf ihre seidigen Schenkel und zog sie näher an mich heran.

»Wenn du es dir zur Angewohnheit machst, mir Kronen auf den Kopf zu setzen, könntest du Ärger bekommen«, neckte sie mich, und mein Lächeln verschwand, als die Last der Politik auf mich zu fallen schien, aber ich wollte mir diesen Moment nicht verderben lassen.

»Dann erzählen wir besser niemandem davon«, sagte ich, beugte mich vor, um ihren Hals zu küssen, und schmeckte das Feuer in ihr.

Sie begann, mein Hemd aufzuknöpfen, und unsere Bewegungen wurden immer verzweifelter. Meine Küsse wurden zu Bissen, während sie an mir zerrte, um die Knöpfe zu öffnen, und mir schließlich das Hemd über die Schultern schob, damit ich es ausziehen konnte.

Ich zog ihren BH nach unten, um ihre rechte Brust zu befreien, umschloss mit meinem Mund ihre harte Brustwarze und ließ meine Zunge darüber rollen, was sie vor Lust erschauern ließ. Sie krümmte sich, ritt auf meinem harten Schwanz und ich stöhnte, saugte fester an ihrer Brustwarze und packte sie an der Taille, um sie in dieser Position zu halten.

Sie kniete sich hin, um mich aus meiner Hose zu befreien, und ihr Arsch knallte gegen das Lenkrad, wodurch die Hupe ertönte.

Sie prustete vor Lachen, als ich sie an den Hüften nach vorn zog, um den Lärm zu stoppen.

»Das ist viel schwieriger als gedacht«, scherzte sie, und ich grinste sie teuflisch an.

»Aber es lohnt sich definitiv.«

Ich befreite meinen Schwanz, schob ihr Höschen beiseite, und alle Belustigung zwischen uns verflog, als ich ihre Hüften nach unten führte, hungrig nach ihrer Berührung.

Sie legte ihre Stirn an meine und atmete ein, als ich die Spitze meines Schwanzes an ihrem glatten Eingang ausrichtete und langsam in sie eindrang. Ich stieß ein Zischen aus, als sie sich auf mich senkte, und sie stöhnte, als ich sie Zentimeter für Zentimeter füllte – die Augen geschlossen und Magie auf meiner Haut. Es war Genuss in seiner reinsten Form, und ich brauchte mehr. Immer mehr.

Sie begann, auf mir zu reiten, und ich jagte ihrem Mund nach, um sie zu küssen, während sie auf meinem Schoß schaukelte und ich ihre Hüften festhielt, sie auf mich drückte und meine Hüften nach oben schob, um sie zu erreichen. Mein Schwanz bohrte sich tief in sie hinein, und sie nahm jeden Zentimeter so verdammt gut in sich auf; ihr Körper schien für meinen geschaffen zu sein.

Sie streckte ihren Nacken und stützte ihre Hände auf meinen Schultern ab. Ihre Lippen waren geöffnet und ihr Atem umwehte mich sanft. Sie war die lebende Versuchung, und in diesem Moment hätte ich jedes Schicksal in Kauf genommen, nur, um sie zu behalten.

»Streite dich nicht mehr mit mir«, forderte ich und kratzte mit meinen Zähnen an ihrem Ohr.

»Dann gib mir keinen Grund dafür.« Sie versenkte ihre Fingernägel in meinen Schultern, der Schmerz ließ mich aufstöhnen, und ich stieß noch härter in sie hinein, wahnsinnig gemacht durch die Art, wie ihre Pussy mich umklammerte.

Eines ihrer Knie knallte gegen die Feststellbremse und das andere gegen die Tür, aber das schien ihr egal zu sein. Sie brauchte diesen Moment genauso sehr wie ich, während wir in diesem verzweifelten Akt der Leidenschaft und Vernarrtheit zusammenkamen.

Ihre Hüften bewegten sich im Einklang mit meinen, und wir fielen in einen Rhythmus der Lust, unsere Körper in perfekter Synchronisation. Aber als ich sah, wie sie für mich keuchte, erinnerte ich mich an Diegos Mund auf ihrem, und ich wickelte eine Hand um ihre Haare und zog so fest daran, dass sie aufschrie.

»Das ist für Polaris«, knurrte ich, und meine Wut darüber kam wieder hoch.

Sie strich mit ihren Fingernägeln so fest über meine Brust, dass Blut floss, und ihre Augen funkelten vor Wut. »Das ist für Fran.«

Ich schaute überrascht nach unten und stieß dann ein atemloses Lachen aus. »Ich mag dich wütend.«

»Aber lass es nicht zur Gewohnheit werden«, keuchte sie.

»Abgemacht«, stöhnte ich, als ich erneut tief in sie eindrang und Ekstase unsere Bewegungen bestimmte.

Darcy drückte eine Hand gegen das Fenster, streckte ihren Rücken und umklammerte mich mit ihrer Pussy auf eine Art und Weise, die mir sagte, dass sie kurz vor dem Orgasmus stand. Meine Hand glitt über die Wölbung ihres Rückens, bevor ich sie auf mich drückte, meinen Schwanz an dieser empfindlichen Stelle in ihr rieb und sie in den Abgrund der Ekstase stieß, an dem sie sich befand. Sie stöhnte durch ihren Höhepunkt und lehnte sich an mich, um sich zu stabilisieren. Ich fickte sie härter und schneller, fand meine eigene Erlösung in ihrer pulsierenden Pussy und grunzte ihren Namen aus tiefster Kehle, als ich vor Lust explodierte.

Ihre Beine zitterten, als sie sich an mich lehnte und ihren Kopf an meine Schulter legte. Unsere Atemzüge waren glühend heiß und beschlugen die Fenster um uns herum.

Es war pure Glückseligkeit, sie so nah bei mir zu haben, und ich ließ meine Finger über ihre nackten Schenkel gleiten und prägte mir jede Sekunde unserer Zeit allein ein. Ich packte ihr Kinn und neigte ihren Kopf nach oben, sodass ich meine Lippen an ihre legen konnte, und ich spürte, wie sie an meinem Mund lächelte.

Sie kletterte zurück auf ihren Sitz und wir zogen uns beide schweigend an, aber wir warfen uns immer wieder flüchtige Blicke zu und lächelten einander an.

Sobald sie bereit war, ließ ich den Motor an und fuhr die Straße hinunter.

»Hast du während eures *Dates* zumindest Informationen von Polaris bekommen?«, fragte ich ein wenig bitter.

»Das wirst du nie vergessen, was?« Sie schnaubte.

»Es kotzt mich einfach an, dass du mit *ihm* in der Öffentlichkeit ausgehen kannst und mit mir nicht.«

»Aber so ist es nun mal«, seufzte sie und wandte sich ab, um aus dem beschlagenen Fenster neben ihr zu blicken. Sie zeichnete ein mürrisches Gesicht darauf und schrieb Orion darüber, und ich lächelte, als ich es sah.

»Sehe ich deiner Meinung nach so aus?«

»Nicht ganz.« Sie fügte wütende Augenbrauen und Reißzähne hinzu und drehte sich grinsend zu mir um.

Ich lachte. Irgendwie fühlte ich mich gerade so weit wie möglich von diesem mürrischen Arschloch entfernt.

»Diego hat nicht viel über seinen Onkel gesagt, nur dass er ein Arschloch ist. Und dass seine Mutter und sein Vater manchmal mit ihm weggehen, um ihm bei seiner ›Arbeit‹ zu helfen.« Sie zuckte mit den Schultern. »Ist das nützlich?«

Ich dachte darüber nach. Mir war nicht klar gewesen, dass seine Eltern möglicherweise auch mit Lionel zu tun hatten. »Ja, dadurch habe ich ein paar weitere Fae, die ich mir genauer ansehen kann. Sosehr es mich schmerzt, es zu sagen, aber ich würde es begrüßen, wenn du weiterhin Zeit mit ihm verbringst. Mal sehen, was er noch über sie berichtet. Aber keine Dates.«

»Nun, das könnte schwierig werden, da ich stinksauer auf ihn bin. Und ich schätze, er ist es auch auf mich.«

»Weshalb ist er denn sauer auf dich?«

»Ich habe ihn geohrfeigt«, verriet sie.

»Gut«, sagte ich. »Aber dafür, dass er dich eine Hure genannt hat, verdient er wesentlich mehr.«

»Na ja … um ehrlich zu sein, habe ich ihn geohrfeigt, *bevor* er das gesagt hat.« Sie vergrub die Finger im Stoff ihres Rockes und runzelte wütend die Stirn.

»Warum?«, fragte ich neugierig.

»Er hat gesagt, er wünschte, du wärst beim Angriff der Nymphen umgekommen«, sagte sie mit einem Hauch von Wut in der Stimme.

Ich umklammerte das Lenkrad fester. »Ich werde ihn umbringen.«

»Das kannst du nicht. Er wird wissen, dass ich es dir gesagt habe. Und ich habe nicht gerade geleugnet, dass ich etwas für dich übrighabe. Wenn du auf ihn losgehst, könnte er herausfinden, dass da etwas zwischen uns ist.«

»Was genau hast du denn für mich übrig?« Ich warf ihr einen schelmischen Blick zu.

»Es wird verrückt klingen«, sagte sie langsam.

»Ich mag verrückt. Hast du das nicht mitbekommen, als ich vorhin versucht habe, mich selbst zu braten?«

»Versprichst du mir, dass du nicht lachst?«, fragte sie, wobei sich ihre Wangen ein wenig rot färbten.

»Bei den Sternen.«

Sie nickte und schaute aus dem Fenster, damit ich ihren Gesichtsausdruck nicht sehen konnte. »Als wir im Stadion gekämpft haben und du fast gestorben wärst, hatte ich das Gefühl, dich retten zu müssen. Als … als würde auch ein Teil von mir sterben, wenn ich es nicht täte. Und seitdem wird dieser Teil immer stärker. Er ist wie ein greifbares Etwas, das in mir lebt. Ich war noch nie besonders eifersüchtig, aber wenn ich dich mit Francesca sehe, ist es, als würde ich mich in ein Tier verwandeln, das nur noch aus Urinstinkten heraus handelt.«

Ich antwortete nicht sofort, weil mich dieses Geständnis sprachlos gemacht hatte und ich mir nicht sicher war, ob ich wirklich das Glück hatte, dass dieses Mädchen so für mich empfand. Außerdem hatte Blue gerade genau in Worte gefasst, was ich gefühlt hatte – als wären wir in diesem führerlosen Zug, ohne die Möglichkeit unserem Schicksal zu entkommen. Selbst wenn die Gleise uns direkt über eine Klippe und in eine Schlucht führen würden.

»Ich habe dir gesagt, dass es verrückt ist«, murmelte sie.

Ich nahm ihre Hand, verschränkte meine Finger mit ihren und drückte meinen Mund auf ihre Knöchel. Sie warf mir einen verstohlenen Blick zu, und mir wurde klar, dass wir so tief im Kaninchenbau steckten, dass nicht einmal Alice höchstpersönlich uns da wieder herausholen könnte.

»Gut, denn ich fühle es auch.«

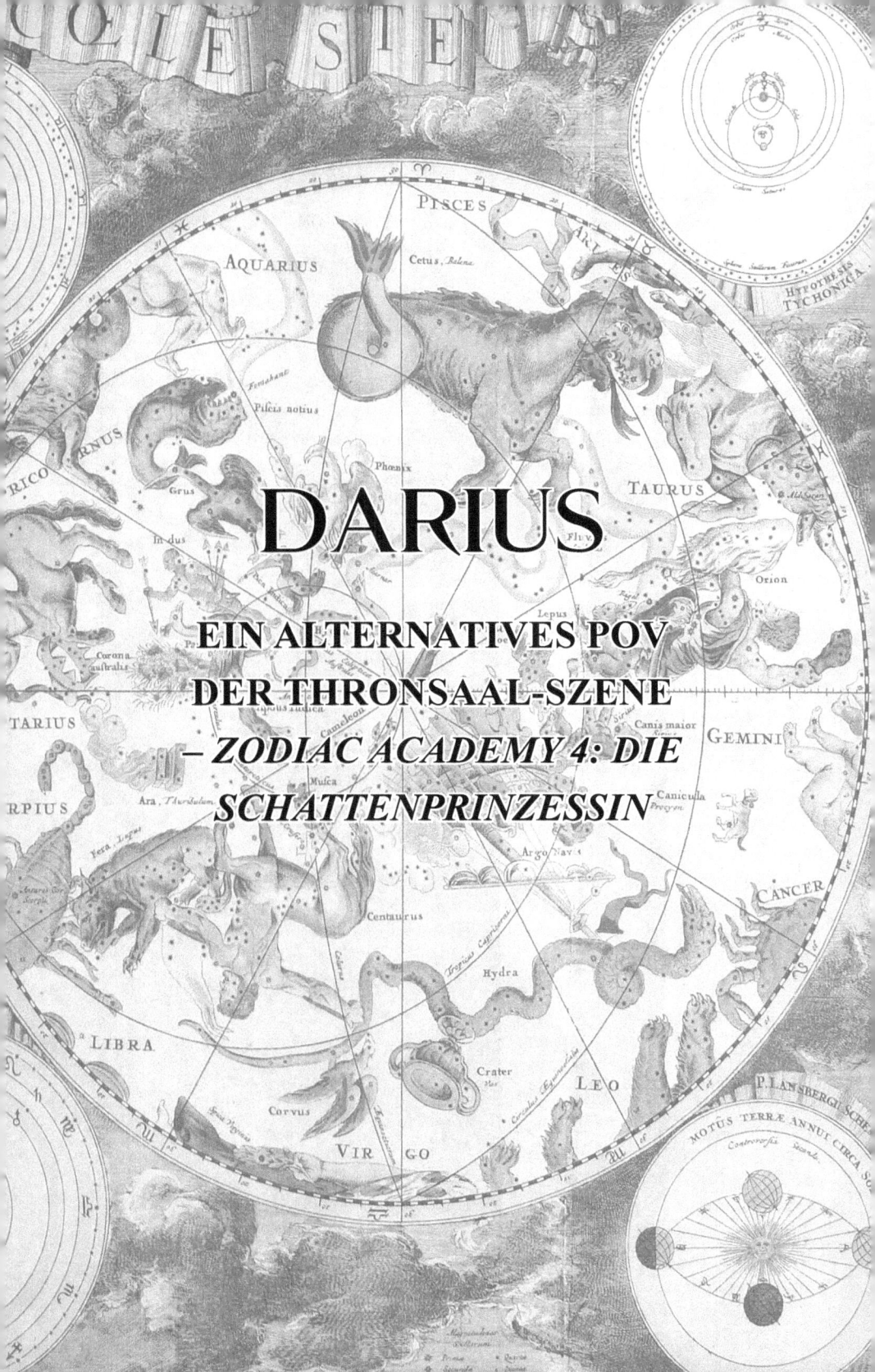

DARIUS

EIN ALTERNATIVES POV DER THRONSAAL-SZENE – *ZODIAC ACADEMY 4: DIE SCHATTENPRINZESSIN*

LIONEL

AUS LIONELS REFUGIUM …

Ich gebe zu, dass ich zeitweise von der überwältigenden Brillanz meines Plans, die Schatten zu kontrollieren, abgelenkt war. Ich hatte es geschafft – ich war weitaus größer und mächtiger als die anderen Celestia-Ratsmitglieder und stand kurz davor, endlich meinen Thron zu beanspruchen.

Ja, es hatte Komplikationen gegeben. Claras Rückkehr zum Beispiel hatte ich nicht vorhergesehen, und noch weniger, dass sie nicht ganz sie selbst sein würde, wenn sie zu mir zurückkehrte.

Ich hatte eine ganze Weile gebraucht, um mir ein Bild davon zu machen, wie sie im Schattenreich überlebt hatte. Und ich war mehr als nur ein wenig überrascht gewesen, festzustellen, dass ihr Körper in Wirklichkeit mit der Schattenprinzessin selbst geteilt wurde.

Das hatte mich zur Vorsicht gezwungen, doch das Wächterband, das mich mit Clara verband, schien auch Lavinia zu beeinflussen, und es war nicht allzu schwierig, sie in die richtige Position für solch nützliche Diener zu bringen – nämlich zu jeder Zeit unter mir.

Mit viel Anstrengung war es mir gelungen, die Schattenprinzessin zu zügeln. Und obwohl es unzählige Gelegenheiten – nicht nur in der Macht der Schatten, die ich nun besaß, sondern auch in ihrer Herrschaft über sie – gab, wäre ich nicht so weit gekommen, wenn ich nicht vorsichtig gewesen wäre.

Ich denke also, es ist entschuldbar, dass ich meinen Blick abschweifen ließ und nicht früher den Fluch erkannte, den Roxanya Vega über meinen Erben legte.

Die Hinweise waren alle da. Die Art und Weise, wie er mit mir über die Zwillinge sprach, war das erste Anzeichen – er redete immer mit größerem Zorn und tieferer Wut über Roxanya als über Gwendalina. Dummerweise schrieb ich das ihrer streitsüchtigeren Art zu. Und natürlich war Roxanya in Ignis untergebracht, direkt vor seiner Nase, und konnte ihn so viel öfter verärgern. Aber das bedeutete auch, dass sie ihn viel öfter in Versuchung führen konnte.

Ich frage mich, an welchem Punkt ich seine Verliebtheit hätte beenden können. Aber im Nachhinein glaube ich nicht, dass ich das hätte erreichen können. Sie war eindeutig darauf aus, ihn zu verführen, zweifellos genauso machtbesessen wie ihre Mutter und genauso bereit, ihre Beine zu spreizen. Und das ohne die Beteiligung der Sterne in dieser Angelegenheit.

Ich hatte aus zuverlässiger Quelle erfahren, dass sie sogar den Schwanz seines besten Freundes gelutscht hatte, und trotzdem war er völlig in sie vernarrt.

Zu Weihnachten sah ich es selbst. Wie er ihr nachsah. Genau, wie ich es zuvor in meinem eigenen Heim gesehen hatte.

Dummerweise war ich davon ausgegangen, dass er sie ficken könnte, um seine Begierde zu stillen. Ich hatte gedacht, es wäre nur eine seiner Taktiken, sie zu zerstören – die ultimative Erniedrigung, sie für sein Vergnügen zu benutzen und sie zu verlassen, während sie noch die

Beweise dafür beseitigte, dass er Anspruch auf ihr Fleisch erhoben hatte.

Ich gebe es nur ungern zu, dass Darius der Sohn seiner Mutter ist. Catalina war eine wunderschöne, mächtige Frau, die sich gut für die Zucht meiner Erben eignete. Aber sie war weichherzig. Verliebt in die Idee der Liebe. Und selbst nachdem ich dafür gesorgt hatte, dass sie meine Jungen nicht auf eine ähnliche Art und Weise verwöhnen konnte, war der Schwachpunkt immer noch da gewesen.

Vielleicht hätte ich früher einschreiten sollen. Vielleicht hätte ich die Dinge aufhalten sollen, bevor sie so weit fortgeschritten waren. Aber ich muss zugeben, dass ich in dieser Hinsicht falsch gehandelt habe …

DARIUS

KAPITEL 1

Die übliche Weihnachts-Bullshit-Parade nahm den Großteil unseres Nachmittags in Anspruch, das endlose Fotoshooting war nur deshalb etwas erträglicher als sonst, weil wir die Vega-Zwillinge in unserer Gesellschaft hatten.

Ich beobachtete Roxy immerzu und wusste dabei, wie ich das Objekt meiner Aufmerksamkeit vor den Kameras und der skandalgeilen Presse verstecken konnte. Aber mein Fokus blieb auf sie gerichtet, manchmal wanderte er zu Caleb, der ihr zwischen den Aufnahmen kokette Lächeln schenkte und ihr heiße Blicke zuwarf.

Roxy rollte mit den Augen oder schaute ihre Schwester an, um ihr wortlos etwas mitzuteilen, was Darcy oft dazu brachte, vor sich hin zu grinsen oder sich ein Lachen zu verkneifen. Ich war mir nicht sicher, was ich davon halten sollte. Hatte Roxy noch Interesse an dem, was Cal ihr ganz offensichtlich anbot? Oder war sie völlig unbeeindruckt davon. Ich hoffte jedenfalls, dass es Letzteres war.

Die Zwillinge erfüllten ihre Rolle, posierten vor einem riesigen

Weihnachtsbaum und reichten jedem von uns wunderschön verpackte leere Schachteln, während sie freundlich in die Kameras lächelten. Es waren keine echten Geschenke, und ihren Blicken nach zu urteilen, war da nicht einmal der Anschein, dass es welche geben könnte.

Seth riss endlose Witze und Max sorgte mit seinen Gaben für festliche Stimmung. Darcys Lächeln wirkte sogar manchmal echt, Roxys jedoch nicht. Sie zeigte ihre perfekten Zähne im richtigen Moment und befolgte die Anweisungen der Fotografen genau, aber es dauerte nicht lange, bis ich herausfand, dass sie das nur tat, damit diese Farce schneller über die Bühne ging.

Das störte mich. Ich wusste, dass es das nicht hätte tun sollen. Ich wusste, dass ich mich eigentlich darüber freuen sollte, ihren Tag verdorben zu haben, aber ich war alles andere als erfreut. Und jedes Mal, wenn sie gezwungen war, mir mit einem aufgesetzten Lächeln in die Augen zu schauen oder mir eine leere Schachtel zu reichen – unter dem Vorwand, dass sie mich genug mochte, um mir ein Geschenk zu machen –, schnürte sich der Knoten in meiner Brust nur noch fester.

»Entspann dich«, murmelte Max, als die Fotografen für ein paar Augenblicke zurückwichen, um die gemachten Aufnahmen zu sichten, während sie darüber diskutierten, wie sie die Dinge verändern oder das Licht neu ausrichten könnten. Oder was auch immer sie sonst noch für diese gut inszenierte Vision von Bullshit benötigten.

Ich warf einen Blick auf die andere Seite des riesigen Ballsaals, wo unsere Eltern mit Glühweingläsern in der Hand um den lodernden Kamin herum fotografiert wurden. Zwischen den Aufnahmen brachen sie in schallendes Gelächter aus. Es sah so aus, als würde auch Tiberius seine Sirenengaben einsetzen, um sie alle in einen Freudentaumel zu versetzen, und selbst mein Vater grinste wie ein Honigkuchenpferd, während er sich von der Sirenenmacht verzaubern ließ. Ich hatte sie mein ganzes Leben lang bei endlosen Fotoshootings dabei beobachtet, wie sie genau das getan hatten – die Sirenenmagie eingesetzt, um jede Wahrheit zu verbergen, die möglicherweise von der Kamera eingefangen werden könnte. Für die Außenwelt waren sie eine unzertrennliche Vierergruppe, und auch ihre Ehepartner waren einander ebenso zugetan. Ihre Stärke, ihre Einigkeit und ihre Liebe zueinander waren so unerschöpflich wie die Zeit. Zumindest, was die Welt außerhalb dieser Mauern betraf.

»Darius?« Max lenkte meine Aufmerksamkeit wieder auf sich, und ich lächelte ihm leicht zu, da ich wusste, dass die Kameras auch zwischen den Aufnahmen nie ganz ausgeschaltet waren.

»Alles in Ordnung«, sagte ich, klopfte ihm auf den Arm und ließ ihn die regungslose Leere spüren, die mein emotionaler Standard war.

»Ich bin so voll vom Essen, dass ich Gefahr laufe, einen Knopf zu sprengen«, sagte er und berührte kurz seinen Bauch. »Du hast nicht so viel gegessen, hattest du keinen Hunger?«

»Oh, ich war ausgehungert«, antwortete ich und richtete meinen Blick wieder auf Roxy, als Caleb ihre Aufmerksamkeit auf sich zog, indem er blitzschnell um den Weihnachtsbaum herumschoss, jedes perfekt verpackte Fake-Geschenk nahm und sie um die Zwillinge herum auftürmte, bis sie nicht mehr zu sehen waren.

Sie lachte hinter der Mauer aus leeren Kartons, und dieses Geräusch verursachte ein Kribbeln in meinem Bauch. Es könnte der erste Moment wirklichen Glücks gewesen sein, den sie erlebt hatte, seit wir hier aufgetaucht waren, um ihren Tag zu stören.

»Warum hast du dann nicht mehr gegessen?«, fragte Max, während Seth kopfüber in den Geschenkeberg eintauchte und die Schachteln in alle Richtungen fliegen ließ, bevor er sich auf Darcy stürzte und ihre Wange leckte.

Sie schubste ihn weg, und ich musste grinsen, als die Kameras zu blitzen begannen. Ich nahm einen der Kartons und schleuderte ihn Caleb an den Hinterkopf, als wäre ich auch Teil des Spiels.

Vielleicht hatte ich ihn härter getroffen als nötig, aber ich war immer noch sauer über das, was am Esstisch passiert war, als er seine verdammte Hand gleichzeitig mit mir auf Roxys Schenkel gelegt hatte. Ich wusste immer noch nicht, was ich von diesem abgefuckten kleinen Zwischenfall halten sollte, aber als er jetzt auf Roxy zustürmte und sie über seine Schulter warf, waren ihre lachenden, nicht ganz glaubwürdigen Protestschreie eine klare Antwort darauf, warum sie sich immer wieder für ihn entschied.

Nicht, dass ich eine Option gewesen wäre oder mich jemals als eine präsentiert hätte, abgesehen von diesem einen Mal. Diesem einen verdammten Mal, als ich die Scharade dessen, was ich von ihr wollte und brauchte, aufgegeben und die Intensität unserer Verbindung gespürt hatte. Denn an jenem Tag in den Schwelenden Quellen hatte sich diese erstmals völlig entfaltet.

Sie hatte damals deutlich genug gemacht, wie wenig ihr an mir lag, also wunderte ich mich schon, warum es mich überraschte, dass sie mit dem Schönling lachte und seinem Charme und Lächeln verfiel. Ich hätte mich auch für ihn entschieden. Auch wenn es mich ärgerte, das zuzugeben, war Caleb eindeutig die bessere Wahl. Er war locker, lustig, unkompliziert.

Ich war … na ja, ich war eine einzige Katastrophe, und sie hatte ganz offensichtlich keine Lust, mir näherzukommen, als sie es bereits getan hatte.

Ich musste daran denken, wie sich ihre Haut unter meinen rauen Fingerkuppen angefühlt hatte, als meine Hand vor ein paar Stunden über die Innenseite ihres Oberschenkels geglitten war, und runzelte die Stirn. Vielleicht hatte sie mich verarscht und mich nur angelockt, um mich dann abblitzen zu lassen und sich für all den Scheiß zu rächen, den ich ihr angetan hatte.

Ich tippte mit den Fingern gegen die kleine Schachtel in meiner Hosentasche. Ich hatte sie nicht in Geschenkpapier eingewickelt. Ich war mir nicht einmal sicher, was ich mir beim Kauf gedacht hatte. Vielleicht hatte ich einfach gewusst, dass unser heutiges Auftauchen ihre Pläne durchkreuzen würde, und ich hatte ihr etwas geben wollen, um mich dafür zu entschuldigen. Andererseits hätte ich dann wahrscheinlich auch etwas für ihre Schwester kaufen sollen, wenn das der Fall gewesen wäre.

Es spielte sowieso keine Rolle. Der Wahnsinn, der mich dazu gebracht hatte, das blöde Ding zu kaufen, war verflogen. Ich hatte nicht länger die Absicht, es ihr tatsächlich zu geben. Sie wollte kein Geschenk von mir. Und ich wollte auch nicht wirklich erleben, wie sie mir ins Gesicht lachte, wenn sie es ablehnte.

Caleb stellte Roxy schließlich wieder auf die Beine, und ich beobachtete die beiden, während seine Hände auf der Taille ihres grünen Kleides verweilten. Während er so tat, als würde er darauf achten, dass sie auf ihren High Heels das Gleichgewicht hielt. Er ließ sie los, bevor die Presse ein Foto von ihnen in dieser kompromittierenden Position schießen konnte, und rannte los, um Seth zu Fall zu bringen, gerade als der erste Blitz einer Kamera losging, sodass es kein Beweisfoto gab.

Nicht, dass das die Gerüchte stoppen würde. Ich hatte das ausgesprochene Missvergnügen gehabt, mehr als nur ein paar spekulative Artikel über ihre mögliche Beziehung zu lesen. Die breite Presse, die von unseren Eltern kontrolliert wurde, würde so etwas nicht drucken, aber es gab Online-Foren und Fanseiten, die mehr als genug über ihre nicht ganz so heimliche Affäre dokumentiert hatten, sodass Roxy und Calebs mögliche Beziehung eine ziemlich öffentliche Theorie war.

Die Zwillinge wurden weggeführt, um ein paar Aufnahmen auf einem kunstvoll geschmückten Schlitten zu machen, der draußen im Schnee aufgestellt worden war, und ich kaute auf meiner Wange herum, als Roxy endlich ein echtes Lächeln aufsetzte. Nur für Darcy – etwas, das ihre Schwester gesagt hatte, schien die Dunkelheit in ihrem Gesichtsausdruck vertrieben zu haben.

Ich musste immer wieder daran denken, wie sie uns vorhin erzählt hatten, dass sie bei den Feierlichkeiten ihrer Pflegefamilien immer nur als unerwünschte Gäste dabei gewesen waren. Das machte mir zu schaffen. Ich wusste nicht, warum mich das so sehr beschäftigte, aber ich vermutete, dass ich, wenn ich jemals über ihr Leben im Reich der Sterblichen nachgedacht hatte, einfach von einem langweiligen und unauffälligen Leben ausgegangen war. Nicht von einem schlichtweg elenden Leben.

Klar, mein Leben war nicht gerade ein Zuckerschlecken gewesen, aber ich hatte die anderen Erben, Xavier und Orion an meiner Seite gehabt …

»Also, wo ist es?«, fragte Seth plötzlich, seine Lippen so nah an meinem verdammten Ohr, dass ich zurückschreckte.

»Wo ist was?«, fragte ich unschuldig, Max lachte leise neben mir, während Seth die Augen zusammenkniff.

»Komm schon, Alter, jetzt ist schon ein ganzer Tag vergangen. Ich kann nicht länger warten.« Seth ließ sich auf meinen Schoß fallen und hielt sich die Augen zu wie ein in Ohnmacht fallendes Groupie, und ich lachte, als ich ihn von mir runterstieß, sodass er auf dem Boden landete.

»Du bist so was von undankbar«, meinte ich und ignorierte die Hundeblicke, die er mir zuwarf, während ich mich auf meinem Stuhl aufrichtete.

»Das ist nicht mehr lustig«, maulte er, und ich hatte Mühe, das Lächeln zu unterdrücken, das sich auf meine Lippen schlich.

»Nein. Das ist es nicht«, stimmte ich zu. »Ich habe mir große Mühe gegeben, Geschenke zu kaufen, von denen ich wusste, dass sie euch wirklich gefallen würden. Ich habe mein Herz und meine Seele in die Auswahl des Autos für Cal und des Speedboots für Max gesteckt, und sie beschweren sich nicht, oder?«

»Du hast mir eine Tüte verdammter Würstchen im Schlafrock geschenkt«, jammerte Seth und blickte Hilfe suchend zu den anderen.

Caleb grinste ihn nur an, während er sich auf seinen Stuhl fallen ließ, und Max zuckte mit den Achseln, als könne er das Problem nicht verstehen.

»Hast du sie alle gegessen oder nicht?«, fragte ich langsam.

»Na ja, ja, aber …«

»Und habe ich dich einen braven Jungen genannt, als du das eine Würstchen fünf Sekunden lang auf deiner Nase balanciert und erst dann verschlungen hast?«, fügte ich hinzu, und Seth knurrte.

»Du kannst meinen Lob-Fetisch nicht einfach so missbrauchen, indem du den Alpha-Daddy für mich spielst und mir ein Päckchen Würstchen schenkst. Du wirst nicht mit der Sache davonkommen, ohne mir ein richtiges Geschenk zu machen«, brummte Seth und stand auf.

»Seit wann hast du einen Lob-Fetisch?«, fragte Caleb interessiert, und Seth warf ihm einen finsteren Blick zu.

»Nur bei Darius.« Er zuckte mit den Schultern. »Er verfügt über diesen Dominanz-im-Schlafzimmer-Vibe und manchmal denke ich, dass er mich im Bett sogar herumkommandieren könnte, wenn ihm danach wäre.«

»*Ich* könnte dich im Schlafzimmer herumkommandieren«, sagte Caleb und Seth lachte auf, abgelenkt von der Wendung des Gesprächs.

»Nee, Cal. Du bist hübsch und so, aber dir fehlt die Dominanter-Daddy-Ausstrahlung, die Darius hat …« Caleb schoss so schnell auf Seth zu, dass ich die Bewegung kaum mitbekam, und die beiden prallten gegen den Tisch, wo mehrere der unechten Geschenke durch die Luft flogen. Cal fixierte Seth unter sich, eine Hand um seine Kehle gelegt und seine Reißzähne gefletscht, während er sich über ihn beugte, ihre Körper eng aneinander.

»Nenn mich noch einmal hübsch!«, knurrte Caleb, während Seth ihn überrascht anblinzelte.

»So verdammt hübsch«, hauchte Seth, und sein Brustkorb hob und senkte sich merklich, als Caleb ihn auf dem Tisch festhielt.

Max stieß ein leises Pfeifen der Belustigung aus, und ich zog eine

Augenbraue hoch, als ich die beiden ansah, deren Blicke einander mit einer Intensität begegneten, die die Luft um uns herum zum Knistern brachte.

Caleb beugte sich langsam vor, und Seth blinzelte schnell, als der Abstand zwischen ihren Mündern fast auf null schrumpfte.

»Braves Hündchen«, sagte Caleb grob, bevor er sich wieder so schnell entfernte, dass ich nicht einmal sah, wie sein Hintern auf dem Stuhl neben mir aufschlug. Es schien, als hätte er die ganze Zeit dort gesessen und so gefaulenzt, als gehöre ihm die Welt.

Seth wimmerte frustriert, als er sich wieder aufrichtete. Die Kcamerablitze lösten zu spät aus, um Caleb bei irgendetwas zu erwischen, das auch nur halbwegs als Skandal hätte gelten können. Ich konnte nicht anders, als ihn anzugrinsen, als er so dasaß und verdammt selbstgefällig dreinblickte, und er neigte als Antwort den Kopf zu mir, um zu zeigen, dass unsere Probleme mit Roxanya Vega beigelegt waren. Es war schließlich die unbestreitbare Realität, dass unsere Freundschaft im Kern absolut undurchdringlich war.

»Ist das mein Geschenk?«, fragte Seth, während er seinen Schwanz nicht ganz so subtil zurechtrückte. »Wir vier werden endlich dieser unbändigen männlichen Sexualität nachgeben, die so heiß zwischen uns brennt, und die ganze Nacht lang wie die Tiere in einem Vierer ficken, der alle vorangegangenen Vierer in den Schatten stellt?«

»Na ja, das war meine ursprüngliche Geschenkidee, bevor ich die Würstchen entdeckt habe. Ich wusste einfach, dass du die bevorzugen würdest ...«

Seth sprang auf mich, bevor ich den Satz beenden konnte, und rammte mich so heftig, dass mein Stuhl umfiel und wir zu Boden stürzten. Das Holz des Stuhles splitterte unter unserem kombinierten Gewicht.

Ich verfluchte ihn, als er es schaffte, mir ein paar ordentliche Schläge in die Rippen zu versetzen. Ein solides Knacken hallte durch meine Brust vom Aufprall. Dann rammte ich ihm meine Stirn gegen die Nase, um ihn zurückzudrängen.

Seth lachte heiser, als sein Blut auf mein Hemd spritzte, und wir rollten über den Boden, während wir uns weiter wie zwei betrunkene Sterbliche in einer dunklen Gasse prügelten.

Max und Caleb begannen, Wetten anzunehmen, während Seths Mom ihm von der anderen Seite des Raumes zurief, mir an die Gurgel zu gehen.

Ein Blick in Richtung unserer Eltern verriet mir, dass Vater mit leisem Interesse zusah, und meine Freude schwand, als mir klar wurde, dass er mich auch hier beurteilen würde. Ein einfaches Spiel mit meinem besten Freund wurde zu einer Pass-or-Fail-Situation – die wiederum zu einem privaten Gespräch mit ihm führen würde.

Mein Vater zog eine Augenbraue hoch und ich wusste, was er wollte. Er konnte sehen, dass ich mich zurückhielt, er wusste, dass es eine Grenze gab, die ich bei den anderen Erben nicht überschreiten würde. Und er wollte, dass ich diese Grenze ignorierte, um zu demonstrieren, wozu ich fähig war. Zweifellos wäre das das beste Weihnachtsgeschenk für ihn gewesen – eine Schlagzeile, die meinen Sieg in einem Gerangel mit meinem Freund verkündete, eine Andeutung, dass ich der Stärkste der vier Erben sein könnte.

Es war kleinlich und ich wusste, dass ich dafür leiden würde, aber als ich mich wieder auf den Kampf mit Seth konzentrierte, landete ich auf dem Rücken unter ihm und konnte einen Schlag seiner Faust direkt auf meinen Unterkiefer nicht abwehren. Mein Kopf prallte gegen den Boden, was mich für einen Moment benommen machte, und Seth jubelte seinen Sieg, bevor er seine Hand in meine Tasche steckte und die kleine Schachtel herausnahm.

Fluchend rappelte ich mich auf, wischte mir mit der Hand über das Gesicht und benutzte meine Wassermagie, um das Blut von Haut und Kleidung zu entfernen, bevor ich es in ein Glas schüttete, das ich neben Caleb aus Eis geformt hatte.

»Ich wusste es!«, rief Seth, während er das kleine graue Schächtelchen über seinen Kopf hielt, und mir stockte der Atem, als er es siegreich herumschwenkte.

Ich konnte spüren, wie mich die Augen meines Vaters durchbohrten, seine Wut brannte sich durch meine Wirbelsäule, aber ich ignorierte ihn. Es war mir scheißegal, ob ich gegen Seth gewann oder verlor, und ich würde ihn nicht vor der Presse verprügeln, nur um meinen eigenen Arsch vor Vaters Enttäuschung zu retten. Außerdem hatte ich größere Sorgen, als ich meinen Blick auf die verdammte Schachtel heftete, die Seth mir entrissen hatte.

»Die ist nicht für dich«, rief ich ihm entschlossen zu, aber Seth … war nun mal Seth. Er ignorierte mich komplett und rannte zur Tür, anstatt das verdammte Ding zurückzugeben.

Ich beschimpfte ihn, während ich ihm nachjagte, und Caleb und Max johlten und pfiffen uns hinterher, während sie uns folgten. Die Presse schoss ununterbrochen Fotos.

Wir rannten in den hohen Korridor und ich knurrte Seth warnend an, als er an der Schachtel zupfte und versuchte, sie aufzureißen, obwohl ich immer wieder betonte, dass sie nicht für ihn bestimmt war.

Ich rannte ihm hinterher, so schnell ich konnte, und er heulte vor Freude, während er mit der Schachtel in der erhobenen Faust vor mir davonsprintete.

Ich beschleunigte mein Tempo und stieß schließlich mit ihm zusammen, warf ihn gegen eine schwere Holztür und drückte ihm meinen Unterarm gegen die Kehle, während ich nach der Schachtel in seiner Faust griff.

Aber bevor sie mir schnappen konnte, schoss Caleb an uns vorbei und riss sie an sich.

»Gib sie mir!«, forderte ich und ließ Rauch zwischen meinen Zähnen aufsteigen, während ich mich stattdessen auf ihn stürzte. Meine Augen wurden zu Schlitzen und meine Wut nahm zu, als der Drache in mir erwachte. »Ich meine es verdammt ernst. Die ist nicht für euch Arschlöcher und ich will sie zurück.«

»Bei den Sternen, Darius, wer hat dir heute Morgen in die Cornflakes geschissen? Es ist Weihnachten – der einzige Tag im Jahr, an dem wir uns ein wenig von der menschlichen Verrücktheit stehlen und die Wintersonnenwende mit krassem Konsumverhalten feiern. Selbstverständlich gepaart mit dem unsäglichen Druck, anderen unsere Liebe zu zeigen. Jenen, von denen wir vielleicht insgeheim denken, dass sie Abschaum sind, nur weil wir durch Blut mit ihnen verbunden sind. Es ist etwas Besonderes«, neckte Caleb, der immer derjenige war, der am wenigsten vor mir zurückwich. Aber ich war gerade nicht in der Stimmung für seinen Mist, und als mein Blick auf die kleine Schachtel fiel, die er jetzt in der Hand hielt, konnte ich sehen, dass er das auch wusste. »Hm, jetzt bin ich wirklich neugierig.«

»Hier rein, Cal! Du kannst mir helfen, sie zu öffnen!«, rief Seth, riss die Tür hinter sich auf und rannte in den dunklen Raum.

Caleb folgte ihm, und ein Knurren entrang sich meiner Kehle, als ich erneut die Verfolgung aufnahm.

Max' Hand landete auf meinem Arm, seine Gaben drückten gegen meine mentalen Barrieren, als er mir anbot, mich zu beruhigen. Und ich biss die Zähne zusammen, um es zu erlauben – weil ich wusste, dass ein Ausrasten nur das bewirken würde, was ich zu verhindern suchte. Wenn ich Caleb direkt konfrontierte und ihn zwang, mir zu gehorchen, würde er die verdammte Schachtel öffnen, um zu beweisen, dass er sich mir nicht unterwerfen würde. *Arschloch.*

»Ist dir wirklich so viel an einem Schmuckstück in einer Schachtel gelegen?«, fragte mich Max neugierig, und ich wusste, dass er meine Emotionen wahrnehmen konnte, da er wusste, wie sehr es mich störte.

»Nein«, grunzte ich. »Es ist nicht … Es bedeutet nichts. Ich will nur nicht, dass jemand etwas anderes denkt.«

»Was zum Teufel soll das bitte bedeuten?«, fragte Max, aber ich hatte meine mentalen Mauern bereits wieder wie eine Festung um meinen Geist herum aufgebaut und schritt von ihm weg, während ich Seth und Caleb in die Dunkelheit folgte.

Lichter flammten auf und ich hielt inne, als mir klar wurde, wo wir uns befanden. Der Thron befand sich genau im Herzen des riesigen Raumes und die schwarzen steinernen Hydraköpfe, die ihn schmückten, schienen uns vier entrüstet anzustarren – als hätte Hail Vega selbst gesehen, wer gerade seinen Thronsaal betreten hatte.

»Verdammt, das ist ja mal ein hübscher Stuhl«, seufzte Seth, die Schachtel für einen Moment vergessen, als er und Caleb zu dem imposanten Thron aufblickten – wie zwei ungezogene Schulkinder, die dabei erwischt worden waren, wie sie sich an einem Ort aufhielten, an dem sie nichts zu suchen hatten.

Ich ging auf sie zu und ignorierte den Thron, um meinen Preis einzufordern. Ich zog den Umschlag mit Seths echtem Geschenk aus meiner Gesäßtasche, hielt ihn ihm vor die Brust und riss Caleb die Schachtel aus der Hand.

Caleb bleckte seine Zähne und schmetterte so schnell gegen mich, dass ich die verfluchte Schachtel fallen ließ. Das verdammte Ding rutschte über den Boden davon, während ich von dem Vampir abgelenkt war. Dem Vampir, der mich nun aus dem einen Grund beißen zu wollen schien, weil ich ein bisschen verdammte Privatsphäre wollte.

»Was ist so toll an irgendeinem Weihnachtsgeschenk?«, fragte Caleb und rammte mir seine Handflächen mit der Wucht seiner Vampirstärke gegen die Brust, sodass ich einen Schritt zurückgeworfen wurde.

»Es ist für deine Mutter«, log ich und stieß ihn im Gegenzug weg. »Ich wollte nur nicht, dass du mir vorhältst, dass ich dich den protzigen Bullshit, den du ihr von deinem Taschengeld gekauft hast, überbiete.«

»Fick dich! Meine Mutter liebt protzigen Scheiß«, meinte Caleb lachend und ich schnaubte.

»Bei den Sternen!«, gurrte Seth laut, als er endlich sein richtiges Geschenk von mir öffnete und die Angaben auf den Tickets las. »Zwei Übernachtungen in einer Luxus-Berghütte und eine Heißluftballonfahrt bei Mondschein für vier Personen! Wie soll ich da jemals entscheiden, wen ich mitnehme?«

»Was zum Teufel soll das heißen?«, verlangte Caleb, wirbelte herum und vergaß mich. »Du nimmst uns drei mit, Arschloch.«

»Richtig, ja, wahrscheinlich«, begann Seth. »Aber ich habe auch noch andere Freunde, weißt du. Einige von ihnen mögen den Mond viel mehr, als ihr es tut. Und wenn ich mein Rudel mitnehme, könnten wir eine Ballonorgie direkt am Mond veranstalten …«

»Jemand muss das Ding steuern. Hast du vor, denjenigen an deiner Orgie teilnehmen zu lassen? Oder muss er zuschauen?«, fragte Caleb.

»Das kommt darauf an«, sinnierte Seth.

»Worauf?«

»Ist derjenige heiß?«

Ich ließ sie mit ihrem lächerlichen Streit allein und suchte den Boden nach diesem verdammten Geschenk ab, wobei ich mich dafür verfluchte, dass ich das Ding überhaupt erst besorgt hatte. Ich hatte nicht vor, es ihr zu geben. Sie hasste mich verdammt noch mal und ich war selbst kein Fan von ihr. Zumindest war ich kein Fan davon, *was* sie war.

Verdammt. Hatte mich eine Vega wirklich so aus der Bahn geworfen?

Ich runzelte die Stirn, wirbelte um und suchte überall nach der kleinen Schachtel, bis ich sie schließlich direkt am Fuße der Stufen entdeckte, die zum Thron führten. Ich wollte sie gerade aufheben, hielt aber inne, als ich bemerkte, dass die Schachtel geöffnet worden, der Deckel abgefallen und der Inhalt verschwunden war.

»Suchst du hiernach?«, fragte Max leise, und ich fuhr herum und sah ihn an der Wand lehnen. Er drehte die kleine Kristallkugel langsam in seiner Hand, während er sie untersuchte.

Ich spürte, wie mir die Nackenhaare zu Berge standen, als ich auf ihn zuschritt, nach der Glaskugel griff und in ihr Inneres blickte, während er sie widerstandslos losließ.

Sie war etwa so groß wie eine Pflaume und an sich ziemlich unauffällig, was Kristallkugeln anging. Die Magie, die ich ihr verliehen hatte, war das, was ich vor den drei Arschlöchern, die ich Brüder nannte, zu verbergen versucht hatte.

Ich sah zu, wie ein kleines Motorrad, das von einem winzigen Mädchen in Flammen gefahren wurde, durch die Mitte der Kristallkugel raste. Ein feuriger Drache jagte ihr hinterher, während sie sich in einer Jagd, die fast einem Tanz glich, hin und her schlängelten. Echos der Erinnerung hafteten an der Magie und pulsierten auf meiner Haut, als ich die Kristallkugel in der Hand hielt und beobachtete, wie das Motorrad abbog und dann über eine Klippe aus Eiskristallen raste. Es verschwand aus meinem Blickfeld und verwandelte sich in Rauch, während ein Phönix daraus entsprang, sich dem Drachen entgegenstellte und dann durch den Himmel flog. Die Verfolgungsjagd ging weiter und weiter. Und die Wut, die Aufregung und die Hitze, die ich in diesen Momenten gespürt hatte, hallten mit solcher Kraft durch die Kristallkugel, dass mein Herz wieder wie damals zu rasen begann.

Ich wusste nicht, was zum Teufel ich mir dabei gedacht hatte, als ich meine Kraft in das Ding gesteckt hatte, um diesen Moment für sie festzuhalten. Vielleicht wollte ich, dass sie wusste, wie verdammt wütend ich gewesen war, als ich sie gejagt hatte. Aber die Hitze, das Verlangen und die grenzenlose Energie, die durch die Kristallkugel in meine Haut knisterten, waren auch mehr als deutlich.

Max wirkte eine Stillekuppel um uns herum, und ich schob das blöde Ding zurück in meine Tasche und seufzte in Erwartung dessen, was er sagen würde.

»Willst du über irgendetwas reden?«, fragte Max mit ernsten dunklen Augen, während er mich musterte, und ich hielt jedes Gefühl in mir gefangen, während ich lässig mit den Schultern zuckte.

»Das ist nichts weiter als eine meiner Methoden, sie zu verarschen«, sagte ich abweisend. »Ich wollte sie daran erinnern, wie nah ich an jenem Tag ihrer Vernichtung gekommen war.«

»Mhm.«

Max starrte mich erwartungsvoll an, und ich starrte einfach zurück und wartete auf die Zurechtweisung, die Erinnerung daran, was wir alle tun mussten, die endlosen Gründe dafür, warum das alles so verdammt wichtig war und warum es völliger Wahnsinn wäre, wenn ich irgendwelche Gefühle hätte, die über Hass und den unbedingten Wunsch, die Vegas loszuwerden, hinausgingen.

Stattdessen seufzte er nur, tätschelte meinen Arm, drehte sich zum Ausgang um und deaktivierte die Stillekuppel. »Wir sollten zurückgehen, bevor unsere Eltern ausrasten, weil wir unseren Part nicht spielen. Ein paar Familienfotos und wir können uns für den Ball fertig machen.«

»Oh, ich kann den Ball kaum erwarten«, rief Seth aufgeregt. »Ich werde mich absolut betrinken und dann mit jemandem ins Bett steigen, der so heiß ist, dass er mich verbrennt.«

»Und wer wäre das?«, fragte Caleb, als wir uns alle vom Thron abwandten, der so viel Aufruhr in unserem Leben verursacht hatte, um zu der inszenierten Weihnachtsfeier zurückzukehren, die wir für die Presse veranstalteten.

»Das wird sich noch zeigen, junger Caleb. Aber mach dir keine Sorgen, ich werde noch vor Ende des Abends bis zu den Eiern in jemandem stecken, der ultraheiß ist. Wie Magma. Merk dir meine Worte!«

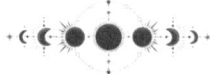

Ein Klopfen an meiner Tür riss mich aus meinen Träumereien, und ich forderte Lance auf, einzutreten, ohne zu fragen, wer da war.

Mein Vater war gerade gegangen, und ich saß auf der Bettkante des Bettes, das man mir zum Schlafen gegeben hatte, während wir hier übernachteten. Mein Hemd war immer noch voller Blutflecken, und mein gebrochener Arm schrie vor Schmerzen.

»Einer dieser verdammten Tage«, knurrte Lance, als er sich neben mich aufs Bett fallen ließ und meinen Arm etwas rauer in seinen Griff nahm, als er es wahrscheinlich beabsichtigt hatte. Seine Handgriffe waren voller Wut, und ich saß still da, während er mich heilte. »Ich schwöre, Darius, deine Zeit wird bald kommen, und du wirst derjenige sein, der über ihm steht, wenn es so weit ist.«

Ich stieß ein vages bestätigendes Geräusch aus und überließ es meinem Freund, sich um mich zu kümmern, während er die Blutflecken mit seiner Wassermagie aus meinen Klamotten zog, mein Hemd glattstrich, imaginären Schmutz von meinen Schultern klopfte und die ganze Zeit über meinen Vater verfluchte.

Manchmal schloss ich mich ihm in seiner verbalen Vernichtung des Mannes an, der mich gezeugt hatte. In anderen Situationen fühlte ich mich so, als wäre ich fernab von der Welt, von meinem eigenen Körper, unfähig, irgendetwas davon wirklich zu fühlen oder mich überhaupt dafür zu interessieren, welche Bestrafung ich durch Lionel Acrux' Hände erlitten hatte.

Es war nichts Neues. Nur ein Teil meines Alltags, den ich zwar lieber nicht hätte ertragen wollen, an den ich aber inzwischen längst gewöhnt war.

»Darius«, knurrte Lance, und ich zwang mich, die Augen vom Fenster abzuwenden, um seinem stählernen Blick zu begegnen.

»Alles gut«, sagte ich mit einer leicht roboterhaften Stimme, aber es war trotzdem die Wahrheit. »Wie spät sind wir für den Ball?«

Lance schürzte die Lippen und warf einen Blick auf die kunstvolle Uhr, die an der Wand neben der Tür hing. »Ein bisschen. Willst du absagen und dich mit mir mit billigem Bourbon volllaufen lassen?«

Ich überlegte einen Moment lang, aber als er wieder auf die Uhr schaute, hatte ich den Eindruck, dass er das eigentlich nicht wollte. Aus irgendeinem Grund freute er sich auf diese verdammte Sache.

»Nee«, sagte ich und schüttelte ihn ab, als er anfing, an meiner Fliege herumzufummeln. »Ich würde sagen, es wäre besser, wenn ich meinen Vater nicht so schnell wieder verärgere.«

»Richtig«, erwiderte Lance, und ich wusste, dass er noch eine Menge mehr zu sagen hatte, aber was sollte das bringen? Dies war nicht unsere erste Reise durch die beschissene Realität meines Lebens, und es würde auch nicht die letzte sein. Es war besser, einfach die Zähne zusammenzubeißen und weiterzumachen, als hier zu sitzen und darüber zu weinen.

Ich ging zu dem Wandspiegel neben dem Fenster, rückte sorgfältig meine schwarze Seidenfliege zurecht, musterte mich kritisch und schob meine Haare aus dem Gesicht, bevor ich etwas Produkt hineinarbeitete, damit sie in Form blieben. Ich sollte mich rasieren, aber ich hatte mir nie die Mühe gemacht, die Bartstoppeln an meinem Kinn vollständig zu entfernen, sodass es nicht wirklich auffiel.

»Darius«, begann Lance hinter mir, aber ich antwortete nicht, mein Blick fiel auf meine eigenen Augen im Spiegel und blieb dort haften.

Sah ich immer so aus? So leer und beschissen hohl? Als wäre mir alles auf dieser Welt egal? Als könnte mich nichts berühren? Kein Wunder, dass es für Roxanya Vega so einfach war, immer das Schlimmste in mir zu sehen.

»Darius?«, wiederholte Lance, und ich stieß ein paar Rauchschwaden aus.

»Lass uns gehen«, sagte ich und griff nach meinem Jackett, das ich auf Vaters Geheiß an den Haken neben der Tür gehängt hatte, damit es während seines Unterrichts über die Wichtigkeit, niemals nachzugeben, nicht zerknittert wurde.

Ich schlüpfte in die Ärmel und machte einen Schritt auf die Tür zu, aber Lance stand plötzlich zwischen mir und der Tür, die Stirn in Falten gelegt und mit finsterem Blick, seine Hand auf meiner Schulter, um mich aufzuhalten.

»Sag mir, dass er ein Stück Scheiße ist!«, verlangte er, und ich zog eine Augenbraue hoch. »Sag mir, dass er ein verdammter Tyrann und ein Feigling ist und dass du ihm eines Tages das Monster zeigen wirst, das er über all die Jahre der Misshandlung erschaffen hat!«

»Ich weiß nicht, was du von mir willst, Lance«, seufzte ich. »Ja, er ist ein absoluter Arsch. Und ja, ich habe immer noch vor, ihm vor so vielen Zeugen wie möglich in den Arsch zu treten und seinen Platz im Celestia-Rat einzunehmen, sobald ich dazu in der Lage bin. Ist es das, was du hören willst?«

»Vor allem will ich irgendetwas von dir sehen, Darius. Ein Zeichen, dass du da bist und nicht …«

»Nicht was?«, fragte ich. »Kaputt? Glaubst du, er hat mich dieses Mal derart zugerichtet, dass das Fass übergelaufen und etwas in mir irreparabel zerbrochen ist? Er hat mich getreten und mir den Arm gebrochen. Ich war kaum dem Tode nahe, also weiß ich nicht, warum …«

»Es ist echt abgefuckt, dass du das so abtust.«

»Tja, dieser Mann hat mein Leben Tag für Tag abgefuckt. Was soll ich also sagen? Du brauchst dir keine Sorgen zu machen, dass ich den Glauben an unseren Plan verliere oder aussteige oder so etwas. Ich kann den Kopf voll Mist haben, und es muss dabei nicht immer um Lionel Acrux gehen, weißt du?«

Lance seufzte, schüttelte den Kopf, ließ mich los und trat einen Schritt zurück, um mir etwas Raum zu geben.

»Willst du mir sagen, was das für ein Mist sein könnte?«, fragte er, und ich schob mir die Zunge in die Wange, unsicher, wo ich anfangen oder wie ich mich ausdrücken sollte – besonders nach dem Streit, den wir beim letzten Mal zu diesem Thema geführt hatten.

Ich wandte mich von ihm ab und ging wieder zu den Fenstern, hinter denen sich die dunkle Landschaft des Palastgeländes erstreckte. Es war auf eine Weise friedlich hier, wie ich es in meinem Leben nur an wenigen

Orten erlebt hatte. Alles fühlte sich erwartungsvoll an, als würden die Mauern selbst darauf warten, dass etwas Großes geschah und sie aus ihrem Schlummer erweckte.

»Ich kriege sie nicht aus dem Kopf«, murmelte ich und blickte auf die dicken Schneeflocken, die vom Himmel fielen. »Jedes verletzende Wort, jeder spöttische Blick, jede Scheiße, die sie baut – auch wenn sie nicht gegen mich gerichtet ist. Ich beobachte sie immer, meine Augen finden sie in jedem Raum. Und wenn ich sie nicht direkt ansehen kann, suche ich auf FaeBook nach jedem noch so kleinen Hinweis. Grus postet so viel, dass ich ihren ganzen Tag verfolgen kann, wenn ich will. Ich sehe, was sie zum Frühstück isst, mit wem sie abhängt, wie oft ihr dieses verdammte Mützenkind zu nahe kommt, gegen wen sie antritt, für wen sie lächelt, wohin sie verschwindet, wenn sie mit ihren engsten Freunden allein ist … Und ich kann nicht aufhören, sie zu beobachten.«

»Tory?«, vermutete Lance, und ich warf ihm einen finsteren Blick über die Schulter zu.

»Wen sollte ich sonst meinen?«

»Niemanden, offensichtlich. Aber als du das letzte Mal von deiner Besessenheit von ihr erzählt hast, wurde auch sehr deutlich, dass du sie dafür hasst. Genauso wie sie dich …«

»Ja«, murmelte ich und blickte wieder auf den fallenden Schnee.

»Es sei denn, du belügst dich selbst und mich …«

»Hör auf mit den Anspielungen!«, fuhr ich ihn an, woraufhin er lauthals loslachte.

»Ich habe dich noch nie so nervös wegen eines Mädchens gesehen.«

»Scheiß auf nervös«, brummte ich. »Das klingt ja, als wäre ich ein dreizehnjähriges Mädchen ohne Begleitung für den Abschlussball.«

»Wenn du sie magst, solltest du einfach …«

»Ich *mag sie nicht*«, erwiderte ich. »Ich bin in sie vernarrt, das ist nicht das Gleiche.«

»Was willst du dann von ihr? Du hast doch schon mit ihr geschlafen, und das hat dich offenbar nicht von dieser sogenannten Besessenheit befreit. Du hast gesagt, dass du sie loswerden willst. Hat sich das geändert oder …«

»Bei den Sternen, woher soll ich das wissen? So einfach ist das nicht. Und ich habe auch keine Antwort darauf, sonst hätte ich selbst etwas unternommen. Ich weiß nur, dass ich jedes Mal, wenn sie ihre Maske fallen lässt, jedes Mal, wenn sie auch nur ein bisschen höflich ist, mir ein Lächeln schenkt oder möglicherweise sogar mit mir flirtet, den Kopf verliere und nichts lieber täte, als sie in meine Arme zu ziehen und sie darum betteln zu lassen, mir zu gehören.«

»Wie gut, dass du in dieser Hinsicht alles andere als intensiv oder seltsam bist«, scherzte er, und ich stöhnte auf.

»Es ist ein Albtraum. Ihre gesamte Existenz ist ein Albtraum, der mich für all den Mist, den ich in meinem Leben gebaut habe und wahrscheinlich noch vor meinem Tod bauen werde, quälen soll.«

»Ich würde für etwas Ehrlichkeit zwischen euch beiden plädieren. Sag ihr, wie du dich fühlst, sag ihr, dass es dir leidtut, dass du ein elendiger Arsch bist, und erkläre ihr, dass es in deiner DNA liegt – und dann hoffst du auf das Beste. Sie beobachtet dich mindestens halb so genau, wie du sie beobachtest, also würde ich sagen, dass du eine halbwegs gute Chance hast, dass sie dir zuhört.«

»Und was ist mit der ganzen Thronfrage? Oder der Tatsache, dass ich – selbst wenn sie mich durch ein Wunder auch nur irgendwie wollte – bereits verlobt bin und die Verantwortung trage, die Stabilität des Celestia-Rates mit meinen Erben zu sichern, also …«

»Das scheint mir eher ein Thema für die Zeit *danach* zu sein. Wenn sie sich bereit erklärt hat, dir eine Chance zu geben. Meinst du nicht auch?« Lance stupste mich an, und ich drehte mich zu ihm um, wobei der schwächste Hoffnungsschimmer den trostlosen Strom meiner Gedanken durchbrach.

»Lass uns einen draufmachen«, schlug ich vor, da ich mit diesem Gespräch fertig war und seinen Rat wahrscheinlich sowieso nicht befolgen würde. Roxy Vega war die schlechteste Idee meines Lebens. Und egal, wie sehr ich mich darauf versteifte, ich wusste, dass ich besser die Finger von ihr lassen sollte.

»Wer zuletzt dort ankommt, muss drei Kurze trinken«, forderte Orion.

Das Arschloch rannte so schnell aus dem Raum, dass er kaum mehr als ein verschwommener Fleck am Rande meines Blickfeldes war, und ich rief ihm einen Fluch hinterher, als er vor mir davonrannte und mich allein zum Ballsaal schlurfen ließ.

Ich zögerte, als ich auf die Tür zuging, und mein Blick wanderte kurz zum Nachttisch, bevor ich dem Wahnsinn nachgab, die Schachtel mit der Kristallkugel aus der Schublade nahm und sie in meine Tasche steckte.

Ich hatte das verdammte Ding schließlich für sie hergestellt, also konnte ich es ihr genauso gut geben.

Klänge von Musik und höflichen Gesprächen führten mich in den Ballsaal, und ich straffte meine Schultern, als zwei Diener eine Doppeltür vor mir aufstießen und sich verbeugten, als ich hindurchging.

Überall waren bekannte Gesichter zu sehen; Fae mit Positionen, die das Königreich unter meinem Vater und den anderen Celestia-Ratsmitgliedern regierten, Leute mit Geld und Macht, die immer begierig darauf waren, noch mehr davon zu beanspruchen.

Ich entdeckte Lance an der provisorischen Bar, schlängelte mich durch die Menge und begrüßte Leute, während ich darauf achtete, schnell genug zu sein, um nicht in ein Gespräch verwickelt zu werden.

Lance hatte meine Gläser bereits auf der Bar platziert und ich hatte keine Einwände, als ich sie nacheinander leerte und das Brennen des starken Alkohols meinen Rachen hinunter und in meinem Magen zusammenlaufen ließ.

Ich drehte mich um und betrachtete die Tanzfläche, mein Blick huschte über jedes dunkelhaarige Mädchen im Raum – aber ich konnte sie nicht finden.

»Die Vegas sind noch später dran als wir«, kommentierte Lance, der offensichtlich erkannt hatte, nach wem ich suchte. »Der ganze Raum wartet gespannt darauf, was sie tragen und ob sie bei ihrer Ankunft von jemandem begleitet werden.«

Ich entschied mich, die Möglichkeit, dass Roxy mit einem Date auftauchen könnte, nicht zu kommentieren. Sie hatte nicht einmal damit gerechnet, heute mit all dem überrumpelt zu werden, also bezweifelte ich, dass sie Zeit gehabt hatte, sich jemanden zu angeln. Es sei denn …

Ich entdeckte Caleb, nachdem ich die Menge nach ihm abgesucht hatte, bei Seth und Max auf der Seite des Raumes in der Nähe der Glastüren, die zum Gelände dahinter offen standen.

»Kommst du mit?«, fragte ich Lance, als ich auf sie zuging, aber er schüttelte den Kopf.

»Ich muss mit meiner teuren Mutter sprechen – die Sterne mögen mir beistehen«, antwortete er. »Sie versucht schon den ganzen Tag, mich zu erreichen, und wenn ich nicht wenigstens so tue, als würde ich ihr frohe Weihnachten wünschen, wird sie nie aufhören, mich damit zu nerven.«

Ich folgte seinem Blick und sah Stella in einem glitzernden grünen Kleid durch die Menge schlüpfen, das sich so eng an ihren Körper schmiegte, dass ich die Umrisse ihrer Brustwarzen durch das Kleid hindurch sehen konnte. Ich nickte Lance zum Abschied zu und überließ ihn dieser besonderen Art von Folter, bevor ich mich auf den Weg zu den anderen Erben machte.

»Hast du dich irgendwo verlaufen?«, fragte Seth, als ich sie erreichte.

»Ich musste nur kurz mit meinem Vater sprechen«, antwortete ich und wandte meinen Blick von Max ab, während seine Magie um mich herum tanzte. Ich ließ ihn jedoch nichts spüren und er zog sich zurück, sobald ihm das ebenfalls klar wurde.

»Wir haben eine Wette am Laufen«, begann Seth dramatisch und meine Mundwinkel zuckten in Erwartung dessen, was auch immer das sein würde.

»Bevor Seth damit anfängt, wollte ich fragen, ob du vielleicht schon in der Stimmung bist, mit mir zu reden?«, fiel Caleb ihm ins Wort, seine marineblauen Augen leuchteten herausfordernd, als ich ihn ansah.

»Worüber?«, fragte ich.

»Was vorhin am Esstisch passiert ist.«

Die Erinnerung an diesen Mist stachelte meine Verärgerung an, als die beiden Realitäten – Roxys Ermutigung, meine Hand unter ihren Rock zu schieben, und Calebs verdammte Hand, die ich dort ebenfalls fand – in meinem Gehirn aufeinanderprallten.

»Ich dachte, ihr beide seid fertig?«, fragte ich, während Seths Blick von Caleb zu mir huschte, um zu versuchen, die unausgesprochenen Details zu verstehen. Als würde er das Hin und Her eines Tennisspiels beobachten.

»Was soll ich sagen? Ich bin eben schwer zu vergessen. Ich glaube, die größere Frage ist, was zum Teufel du …«

»Sie sind da«, unterbrach Max, gerade als meine Wut in die Höhe schoss.

Ich drehte mich um und sah, wie Roxanya und Gwendalina durch eine Tür im oberen Bereich der gewundenen Treppe auf der anderen Seite des Raumes traten.

Mir stockte der Atem, als ich zu ihr aufsah. Das schwarze Neckholder-Kleid war wie eine zweite Haut, sie trug ihre Haare offen und ihre grünen Augen waren dunkel geschminkt, was sie irgendwie erhaben über diesen Ort und diese Fae wirken ließ. Als würde sie außer dem Mädchen an ihrer Seite niemanden wirklich wahrnehmen.

Hamish Grus und seine Bande unerträglicher Arschkriecher applaudierten, und meine Lippen zuckten belustigt, als ich bemerkte, wie sie vor dieser Aufmerksamkeit zurückschreckte.

Sie hasste das.

Sie war hierfür geboren und doch war sie jedes Mal wie ein Fisch auf dem Trockenen, wenn sie gezwungen war, es zu ertragen. Und das war etwas, das mich einfach zu ihr hinzog. Ich kannte niemanden, der so unberührt vom Konzept des Ruhms und der Verehrung war wie sie. Sie wollte es nicht. Mochte es nicht. Es war ihr völlig egal. Und das war wie ein Hauch der frischesten Luft, die ich je eingeatmet hatte.

Meine Finger glitten in meine Hosentasche und ich spielte mit der kleinen Schachtel, die ich dort versteckt hatte. Sollte ich ihr das Geschenk tatsächlich geben? Oder war ich genauso verblendet wie jeder andere hoffnungslose Loser hier, der sie mit sehnsüchtigem Blick anstarrte? Es war ja nicht so, dass sie ein Geschenk von mir wollte. Mir war mehr als klar, dass sie im Moment nur eines wollte: diesem Ort und der unerwünschten Aufmerksamkeit all dieser Fremden zu entkommen. Aber es war viel schwieriger, ihr das zu bieten.

Sie verschwand in der Menge, sobald sie die Tanzfläche erreicht hatte, und ich wandte meine Aufmerksamkeit wieder den anderen zu und versuchte, das rasende Klopfen meines Herzens zu ignorieren, das durch ihre Nähe ausgelöst worden war. Es war lächerlich. Ich scherte mich wahrscheinlich nur deshalb überhaupt um sie, weil es mir unmöglich war, die Herausforderung zu ignorieren, sie zu bekommen. Darum ging es doch, oder? Nicht darum, sie zu *wollen*. Aber selbst als ich zum hundertsten Mal versuchte, mich davon zu überzeugen, wusste ich, dass ich mir nichts vormachen konnte. Diese Sache, dieser greifbare Faden der Sehnsucht, den ich zwischen ihr und mir spürte, würde nirgendwohin führen. Ich hatte alles versucht, um ihn zu beseitigen, hatte sie gehasst und verletzt, hatte nachgegeben und sie beansprucht. Zumindest dieses eine unvergessliche Mal. Und doch war ich hier, unfähig, an etwas anderes als ihre Nähe zu denken, während ich von Hunderten von Fae umgeben war, die in der Bedeutungslosigkeit verschwanden, nur weil sie in meiner Nähe war.

»Ich glaube, ich sehe mal nach, ob Roxy vielleicht …« Ich blickte verwirrt zu Seth und Max, stellte fest, dass Caleb fehlte, und Seth deutete durch die Menge hindurch auf ihn, als die Musik wieder einsetzte.

Caleb zog sie in seine Arme, bevor sie ihn überhaupt kommen sah, schoss mit ihr direkt in die Mitte des Raumes und wirbelte sie in einer fließenden Bewegung herum, bevor er sie in einen Walzer zu *Have Yourself a Merry Little Christmas* von Bing Crosby führte.

Ich erstarrte, als ich die beiden ansah, und das selbstgefällige Grinsen auf seinem Gesicht provozierte mich so sehr, dass ich am liebsten durch die Menge gestürmt wäre, um es ihm aus dem Gesicht zu schlagen. Aber sein Gesichtsausdruck war nicht der Grund dafür, dass sich mein Herz schmerzhaft zusammenzog und meine Brust so eng wurde, dass ich für einen Moment keine Luft mehr bekam.

Sie stieß ihn nicht von sich, fauchte ihn nicht an und knurrte ihn auch nicht an. Sie lächelte. Es war kein strahlendes oder fröhliches Lächeln, aber es war echt, so klar wie der Tag, reines Glück in seiner Gegenwart, eine Heiterkeit, die ich ihr noch nie hatte entlocken können. Und da wusste ich, dass ein paar gemurmelte Worte über beschissene Weihnachten und ein wohl erbärmliches Geschenk für sie niemals einen Unterschied machen würden. Denn so hatte sie mich noch nie angesehen, ihr Blick war unbefangen, ihr Lächeln einnehmend.

Ich konnte die Worte, die sie austauschten, nicht hören, aber sie stieß ihn nicht zurück und ihre Lippen blieben zu diesem amüsierten Lächeln verzogen, als würden sie ein Geheimnis miteinander teilen, bei dem ich keine Rolle spielte.

Max sagte etwas über Geraldine Grus, aber der Drache in mir tobte und ich konnte verdammt noch mal nicht atmen.

Ich sagte nichts, als ich mich von ihnen abwandte, um mit dem Rücken zur Tanzfläche zu stehen. Dann marschierte ich so schnell durch die Menge, dass es mehr als nur ein paar Murren der Beschwerde gab, als ich Fae in meiner Eile, zu gehen, zur Seite stieß.

Draußen war es kalt, und ich atmete die eisige Luft scharf ein, wobei ich das Prickeln der Kälte genoss, während ich an der Außenmauer des Palastes entlangging.

Ich ließ meine Hand in die Tasche gleiten, während ich ging, und meine Schritte markierten meinen Weg durch den Schnee, als ich die kleine Geschenkbox aufriss.

Ich war so ein verdammter Idiot.

Ich wusste nicht, ob es daran lag, dass Weihnachten war, oder ob ich einfach meinen verdammten Verstand verloren hatte – aber hatte ich ernsthaft gedacht, dass sie ein dämliches Kristallsouvenir als Erinnerung an den Tag haben wollte, an dem sie mich gefickt und dann abserviert hatte? Obwohl sie seither nie wieder auch nur ein Wort darüber verloren hatte?

Ich zog die Kristallkugel aus der Tasche, und mir lief es kalt den Rücken hinunter bei dem Gedanken, was sie wohl sagen würde, wenn ich tatsächlich versucht hätte, ihr das Geschenk zu überreichen. Ich war wohl ein Masochist. Vielleicht hatte ich gehofft, dass ihre zweite Zurückweisung genau das sein würde, was ich brauchte, um den Bann zu brechen, den sie auf mich gelegt hatte. Denn es gab keinen vernünftigen Grund dafür, dass ich meine Zeit damit verbracht hatte, dieses Stück Scheiße zu erschaffen.

Ich umklammerte die Kristallkugel fester, der Drache in mir knurrte leise, als ich meine Kraft auf sie ausübte, bis ich schließlich mit ihrem Zerbrechen belohnt wurde.

Das Glas verletzte meine Haut und die kleinen Flammen, die ich darin gefangen hatte, verbrannten meine Fingerspitzen. Aber ich nahm diesen Schmerz lieber in Kauf als das abgefuckte, schmerzhafte Gefühl, das sich in mir ausbreitete, als ich daran dachte, wie Caleb sie über die Tanzfläche gewirbelt hatte. Doch dieses Bild war längst in meinen Verstand graviert.

Jenseits des Rasens befand sich ein Zierteich, und ich holte aus, um die zerbrochenen Überreste der Kristallkugel in seine Richtung zu schleudern.

Ich wandte mich ab, noch bevor ich hörte, wie die Kugel im Wasser aufschlug; Blut tropfte von meiner aufgeschnittenen Hand auf den Schnee.

Ich heilte die Wunden halbherzig und entfernte mich von der erbärmlichen Realität dieses Moments, in der Hoffnung, dass es keinen einzigen Zeugen für Roxanya Vegas stille Vernichtung meines Herzens gegeben hatte.

Ein Fenster stand offen und führte zurück in den Palast. Ich kletterte hindurch, bevor ich ein schwach beleuchtetes Empfangszimmer durchquerte und mich wieder auf den Weg in den Hauptkorridor des Palastes machte.

Ich machte mich auf den Weg zu dem Zimmer, das mir für diesen Aufenthalt zum Schlafen zugewiesen worden war, wohl wissend, dass Vater sauer auf mich sein würde, weil ich den Ball sausen ließ und die Gelegenheit verpasste, bei den mächtigen Fae in diesem Raum zusätzliche politische Unterstützung zu sammeln. Aber ich konnte einfach nicht den ganzen Abend damit verbringen, ihr beim Tanzen mit Caleb zuzusehen. Ich wusste, dass sich die beiden irgendwann davonschleichen würden – und ich würde allein zurückbleiben, ohne dass sie auch nur einen Gedanken an mich verschwenden würde.

Es war wirklich verdammt erbärmlich, aber wenn ich mich an Weihnachten nicht in Selbstmitleid suhlen durfte, wann dann?

Ein Lichtschimmer erregte meine Aufmerksamkeit, als ich den makellosen Korridor entlangging, und ich hielt inne und drehte den Kopf, in der Erwartung, einen Schatz zu entdecken. Stattdessen entdeckte ich einen schimmernden Fußabdruck, der auf dem gefliesten Boden verblasste.

Ich beugte den Kopf, trat näher heran und erspähte erst einen zweiten silbernen Fußabdruck, dann einen dritten. Die schwere Holztür zum Thronsaal schwang auf und die Abdrücke verschwanden darin.

Meine Haut prickelte mit der Hitze meines Drachen. Der Drang, mich zu verwandeln, war so stark, dass ich mich fast umdrehte und zurück zu diesem Fenster schritt, bereit, in den Himmel aufzusteigen und zu fliegen, bis die Morgendämmerung über der Welt aufging und dieser höllische Tag vorbei war.

Aber noch während ich darüber nachdachte, verwarf ich den Gedanken wieder. Mein Vater hatte bei mehreren Gelegenheiten deutlich gemacht, dass er den Vegas unendliches Leid wünschte. Und ich konnte nicht einfach in die Nacht hinausfliegen, solange sie alle unter diesem Dach zusammen waren. Ich erwartete nicht wirklich, dass er sie mitten im Palast der Seelen angreifen würde, aber ich konnte mich nicht dazu durchringen, mich zu weit von ihnen zu entfernen, bis er diesen Ort – und sie – weit hinter sich gelassen hatte.

Ich stieß eine Rauchwolke aus und betrat den dunklen Thronsaal. Dann drückte ich die Tür hinter mir zu, um das entfernte Geräusch von Musik und feiernden Leuten auf dem Ball zu übertönen.

Und da stand es – das schwarze steinerne Ungetüm, in das fünfzig grimmige Hydraköpfe gemeißelt waren, die von einem einzigen blassblauen Lichtstrahl erhellt wurden.

Ich streifte mein Jackett ab, während ich um den riesigen Stuhl herumschlich, der so viel Leid verursacht hatte, und starrte finster auf die vielen Hydraköpfe, die ihn schmückten.

»So viel Aufhebens um einen Sitzplatz für deinen verdammten Arsch«, murmelte ich, warf das Jackett auf den Boden und stellte meinen Fuß auf die erste der drei Stufen, die zu dem imposanten Thron führten.

Vielleicht würde ich etwas fühlen, wenn ich mich einfach darauf setzen und meinen Platz einnehmen würde, wie ich es schon so lange versprochen hatte. Klarheit wäre schön – oder auch einfach nur ein bisschen Nichts.

Ich schnaubte verächtlich über mich selbst, zupfte meine Fliege zurecht, während ich die letzten Stufen hinaufstieg, und öffnete auch einige Knöpfe meines Hemdes. Ich musste einfach nur … atmen.

Meine Haut kribbelte, als ich direkt vor dem Thron stand, dessen dunkle Aura mich wie eine samtene Faust umschlang, mir ins Ohr säuselte, mich warnte, mich herausforderte, näher zu kommen.

Ich befeuchtete meine Lippen. Soweit ich wusste, hatten selbst die Ratsmitglieder noch nie auf diesem Ding gesessen. Der Thron war leer geblieben, in Erinnerung an den Grausamen König, der vor so vielen Jahren umgekommen war. Sie dienten ihm und er herrschte über sie.

Ich drehte dem Thron den Rücken zu und atmete langsam aus, während ich mich darauf sinken ließ, wobei der kalte Stein durch meine Kleidung gegen meine erhitzte Haut drückte.

Ein leises Lachen entfuhr mir, als ich meine Finger in die dunklen Strähnen meiner Haare schob, um sie von dem Produkt zu befreien, das sie zuvor fixiert hatte. Dann verschränkte ich meine Hände an meinem Hinterkopf und blickte zur Decke hoch, wo blaues Licht auf mich herabfiel.

Es war völlig … enttäuschend. Der Thron war nicht einmal besonders bequem. Nur ein steinerner Stuhl in einem kalten Raum, der so viel mehr sein sollte, als er es wirklich war.

Ich legte meinen freien Arm auf die Armlehne, spreizte die Beine, entspannte mich und ließ meinen Blick durch den Raum schweifen, während ich mich fragte, was zum Teufel ich hier eigentlich machte. Es war Weihnachten, und hier saß ich und bemitleidete mich selbst. Und das auf dem Thron, der jeden einzelnen Moment meines Lebens seit dem Moment meiner Empfängnis beherrscht hatte.

Ich hätte wahrscheinlich einfach gehen, mir etwas Alkohol besorgen und meine Sorgen auf dem Grund einer Flasche oder an Orions Schulter ertränken sollen. Aber ich machte keine Anstalten, mich zu erheben. Ich hatte nichts Besseres vor. Und wenn mich jemand vermisste, würde er mich zweifellos früh genug finden.

Das Geräusch der sich hinter dem Thron öffnenden Tür sorgte dafür, dass mein Herz aus dem Takt geriet, und ich spannte mich an, bevor das langsame Klackern von High Heels auf dem kühlen Boden hinter mir ertönte.

Ich hielt inne, etwas in der Luft um mich herum lud sich auf. Und ohne ein Wort von ihr zu vernehmen, wusste ich, wer gerade den Raum betreten hatte. Es war, als wäre ich mir ihrer Anwesenheit auf einer Ur-Ebene bewusst, die Bestie in mir wusste immer, wenn sie sich näherte. Das wusste ich schon eine ganze Weile, auch wenn ich es nie laut zugegeben hatte. Mein Kopf wandte sich ihr zu, sobald sie einen Raum betrat, meine Muskeln spannten sich an, mein Puls beschleunigte sich. Ich war ein Raubtier an der Spitze der Nahrungskette, und sie war die einzige Beute, die ich begehrte.

Ich rührte mich nicht, als sie näher kam, sondern wartete dort im Schatten darauf, dass sie entweder ging oder mich entdeckte. Zweifellos würde sie mir ein paar scharfe Worte an den Kopf werfen, sobald sie mich auf dem Thron ihres Vaters entdeckte, aber ich freute mich auf ihre spitze Zunge. Ich freute mich auf ihren Zorn, ihren Groll und ihren Hass, denn sollte es das Einzige sein, was ich bekommen konnte, dann würde ich es nehmen, egal, was das über mich aussagte. Für immer ihr Bösewicht.

Roxanya Vega erreichte den Fuß des Podests, auf dem der Thron stand, und hielt den Atem an, als sie mich dort im Schatten sitzen sah – ein Monster auf der Lauer.

Sie musterte mich mehrere Sekunden lang, und mein Puls schlug schneller, während ich sie meinerseits musterte. Dieses Kleid hätte nicht legal sein dürfen. Der Stoff schmiegte sich so eng an ihren Körper, dass der Anblick nichts weiter als eine einzige Versuchung war, die mich vor Verlangen verrückt machen sollte.

Ihre Lippen teilten sich, als ich ihrem Blick begegnete, und für einen Moment schien sie keine Worte zu finden. Ich sah, wie sich Gedanken und Erinnerungen ihren Weg durch die Dunkelheit in ihren Augen bahnten; die Dinge, die ich gesagt und getan hatte, um sie zu verletzen, kollidierten heftig mit dem verzweifelten Schmerz, den ich fühlte, wenn ich sie so ansah. Als wäre sie keine Prinzessin, die geboren worden war, um alles, wofür ich mein ganzes Leben lang gearbeitet hatte, zu stürzen, sondern stattdessen ein Stern, der für einen verzweifelten Mann unerreichbar war.

»Was machst du hier?«, hauchte Roxy, und ihre leise Stimme hallte in dem steinernen Raum wider.

»Ich konnte dir nicht beim Tanzen mit Caleb zusehen«, gab ich zu und hielt ihren Blick fest, ohne mich zu verstellen. Dies schien ohnehin nicht der richtige Zeitpunkt für irgendwelche Lügen zwischen uns zu sein.

»Warum nicht?«, fragte sie und blieb genau dort stehen, wo sie war. Obwohl wir allein waren, obwohl sie es besser wusste.

Ich rutschte auf dem Thron hin und her, beugte mich vor und stützte meine Ellbogen auf meinen Knien ab, während ich sie ansah, sie genauestens musterte und einfach ihre Frage beantwortete, unsicher, ob ich verrückt war, dies zu tun, oder ob ich verrückt werden würde, wenn ich es nicht täte. Schon zu lange hatten mich diese Worte erstickt, diese Wahrheit, die mir jedes Mal, wenn ich in ihrer Gegenwart war, die Kehle hochkroch. Das Bedürfnis, sie endlich loszuwerden, war zu stark, um es jetzt noch zu leugnen.

»Weil du immerzu in meinem Kopf bist. Du pulsierst mit jedem Schlag meines Herzens durch mein Blut. Ich lebe für jedes bisschen Aufmerksamkeit, das du mir schenkst, und leide unter jedem Moment, in dem du mich ignorierst«, gab ich mit trüber Stimme zu und schaute ihr in die Augen, während ich versuchte, abzuschätzen, wie diese Worte bei ihr ankommen würden.

»Ich dachte, du hasst mich?«, fragte sie, als wäre das so einfach.

»Das tue ich«, stimmte ich zu. »Weil du alles repräsentierst, was ich will, aber nicht haben kann.«

»Du willst mich?«, wiederholte sie langsam und trat einen Schritt näher. Ich erstarrte völlig, als ich feststellte, dass sie sich näherte, anstatt zurückzuweichen. Ich hatte erwartet, dass sie mich verspotten, auslachen oder auf jede erdenkliche Weise beschimpfen würde, aber das hier …

»Das weißt du doch«, antwortete ich grob, weil ich es leid war, dass sie so tat, als wäre zwischen uns nichts.

»Nein, das tue ich nicht. Ich weiß, dass du mir gern wehtust. Dass du mich gern niedermachst«, sagte sie, während ihre grünen Augen immer meine fixierten und ich völlig regungslos blieb; nur das pochende Herz in meiner Brust regte sich. »Ich weiß, dass du mich kontrollieren und bestehlen willst. Dass du mich dazu bringen willst, mich vor dir zu verbeugen.«

»Korrekt«, pflichtete ich ihr bei, denn ich tat ihr diese Dinge wirklich gern an. Ich tat ihr gern alles Mögliche an, nur, damit sie mich wahrnahm. Und wenn sie litt, dann sah sie mich immer an. Wenn sie durch meine Hand leiden musste, dann wurde sie für mich lebendig, im Guten wie im Schlechten. »Und ich glaube, insgeheim gefällt dir das.«

»Fick dich!«, zischte sie, aber sie ging nicht, weil sie wusste, dass ich die Wahrheit sagte. Die verdrehte, hässliche Wahrheit über die verdorbenen Kreaturen, die wir im Innersten waren, diejenigen, die sich an dem Schmerz ergötzten, den wir einander zufügten, weil wir nicht wussten, wie wir etwas Besseres anbieten sollten.

»Ich glaube, du magst es, wenn ich dich verletze, weil du glaubst, dass du es verdient hast«, sagte ich mit einer Stimme, die vor Zorn bebte, und ihre Augen leuchteten vor Wut, was mich so verdammt anmachte.

»Warum sollte ich etwas so Beschissenes glauben?«, knurrte sie, ohne sich auch nur einen Zentimeter vom Fleck zu rühren. Sie gab nicht nach und lief nie vor einem Kampf davon. Sie war durch und durch Fae, geschaffen nach dem Bild ihres Vaters, ob sie es zugeben wollte oder nicht.

»Weil wir gleich sind. Jedes Mal, wenn mein Vater mich schlägt, verletzt oder ankettet, genießt ein kleiner Teil von mir den Schmerz. Weil ich weiß, dass ich ihn verdiene. Weil ich Xavier nicht von ihm weggebracht habe. Weil ich ihn nicht davon abgehalten habe, die Schatten für sich zu beanspruchen. Weil ich zugelassen habe, dass er dir und deiner Schwester wehtut.« Ich runzelte die Stirn – ich hasste diese Eigenschaften an mir, aber ich wusste, dass es die Wahrheit war. Und das wusste sie auch.

»Meinetwegen hat uns keine Familie behalten«, sagte sie mit leiser Stimme. »Ich war die Laute. Die Unhöfliche. Diejenige, die niemand mochte, geschweige denn liebte. Ich habe sogar mitbekommen, wie eine unserer Pflegefamilien den Sozialdienst gebeten hat, einen neuen Platz für mich zu finden, während sie angeboten hat, Darcy allein zu adoptieren. Ich hätte unserer Sozialarbeiterin gegenüber zustimmen können. Ich hätte Darcy glücklich sein lassen können, anstatt sie mit mir in den Abgrund zu reißen. Aber genau das habe ich getan. Ich bin diejenige, die sie davon abgehalten hat, Weihnachtstraditionen oder Freundschaften zu haben, die länger als ein Semester hielten. Ich bin diejenige, die niemand auf Dauer haben wollte …«

Ich runzelte die Stirn, als ich dieses Eingeständnis zur Kenntnis nahm, die Verletzlichkeit, die sie mit mir teilte, als könnte ich jemand sein, dem sie sich anvertrauen könnte … oder jemand, der sie verstehen könnte. Es war ihre Wahrheit, aber das machte die Sache nicht weniger tragisch. Sie war eine Fae, das war alles. Ein Fae-Kind war darauf programmiert, Grenzen zu überschreiten, Gefahren zu ignorieren, die harten Limits zu finden und sie dann zu durchbrechen. Das war vielleicht zu viel für die Sterblichen, die mit ihrer Pflege beauftragt worden waren, aber es war genau das, was mich wiederum zu ihr hinzog. Sie würde sich nicht einsperren, abweisen oder von der Welt herumschubsen lassen. Sie weigerte sich einfach, sich mit weniger als der Fülle ihrer Wünsche zufriedenzugeben.

»Deshalb bedrängst du mich, auch wenn du es nicht musst«, sagte ich. »Du willst, dass ich dich bestrafe, und im Gegenzug willst du mir wehtun.« Ihr finsterer Blick wurde bei meinen Worten noch finsterer, und sie ballte ihre Hände zu Fäusten, aber es stimmte. Sie lebte von der Spannung zwischen uns, sie brachte das Schlimmste in uns zum Vorschein und sie erleuchtete uns auch, indem sie unsere wilden Seiten erweckte, von denen uns allzu oft gesagt worden war, wir sollten sie im Zaum halten. Aber zusammen waren wir in der Lage, sie zu entfesseln, zu sehen, welche Macht sie wirklich haben und welchen Schmerz sie verursachen könnten. »Und ich glaube, es macht dich an, mich leiden zu sehen.«

»Wann bitte habe ich dir wehgetan?«, schnauzte sie, aber sie wusste – sie musste doch verdammt noch mal wissen –, was sie mir mit jedem Moment ihrer Missachtung und jedem respektlosen Wort antat.

»Du tust mir jedes Mal weh, wenn du mich ignorierst. Du tust mir jedes Mal weh, wenn du Zeit mit Milton, dem Idioten mit der Mütze, Cal oder irgendeinem anderen Wichser verbringst, der deine Aufmerksamkeit erregt hat«, warf ich ihr vor.

Sie schürzte die Lippen, aber stritt es nicht ab. Nicht direkt. »Vielleicht glaubst du ja deinen eigenen Mist. Ich habe der Welt nicht erzählt, dass ich sexsüchtig bin.«

»Doch, das hast du«, gab ich zu bedenken, und meine Wut wuchs, als ich an das Interview dachte, das sie für den *Daily Solaria* gegeben hatte. An die Fotos von ihr, die mir seitdem nicht mehr aus dem Kopf gingen, an die spöttischen Worte, die unnötige Ergänzung durch diese männlichen Models.

»Nur, weil du mir keine andere Wahl gelassen hast«, schoss sie zurück.

Ich starrte sie einen langen Moment an und fragte mich, ob sie das wirklich glaubte. Glaubte sie, ich hätte sie gezwungen, diese Fotos zu machen? Oder hatte sie insgeheim jeden Moment dieses Shootings genossen, weil sie gewusst hatte, was es mir antun würde, wenn ich die Bilder sah? Weil sie gewusst hatte, wie wütend es mich machen würde? Weil sie gewusst hatte, dass es die effektivste Art und Weise des Zurückschlagens sein würde? Besser als jede andere Form der Reaktion?

»Ich habe das Model feuern lassen«, gab ich zu, mehr als nur ein wenig selbstgefällig über dieses Wissen, auch wenn es mich zu einem noch größeren Stück Scheiße machte.

»Was?«, fragte sie mit gerunzelter Stirn, als hätte sie keine Ahnung, als könnte sie sich nicht einmal an ihn erinnern.

»Den Typen auf den Bildern vom Fotoshooting. Den, der so aussah, als hättest du ihn wirklich gevögelt«, knurrte ich.

Ich fragte mich, ob sie es zugeben würde. Und was würde ich tun, wenn sie es täte? Wenn sie ihn gevögelt, seinen Namen geschrien und ihn die Sünden auf ihren Lippen hatte schmecken lassen? Ich würde ihn zur Strecke bringen, wenn sie es getan hätte. Es war mir egal, zu was mich das machte, es war mir egal, dass ich kein Recht hatte, so besitzergreifend zu sein. Ich würde ihn zur Strecke bringen und …

»Wow! Du bist verrückt«, sagte sie schroff, und ein Anflug von Verständnis dämmerte in ihren grünen Augen. »Der arme Kerl hat den Job wahrscheinlich wirklich gebraucht.«

»Er hätte seine Arbeit nicht so verdammt ernst nehmen sollen«, knurrte ich und dachte an seine Hände auf ihrem Körper, seinen umherschweifenden Blick, die Lust, die er nicht einmal zu verbergen versucht hatte.

»Was zum Teufel soll das, Darius?«, fragte Roxy wütend, und mein Herz machte einen Sprung, als sie diesen verdammten Ton mir gegenüber anschlug und mich ausschimpfte, als wäre ich ihr Eigentum. »Was willst du von mir? Du benimmst dich nämlich wie ein verschmähter Liebhaber,

aber wir haben es nicht einmal von der Startlinie geschafft, also verstehe ich nicht, warum …«

»Ich auch nicht«, knurrte ich, obwohl ich wusste, dass sie in gewisser Weise recht hatte, auch wenn ich das mit meinem ganzen Wesen ablehnte. Sie gehörte mir. Und doch gehörte sie mir überhaupt nicht. »Aber wenn ich dich sehe, will ich dich einfach nur für mich beanspruchen. Ich will, dass du mir gehörst, und ich weiß, dass du das nie tun wirst, und das macht mich noch kaputter, als ich ohnehin schon bin. Das ist der Grund, warum ich dich hasse. Nicht, weil ich es soll oder weil mein Vater es will, sondern weil du für jede Freiheit stehst, die mir nie gegeben wurde. Es ist, als wäre dein einziger Sinn im Leben, mich zu verspotten, mit mir zu spielen und mich zu zerstören – und das kann ich nicht hinnehmen.«

»Was willst du von mir?«, verlangte sie. »Soll ich mich vor dir auf die Knie werfen, während du auf dem Thron sitzt? Würde das diese Fehde zwischen uns beenden?«

Stille. Ein einziger Herzschlag, der mir eine erschreckend klare Vorstellung vermittelte.

»Ich weiß es nicht.«

Sie starrte mich an, während die Sekunden verstrichen, und ich könnte schwören, dass sich etwas in der Luft veränderte – als hätte sie dieses Eingeständnis gehört. Ich hatte ihr deutlich gesagt, wie sehr ich mich nach ihr sehnte, wie sehr ich sie wollte und wie sehr ich für sie brannte. Und obwohl ich mich nicht zu bewegen wagte, war ich völlig von dem Verlangen verzehrt, meine Hand nach ihr auszustrecken.

Dieses Verlangen war ein Bedürfnis, das mich in jedem Moment, in dem ich es leugnete, zu zerstören drohte. Seit jenem Tag in den Schwelenden Quellen hatte ich ihren Geschmack nicht mehr von meiner Zunge bekommen. Ich hatte keine einzige Nacht geschlafen, ohne von ihr zu träumen, und keinen einzigen Tag verbracht, ohne nach ihr zu suchen. Kein anderes Mädchen war mir überhaupt aufgefallen. Das eine

Foto, das sie mir vor so verdammt langer Zeit geschickt hatte, hatte so viel Zeit auf meinem Atlas-Bildschirm verbracht, dass es genauso gut mein Bildschirmschoner hätte sein können. Aber egal, wie sehr ich dagegen ankämpfte, egal, wie oft ich nachgab und meine Hand mit dem Gedanken an ihren Körper an meinem fickte, in dem Glauben, ich könnte das Verlangen selbst verbannen – es brachte keine Veränderung, es wurde nicht leichter. Sie ging mir unter die Haut, und ich begann zu glauben, dass es dafür keine Heilung geben könnte.

Ich blinzelte ihr zu, als sie ihren Fuß auf die erste Stufe der erhöhten Plattform unter dem Thron setzte. Es waren drei Stufen, die mich über sie erhoben. Nur drei. Doch diese Distanz schien endlos, als mein Atem stockte und ich dieses Wesen anstarrte, das meine Gedanken vollständig in Besitz genommen hatte.

Sie schaffte es bis zur zweiten Stufe, und ich setzte mich aufrechter hin und starrte sie erwartungsvoll an, als würde sie mir gleich sagen, wie ich sie loswerden könnte. Als hätte sie die Antwort, die mir so lange verwehrt geblieben war. Aber das wollte ich nicht. Obwohl ich es nur ungern zugab, wurde mein Schwanz immer härter, je näher sie kam. Verzweifeltes Verlangen pochte durch mein Blut und flehte sie an, nur ein wenig näher zu kommen, obwohl ich wusste, dass es eine hoffnungslose Angelegenheit war.

Sie hielt meinen Blick fest und ich atmete scharf ein, als sie sich langsam vor mir auf die Knie fallen ließ. Mein Verstand raste vor Verwirrung, als sie sich vor mir niederließ, fast so, als würde sie gleich …

»Ich werde mich niemals vor dir verbeugen«, flüsterte Roxy, und ihr Anblick auf den Knien vor mir ließ mich erstarren, während ich versuchte, zu verstehen, und mich weigerte, auf das zu hoffen, was zu unglaublich schien, um wahr zu sein. »Aber wenn es dir gefällt, mich kniend vor dir zu sehen, dann gibt es bessere Dinge, die ich hier unten tun kann, als deine Füße zu küssen.«

Der spöttische, verführerische Ton veranlasste mich dazu, mich aufzurichten, und mir fehlten gänzlich die Worte, als sie ihre Hände auf meine Knie legte und sie langsam an den Innenseiten meiner Oberschenkel nach oben schob. Ihre Berührung war ein Brandmal auf meiner Seele, mein Schwanz pochte bereits vor Verlangen, während sie mit mir spielte, und ich fiel ihr nur allzu leicht zum Opfer. Sie mochte zwar diejenige sein, die vor mir kniete, aber es war offensichtlich, wer von uns beiden die Macht hatte, während ich sie einfach nur anstarrte, aus Angst, irgendetwas zu tun, das diesen zerbrechlichen Bann brechen könnte.

Roxy ließ ihre Hand über meinen harten Schwanz gleiten und lächelte dunkel, als sie die steinharte Wölbung meiner Erregung spürte. Sie wusste genau, welchen Effekt sie auf mich hatte.

»Ist es das, was du von mir willst?«, stichelte sie, während sie meinen Hosenschlitz öffnete und ihre Finger in meine Boxershorts schob. Meine Brust hob sich, als sie mich berührte, mein Herz raste und meine Zunge klebte an meinem Gaumen, als der Schock über das, was sie tat, mich erstarren ließ.

Ich war eine Maus in den Klauen einer Katze, und ich hatte das Gefühl, dass sie ihre Kiefer um mich herum zuschnappen lassen würde, sobald ich ihr gestand, wie sehr ich sie brauchte. Ich war ihr völlig verfallen und hatte das Gefühl, dass sie mich jeden Moment von sich stoßen könnte. Dass sie über die Vorstellung von uns beiden lachen und spotten könnte. Aber ich konnte meine Zunge nicht zurückhalten. Die Wahrheit drängte sich mir auf die Lippen und ließ sich nicht leugnen.

»Ich will alles von dir«, sagte ich energisch, und als ihr Blick wieder auf meinen traf, hatte ich das Gefühl, dass sie mir vielleicht alles geben würde.

Roxy zog meinen Schwanz aus meinen Boxershorts, schlang ihre Hände um meinen Schaft und stöhnte leise, als sie meine volle, harte

Länge zu spüren bekam. Ihre Augen füllten sich mit Verlangen und mein Puls raste bei dem Gedanken, dass sie mit mir alles tun könnte, was sie wollte.

Sie rutschte ein Stück nach vorn und ich beobachtete in einem Rausch purer Lust, wie sie langsam die gesamte Länge meines Schwanzes in den Mund nahm. Ihre Zunge umspielte meine Eichel, bevor sie sich um sie herum wand und mich zum Stöhnen brachte, während sie ihre Lippen meinen Schaft hinunterführte. Es war eine Glückseligkeit, wie ich sie noch nie erlebt hatte. Ich hatte davon geträumt, es mir vorgestellt und so oft darüber fantasiert – aber nichts kam der Ekstase nahe, die ich verspürte, als ihre Zunge die Länge meines Schwanzes entlangglitt, während sie sich langsam wieder zurückzog.

»*Fuck*, Roxy«, zischte ich durch meine Zähne, als sie mich wieder in sich aufnahm, mein Schwanz noch härter wurde und vor Verlangen anschwoll, während sie mich direkt in ihren Hals hinunterführte und ihre Fingernägel in meine Schenkel bohrte.

Ich verlor jede Spur von Zurückhaltung, als ich sie beobachtete, meine Hand in ihren seidigen Haaren vergraben, und sie stöhnte, als ich sie fester nach unten drückte und meinen Schwanz in ihren Mund stieß. Ich wollte unbedingt in ihren hübschen Rachen kommen, und ich zitterte fast vor Verlangen, ihr dabei zuzusehen, wie sie jeden Tropfen schluckte.

Roxy stöhnte vor Erregung, als ich ihren Mund härter fickte, und ich verlor fast den Verstand bei dem Anblick, wie sie für mich auf den Knien war und meinen Schwanz so verdammt perfekt nahm, dass das Bild geradezu berauschend war.

Jedes Mal, wenn sie um meine Länge herum stöhnte, wurde mein Griff um sie fester, mein Schwanz stieß tiefer, mein Anspruch auf sie wurde größer. Ich war immer noch benommen von dieser plötzlichen Wendung der Ereignisse, aber ich weigerte mich, sie zu ignorieren und diesen Moment vorbeiziehen zu lassen, wie ich es beim letzten Mal getan hatte. Sie war zu mir gekommen, als hätte ich schon zu lange nach ihr verlangt, und ich musste jeden Zentimeter ihres Körpers mit meinem Geruch markieren, bevor es zu spät war. Damit sie verstand, wie gut es sich anfühlen könnte, wenn sie sich einfach mir hingab.

Zu sehen, wie sie meinen Schwanz lutschte, reichte aus, um mich selbst auf die Knie zu zwingen. Der Nervenkitzel, dass sie das hier tat, während ich auf diesem Thron saß, ließ die ganze Sache unwirklich erscheinen wie eine unmögliche Fantasie. Wie oft hatte ich daran gedacht, sie für mich knien zu lassen? Wie oft hatte ich verlangt, dass sie sich verbeugte? Aber das war keine Verbeugung. Sie zeigte mir, dass sie mich besitzen konnte, selbst, wenn sie zu meinen Füßen lag, und plötzlich verspürte ich den Wunsch, sie wie die Prinzessin zu verehren, zu der sie geboren worden war.

»Steh auf!«, befahl ich grob, während ich meinen Griff um ihre Haare verstärkte und sie von mir wegzog. Sie blinzelte mich überrascht an, als ich ihr Kinn nach hinten zog und die Schönheit ihres Gesichts, das Verlangen in ihren grünen Augen, ihre weit aufgerissenen Pupillen und ihren sehnsüchtigen Blick studierte.

Ich streckte die Hand nach ihr aus, packte ihren Arm und zog sie auf meinen Schoß, bis sie auf mir saß und ihr Kleid über ihre Schenkel rutschte.

Dann küsste ich sie. Ich küsste sie so, wie ich es seit Wochen jeden Tag tun wollte, und schmeckte die Fülle ihrer Lippen, als meine Zunge in ihren Mund drang. Sie öffnete sich für mich, als wäre sie genauso hungrig danach gewesen. Roxy schlang ihre Arme um meinen Hals und zog mich näher zu sich heran, bis wir jeden Atemzug teilten, unsere Körper an so vielen Stellen wie möglich aneinanderpressten und dieser Kuss den wenigen verbleibenden Raum verschlang.

Sie bewegte ihre Hüften auf mir, mein Schwanz ritt auf ihrer Klit, und sie stöhnte leise in meinen Mund, während sie ihre Fingernägel in meinen Nacken grub, als sie mich heftiger küsste.

Ich riss sie an den Haaren zurück, damit ich in diese wunderschönen Augen sehen konnte. Mein Herz raste vor Verlangen und mein Verstand summte vor dem Wunsch, diesen Moment einzufangen und ihn für immer festzuhalten. Ich fuhr mit dem Daumen über ihren Mund, wo ihr roter Lippenstift entweder von meinem Schwanz oder meinen Lippen verschmiert worden war – was auch immer es war, der Anblick hatte zur Folge, dass sich jeder Muskel in meinem Körper zusammenzog und mich ein unbändiges Verlangen überkam. Aber sie musste es wissen, musste verstehen, was sie mir mit jeder wachen Sekunde antat, dass sie mir unter die Haut gegangen war und sich in meinem Kopf festgesetzt hatte, sodass alles, was ich zu wissen geglaubt hatte, völlig aus dem Ruder zu laufen drohte.

»Ich will nicht, dass du vor mir kniest. Ich will, dass du gegen mich kämpfst, mich hasst und mich fickst, als würdest du es ernst meinen. Du bist Roxanya Vega und nicht dazu gemacht, dich vor irgendjemandem zu verbeugen«, knurrte ich leidenschaftlich.

»Du willst, dass ich dich hasse?«, fragte sie überrascht, während sie meinen Gesichtsausdruck musterte, als wollte sie mich ebenfalls studieren.

»Ich will, dass du etwas für mich empfindest. Und ich nehme den Hass, wenn das alles ist, was du anzubieten hast.«

Ich küsste sie erneut, unfähig, mich noch einen Moment länger zurückzuhalten, und dieses Mal veränderte sie sich, als sie mich ebenfalls küsste. Als wären alle Vorbehalte, an denen sie noch festgehalten hatte, auf der Strecke geblieben. Als wäre sie jetzt bereit, mir zu beweisen, dass ich in jeder Hinsicht eine ebenbürtige Partnerin gefunden hatte.

Ihre Hände wanderten zu meiner Brust und sie öffnete mit hastigen, sehnsüchtigen Bewegungen die Knöpfe dort, als wäre sie genauso verzweifelt darauf aus, mich in sich zu spüren, wie ich es war.

Sie riss an den Knöpfen, und ich griff nach dem Saum ihres Kleides und zog es hoch. Ich wollte jeden Teil ihres Körpers sehen, ihn betrachten und verehren, solange sie es mir erlaubte. Der Rücken ihres Kleides war mit einer Reihe ineinander verschlungener Bänder geschnürt, und es blieb an ihrer Taille hängen, als sich die Knoten enger zogen und keinen Zentimeter mehr nachgaben.

Ich stöhnte, als ich fester daran zog, weil ich das verdammte Ding endlich loswerden wollte, und Roxy unterbrach unseren Kuss mit einem Fluch, weil sich der Stoff einfach in ihre weiche Haut bohrte.

»Au!«, fauchte sie, und ihre Augen blitzten vor Verlangen, mir eine zu scheuern. Der Drache in mir erhob sich angesichts dieser Herausforderung, und in meiner Kehle stieg ein Knurren auf.

»Warum trägst du etwas, das sich so schwer ausziehen lässt?«, fragte ich.

»Weil ich nicht plane, mich ständig auf irgendwelche Arschlöcher einzulassen. Das passiert mir nur einfach immer wieder«, knurrte sie.

Ich blinzelte sie überrascht an, meine Frustration verwandelte sich in Belustigung, gefolgt von einer viel einfacheren Idee, wie ich das verdammte Kleid ausziehen könnte. Ein Lächeln huschte über mein Gesicht, als Feuermagie in meine Fingerspitzen schoss und Roxys Augen sich vor Schreck weiteten.

»Warte!«, warnte sie, als würde ich aufhören, weil sie sich darüber ärgern würde. Aber ich liebte es, wenn sie wütend auf mich war. Wut bedeutete, dass ich ihr unter die Haut ging, so wie sie mir unter die Haut gegangen war. »Das Kleid hat …«

Roxy kreischte auf, als Flammen auf ihrem Rücken auflodern und die Bänder zerstörten, die das Kleid festgehalten hatten. Und ich riss ihr die Stoffreste vom Leib, bevor ich sie beiseite warf.

»Was zum Teufel?«, fluchte sie, als mein Blick auf die tiefrote Unterwäsche fiel, in der sie noch steckte. Das Blut in meinem Körper schoss direkt in meinen Schwanz, als das Verlangen, in ihr zu sein, mich fast vernichtete.

»Hat dich das wütend gemacht?«, fragte ich, und ihre Verärgerung war so stark, dass ich sie schmecken konnte.

»Ja«, knurrte sie und spannte sich auf meinem Schoß an, aber sie machte keine Anstalten, zu gehen.

»Zeig mir, wie sehr!«, forderte ich sie heraus.

Roxy drückte mich so fest gegen den Thron, dass meine Schultern unsanft gegen die Rückenlehne stießen und ein dumpfer Aufprall durch den steinernen Raum hallte, der meinem Schmerz angemessen zu sein schien. Sie hatte bereits die Hälfte meines Hemdes aufgeknöpft, aber jetzt ballte sie den Stoff in ihren Fäusten und riss mir den Rest mit einem Knurren der Wut vom Leib, dass die Knöpfe flogen und mein Schwanz vor Verlangen zu pochen begann. Verdammt, sie war so sexy, wenn sie wütend war – eine fauchende kleine Katze, die die Welt und alle darin bekämpfen wollte, egal, wie viel größer sie sein mochten als sie.

Ich lachte, und sie biss so fest in meine Lippe, dass Blut heraussickerte. Der metallische Geschmack breitete sich zwischen unseren Zungen aus.

Sie schob das zerrissene Hemd von meinen Schultern und ich half ihr, es von meinen Armen zu ziehen, bevor ich es zur Seite warf. Roxy unterbrach unseren Kuss, um ihren Mund auf das Tattoo zu drücken, das sich um mein Schlüsselbein wölbte. Ihre Lippen waren heiß auf meiner Haut, als sie sich über die Tinte leckte, die mich schmückte, und stöhnte, als hätte sie sich schon lange danach gesehnt.

Ich gab es auf, mich zurückzuhalten, und schob meine Hand zwischen uns, drückte meine Finger in ihr Höschen und stöhnte, als ich ihren triefenden Kern fand. Sie war völlig durchnässt für mich, ihre Pussy so feucht, dass sie praktisch darum bettelte, meinen Schwanz tief in sich zu spüren und jeden dunklen Winkel in ihr ausgefüllt zu bekommen.

Ich ließ meine Finger um ihre Öffnung kreisen und neckte sie mit dem, wonach sie sich so offensichtlich sehnte, während sie ihre Fingernägel in meine Schultern bohrte und sich sehnsüchtig an meine Haut presste.

Roxys Schenkel umklammerten die meinen, die Absätze ihrer High Heels drückten gegen meine Beine und entlockten mir ein schmerzverzerrtes Stöhnen, das sie ganz offensichtlich ziemlich genoss. Aber ich würde nicht so leicht nachgeben. Ich wollte sie betteln hören, wollte, dass sie meinen Namen stöhnte und »bitte« sagte, bevor ich meine Finger in ihrer Enge versenkte und sie kommen ließ.

Meine Finger zogen erneut Kreise in ihrem Höschen, während ich mich zwang, mich zurückzuhalten. Ich wollte meinen Namen auf ihren hübschen Lippen hören, aber natürlich würde sie mir nicht einfach so nachgeben.

Roxy richtete sich auf und lehnte sich zurück, während sie ihre Hände hinter ihren Rücken bewegte, um ihren BH zu öffnen und ihn auszuziehen. Meine Kehle wurde eng, als ich die Perfektion ihrer Brüste auf mich wirken ließ. Ich verlor jeglichen Fokus auf das Spiel, das ich zu spielen versucht hatte, und stöhnte, als ich meine Hand aus ihrem Höschen nahm und sie zurückdrückte, damit ich Zugang zu dieser neu enthüllten Haut bekam.

Ich saugte an einer ihrer Brustwarzen, woraufhin sie den Rücken krümmte, um mir mehr Platz zu verschaffen, und nahm sie zwischen meine Zähne, gerade grob genug, um sie zum Schreien zu bringen. Ihre Stimme hallte von den Steinwänden des Thronsaals wider, und mein verdorbener Verstand fragte sich, ob uns jemand hören und hier finden könnte. Die Presse war überall. Ein Foto von mir mit meinem Schwanz tief in einer Vega, und das auf dem Thron, um den wir angeblich kämpfen sollten, würde mit Sicherheit für Schlagzeilen sorgen. Aber obwohl ich wusste, dass das hier der Wahnsinn in seiner reinsten Form war, konnte ich mir nicht einmal vorstellen, jetzt aufzuhören. Sie war endlich hier, in meinen Armen, und ich musste dringender in ihr sein als alles andere auf dieser Welt.

Roxy nahm sich eine Handvoll meiner Haare und küsste mich erneut, während ich meine Hose auszog. Ich war des Wartens überdrüssig geworden und wollte sie einfach nur um mich herum spüren. Sie starrte mich mit einer solchen Hitze in den Augen an, dass es meine Haut versengte, und ich genoss im Gegenzug jeden perfekten Zentimeter ihres Körpers. Sie war unwirklich, dieses mystische Wesen, dessen Schönheit mich über alle Vernunft hinaus verzückt hatte. Und mein Bedürfnis, es für mich zu beanspruchen, war ein brennendes, verzweifeltes Verlangen, das nur auf einen Zauber zurückzuführen war, den sie auf mich gelegt hatte. Aber was auch immer es war, es war mir egal. Das, was ich für Roxanya Vega empfand, widersprach jeder Logik, und ich war nicht so dumm, es jetzt infrage zu stellen.

Ich hob sie hoch, und ihre Fingernägel gruben sich so fest in meinen Bizeps, dass Blut hervorquoll, während sie sich festhielt und mich ihr Höschen über die Schenkel ziehen ließ. Mein Mund wurde trocken, als sie sich mir endlich vollkommen entblößte.

Ich beugte mich vor und küsste sie erneut, verehrte ihren Mund und staunte über die Tatsache, dass sie hier in meinen Armen lag, es genauso sehr wollte wie ich. Sie beanspruchte mich, trotz allem, was ich getan hatte. Und trotz der Tatsache, dass ich sie absolut nicht verdiente.

Sie wich zurück, ihr Blick traf den meinen, als sie sich auf meinen Schwanz herabließ, und ich packte ihren Hintern, um sie mir näher zu bringen, während ich Zentimeter für Zentimeter dieser klatschnassen Enge füllte, wohl wissend, dass sie alles aushalten konnte.

Ihr Atem stockte, als ich tiefer in sie eindrang. Ein Stöhnen brannte mir in der Kehle, als sie mich aufnahm, und ich drückte sie auf meinen Schwanz. Ich musste so tief in ihr sein, wie es physisch möglich war, sie dehnen und ausfüllen, bis sie nach mir stöhnte.

»Du bist so verdammt wunderschön, Roxy«, hauchte ich, während ich meinen Blick über ihre Gesichtszüge schweifen ließ, und ihre grünen Augen blitzten vor Wut über diesen Namen. Aber es *war* ihr Name. Sie war Roxanya Vega, Tochter des Grausamen Königs und Erbin des Throns, auf dem wir gerade fickten. Das war der Grund für all die Feindseligkeit zwischen uns, und es war der Grund dafür, dass das hier so eine verdammt schlechte Idee war. Und doch war das Gefühl, in ihr zu sein, so unbestreitbar perfekt, dass ich es nie als bedauerlich ansehen würde.

Sie bewegte ihre Hüften und begann, mich zu ficken, und ich sah zu, wie sie auf mir ritt. Ich stieß tief in sie hinein, um jede ihrer Bewegungen zu erwidern, und die scharfen Absätze ihrer High Heels, die sich in meine Schenkel bohrten, machten dieses Hochgefühl nur noch besser. Ich verdiente den Schmerz, verdiente jede Strafe, die sie mir als Bezahlung für dieses Vergnügen auferlegen würde, und ich würde alles nehmen, was sie mir anbot, solange es bedeutete, dass ich so mit ihr zusammen sein konnte.

Meine Hände wanderten über ihren Körper, während ich in sie eindrang, mein Mund war entweder auf ihrem, saugte an ihren Brustwarzen oder knabberte an ihrem Hals. Dabei fickten wir so schnell und brutal, dass sich mein Verstand zu drehen begann. Roxy schrie bei jedem meiner Stöße nach mir, während die Wut zwischen uns kollidierte, ihr Rückgrat sich wunderschön krümmte und die Geräusche der Lust überall um uns herum widerhallten. Jemand würde uns hören. Ich dachte halb daran, eine Stillekuppel zu wirken, aber ich war so in ihr verloren, dass ich mich nicht darauf konzentrieren konnte. Ich brauchte einfach immer mehr, brauchte es härter und tiefer. Ihre Schreie ließen meinen Puls in die Höhe schnellen, während sie meinen Schwanz so wunderschön nahm.

Sie griff wieder nach meinen Haaren, und ihre Fingernägel bohrten sich in mich hinein, als sie mich für alles bestrafte, was ich war und getan hatte. Als sie mich benutzte und mich mit jeder Bewegung unserer Körper herausforderte. Ich begegnete ihrer Brutalität mit meiner eigenen und genoss es, wie sie dabei für mich stöhnte.

Unsere Küsse waren brutal und meine Hände griffen mit einer Heftigkeit nach ihr, die ihre makellose Haut markierte. Ich zog an ihren langen Haaren und biss in ihr Fleisch. Jede schmerzvolle Berührung wurde mit einem lustvollen Stöhnen beantwortet, da sie mich einfach zu immer mehr herausforderte.

Ich ließ Wassermagie in meine Fingerspitzen strömen, überzog sie mit Eis und ließ meine Hand dann über ihren Bauch gleiten, wobei Dampf aufstieg, als sie auf ihre heiße Haut traf, die von der Kraft ihres Phönix entzündet wurde.

Überall, wo ich sie berührte, fröstelte sie, und sie stöhnte, als ich meine gekühlten Finger auf ihre Klit senkte. Sie verfluchte mich dafür, und ich küsste diesen schmutzigen Mund und schmeckte ihren Zorn, während ich einen Rhythmus für meine Finger fand, der mit jedem kraftvollen Stoß meines Schwanzes in ihrer Pussy harmonierte.

Ihr Körper spannte sich dort an, wo ich sie hielt, ihr Höhepunkt kam, und ich wusste, dass sie dagegen ankämpfte. Sie ließ mich dafür arbeiten, während ich meine freie Hand wieder in ihre Haare schob und sie in der perfekten Position festhielt, während ich sie tief und hart fickte.

Ihr Rücken krümmte sich, als sie dem Abgrund der Vergessenheit näher kam, und ich knurrte vor Befriedigung, als sie schließlich jegliches Gefühl der Kontrolle verlor und mit einem Schrei der völligen Glückseligkeit kam. Einem Schrei, der von der Perfektion ihrer Stimme durchzogen war, als sie meinen Namen rief.

Ihre Pussy umklammerte meinen Schwanz, während ihr Orgasmus sie erschütterte, und ich stieß tief in sie hinein, während sie mich in die Euphorie mitriss. Ich umklammerte sie so fest, dass es wehtat, als ich so heftig kam, dass sich meine Sicht trübte und ein Knurren der absoluten Lust aus mir herausbrach. Ich kam tief in ihr, füllte sie, markierte sie, besaß sie – zumindest für diesen Moment.

Sie erschlaffte an mir, unsere schweren Atemzüge erfüllten den Raum, als sie ihre Stirn an meine drückte und im Gefolge dieser Explosion zitterte.

Ohne nachzudenken, ließ ich die Schilde fallen, die meine Magie umgaben, und sie ließ ihre ebenfalls los. Die Intensität unserer vereinten Kraft erweckte jedes summende Körperteil zwischen uns erneut zum Leben. Ihre Pussy pulsierte um meinen Schaft und sie verfluchte mich, als die Erlösung sie erneut ereilte und die Nachbeben dessen, was wir gerade getan hatten, uns beide verzehrten.

Ich schlang meine Arme um sie und zog sie an mich, weil ich sie einfach nicht loslassen wollte. Dann lockte ich ihre Lippen zu meinen, während mein Bedürfnis, von ihr gesehen zu werden, jeglichen Rest von Vernunft verschwinden ließ. Meine Zunge drang langsam in ihren Mund ein und sie erwiderte den Kuss mit der gleichen hingebungsvollen Verehrung, die ich ihr entgegenbrachte, während meine Hände sanft über ihren Rücken glitten und alle kleinen Verletzungen linderten, die die Brutalität unseres Aktes hinterlassen hatte.

Dieser Kuss war etwas völlig anderes, etwas, das weit über Lust oder Verlangen hinausging. Mein Herz pochte im Takt, als ich mich ihr mit diesem Kuss hingab, mich ihr mit jedem Fetzen meiner selbst, mit jedem Makel und jeder Wahrheit anbot.

Ihre Finger glitten meine Brust hinauf, bis sie mein Kinn umschlossen, und die Intensität dieses Kusses ließ meine Brust vor all den unausgesprochenen Worten, die zwischen uns standen, schmerzen.

Schließlich lösten wir uns voneinander und zogen unsere Magie in uns zurück, während wir versuchten, wieder zu Atem zu kommen. Ich runzelte die Stirn, als ich versuchte, einen Sinn in dem zu finden, was zwischen uns geschehen war. Was schon seit langer Zeit zwischen uns geschah.

»Du wirst noch mein Untergang sein«, knurrte ich an ihrem Ohr, und sie drückte sich gerade so weit zurück, dass sie auf mich herabblicken konnte, ihr Blick offen und ausnahmsweise unverstellt, während sie mich musterte.

»Nicht, wenn du mich zuerst zerstörst«, hauchte sie und strich mit ihren Fingerspitzen über die Konturen meines Unterkiefers – eine so unerwartete Liebkosung, dass ich sie nur anstarren konnte.

Ich strich ihr sanft die Haare aus dem Gesicht und beugte mich zu ihr hinunter, sodass ich tief in diese endlosen Augen blicken konnte. »Glaubst du, dass ich das vorhabe?«

Sie sah mich einen langen Moment an, und ich konnte sehen, wie sich die Mauern langsam wieder aufbauten, während sie über alles nachdachte, was zwischen uns vorgefallen war. Mein Herz pochte mit dem Wunsch, ihr alles zu sagen, was nötig war, um uns in diesem Moment zu halten, auch wenn ich bereits spürte, dass er uns entglitt.

»Ich weiß es nicht«, antwortete sie.

»Vielleicht besser so«, murmelte ich, unsicher, wie ich sonst reagieren oder was ich sagen sollte. Es war nicht so, dass ich alles ungeschehen machen konnte, was ich getan hatte. Es war nicht so, dass ich ändern konnte, wer wir waren oder was zwischen uns stand, aber ein dummer Teil von mir wünschte, ich könnte es.

Ich beugte mich vor, um sie erneut zu küssen, um einfach in diesem Moment mit ihr zu verweilen, die Nacht damit zu verbringen, sie immer und immer wieder zu verehren, einfach, damit es weiterging. Aber sie wich zurück, packte einen der Hydraköpfe, als sie von meinem Schoß kletterte, und machte sich dann daran, ihre Klamotten zusammenzusuchen.

Meine Lippen teilten sich – zum Protest, einem Eingeständnis oder vielleicht nur zu der Bitte, dass dies nicht enden möge. Aber die Worte blieben mir im Hals stecken. Ich wusste nicht, was ich zu ihr sagen sollte, um den Lauf der Dinge zu ändern, und ich dachte ehrlich gesagt nicht einmal, dass sie das wollte. Ihre starren Schultern verrieten mir, was ich wissen musste. Für sie war das nur ein weiterer Fehler gewesen, eine unüberlegte Handlung, die sie vergessen wollte, genau wie beim letzten Mal, als wir uns diesem Wahnsinn zwischen uns hingegeben hatten.

Ich sah zu, wie sie ihre Unterwäsche wieder anzog, dann nahm sie mein Hemd vom Boden und zog es auch an. Eigentlich logisch, da ihr Kleid derzeit kaum mehr als ein paar verbrannte Stofffetzen war, aber es gefiel mir, wie sie in meinen Sachen aussah.

Ich folgte ihrem Beispiel und zog meine Hose wieder an. Und ich spürte, wie sie mich ansah, während ich meinen Hosenschlitz schloss.

Wir sahen uns einen Moment lang an, in dem mir tausend Worte auf der Zunge lagen, aber keines davon kam über meine Lippen. Ich sah wieder diese Mauer in ihren Augen und wusste, dass nichts, was ich sagen könnte, sie wieder zum Einsturz bringen würde. Und ich konnte die Hindernisse, die immer zwischen uns stehen würden, nicht beseitigen, egal, wie sehr ich es mir auch wünschte.

Roxy atmete aus, als mein Blick zu ihren entblößten Schenkeln wanderte. Der Anblick von ihr in meinem Hemd reichte aus, um mich vor Schmerz aufstöhnen zu lassen, denn die besitzergreifende Bestie in mir konnte nicht genug davon bekommen. Sollte ich ihr das sagen? Sollte ich ihr sagen, dass ich sie trotz allem für mich haben wollte? Dass ich keine Ahnung hatte, wie das funktionieren sollte, dass ich ihr nichts versprechen konnte, außer der Tatsache, dass ich sie haben wollte und sie mich haben könnte, wenn sie es nur sagen würde …

Roxy schnappte sich ihr ruiniertes Kleid vom Boden, drehte sich um und verließ wortlos den Raum.

Mein Herz schmerzte, als ich sie gehen sah, und ich hätte ihr am liebsten hinterhergerufen und ihr gesagt, was mich innerlich verzehrte. Aber als sie die Treppe hinaufschritt, die aus dem Thronsaal in den Königinnenflügel des Palastes der Seelen führte, warf sie mir nicht einmal einen Blick zu.

Und ich hatte noch nicht herausgefunden, was ich sagen sollte, als sie schon fort war.

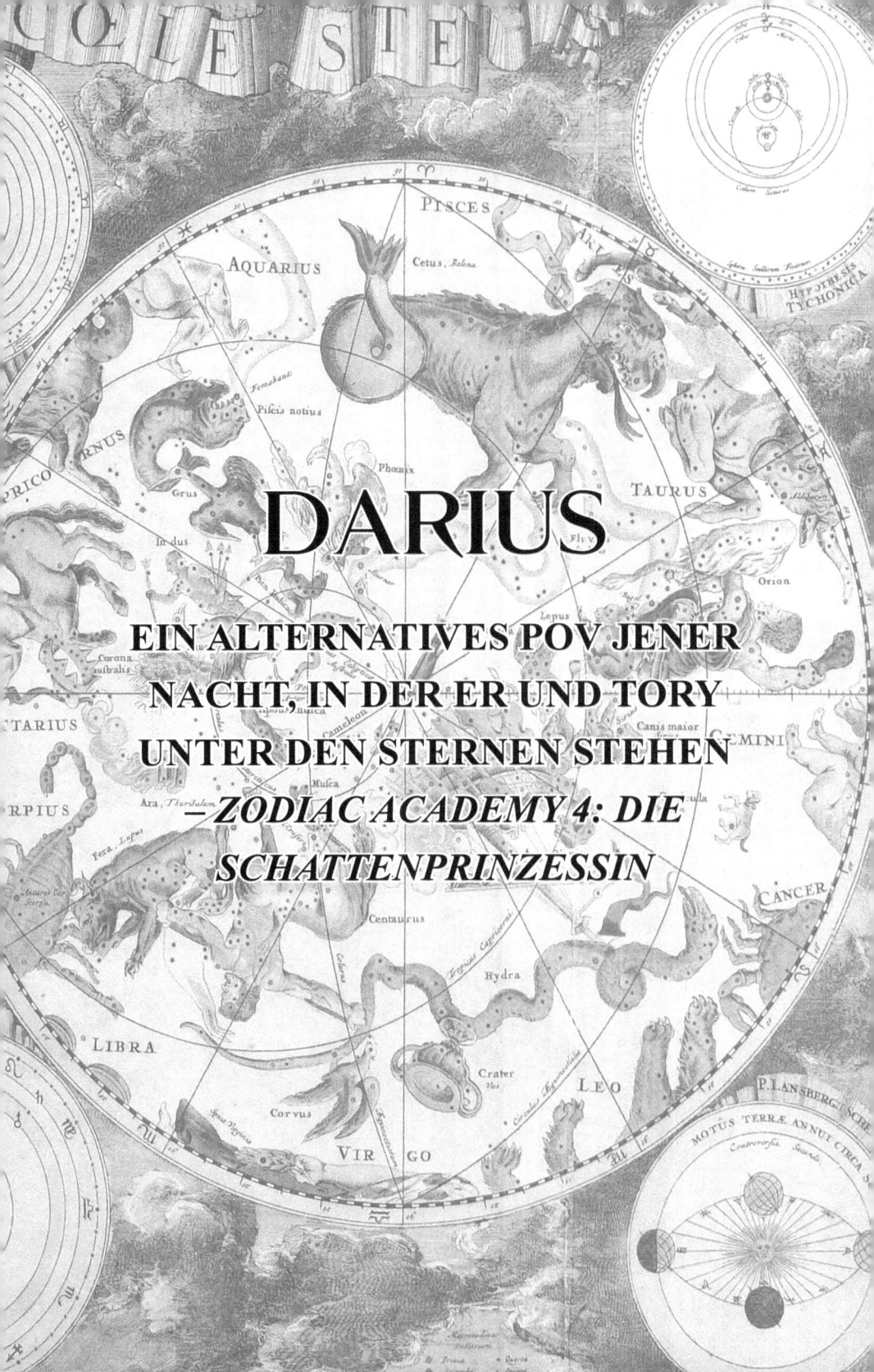

DARIUS

EIN ALTERNATIVES POV JENER NACHT, IN DER ER UND TORY UNTER DEN STERNEN STEHEN

—*ZODIAC ACADEMY 4: DIE SCHATTENPRINZESSIN*

LIONEL

AUS LIONELS REFUGIUM ...

Zu diesem Zeitpunkt war meine Narrheit unzweifelhaft existent. Mein Sohn, mein vielversprechender, brutaler, mächtiger Sohn, war von einer Vega-Hure verhext worden. Genau wie sein Wächter – der Mann, der dazu auserkoren war, ihn am Leben zu erhalten – von deren Huren-Schwester betört worden war.

Zu diesem Zeitpunkt – als es mir so klar wie nie vor Augen geführt wurde, wenn ich meinen Jungen ansah und in seinem Hass auf Roxanya vor allem sein Verlangen nach ihr erkannte – wusste ich, dass ich keine andere Wahl hatte, als zu handeln.

Mein Bauchgefühl riet mir, sie sofort zu töten, und vielleicht hätte ich das tun sollen. Aber ich war noch nie ein impulsiver Mann gewesen und die Blutlinie der Vegas war etwas, das ich nicht verschwenden wollte. Ja, ich hatte noch ihre Zwillingsschwester, aber zwei Werkzeuge waren besser als eines.

Also schmiedete ich, wie so oft, einen raffinierten Plan und nutzte stattdessen meine Macht, um Roxanya durch Dunkle Manipulation dazu zu zwingen, das weinende Herz meines törichten Sohnes zu brechen. Es war – wenn ich das selbst sagen darf – ein meisterhafter Geniestreich.

Selbst ich hätte das böse Schicksal, das die Sterne geplant hatten, nicht vorhersehen können. Selbst ich hätte nicht ahnen können, dass sie meinen Erben mit diesem Mischlingsmädchen und seiner Harpyienmutter verbinden wollten. Ich kann mir nur vorstellen, wie schrecklich es gewesen wäre, diese Verbindung zu akzeptieren. Ich hätte keine andere Wahl gehabt, als sie öffentlich zu unterstützen – denn selbst ich weiß, dass es ein politisches Desaster wäre, sich gegen die Wahl der Sterne zu stellen –, aber wie immer hat sich meine List bewährt.

Ich brachte Roxanya dazu, ihm das Herz zu brechen. Sie sagte Nein. Und obwohl mich das Wissen, dass Darius so erbärmlich versucht hatte, das Band zu akzeptieren, über alle Maßen erzürnte, schlief ich nach ihrer Ablehnung viele Nächte lang tief und fest, in dem Wissen, dass ich ihm endlich den Kopf zurechtgerückt hatte.

Nie wieder würde er dieser Hure nachtrauern. Und es wäre nur eine Frage der Zeit, bis er nichts weiter wollen würde, als sie für sein Leid büßen zu lassen.

Es war perfekt. Absolut perfekt …

Darius

KAPITEL 1

Schnee wirbelte um uns herum und ich beobachtete Roxy, wie sie verwirrt um sich blickte. Eine Falte auf ihrer Stirn verriet mir, dass sie keine Ahnung hatte, was geschah – keine Ahnung, was das Schicksal für uns vorgesehen hatte.

Wir befanden uns in dieser unheimlich perfekten Blase der Ruhe: Der Schneesturm tobte um uns herum, konnte aber nicht in den Bereich eindringen, der speziell für uns beide reserviert war. Tausend Dinge dämmerten mir auf einmal – meine Besessenheit von diesem Mädchen, meine völlige Verliebtheit, der Grund, warum ich nicht in der Lage gewesen war, meine Gedanken von ihr abzuwenden. Jetzt ergab es einen Sinn, warum ich mich nicht davon hatte überzeugen können, sie zu vergessen, warum ich sie geködert und belästigt hatte, um ihre Aufmerksamkeit zu erregen. Ich war in dem Moment, in dem ich sie zum ersten Mal gesehen hatte, mit ihr verbunden gewesen, weil alles auf diesen Moment hinausgelaufen war. Und wie ein verdammter Idiot hatte ich versucht, mich davon zu überzeugen, dass es Hass statt Schicksal war. Ich war so, so dumm gewesen. Jetzt war es klar. Natürlich war sie für mich bestimmt. Sie war … alles. All das, was mich an ihr wütend machte, war genau das, was ich so begehrenswert fand, genau das, was mich immer wieder zu ihr zurückkehren ließ, egal, wie tief sie mich jedes Mal verletzte.

»Roxy?«, raunte ich, weil ich wollte, dass sie mich ansah, statt die Magie zu bestaunen, die uns hier gefangen hielt.

Sie sah mich mit Anklage und Misstrauen in den Augen an, zweifellos in der Annahme, dass es sich um ein Spiel oder eine Falle handelte, anstatt zu erkennen, dass es unser Schicksal war. Unser Schicksal, das gekommen war, um uns mitzuteilen, verdammt noch mal aufzuwachen.

»Warum bin ich hier?«, fragte sie und legte den Kopf in den Nacken, um zu den Sternen emporzublicken, die im weiten Kreis des Raumes über uns leuchteten.

Ich folgte ihrem Blick und schluckte gegen den Kloß in meinem Hals an, als ich ihr Sternbild und meines in dieser unmöglichen Öffnung in den Wolken hängen sah. Der Himmel selbst hatte sich neu ausgerichtet, damit Zwillinge und Löwe nur für uns zusammenkommen konnten.

Ich schaute zu ihr zurück, unfähig, so zu tun, als würde ich etwas anderes sehen wollen. Sie hätte hier draußen in dieser Kälte zittern müssen, nur mit einer blauen Leggings und einem bauchfreien Top bekleidet, ihre nackten Füße im Schnee. Aber ihr schien nicht kalt zu sein. Andererseits spürte ich auch die Kälte nicht und war für einen Schneesturm auch nicht besser gekleidet als sie in meinem schwarzen T-Shirt und meinen Jeans. Vielleicht spielte das auch keine Rolle, schließlich waren wir beide aus Feuer geborene Wesen.

Schließlich traf ihr Blick wieder den meinen und mein Herz setzte einen Schlag aus, als ich in ihre grünen Augen sah. Mein unregelmäßiger Puls sagte mir, was mir schon vor diesem Moment hätte klar sein sollen, und plötzlich ergab alles einen Sinn.

Ihre Augen verlangten nach Antworten und meine Lippen teilten sich, damit ich ihr die eine geben konnte, die sie am meisten brauchte. Aber ich zögerte; meine Zunge klebte an meinem Gaumen. Wie sollte ich ihr einfach so erklären, dass all der Zorn und Hass, den sie für mich empfand, in Wirklichkeit fehlgeleitet war? Wie sollte ich all das entschuldigen, was ich ihr im Namen dieses größeren Zwecks angetan hatte? Einem Zweck, den wir beide aus Blindheit nicht erkannt hatten? Bei jeder anderen Person hätte ich vielleicht erraten können, was die Verbindung zwischen uns bedeutete, aber wir beide waren von dem Moment ihrer Rückkehr in dieses Reich an gegeneinander ausgespielt worden.

Und ich war von dem Druck verzehrt worden, einen Konflikt zu gewinnen, der ohnehin so unvermeidlich schien.

»Wir … Das …« Ich blickte wieder zu den Sternen auf und fragte mich, ob sie mir die Worte geben würden, die ich brauchte, aber sie schauten einfach weiter zu und überließen mich mir selbst. Zweifellos eine letzte Prüfung ihrerseits. Ich schluckte erneut und hoffte, dass die rohe Magie dieses Ortes sie dazu bringen würde, die Wahrheit meiner Worte zu erkennen, selbst durch ihre Skepsis hindurch. »Ich glaube, das ist unser … Göttlicher Moment«, sagte ich langsam, beobachtete sie genau, wartete auf ihre Reaktion und bezweifelte, dass sie sich mir in die Arme werfen würde.

Roxy schnaubte leise, während sie mich musterte, als würde sie darauf warten, dass ich loslachte oder die anderen Erben offenbarte, bereit, sie in einen Hinterhalt zu locken.

Ich atmete langsam aus und hoffte, dass sie mir zuhören, meine Worte verstehen und erkennen würde, was das für uns bedeutete. Ich trat einen Schritt näher an sie heran, wollte meine Hand ausstrecken und ihre Hand in meine nehmen, wusste aber nicht, ob sie es zulassen oder einfach versuchen würde, zu fliehen.

»Du meinst, du denkst wirklich, dass wir beide Elysische Gefährten sein könnten?«, fragte Roxy ungläubig, und ihr Gesichtsausdruck verriet mir, wie lächerlich sie diese Idee fand. Der Blick, den sie mir zuwarf, fühlte sich an wie ein Dolchstoß in mein Herz. Die blanke Empörung und das Entsetzen über den bloßen Vorschlag, dass wir mehr sein könnten als das, was wir waren, spiegelten sich in jeder Linie ihres Gesichts wider. »Wir sind viel wahrscheinlicher Astrale Gegenspieler«, zischte sie.

Autsch. Aber vielleicht hatte ich das verdient. Vielleicht hatte ich den Ausdruck puren Hasses verdient, den sie mir entgegenbrachte, und die Verachtung, mit der sie diesen Vorschlag zur Kenntnis nahm. Aber sie musste die Wahrheit darin erkennen. Die verdammten Sterne hatten sich für uns neu ausgerichtet. Das war kein Scherz und die Zeit für Streit und Rivalität war lange vorbei. Wir wurden jetzt zu etwas anderem und sie würde das einsehen müssen.

»Das ist kein Scherz, Roxy«, flüsterte ich, während ich mich ihr langsam näherte und auf den Moment wartete, in dem ihr die Wahrheit dieser Situation bewusst wurde. Der Moment, in dem sie verstand, was wir danach füreinander sein würden. Sie musste es nur sehen und dann … Mein Herz schlug schneller, als ich ihr Gesicht betrachtete. Das Verlangen, das ich mir selbst zu verweigern versucht hatte, blutete aus mir heraus, als ich sie einfach nur ansah und mir eingestehen musste, dass ich mir nichts mehr wünschte, als dass sie mir gehörte. »Das kann sich keiner von uns aussuchen. Die Sterne haben uns füreinander auserwählt. Sie haben uns herausgefordert und gleichzeitig zueinander geführt. Deshalb kollidieren wir immer wieder miteinander, deshalb denke ich nur an dich … Denkst du nicht auch an mich?«

»Du meinst, wenn ich mir ausmale, wie ich mich für all die Dinge rächen kann, die du mir angetan hast?«, fragte sie leise, obwohl etwas tief in ihren Augen aufflackerte, als könnte sie nicht leugnen, dass da noch mehr war.

Sie spürte es auch. Das wusste ich, denn es hatte mich Nacht für Nacht nach ihr verzehrt. Jeder freie Moment war meiner Besessenheit ihr gegenüber gewidmet, und wenn ich den mir auferlegten Hass abstreifte, war mir einfach so unbestreitbar klar, dass es hier um etwas viel Mächtigeres ging. Sie musste das auch zugeben, und wenn es bedeutete, mich für sie aufzureißen und bluten zu lassen, dann war das das Mindeste, was ich tun konnte, angesichts all dessen, was ich ihr sonst noch angetan hatte.

»Ich liege nachts wach und erinnere mich daran, wie es war, dich in meinen Armen zu halten. Wie ruhig sich die Welt angefühlt hat, wie rein dieser Moment zwischen uns war. Ich stelle mir vor, noch immer dein Parfüm zu riechen, wenn ich die Augen schließe. Manchmal strecke ich die Hand über meinem Bett aus und wünsche mir, du wärst wirklich da. Mein Herz schlägt schneller, wenn du den Raum betrittst, und meine Kehle wird eng, wenn ich versuche, die richtigen Worte zu finden. Ich kämpfe mit allen Mitteln darum, deine Aufmerksamkeit zu erregen, denn ich kann es nicht ertragen, wenn du mich ignorierst.«

Ihre Lippen teilten sich, aber sie schien keine Worte für diese Erklärung zu haben. Die Last meiner Aussage schien sie zu erdrücken und sie sah mich auf eine Weise an, wie sie es noch nie zuvor getan hatte. Als würde sie unter all der Brutalität und Erwartung endlich den Mann sehen, der ich wirklich war.

»Du hast mich mehr verletzt als jeder andere, den ich je gekannt habe«, hauchte sie, und ich wünschte, ich könnte die bittere Wahrheit dieser Aussage leugnen, wünschte, ich könnte so tun, als wäre ich ein besserer Fae, als ich es war, einer, der ihrer würdiger war, als ich es je sein könnte.

Ich schluckte schwer, trat einen Schritt näher und fixierte sie mit meinem Blick. Sie war so klein. So verdammt klein, verglichen mit der Größe ihrer Präsenz in meinem Leben. So zerbrechlich, verglichen mit der Stärke, die so hell in ihr brannte, dass es alles war, was ich sehen konnte. Und sie verdiente so viel Besseres als mich.

»Es tut mir leid«, flüsterte ich, und meine Stimme zitterte, weil ich diese Worte so tief empfand. Sie konnten nicht annähernd wiedergutmachen, was ich ihr angetan hatte, all die abscheulichen und verwerflichen Dinge. Nicht einmal ansatzweise. Aber sie entsprachen der Wahrheit über mich. Sie waren das Geheimnis, an dem ich monatelang fast erstickt wäre, das in meinem Rachen gebrannt und nach einem Ausweg verlangt hatte. Aber es hatte diesen Moment gebraucht, um mich mutig genug zu fühlen, sie auszusprechen. Wenn man diese stille Verzweiflung überhaupt mutig nennen konnte. Ich hoffte so sehr, dass sie die Wahrheit dieser Erklärung sah, die Wahrheit darin spürte und verstand, dass es zwischen uns nie wieder so sein würde wie zuvor. Dass ich jetzt und für immer alles sein würde, was sie von mir brauchte, und dass ich kämpfen würde, um all das wiedergutzumachen, was vor diesem Moment geschehen war.

Kurz schien es, als würde sie das erkennen, als würde sie verstehen, wie ernst es mir damit war. Doch dann wurde ihr Blick starr, und ihr schien ein Gedanke zu kommen, der dazu führte, dass sich ihr ganzer Körper auf eine Weise versteifte, die meinen Puls angstvoll zum Rasen brachte.

»Warum jetzt?«, fragte sie. »Wenn wir heute Abend nicht hier stünden, sondern woanders, hättest du dich dann bei mir entschuldigt?«

Die Frage überrumpelte mich so sehr, dass ich wusste, dass die Wahrheit über meinen Gesichtsausdruck getanzt war, noch bevor ich meine Gedanken hatte sammeln können. Ich legte die Stirn in Falten, die Realität meiner eigenen Sturheit drang auf mich ein – die meiner Unfähigkeit, die Dinge als das zu sehen, was sie waren, bis dieser verdammte Moment auf mich eingestürzt war. Nein. Ich hätte mich heute Abend nicht bei ihr entschuldigt, wenn die Sterne uns nicht an diesen Punkt gebracht hätten. Ich hätte nicht den Mut dazu gehabt, und ehrlich gesagt wusste ich, dass sie es nicht hätte hören wollen, selbst wenn ich es versucht hätte. Außerdem gab es Gründe für die Feindseligkeit zwischen uns: die Wahrheit darüber, wer wir waren, was wir beide beanspruchen sollten, mein Vater … Aber hatte ich mir gewünscht, ich könnte es in Ordnung bringen? Hatte ich mich in den dunkelsten Stunden der Nacht heimlich nach ihr gesehnt und mich gefragt, was aus uns hätte werden können, wenn keiner von uns Anspruch auf eine Krone gehabt hätte?

»Du weißt gar nicht, wie oft ich mir gewünscht habe, ich könnte wiedergutmachen, was ich zwischen uns kaputtgemacht habe«, krächzte ich. Sie musste mein Warum verstehen, denn in allem, was ich getan hatte, war es nicht um sie und mich gegangen. Es war darum gegangen, was wir waren, nicht *wer*. Und in vielerlei Hinsicht war das, was ich war, das Einzige, was in meinem Leben jemals wirklich eine Rolle gespielt hatte. Vor diesem Moment, in dem ich endlich genau das betrachtet hatte, was ich mir nie zu wünschen gewagt hatte. Ich hatte immer gewusst, dass ich eine Frau heiraten würde, die ich mir nicht selbst ausgesucht hatte. Und ich hatte mir nie erlaubt, von der Art von Liebe zu träumen, die eine Elysische Gefährtin bieten könnte. Aber selbst mein Vater konnte die Wünsche der Sterne nicht leugnen. Sie musste das sehen. Sie musste es verstehen. »Aber ich musste diese Dinge tun … Ich musste sicherstellen, dass ihr euch nicht erhebt, um unseren Thron zu beanspruchen. Es ging nicht um dich und mich, es ging um den Rat und die Royals. Um Solaria und darum, was das Beste für die Leute hier ist. Darius und Roxy haben dabei keine Rolle gespielt.«

»Roxy?«, wiederholte sie verächtlich, zog eine Augenbraue hoch und der Anflug von Verständnis, den ich in ihrem Gesichtsausdruck gesehen hatte, verschwand – wie die Flamme einer Kerze, die mit kaltem Wasser übergossen worden war.

Panik ergriff mich, als mir klar wurde, dass sie sich zurückzog und ihre Mauern zwischen uns hochzog. Dieser verdammte Name hatte alles ruiniert. Sie sah darin einen Angriff, obwohl er für mich immer nur eine Erinnerung gewesen war. Darius Acrux hätte vielleicht in der Lage sein können, eine Art von Beziehung mit Tory Gomez einzugehen – einem Mädchen, das von Sterblichen aufgezogen worden und an keiner Krone interessiert war. Aber ein Acrux und Roxanya Vega waren ein ganz anderes Kaliber. Sie war der Inbegriff dessen, was ich mir niemals auch nur zu träumen erlauben konnte, und die Verwendung dieses Namens erinnerte mich daran, wer sie war, wann immer die Versuchung, es zu vergessen, zu groß wurde.

Aber wie sollte ich ihr das alles erklären? Vor allem jetzt, hier, wo es entgegen aller Wahrscheinlichkeit verdammt noch mal egal war. Die Sterne wollten es so. Verdammt, sie wollten es so, und alles, was sie tun musste, war, mich zu küssen. Dann würde sie es sehen, sie würde es verstehen, ich würde es in Ordnung bringen, ich würde es richten, alles.

Ich schüttelte den Kopf, als ich näher trat, und flehte sie an, alles, was vor diesem Moment geschehen war, zu vergessen und mich so zu akzeptieren, wie ich in diesem Moment war. Denn ich gehörte ihr, wenn sie nur zugeben könnte, dass sie mich wollte. Ich gehörte ihr, ob es ihr gefiel oder nicht.

»Tory, bitte«, würgte ich hervor und streckte die Hand nach ihr aus, während mich die Verzweiflung ergriff. Aber ihre Mauern wurden nur noch höher.

»Du hast kein Recht, mich so zu nennen«, knurrte sie. »Du nennst mich Roxy, schon vergessen? Du tust das, weil meine Mutter mich so genannt hat. Und du willst mich jedes Mal, wenn du mit mir redest, daran erinnern, dass sie tot ist. Denn das ist deine Art. Und ich will nichts mit dir zu tun haben.«

»Nein«, erwiderte ich, als mir klar wurde, was sie hörte, wenn ich diesen Namen benutzte. Die Realität kollidierte mit mir und zwang mich, nach der Erklärung zu suchen, die sie brauchte. »Ich nenne dich nicht Roxy, weil ich dir wehtun will. Ich benutze diesen Namen, damit ich nicht vergesse, wer oder was du bist. Du bist eine Vega-Prinzessin. Du könntest alles zerstören, wofür ich mein ganzes Leben lang gearbeitet habe. Und wenn ich mich nicht zwingen würde, mich an diese Tatsache zu erinnern, dann würde ich sie zu leicht vergessen. Ich würde vergessen, dich herauszufordern und dich niederzumachen, und mir einfach vorstellen, dass du etwas anderes sein könntest. Etwas, das ich mir in den dunkelsten Ecken meines Herzens schon so lange gewünscht habe, dass ich es nicht mehr leugnen kann. Ich will *dich*. Und es ist mir egal, ob du eine Vega bist oder nicht. Es ist mir egal, ob du Roxy oder Tory oder sonst wie heißt. Ich will nur *dich*.«

Mein Puls wurde unregelmäßig, als sie mir in die Augen schaute, und Hoffnung durchströmte mich, als ihr Gesichtsausdruck etwas weicher wurde. Sie hatte mich gehört, sie verstand. Ich drang zu ihr durch und sie musste einsehen, dass alles anders werden würde, sobald wir diese Verbindung akzeptierten. Alles würde so sein, wie es immer hätte sein sollen.

»Wenn ich recht habe, bekommen wir keine weitere Chance«, flehte ich, und Verzweiflung brannte in meinen Augen, als ich sie ansah und die Zweifel erkannte, die sie plagten. Begriff sie überhaupt, worum es hier ging? Wie endgültig diese Entscheidung sein würde? »Verstehst du denn nicht? Wir werden sternverflucht sein. Für immer allein. Wir werden nie die Liebe eines anderen finden. Wir sind füreinander bestimmt – das ist Schicksal.«

Doch statt der erwarteten Einsicht in ihren Augen sah ich, dass ich wieder einmal das Falsche gesagt hatte. Ihr Unterkiefer zuckte als Reaktion auf meine Worte.

»Scheiß auf das Schicksal!«, fuhr sie mich an und traf mich mit dieser brutalen Aussage mitten ins Herz. »Ich will es nicht. Wenn es mich an dich gebunden hat, dann ist es eine grausame und verdrehte Angelegenheit. Ich lasse nicht zu, dass das Schicksal mein Leben für mich bestimmt. Ich entscheide selbst über mein Schicksal und darin kommst du nicht vor.«

Panik durchfuhr mich bei der Schwere dieser Worte, denn uns erwartete ein dunkles und leeres Schicksal, sollte sie es wirklich so meinen.

»Bitte«, flehte ich. Und am liebsten hätte ich sie gepackt und dazu gebracht, mir zuzuhören. Aber ich hatte zu viel Angst, mich auch nur einen Zentimeter zu bewegen, aus Angst, es wieder zu vermasseln. »Denk darüber nach, was du sagst. Wenn ich recht habe, dann ist dies der Moment, in dem unsere Sterne im Einklang stehen. Dies ist der Moment, in dem sich unsere Seelen treffen und sich miteinander vereinen. Ich weiß, dass du dich genauso zu mir hingezogen fühlst wie ich mich zu dir. Ich denke nur an dich. Träume nur von dir. Du bist unter meiner Haut und in jedem Gedanken und ich weiß, dass ich tausend unverzeihliche Dinge getan habe. Aber ich schwöre, dass ich dich nie wieder verletzen werde. Du bist für mich bestimmt. Ich werde dich mit meinem Leben beschützen …«

»Es ist zu spät«, sagte sie mit leiser, regloser Stimme und diesen undurchdringlichen Mauern in ihren Augen.

Eine Entscheidung schwebte in der Luft, die uns diese eine zerbrechliche Chance auf Glück direkt unter den Füßen wegziehen würde. Und mit einer erschreckenden Klarheit wusste ich, dass es meine Schuld war. Alles meine verdammte Schuld.

»Das ist nicht der Moment, in dem sich unser Schicksal entscheidet. Es ist nicht der Grund, warum wir nie zusammen sein können. Der Moment, in dem diese Entscheidung getroffen wurde, war der Moment, in dem du mich zum ersten Mal gesehen hast. Der Moment, in dem ich diese Academy betreten habe und zum ersten Mal in meinem Leben die Chance hatte, meinen Platz in dieser Welt zu finden. Ich hätte diesen Ort zu meinem Zuhause machen sollen, aber du hast beschlossen, ihn stattdessen zu meiner Hölle zu machen. Anstatt mich also so zu betrachten, als wäre ich diejenige, die das Schicksal verleugnet und dir deine einzige wahre Chance auf Glück stiehlt, warum schaust du nicht in den Spiegel? Sieh dir an, was du zu mir gesagt und mir angetan hast. Erinnere dich daran, wie du mir die Kleider vom Leib gebrannt und mich gedemütigt hast. Denke daran, wie du meine Ängste ausfindig gemacht und sie zum Leben erweckt hast. Vergiss nicht, wie sich deine Magie angefühlt hat, als du sie benutzt hast, um mich unter dem Eis in diesem Pool zu fangen und mich dort zum Sterben zurückzulassen.«

Jedes Wort, das sie mir entgegenschleuderte, war wie ein Peitschenhieb, der meine Seele traf und sie für immer mit dem Bedauern über meine Taten vernarbte. Wie oft hatte ich mir gewünscht, mich zurückzuhalten? Wie oft hatte ich die Zähne zusammengebissen und mich gezwungen, ihr im Namen dessen, was von mir erwartet wurde, meine schlimmste Seite zu zeigen? Wie viele Prüfungen hatten die Sterne uns in den Weg gestellt, an denen ich immer wieder gescheitert war? Ich hatte so viele Gelegenheiten gehabt, die Dinge anders zu machen, aber jedes Mal hatte ich die Wut über den verzweifelten Wunsch meines Herzens siegen lassen, weil ich zu viel Angst vor der Alternative gehabt hatte. Angst vor meinem Vater, ja, aber mehr noch war es die Angst vor ihr gewesen. Die Angst davor, sie zu begehren und sie mein Verlangen spüren zu lassen, nur, um dann zu erleben, wie mein Herz in ihrer Faust zerquetscht wurde. Und nun stand ich hier und blickte in diese grünen Augen. Ich konnte nichts dagegen tun, als das Blut aus dem wild pochenden Organ in meiner Brust zwischen ihren Fingern hindurchtropfte und den Schnee befleckte. Jeder einzelne Tropfen ein Zeugnis meines Versagens und eine Verhöhnung dessen, vor dem ich solche Angst gehabt hatte. Denn diese Angst war genau das, was mich am Ende alles gekostet hatte.

»Ich weiß«, sagte ich, und meine Stimme versagte bei diesen Worten, weil ich es nicht in Ordnung bringen konnte. Ich konnte nichts davon zurücknehmen, ich konnte ihr nur die erbärmliche Wahrheit über mich sagen und schwören, alles zu tun, um es wiedergutzumachen. »All die schrecklichen Dinge, die ich dir angetan habe, werden mich für immer verfolgen. Aber bitte, *bitte*, gib mir eine Ewigkeit, um sie wiedergutzumachen. Lass dieses Band zwischen uns entstehen und ich werde dir beweisen, wie gut unser

Leben zusammen sein kann. Ich werde dich nicht zwingen, etwas zu tun oder mit mir zusammen zu sein, wenn du das nicht willst, aber gib uns wenigstens eine Chance. Küss mich noch einmal unter dem Sternenhimmel und lass unsere Geschichte hier neu beginnen.«

Auf meine Worte hin herrschte Stille, und der kleinste Hoffnungsschimmer entflammte in meiner Brust, als sie mich einfach ansah, mich wirklich ansah und dabei ihre Einschätzung vornahm.

Ich nahm all meinen verbliebenen Mut zusammen, trat näher an sie heran, streckte zaghaft die Hände aus und nahm ihre in meine. Ihre Haut war so weich und so warm. Die Energie, die zwischen uns pulsierte, war wie immer präsent, und mein Körper reagierte so stark auf ihren.

Ich hielt den Atem an, während sie regungslos dastand und zu mir aufsah; der Schnee wirbelte nach wie vor um uns herum.

Ich beobachtete sie, während sie mich taxierte, und erlaubte mir, alles an ihr zu sehen. So lange hatte ich versucht, mich selbst davon zu überzeugen, dass ich sie hasste. Dabei war sie eine Säule der Kraft, eine unbändige Energie, die die Widrigkeiten immer wieder überstanden hatte und sich weigerte, vor einer der Herausforderungen, die sich ihr stellten, zurückzuweichen oder sich zu beugen. Sie war ebenso hart und wahrscheinlich auch so grausam, wie ihr Vater es gewesen war, aber sie war auch weich und voller Liebe für die wenigen, die sie nah genug an sich heranließ. Sie war eine flammende Naturgewalt, die nur ein Narr zu reizen wagen würde. Und natürlich war sie wunderschön, so verdammt schön, dass ich seit dem ersten Moment an keine andere Frau mehr gedacht hatte. Damals hatte ich sie gewollt. Ich hatte sie für ein paar glückliche Momente angesehen, sie für mich beansprucht und geplant, sie mit allen Mitteln zu erobern. Hätte ich mich nur daran erinnert, anstatt es in dem Moment, in dem ich ihren Namen erfahren hatte, zu vergessen.

Sie war unsicher. Das konnte ich sehen. In ihren Augen lag ein Verlangen, das mich zu sich rief, ein Bedürfnis, das ich tief in meiner

Seele verspürte – das Bedürfnis nach einer Liebe wie der, die uns angeboten wurde.

Ich ließ meine rechte Hand langsam ihren Arm hinaufgleiten und gab ihr dabei jede Gelegenheit, mich dazu bitten, aufzuhören. Aber die Hoffnung in mir wurde ein wenig größer, als ihre Lippen regungslos blieben und sie mir erlaubte, sie so zu berühren.

Ich wollte sie so sehr. Ich wollte ihren Mund auf meinem und jede Stelle unserer Haut miteinander verbunden. Ich wollte sie unter mir, und verdammt, ich wollte sie auch auf mir. Ich wollte, dass ihr Herz nur für mich schlug. Und ich wollte jedes Geheimnis kennen, das sie so fest in ihrem scharfen Verstand verschlossen hielt. Ich wollte alles und als ich sie anstarrte, wusste ich, dass sie mich auch wollte.

Meine Fingerspitzen streiften ihren Nacken, bevor sie ihr Kinn erreichten. Ihre Haut fühlte sich so weich an, und mein Blick fixierte diesen verdammten Mund, der so viele meiner Fantasien erfüllt und so viel von meinem Temperament verärgert hatte.

Die Sterne kamen näher, um zu sehen, wie der Raum, der uns trennte, Zentimeter für Zentimeter verschwand. Das Gewicht ihrer Anwesenheit umgab uns, während die Magie dieses Moments zu diesem finalen Akt führte.

Ich fuhr die Linien ihres Kinns nach, und mein Daumen folgte ihrer Unterlippe, streichelte, liebkoste. Ich wollte sie so sehr küssen, dass ich nicht einmal sicher war, ob mein Herz noch schlug. Ich wollte ihre Seele auf meinen Lippen schmecken und ihr die Welt versprechen, während mein Mund auf ihrem lag. Und noch immer stieß sie mich nicht von sich. Sie wusste, was wir waren. Sie akzeptierte es. Sie wollte es auch.

Erleichterung durchströmte mich, als ich auf dieses perfekte Geschöpf hinunterblickte und es wagte, ihr noch näher zu kommen. Die Sterne schimmerten am Himmel über uns, erwartungsvolle Energie umgab uns, und ich beugte mich vor.

Ihr Atem tanzte mit meinem, mein Verlangen nach ihr war so überwältigend, dass ich vor Kraft zitterte. Womit hatte ich dieses Glück verdient? Wie war ich für eine Frau wie sie auserwählt worden? Kein Teil von mir konnte behaupten, ihrer Liebe würdig zu sein, aber ich schwor bei allen Sternen, die uns beobachteten, und bei jedem Fetzen meiner elenden Seele, dass ich alles werden würde, was sie verdiente – und noch mehr. Von diesem Moment an würde ich ihr Geschöpf sein und alles tun, um all meine Fehler, die ich zuvor begangen hatte, wiedergutzumachen. Jene Fehler, die vor *uns* geschehen waren, vor dem, was wir wirklich sein sollten.

Meine Hand glitt über ihre Wange, unsere Blicke trafen sich und meine Seele streckte sich ihr entgegen, als sich ihre Lippen für das Versprechen dieses Kusses öffneten. Und ich beugte mich weiter vor, so verzweifelt, diesen Kuss zu fordern, dass es verdammt wehtat.

»Nein«, hauchte sie, das Wort zerschmetterte mich und ließ mich erstarren.

Ich blinzelte sie an, dieses einfache Wort drang nicht in meinen Verstand ein, weil ich sie nicht richtig gehört haben konnte. Es war unmöglich, dass sie die Wahrheit dessen, was wir füreinander waren, nicht spüren konnte. Und keineswegs hatte sie Nein gesagt, anstatt mich zu küssen.

Aber alles, was ich in ihren grünen Augen fand, waren Ablehnung, Wut, Hass.

Ich schüttelte den Kopf, mein Griff um ihr Gesicht wurde fester, während ich versuchte, das, was sie gerade gesagt hatte, zu leugnen. Und ich suchte nach den Worten, die sie dazu bringen würden, es zurückzunehmen.

»Du verstehst nicht«, sagte ich verzweifelt. »Wir sind füreinander bestimmt. Wir sind dazu bestimmt, zusammen zu sein.«

Sie spürte die Wahrheit darin, ich wusste, dass sie das tat. Aber die solide Mauer in ihrem Blick sagte mir, dass die Wahrheit, egal, wie blendend und erderschütternd mächtig sie auch sein mochte, einfach nicht genug war.

»Du hast also begriffen, dass du dich in der ganzen Zeit, in der du mich gequält hast, in mich hättest verlieben sollen?«, fragte Roxy bitter. »Nun, es ist zu spät. Du kannst nicht mehr rückgängig machen, was du getan hast.«

»Ich *habe* mich in dich verliebt«, antwortete ich mit brüchiger Stimme, denn natürlich hatte ich das. Konnte sie das nicht sehen? Konnte sie es nicht fühlen? »Alles andere war nicht real. Das ist nicht das, was ich wirklich bin! Ich …«

»Doch, das ist es«, sagte sie entschlossen. »Genau das bist du. Du kannst behaupten, dass du es furchtbar fandest oder dich gezwungen gefühlt hast, aber *du* bist trotzdem derjenige, der mir all diese Dinge angetan hat. Du bist derjenige, der uns auf diesen Weg gebracht hat. Ich wollte nie einen Krieg mit dir. Aber du hast mir keine Wahl gelassen. Und jetzt lasse ich dir auch keine Wahl.« Ihre Stimme hallte mit einer Klarheit wider, die mich zerriss, und ich konnte weder die Worte finden, um sie umzustimmen, noch die Ausreden oder Entschuldigungen für irgendetwas davon.

»Bitte«, flehte ich erneut. »Ich schenke dir mein Herz. Wenn du mir im Gegenzug deines schenkst, werde ich jeden Moment unseres Lebens damit verbringen, dir zu beweisen, dass ich dessen würdig sein kann.«

»Es ist zu spät«, knurrte sie und riss mir mit jedem einzelnen Wort das Herz aus der Brust. »Wenn das Schicksal so grausam ist, mir die wahre Liebe in einem Mann zu ermöglichen, der mich so sehr verletzen kann, wie du es getan hast, dann werde ich ohne Liebe auskommen«, schwor sie. »Du willst mein Herz? Eher schneide ich es heraus, als es dir zu geben.«

Ich schüttelte den Kopf, wies die Worte zurück, die sie mir entgegenschleuderte, und zog sie näher zu mir heran, in einem verzweifelten Versuch, ihr klarzumachen, was für mich jetzt so offensichtlich war. Ich gehörte ihr. Ich gehörte ihr, verdammt noch mal, und sie musste mich akzeptieren. Sie musste es tun, sonst würde ich in eine Million Stücke zerspringen und nie wieder der sein, der ich einst gewesen war.

Dieser verräterische Hoffnungsschimmer kehrte zurück, als sie mich näher an sich heranließ, mir erlaubte, sie an mich zu ziehen, obwohl die Mauer in ihren Augen so undurchdringlich blieb wie eh und je.

»*Bitte*, sei einfach mein, Tory«, bat ich, aber ich konnte bereits sehen, dass das nicht genug war.

»Lieber bin ich allein«, flüsterte sie und zerstörte mit diesen Worten das Wenige, das noch von mir übrig war. Schließlich zog sie ihre Hand aus meiner und trat einen Schritt zurück, während ich nur mit dem Kopf schüttelte, mich weigerte, ihr zu glauben, mich weigerte, zu akzeptieren, dass sie es ernst meinte.

Tränen liefen über ihre Wangen, und die Eindeutigkeit ihres eigenen Schmerzes traf mich ins Herz, weil ich wusste, dass ich der Grund dafür war, seit wir einander kennengelernt hatten.

»Tory, ich …« Ich folgte ihr, als sie wegging, aber sie wich immer weiter zurück, bis ich schließlich stehen blieb. Jeder falsche Anschein von Hoffnung wurde vom eisigen Wind weggeweht.

Die Wolken zogen über uns zusammen, die Sterne waren wieder verborgen, als unsere Sternbilder ihre Ausrichtung verloren. Und ich spürte, wie ihre Schatten auf mich fielen, bis tief in meine Seele hinein.

Roxys Blick traf den meinen, als sich ein schwarzer Ring um ihre Pupillen bildete und mich vor Entsetzen erstarren ließ. Wir waren sternverflucht. Die unmögliche Wahrheit dessen umgab mich wie ein Schleier der Dunkelheit, von dem ich wusste, dass ich ihm nie entkommen würde.

Die Blase des Friedens, in der wir gestanden hatten, zerbrach plötzlich und das Schneegestöber tobte abermals um uns herum. Er beanspruchte diesen Ort, als hätte er nie existiert.

Sie drehte sich um, rannte davon und ließ mich im Schnee stehen. Und ich hatte das Gefühl, dass jeder Schritt, den sie sich von mir entfernte, mit den blutigen Überresten meines Herzens markiert war.

Dieser Schmerz war wie nichts, was ich je zuvor gefühlt hatte. Die Realität dessen, was wir hätten sein können, was ich getan hatte, lastete so schwer auf mir, dass ich nicht einmal atmen konnte.

Etwas in mir zerbrach und ich wusste, dass es nie wieder zusammengefügt werden würde. Und als die Qualen zu viel wurden, löste sich mein Drache aus den Fesseln meines Körpers.

Ich erhob mich in die Lüfte und schoss davon, weg von diesem Ort und den schrecklichen ablehnenden Worten, die mir nie aus dem Kopf gehen würden. Ein Brüllen, durchdrungen von heftigem Schmerz, bahnte sich seinen Weg aus meiner Kehle und hallte über den Himmel hinweg. Und ich flog und flog und flog einfach weiter, als könnte ich der verrotteten Wahrheit meines Lebens entkommen, wenn ich nur schnell genug wäre.

Roxanya Vega hätte mir gehören sollen. Aber letztlich hatte sie die erbärmliche Wahrheit über das, was ich war, erkannt und mich lieber zerstört, als sich an mich zu binden. Und ich hatte niemandem die Schuld zu geben als mir selbst.

LEON

DER ABEND, AN DEM ER UND DIE RUTHLESS BOYS DIE VEGA-ZWILLINGE ZUM ERSTEN MAL TREFFEN. ACHTUNG, SPOILER FÜR DIE RUTHLESS BOYS OF THE ZODIAC-SERIE!

LIONEL

AUS LIONELS REFUGIUM …

Schon seit Langem bereiten mir die fehlgeleiteten Fae, die in den Gossen von Alestria lauern, Sorgen. Ihre ungehobelten Manieren sind mir ein Dorn im Auge und ihr Mangel an Anstand verursacht mir großes Unbehagen. Viele mächtige Fae, die in dieser trostlosen Stadt leben, waren mir nützlich, aber viele andere haben mich sehr verärgert.

Die Nights zum Beispiel – eine Familie, die für ihre Diebstähle bekannt ist. Auch wenn es nie genug Beweise gab, um sie an ihren rechtmäßigen Platz in Darkmore zu verweisen und mir Zugang zu den Schätzen zu verschaffen, die sie so gut bewachten.

Zumindest nicht, bis einer dieser Nights in mein Anwesen einbrach und mir die Gelegenheit gab, ihn in die Tiefen der berüchtigten Schrecken Darkmores zu verbannen. Obwohl ich leider keinen Anspruch auf die Schätze seiner Familie erheben konnte, verschaffte mir diese Aktion den nötigen Einfluss, um meine Beziehung zum Sturmdrachen Dante Oscura zu festigen. Ein sturer, ungehobelter Fae, der sich viel zu viele Jahre lang nicht der Autorität der Drachengilde beugen wollte.

Trotz seiner fragwürdigen Abstammung von einem vulgären Werwolfsrudel ist seine Art von solcher Seltenheit, dass ich ihn nicht seinen verbrecherischen Unternehmungen in Alestria überlassen konnte, ohne ihn selbst im Auge zu behalten. Meine Hoffnung war es, ihn aus seiner primitiven Familie herauszulösen, indem ich ihm Berge von Gold und eine Position von Größe im Königreich anbot. Leider hat ihn seine unzüchtige und ungehobelte Natur dazu verleitet, einen anderen Weg einzuschlagen. Er hat sich mir widersetzt, zusammen mit seinem Gefährten Leon Night und dem verabscheuungswürdigen Altair-Mädchen, das mir bei jeder Gelegenheit zu trotzen versuchte.

Unwichtig, denn der Krieg spitzt sich zu, und sobald jeder Night, Oscura und Altair tot ist, werde ich die Reichtümer ihrer Familien als meine eigenen beanspruchen. Es ist nur eine Frage der Zeit …

LEON

KAPITEL 1

»Findest du den Geschenkkorb übertrieben?«, fragte ich und stemmte die Hände in die Hüften, während ich auf den riesigen Korb starrte, der größer als die Couch war und so viele Geschenke enthielt, dass ich die Hälfte davor hatte abstellen müssen.

Ich hatte die Mindys spezielles Geschenkpapier mit kleinen Basilisken, Löwen, Drachen, Harpyien und Vampiren auf einem lilafarbenen Untergrund besorgen lassen. Sie hatten die ganze Nacht durchgearbeitet, um all diese Geschenke einzupacken. Ich hatte auch geholfen. Ich hatte das größte Geschenk eingepackt, was wirklich schwierig gewesen war, also hatte ich danach ein Nickerchen gemacht. Als ich gegen neun Uhr heute Morgen aufgewacht war, hatten sie den Rest bereits erledigt. Er war anstrengend, dieser ganze Partyplanungsmist.

»Ja«, knurrte Ryder von seinem Platz am Fenster aus. Er hatte sich überhaupt nicht von dort wegbewegt, während ich die letzten Dekorationen aufgehängt hatte, die die Mindys mir überlassen hatten – nein, doch, er hatte sich einmal bewegt, als er den König-der-Löwen-

Partyhut mit Scars Gesicht darauf abgenommen hatte, den ich ihm vor einer Stunde auf den Kopf gesetzt hatte. Daraufhin hatte ich ihn mit einem Schwebezauber belegt, sodass er ein paar Zentimeter über ihm hing, und ich hoffte, dass er ihn nicht bemerken würde, zumal er gerade mit dem Film »Der König der Löwen 2« im Fernsehen beschäftigt war.

»Ach was, sie werden begeistert sein.« Ich schob meine Zweifel beiseite, während Ryder seinen Blick durch den Raum schweifen ließ, um sich meine Deko anzusehen.

»Du schießt über das Ziel hinaus, Mufasa. Warum hast du eine Party zum Thema König der Löwen ausgerichtet? Sie werden die Bedeutung dessen für uns nicht verstehen.«

»Nicht mit dieser Einstellung«, sagte ich und plusterte ein Kissen mit Zazus Gesicht darauf auf.

»Leon!«, brüllte Gabriel aus der Küche, und ich rollte mit den Augen, so wütend klang sein Tonfall. »Was?«, rief ich unschuldig zurück.

»Du weißt, was«, knurrte er. »Komm her!«

Ich stöhnte und musterte den riesigen Stapel Geschenke, während ich darüber nachdachte, mich dahinter zu verstecken.

»Mach dir keine Mühe«, warnte Gabriel, und ich schnaubte. Zum Teufel mit ihm und seiner Gabe! Ich war unkonzentriert, musste meine Entscheidungen eher willkürlich treffen, etwas Unvorhersehbares tun, um seine Aufmerksamkeit von mir abzulenken.

Mit schleppenden Schritten und einem Schmollmund betrat ich die Küche und sah, wie er eine Augenbraue hochzog, die Brust entblößt und die Flügel hinter dem Rücken gefaltet. Er schien gerade erst vom Fliegen zurückgekommen zu sein.

»Was zum Teufel ist das?« Er zeigte auf das Banner, das über dem Bogen hing, durch den ich gerade gegangen war und das ich speziell für heute Abend hatte anfertigen lassen. Ich hob unschuldig den Blick und las die Worte, die in blauen und silbernen Buchstaben darauf geschrieben standen.

Es ist uns egal, dass du einen Lehrer gefickt und dafür gesorgt hast, dass er ins Gefängnis kommt, Darcy!

»Und das?« Gabriel zeigte auf das rot-goldene Banner, das über dem Fenster zu meiner Rechten hing.

Mit einem Acrux sternverflucht zu sein, ist ein Power-Move, Tory!

»Ich sehe das Problem nicht, Gabe«, meinte ich mit einem Achselzucken.

»Nenn mich nicht Gabe!« Er hob den Finger und wirkte Ranken, die die Banner zu Boden rissen. »Schau, ich weiß, dass du aufgeregt bist.« Ich nickte mehrmals.

»Aber lass uns sie nicht verschrecken, indem wir auf zwei der schmerzhaftesten Momente in ihrem Leben hinweisen, ja?«

Ich schnurrte und wippte auf meinen Fußballen auf und ab. »Okay, vergiss die Banner. Ich wollte nur, dass sie wissen, dass wir sie so akzeptieren, wie sie sind. Ich könnte meine Iriden mit einer Illusion versehen, damit sie schwarze Ringe haben wie Torys?«, schlug ich vor.

»Nein«, sagte er mit einem Kopfschütteln.

»Ich könnte Darcy davon erzählen, wie Ryder mal eine Lehrerin gefickt hat und sie verhaftet, geächtet und in den Ruin getrieben wurde?«

»Bitte nicht!«, warnte er.

»Klar, klar, bei Orion ist das etwas ganz anderes. Aber sie könnte sich mit Ryder über ihre Gemeinsamkeiten näherkommen. Oh, da fällt mir ein, ich habe ein paar Stichwortkarten geschrieben.« Ich holte den Stapel aus meiner Tasche. »Na ja, eigentlich haben meine Mindys sie geschrieben. Sie haben alles über Torys und Darcys Vorlieben recherchiert und eine Akte für mich zusammengestellt.«

»Es ist wirklich nicht nötig, dass …«, begann er, aber ich schnitt ihm das Wort ab und las einen meiner großartigen Gesprächspunkte vor.

»Also, Tory, du hast Nein zu den Sternen gesagt und dich geweigert, dich an den Sohn des psychotischsten Mannes Solarias zu binden. Erörtere!«

»Leon!«, knurrte Gabriel und stapfte mit einer solchen Entschlossenheit auf mich zu, als würde er mir meine Stichwortkarten entreißen wollen. Aber ich würde für meine Stichwortkarten sterben.

»Das Baby hat getreten!« Elise stürmte in den Raum, ihr lilafarbenes Kleid wirbelte um ihre Beine, bevor es wieder zu Boden flatterte und an der kleinen Beule ihres Bauches klebte.

Dante kam klatschnass und splitternackt aus der Dusche in den Raum gesprintet.

Scheiß auf die Stichwortkarten! Ich warf sie Dante ins Gesicht, um ihn zu irritieren, sprang ihm in den Weg, ging auf die Knie und presste mein Ohr und meine Hand an Elises Bauch, wobei ich noch lauter schnurrte.

»*Stronzo!*«, blaffte er und benutzte seine Luftmagie, um sie von sich wegzublasen, während er sich neben mich auf die Knie fallen ließ und seinen Kopf neben meinen legte, sodass wir einander ansahen.

»Leon, das kitzelt«, rief Elise lachend. Sie schob ihre Finger in meine Haare und ich schloss die Augen vor lauter Wohlgefühl.

Gabriel stellte sich hinter sie und küsste ihre Schläfe, bevor er eine Hand auf ihren Bauch legte.

Ryder erschien mit dem Scar-Hut, der – sich immer noch langsam drehend – über seinem Kopf schwebte, und beeilte sich, zu uns zu stoßen. Er schob seine Hand zwischen Dantes und mein Gesicht, bevor er Elise entschlossen auf die Lippen küsste.

»Wie stark hat es getreten, *carina*?«, fragte Dante. »So stark wie ein Sturmdrache?«

»Fühlt es sich flauschig an wie ein kleiner Löwe?«, wollte ich wissen.

»Oder so kaltblütig wie ich?«, fragte Ryder mit einem düsteren Lächeln.

»Sscchh, es tritt schon wieder«, sagte Gabriel aufgeregt und wir hielten alle den Atem an. Gabriels Finger bewegten sich in letzter Sekunde genau an die richtige Stelle, und ich hob schnell meine Hand, um es auch zu fühlen. Es war, als würden winzige Schmetterlingsflügel meine Handfläche berühren.

»Wow«, hauchte Elise, und ihre Augen leuchteten voller Magie.

Dante bewegte seine Hand ebenfalls dorthin, gerade als es sich wieder bewegte, und wir alle lachten, außer Ryder, der grunzte, weil er es verpasst hatte. Er bewegte seine Hand neben meine, um auch etwas zu fühlen.

»Hier.« Gabriel packte Ryders Handgelenk und bewegte seine Hand ein wenig tiefer. Ryder riss die Augen auf, als er ebenfalls einen Tritt spürte. Wir alle schauten zu Elise und mein Herz pochte so stark, dass ich das Gefühl hatte, es könnte gleich platzen.

Etwas Weiches und Warmes drückte gegen mein Bein, woraufhin ich zu Boden schaute – und bemerkte, dass Dantes nackter Schwanz und seine Eier direkt auf meinem Knie lagen.

»Ähm, Alter …«, murmelte ich, während er nach wie vor Elise anstarrte, wie gebannt von ihr. Sein Mund stand offen, so fasziniert war er von dem Moment. Den wollte ich nicht ruinieren, aber … na ja, ich steckte hier in dieser Schwanz- und Eierkrise. Es war ja nicht so, dass ich seinem Drachenschwanz noch nie so nahe gewesen wäre, aber ich war es nicht gewohnt, dem Ding als Stütze zu dienen. Sein riesiger Schwanz war schwer, und obwohl ich versuchte, ihn zu ignorieren und mich auf den Moment zu konzentrieren, den wir alle teilten, glitt mein Blick immer wieder in dessen Richtung.

Ich tue einfach so, als wäre er nicht da. Das hat Klasse.

Oder vielleicht kann ich mich so weit zurücklehnen, dass er von meinem Knie rutscht ...

Das versuchte ich, wobei mein Rücken sofort gegen Ryders Bein stieß, und ich versuchte, mich auf die Debatte zu konzentrieren, die sie alle darüber führten, wie unser Baby heißen sollte – Leon Junior, klar. Aber mein Fokus wanderte immer wieder zu meinem Dilemma zurück.

Vielleicht kann ich ihn einfach vorsichtig anheben, damit er runterrutscht, ohne dass er es merkt. Aber hebe ich ihn an den Eiern oder am Schwanz an?

Beides. Auf jeden Fall beides.

Okay, kleiner Mann, ab nach Hause mit dir!

Ich entschied mich für eine beidhändige Umklammerung seiner Eier und umfasste sein Gehänge sanft. Aber er versetzte mir sofort einen Stromschlag, der mich gegen Ryder schleuderte und uns beide auf den Hintern fallen ließ.

»Fuck!«, stöhnte Ryder, während er sich an unseren beiden Schmerzen labte und meine Haut von Dantes Sturmkräften brutzelte.

»*Dalle stelle!*«, fluchte Dante und stand auf. »Was zum Teufel hattest du vor?«

»Du hättest mich warnen können, dass er das tun würde.« Ich kniff die Augen zusammen und sah Gabriel an, der jetzt als Einziger Elise in den Armen hielt und ihren Hals küsste, als hätte er keine Ahnung, was vor sich ging. Aber als er aufblickte, hatte er ein wissendes Grinsen auf den Lippen und zuckte mit den Schultern.

»Ich war abgelenkt«, sagte er.

»Bullshit«, warf ich ihm vor, dann begann Elise zu lachen, als sie auf mich zeigte.

»Leon, deine Haare!«, rief sie, wobei sie immer lauter lachte. Ryder stieß mich von sich weg, und wir rappelten uns beide auf. Ich fuhr mir stirnrunzelnd durch die Haare und stellte fest, dass sie durch die statische Aufladung in alle Richtungen abstanden. Ich stürmte zum Wandspiegel und brüllte vor Wut.

»Nein! Ich habe Stunden damit verbracht, meine Haare zu machen!«, rief ich und versuchte, sie mit den Fingern wieder in Form zu bringen, aber es war zwecklos. Ich brauchte Styling-Produkte, einen Afro-Kamm, mein Anti-Frizz-Spray – nein, dafür war keine Zeit. Ich hatte keine sternverdammte Zeit. Das Spray würde ausreichen müssen.

»Mach kein Drama draus«, sagte Ryder mit einem Augenrollen, sein kurz geschorener Kopf war genauso langweilig unbeweglich wie immer. Dann klingelte es an der Tür und ich heulte auf, meine Haare mit beiden Händen festhaltend.

»So können sie mich nicht zu Gesicht bekommen!«

»Wenigstens bist du angezogen«, sagte Dante, eilte aus dem Zimmer und ich rannte ihm hinterher, wobei ich fast seinen nackten Arsch rammte, als ich die Treppe hinaufsprintete. Meine Panik war jetzt allgegenwärtig.

»Deine Haare sind ihnen egal«, rief Gabriel mir hinterher, aber selbst wenn das wahr wäre, ging es hier um meinen Stolz. Meine Haare offenbaren meinen Status als Löwe, und ich wollte, dass seine Schwestern das Beste von seinem Brudergemahl dachten.

Ich rannte ins Badezimmer und kramte in den Produkten am Waschbecken, während ich nach meinem Anti-Frizz-Spray suchte.

»Kleines Monster, wo ist das Wunderlöwen-Spray?«, rief ich ihr zu.

»Ich habe heute Morgen den Rest für deine Haare verwendet«, antwortete sie.

»Nein!«, keuchte ich und schüttelte entsetzt den Kopf, als ich die leere Flasche im Müll entdeckte. Ich fiel auf die Knie, nahm sie aus dem Eimer und riss den Deckel ab, um noch einen kleinen Rest in meinen Fingern zu sammeln, aber es kam nichts heraus.

Ich nahm meinen Kamm vom Waschbecken, blieb auf dem Boden und fuhr mit ihm durch meine Haare, um die Krausen zu glätten, aber es blieb nicht genug Zeit für Perfektion.

Schritte näherten sich und ich rutschte auf meinem Hintern zurück, bis mein Rücken die Badewanne berührte. Ich griff nach einem Handtuch und warf es mir eine halbe Sekunde, bevor sich die Tür öffnete, über den Kopf.

»Bei den Sternen, Mufasa!«, seufzte Ryder. »Steh auf und hör auf, dich lächerlich zu machen. Die Zwillinge sind hier und wollen dich kennenlernen.«

»Nein«, sagte ich. »Nicht so. Ich sehe schrecklich aus.«

Er kam näher, riss mir das Handtuch vom Kopf und sah mich finster an, während er die Arme vor der Brust verschränkte. Sein dunkelgrünes Hemd brachte seine Augen zum Strahlen. Er sah perfekt aus. Wie ein Basilisk auszusehen hatte, mit seinem wütenden Gesicht, das die süße kleine Viper in seinem Inneren verbarg, die einfach nur kuscheln wollte. Es war nicht fair. Ich musste auch perfekt aussehen.

Ich stürzte mich auf ihn und klammerte mich an sein Hemd, während ich halb an seinem Körper hochkletterte und schließlich an seinen Schultern hing. »Hilf mir!«, flehte ich.

»Argh, lass mich los!« Er versuchte, meine Hände von sich zu lösen, aber ich gab nicht nach.

»Du benimmst dich wie ein Löwenjunges; reiß dich zusammen!«

Ich sackte an ihm zusammen, vergrub mein Gesicht in seinem Nacken und stieß ein klägliches Wimmern aus. »Hab Mitleid mit mir, Ryder. Hab Mitleid mit miiiiir.« Ich stieß eine Ladung Charisma aus, und er seufzte, klopfte mir auf den Rücken und schenkte mir etwas von der Aufmerksamkeit, die ich brauchte, um mich zu beruhigen.

»Folge mir, Arschloch!« Er löste sich von mir und ich trottete ihm hinterher durch die Tür und in den Raum auf der anderen Seite des Flurs, den er als sein Labor für Tränke nutzte. An den Wänden befanden sich Lüftungsschächte und in der Mitte des Raumes stand ein großer runder Tisch, auf dem ein Kessel thronte. Daneben waren Bücher und einige Zutaten ausgebreitet. An der Rückwand befand sich ein riesiges Regal voller Elixiere, Kräuter und Tonika in allen möglichen Farben.

Er ging darauf zu, nahm drei verschiedene Fläschchen aus dem Regal und ging zum Kessel, um sie zu mischen. Ich schaute ihm über die Schulter und beobachtete ihn bei der Arbeit. Jedes Mal, wenn ich mein Kinn auf seine Schulter legte, zuckte er zusammen.

»Hier«, verkündete er nach ein paar Minuten und bot mir einen Klecks der cremigen Paste an, die er hergestellt hatte.

Ich neigte ihm den Kopf entgegen, und er schürzte kurz die Lippen, bevor er nachgab und die Paste in meine Haare rieb. Er fuhr mit den Fingern hindurch, um sicherzustellen, dass sie gleichmäßig verteilt war. Es fühlte sich so gut an, seine Finger durch meine Locken gleiten zu spüren, und ich schnurrte laut, was ihn dazu brachte, leise Schimpfwörter auszustoßen.

Als er fertig war, hob ich eine Hand und spürte die seidige Glätte. Meine Lippen teilten sich vor Überraschung. »Bei den Sternen, wie sieht es aus?«

Er zuckte mit den Schultern. »Wie Haare.«

»Ryder«, tadelte ich ihn wegen seines Mangels an Stil, drehte mich dann um und rannte ins Badezimmer, um meine Frisur zu überprüfen.

Sie. War. Perfekt.

»Heilige Scheiße!«, rief ich und rannte zurück. Er ging gerade auf die Treppe zu und ein Grinsen huschte über sein Gesicht. »Danke, Rydikins.«

Ich schmiegte mich an seine Wange und er schlug mit der Hand nach mir, aber sein Grinsen wurde nur noch breiter, als wir unten ankamen.

»Ich kann nicht glauben, dass wir die Erben des Throns von Solaria sind«, sagte ich aufgeregt.

»Sind wir nicht«, widersprach Ryder.

»Doch, sind wir«, beharrte ich.

»Wie kommst du darauf?«, fragte er verwirrt.

»Weil wir Schwiegererben sind. Wenn die Zwillinge sterben und Gabriel stirbt und Dante stirbt und Elise stirbt – die Sterne mögen uns beistehen –, dann sind wir die nächsten in der Thronfolge.«

»Das ist völlig falsch«, sagte Ryder und schüttelte den Kopf.

»Ist es nicht. Du und ich müssten um den Thron kämpfen, und wenn ich gewinne ...«

»Ich würde gewinnen«, unterbrach mich Ryder völlig selbstsicher.

»Keine Chance«, spottete ich. »Du müsstest mich irgendwann töten, nachdem ich den Thron bestiegen habe. Denn wenn Elise tot ist, würde mir all diese Macht zu Kopf steigen und ich würde zu einem Superschurken werden, der es zum Gesetz macht, dass sich alle die Haare lila färben. Ich würde Mindys haben, die meinen Mindys dienen, und ich würde sie alle dazu bringen, sich so zu kleiden wie du, Gabe und Dante, damit ich mich an die guten alten Zeiten erinnern kann. Aber dann würde ich manchmal so traurig werden, wenn ich euch alle sehe, dass ich auf eine Mindy-Mordtour gehen würde und ...«

Wir betraten die Küche und meine Worte stockten mir im Hals, als mein Blick auf sie fiel. Die Vega-Zwillinge. Die Mädchen, von denen ich so viel gehört und die ich in den Nachrichten verfolgt hatte. Gabriel hatte mir jedes Detail über ihre Existenz erzählt, und jetzt waren sie hier, in meiner Küche, tranken meine Limonade aus meinen Bechern mit dem König-der-Löwen-Motiv und atmeten meine Luft.

»Tief durchatmen, Leon«, ermutigte Gabriel, seinen Arm um Elise gelegt, während er neben seinen Schwestern stand. Schwestern von einem anderen Mann, aber dennoch konnte ich die Ähnlichkeit erkennen. Sie sahen ihm noch ähnlicher, als ich es auf den Fotos bemerkt hatte.

»Hallo«, sagte Darcy, deren blaue Haare ein eindeutiges Erkennungszeichen waren, und winkte mir und Ryder zu.

»Wir haben schon viel von euch gehört«, sagte Tory mit einem ermutigenden Lächeln.

»Gabriel redet ununterbrochen von euch beiden«, sagte Ryder und ging auf sie zu, um ihnen wie ein unbeholfener Sellerie die Hand zu schütteln.

Dante trat vor, um ihnen mit seinem goldenen Kelch zuzuprosten, und lächelte strahlend. »*Alla nuova famiglia* – auf die neue Familie!«

Sie tranken darauf, während ich weiterhin gaffte, unfähig, meine Beine zu bewegen. Und Tory warf Gabriel einen fragenden Blick zu und deutete mit dem Kopf in meine Richtung. Sie war temperamentvoll, und ich könnte mir vorstellen, dass sie meine gestohlene Schwertsammlung sehen wollte. Vielleicht würde sie sogar mit mir Schwertkampf spielen – obwohl Gabe mir verboten hatte, das noch einmal zu tun, nachdem ich Dantes Bein fast abgeschnitten hatte. Er war so ein Spielverderber. Ich würde wetten, dass Darcy meine Hüpfburg lieben würde, aber Gabe mochte es auch nicht, wenn ich ohne Aufsicht darauf spielte, da ich den Freund eines Freundes eines Freundes dazu gebracht hatte, einen Luftzauber auf sie zu wirken, der mich beim Hüpfen hundert Meter hoch in den Himmel fliegen ließ. Aber Darcy verfügte über Luftmagie. Sie könnte mein Sicherheitsnetz sein.

Bei den Sternen, das wird der beste Tag meines Lebens. Wenn ich mich nur bewegen, sprechen oder irgendetwas anderes tun könnte, als nur zu starren.

»Ist schon gut, Leon«, ermutigte Elise.

»Aber … Ach, verdammt!«, fluchte Gabriel und wollte mich abfangen, aber es war zu spät. Ich löste mich aus meiner Trance und stürmte mit ausgestreckten Armen auf die Zwillinge zu. Ihre Augen weiteten sich, als ich sie in die wildeste Bärenumarmung zog, die sie sich vorstellen konnten. Besser als jeder Bärenwandler sie geben könnte.

»Ich bin Leon«, sagte ich mit einem intensiven Schnurren. »Leon Night, der beste Dieb in Solaria und euer neuer Bruder.«

DANTE

KAPITEL 2

»L asst mich eure Sachen nach oben bringen«, sagte Elise mit einem strahlenden Lächeln, huschte zu den Zwillingen und schnappte sich ihre Taschen.

»Stopp!«, knurrte Ryder und hielt sie fest. »Mach das nicht.«

»Was?«, fragte sie verwirrt, und ich unterdrückte ein Lachen, da ich genau wusste, was er dachte. Gabriel warf mir einen wissenden Blick zu und schien kurz davor zu sein, ebenfalls in Gelächter auszubrechen. Falco war in diesen Witz eingeweiht, obwohl er nie ein Wort darüber verloren hatte – aber er hatte diesen alles *sehenden* Blick aufgesetzt.

»Du könntest dem Baby davonlaufen«, sagte Ryder ernst, und Darcy und Tory tauschten einen besorgten Blick aus, während Leon nicht ganz so subtil in eine der Taschen der Zwillinge in Elises Hand spähte, als hoffte er, darin Leckereien zu finden.

»Wovon redest du?«, fragte Elise stirnrunzelnd.

»Ich habe heute Morgen darüber gelesen«, murmelte Ryder. »Vampire können ihre eigenen Babys abhängen und sie außerhalb der

Gebärmutter zurücklassen.«

Ich musste mich sehr zusammenreißen, um nicht zu lachen. *Stupido serpente.*

Ryder hatte versucht, mich bei jedem Babybuch, das wir gekauft hatten, auszustechen. Er hatte mir sogar eines aus der Hand gerissen, während ich geschlafen hatte, damit er es zuerst fertig lesen konnte. Also hatte ich einen meiner Cousins gebeten, mir ein neues Buch mit lächerlichen, unwahren Fakten über die Schwangerschaft von Fae zu drucken. Als ich es gestern Abend nach Hause gebracht und verkündet hatte, dass es ein brandneues Bestseller-Schwangerschaftsbuch sei, hatte Ryder es mir wie erwartet gestohlen. Jetzt würde der Spaß beginnen.

»Pfft, in *meinem* Babybuch steht das nicht, *stronzo*«, sagte ich, um ihn zu provozieren.

»Tja, ich habe das aktuellste Buch Solarias, Inferno«, sagte Ryder mit einem selbstgefälligen Grinsen und glaubte, einen Punkt gegen mich gemacht zu haben. Aber oh, wie die Schlange fallen würde.

»Kommt und packt eure Geschenke aus!«, rief Leon, packte Darcy und Tory an den Händen und zog sie ins Wohnzimmer.

Elise warf mir einen Blick zu, der besagte, dass sie genau wusste, was ich im Schilde führte, und stürmte dann mit den Taschen der Zwillinge aus dem Zimmer nach oben.

»Elise!«, rief Ryder ihr besorgt hinterher, und ich legte ihm eine Hand auf die Schulter, um ihn davon abzuhalten, ihr nachzulaufen.

»Vielleicht hast du das falsch verstanden, hm, *serpente*?«, fragte ich und er warf mir einen misstrauischen Blick zu, während sich Gabriel ein Lachen verkneifen musste und Leon und den Zwillingen folgte.

»Ich habe überhaupt nichts falsch verstanden«, zischte er. »Dieses Buch ist viel besser als jeder alte verstaubte Wälzer, den du liest. Ich wette, du weißt nicht einmal, was ein Verme Credulone ist.«

Ich verschluckte mich fast vor Lachen und behielt stattdessen einen neutralen Gesichtsausdruck bei. Denn *verme credulone* bedeutete »leichtgläubiger Wurm« – und genau das war er.

»Was ist das?«, keuchte ich und tat so, als wäre ich besorgt, etwas Wichtiges verpasst zu haben.

»Es ist ein Krankheitsbild, das dazu führt, dass das Baby lang und dünn wird und ihm Arme und Beine abfallen, während es im Mutterleib ist.«

Dalle stelle.

»Und es kann durch zu viel Sex verursacht werden«, sagte er ernst.

»Warst du deshalb gestern Abend nicht mit uns im Whirlpool?«, fragte ich.

»Ja, und wenn ihr Arschlöcher dem zugehört hättet, was ich zu sagen hatte, hättet ihr unser Baby vielleicht nicht in Gefahr gebracht«, knurrte er.

»*Mie stelle*«, sagte ich besorgt und er nickte.

»Wow, das ist wirklich … viel«, hörte ich Tory sagen, und wir gingen in die Lounge, wo Leon gerade alle Geschenke für die Zwillinge öffnete und Kuscheltiere von Löwen, Harpyien, Basilisken, blauen Drachen, lilahaarigen Vampirpuppen, einen kleinen blauen Geisterhund und endlose Erinnerungsstücke an unsere verdammte Familie anbot. Phönixe waren auf allem Möglichen aufgedruckt. Es war auf eine psychotische Art süß.

Gabriel betrachtete seine Schwestern und grinste über ihre Gesichter, als Leon ihnen Berge von Zeug zu Füßen legte.

»Und schau! Die hier können sprechen.« Leon drückte auf den Bauch eines großen Plastik-Sturmdrachen, der mir nachempfunden war, und er rief: »*A morte e ritorno!*«

Ich stieß ein Lachen aus und die Zwillinge taten es mir gleich.

»Der ist wirklich ziemlich niedlich.« Darcy nahm ihm den Sturmdrachen ab und Leon bot als Nächstes das schwarze Basilisk-Spielzeug an, das einen Cowboyhut auf dem Kopf trug. Er drückte den

Knopf auf seinem Bauch und es knurrte: »Ich liebe Schmerzen und trockenen Haferbrei.«

Ryder schnaubte und ich lachte schallend, als Tory das Spielzeug begeistert entgegennahm und Ryder grinsend ansah.

»Trockenen Haferbrei? Das ist heftig, Alter«, sagte sie, und Ryder verschränkte die Arme.

»Eine alte Angewohnheit«, grunzte er.

»Könntest du nicht etwas Milch dazugeben?«, fragte Darcy verwirrt.

»Nein«, entgegnete Ryder kurz angebunden.

»Oder Zucker?«, schlug Tory vor, aber er zuckte nur mit den Schultern.

Leon stand auf, legte einen Arm um Ryders Schultern und drückte ihn. »Unser kleiner Rydikins hat sich früher zum Spaß selbst bestraft. Er ist eine traurige kleine Streunerschlange, die wir aufgenommen haben.«

Ryder stieß ihn mit einem tödlichen Zischen von sich. »Du weißt, was man über Leute sagt, die Schlangen in ihrem Haus halten. Dass sie die nächste Mahlzeit der Schlange sind.« Seine Augen wurden zu Schlitzen und Leon stieß ihn spielerisch an, ohne die Drohung ernst zu nehmen.

Elise kam zurück ins Zimmer und umarmte mich. Ich legte einen Arm um ihre Taille und drückte ihr einen Kuss auf die Schläfe. Sie roch nach Kirschen und meine Haut kribbelte, als ich sie näher zu mir zog, meine Hand über ihren Bauch gleiten ließ und mich fragte, ob das Baby die Energie seines Vaters geerbt hatte. Es bestand keine Chance, dass der kleine *bambino* nicht von mir war. Meine Schwimmer trugen den Sturm in sich und hätten jeden anderen Konkurrenten mit Leichtigkeit zerstört.

»Was sagt der Löwe?«, fragte Darcy und Leon drückte den Knopf am Spielzeug.

»Ich werde Feuer auf eure verdammten Seelen regnen lassen!«, schrie er, dann ertönte ein kraftvolles Löwengebrüll aus seinem Bauch.

»Was zum Teufel ist das, *fratello*?«, fragte ich entsetzt. »Das hast du noch nie gesagt.«

»Wovon sprichst du? Das ist mein Motto, das benutze ich ständig«, beharrte Leon.

»Du hast diese Worte in deinem ganzen Leben noch nie in den Mund genommen, Leo«, meinte auch Elise mit einem Kichern.

»Doch, ständig«, beharrte er, bevor er abweisend mit den Händen fuchtelte. Die Zwillinge grinsten einander an.

»Was macht Gabriels Spielzeug?«, fragte Tory und Gabriel schürzte die Lippen, als Leon den Knopf an der schwarzflügeligen Harpyie drückte, als hätte er bereits *gesehen*, was kommen würde.

»Nenn mich nicht Gabe!«, sagte die Harpyie gereizt.

»Was ist denn so schlimm daran, dich Gabe zu nennen? Gabe?«, neckte Darcy ihn.

»Fang du bloß nicht auch noch damit an!«, warnte Gabriel sie, und Leon begann auf seinen Zehen zu hüpfen, während er zwischen ihnen hin und her schaute und leise »Gabe, Gabe, Gabe« sang.

»Nee, wir würden dich nie so nennen, Gabe. Oder, Darcy?« Tory grinste und Gabriel seufzte, als er seine Zukunft vor seinen inneren Augen zu *sehen* schien.

»*Natürlich* nicht«, erklärte Darcy, und die beiden warfen sich einen Blick zu, der besagte, dass sie es absolut tun würden.

»Mein Schicksal ist besiegelt«, meinte Gabriel bedrückt.

»Kommt essen, *nuove sorelle!*«, rief ich den Zwillingen zu, legte ihnen jeweils einen Arm um die Schultern und führte sie von dem verrückten *leone* weg, der wieder einmal den Berg an Geschenken durchwühlte.

Wir aßen im Esszimmer an einem riesigen Tisch, den mein Cousin Bendito mit aufwendigen Bildern der Formgebungen meiner Familie verziert hatte. Durch die hohen Fenster an einer Wand strömte Licht herein, und ich entdeckte Periwinkle, die mit zur Seite geneigtem Kopf draußen saß. Ryder öffnete die Tür, um sie hereinzulassen, und in dem

Moment, in dem die Tür offen war, trat sie stattdessen durch das Fenster daneben, wedelte mit der Rute und stolzierte durch den Raum.

»Was ist das?«, keuchte Darcy und ihre Augen weiteten sich, während ein Funkeln der Bewunderung in ihren Augen aufblitzte.

»Das ist ein Geisterhund«, sagte Ryder, hob das kleine Wesen hoch und es schmiegte sich an seinen Hals.

»Ich schwöre, ich habe gehört, wie ein Senior davon gesprochen hat, von einem dieser Tiere vergiftet worden zu sein«, sagte Tory und schien weniger geneigt zu sein, näher zu kommen. Darcy jedoch ging vor Periwinkle auf die Knie und streckte die Hand aus, um unseren kleinen Geisterhund zu streicheln.

»Dieser hier ist ziemlich zahm«, sagte Gabriel. »Dank Ryder.«

»Ich habe nichts gemacht.« Ryder zuckte mit den Schultern.

Periwinkle umkreiste Darcy immer und immer wieder, als würde sie sie genau unter die Lupe nehmen, bis sie schließlich ihren Kopf in Darcys Hand drückte.

»Tor, komm her und streichle sie!«, forderte Darcy, und Tory kniete sich neben sie und lächelte ihre Schwester an, als würde sie sich freuen, etwas Fröhlichkeit in ihr zu sehen. Ich vermutete, dass sie nach Lance' Verhaftung, dem damit verbundenen Skandal und der Tatsache, dass ihr Herz in Trümmern lag, heute ein tapferes Gesicht für uns aufsetzte.

Ich wünschte, ich könnte das Schicksal wenden und ihn von dort befreien, aber wenn ich dazu in der Lage wäre, hätte ich auch Leons Bruder Roary schon vor langer Zeit gerettet. Nicht, dass er – dank Lionel Acrux – überhaupt dort rauskommen könnte. *Cazzo di stronzo.*

Wir arbeiteten uns durch endlose Mengen an Essen, während wir die Geschichte erzählten, wie wir alle bei Elise gelandet waren. Und Leon spielte verschiedene Momente der Entstehung unserer Familie auf dramatische Weise nach. Ich setzte dem ein Ende, als er anfing, nachzuspielen, wie wir Elise zum ersten Mal für uns beansprucht hatten, indem er die Rolle jedes Einzelnen von uns übernahm und ein Kissen ansprang, auf das er eine Illusion von lilafarbenen Haaren gewirkt hatte.

»Ryder hat nie gelächelt, nicht wahr, Gabe?« Leon stieß die Harpyie neben ihm mit dem Ellbogen an, ließ sich wieder auf seinen Stuhl fallen und überließ das Kissen Periwinkle, die sich sofort darauf setzte. »Aber Elise hat ihn schließlich dazu gebracht – und *damit* hat er sich verraten.« Er schlug mit der Hand auf den Tisch. »Dass er eine fröhliche kleine Schlange in sich trägt, die nur darauf gewartet hat, herauszukommen und zu spielen.«

»Das ist zutiefst inakkurat«, zischte Ryder und legte seine Hand auf Elises Knie, wobei seine Finger die meinen berührten, die bereits auf ihrem anderen Knie ruhten.

»Wir mussten Ryder wieder beibringen, was es heißt, ein Fae zu sein«, fuhr Leon fort, als hätte er nichts gesagt. »Ich erinnere mich, dass unser alter Professor uns einmal wegen Nachsitzens in einen Schuppen auf dem Campus gesperrt hat. Er hat uns mit einem Zauber belegt, der uns dazu gezwungen hat, unsere Macht zu teilen, um wieder herauszukommen. Das war das erste Mal, dass Ryder zugegeben hat, dass er mich liebt.«

»Was?«, fauchte Ryder. »So einen Mist habe ich nie gemacht, Mufasa. Du hast immer wieder versucht, mich Macht-zu-ficken.«

»Er hat was?«, schnaubte Tory und Elise brach in Gelächter aus.

»Du hast mich immer wieder aufgefordert, meine Macht in dich zu stecken.« Ryder warf Leon einen finsteren Blick zu.

»Was du auch getan hast. Und es hat dir gefallen«, sagte Leon, griff nach einem Brötchen, biss herzhaft hinein und verteilte dabei überall Krümel.

»Es ist genauso seltsam, wie es klingt«, flüsterte Elise den Zwillingen am anderen Ende des Tisches zu.

»Hast du das erwartet? Dass ihr alle mal zusammenkommt?«, fragte Tory neugierig.

»Auf keinen Fall«, erklärte Elise lachend. »Aber … ich hätte auch nie gedacht, dass ich mich mal verlieben würde. Damals habe ich sowieso nicht viel weiter als bis zum nächsten Tag gedacht. Es war eine seltsame Zeit. So viel Schmerz, und doch … ist am Ende so viel Freude daraus entstanden.«

»So spielt das Leben, *amore mio*«, sagte ich, hob meine Hand, um ihr Kinn zu greifen, drehte ihren Kopf zu mir und drückte ihr einen Kuss auf die Lippen. *»I brutti momenti generano i bei tempi.«*

»Die schlechten Zeiten bringen die guten Zeiten hervor«, übersetzte Elise, die meine Sprache inzwischen fast perfekt beherrschte.

»Auf die schlechten Zeiten!« Gabriel hob ein Glas Arucso-Wein und wir alle taten es ihm gleich. »Mögen sie so schnell wie möglich die guten Zeiten hervorbringen.«

PLANISPHÆRI

ÆSTUS MARIS PER MOTUM LUNÆ DESCARTES

AQUARIUS
PISCES
ARIES
Triangulum
TAURUS
Caput Medusæ
Andromeda
Cassiopea
Cepheus
Perseus
Auriga
Erichtonius
Capella
Colurus
Solstitiorum
Circulus Arcticus
Stella Polaris
Polus Eclipticus
Pegasus
Cygnus
Lira
Lira
Equuleus
CAPRICORNUS
Delphinus
Antinous
Aquila
SAGITTARIUS
GEMINI
Castor
Pollux
Ursa maior
Callisto
Dubhe
Ursa minor
Draco
Polus Arcticus
Colurus Æquinoctiorum
Coma Berenices
Corona Bor.
Bootes
Arcturus
Cingonati
Herculis
Serpens
Ophiuch.
Serpens
SCORPIUS
CANCER
LEO
Tropicus
Circulus Æquinoctialis
VIRGO
LIBRA

ILLUMINATIO LUNÆ PER SOLEM

SETH

DIES IST DIE GESCHICHTE VON SETHS REISE ZUM MOND …

LIONEL

AUS LIONELS REFUGIUM …

Die Capellas. Formbar, leicht abzulenken und wankelmütig. Das dachte ich zumindest. Von den vier Erben schien Seth Capella am leichtesten zu kontrollieren zu sein. Seine Bedürfnisse waren einfach, seine rücksichtslose Natur ausgeprägt. Werwölfe sind wie Jagdhunde, treu und leicht durch einen schwachen Blutgeruch zur Jagd zu verleiten. Fleischabfälle reichen ihnen, selbst wenn ihre Mägen nur halb voll sind. Ich hatte wenig Bedenken, dass Darius ihn mit der Zeit unter Kontrolle bringen könnte, aber die unberechenbare Natur dieses speziellen Capella überraschte mich, besonders, als er sich dazu entschied, sich mit Gwendalina Vega anzufreunden. Die abscheulichen, unverblümten Bilder, die die beiden den ganzen Sommer über Arm in Arm in Zeitschriften zeigten, brachten mein Blut in Wallung.

Letztendlich war sein Kötercharakter leicht für die Loyalität der Vegas zu gewinnen, vielleicht waren ihre Abfälle reichhaltiger. Hätte ich diese Veränderung im Wind vorausgesehen, hätte ich den hündischen Erben vielleicht auf meine Seite ziehen können, wenn ich ihm eine reichhaltigere Mahlzeit angeboten hätte.

Im Nachhinein kann ich erkennen, wie der Wind geweht hat, wie Caleb Altair und er in eine geheime Affäre verstrickt waren und wie die beiden in ihrem Verrat vereint waren, als sie sich auf die Seite der Vega-Zwillinge stellten. Es ist schwer zu sagen, was sie ursprünglich dazu gebracht hat, sich ihnen anzuschließen. Roxanya hat ihre Beine natürlich schon für den Erd-Erben breitgemacht, lange bevor sie Darius in die Finger bekommen hat, und vielleicht hat sie diese Gefälligkeit allen vier gewährt.

Gwendalina war in dieser Hinsicht ganz offensichtlich auch nicht schüchtern, und als Lance Orion nach Darkmore geschickt wurde, um für sie den Kopf hinzuhalten – dieser hirnlose Trottel! –, hat sie ihre Aufmerksamkeit vielleicht auf mächtigere Liebhaber gerichtet.

Ja, ich hätte wahrscheinlich die Wahrheit dahinter erraten, aber die Bitterkeit ihres Verrats wurmte mich trotzdem ein wenig …

SETH

KAPITEL 1

Tuuuut, tuuut, verdammt noch mal Tuuut.

Bei den Sternen, wer hupte da um vier Uhr morgens?

Ich drehte mich brummend vor Wut in meinem Bett um, und meine Brüder und Schwestern bewegten sich knurrend und bellend genervt um mich herum. Jemand fiel mit lautem Jaulen zu Boden, als ich mich auf den Rücken rollte, und ich schnaubte und stopfte meinen großen flauschigen Kopf unter mein Kissen. Alle meine Geschwister hatten heute Nacht bei mir schlafen wollen, sodass ich von Ellbogen und Hüftknochen umgeben war. Athenas Pfote war direkt an mein Gesicht gedrückt und ich schlug sie mit meiner eigenen weg, während das laute Tuten weiterging.

Plötzlich ging das Licht an und meine Mutter erschien im Türrahmen wie ein Geist.

»Seth Capella, steh sofort auf und sag mir, warum Caleb Altair mitten in der Nacht vor unserem Haus steht und seine Hupe betätigt?«, schnauzte sie wütend.

Ich verwandelte mich sofort wieder in meine Fae-Gestalt, schnappte mir eine hellblaue Jogginghose und zog sie an. Caleb? Warum war er hier?

»Keine Ahnung, Mom«, sagte ich gähnend.

»Dann finde es heraus!«, befahl sie.

Ich schnappte mir meinen Atlas vom Nachttisch, als sich die flauschigen Körper meiner Geschwister alle herumwälzten und den Platz einnahmen, den ich in ihrer Mitte frei gemacht hatte. Graysons Zunge hing neben Nicks Arschloch – und die Konsequenzen sahen nicht gut aus.

Ich checkte meine Nachrichten, aber außer einer Gute-Nacht-Nachricht von Darcy als Antwort auf meine war nichts von meinen Freunden dabei. Sie übernachtete heute bei Gabriel und ihrer Familie, also wusste ich, dass es ihr gut ging. Na ja, nicht wirklich gut. Das Herz des Mädchens war aus ihrem Körper gerissen, zertrampelt, durch einen Mixer gedreht, von einem Greif gefressen und wieder ausgeschieden worden. In letzter Zeit war alles so beschissen und ich fühlte mich verdammt hilflos. Vor allem, wenn es um sie ging. Ich war so lange der Grund für ihren Schmerz gewesen und jetzt wollte ich einfach nur ihren Schmerz lindern und sie wieder lächeln sehen. Ich wusste nur nicht, wie das passieren sollte.

Ich schnappte mir ein T-Shirt, drückte mich an meiner knurrenden Mutter vorbei, lief die große Treppe hinunter, stapfte über den zotteligen grauen Teppich in der Eingangshalle und riss die riesige Eichentür auf. Als ich auf die Veranda trat, fiel das Licht von Calebs Scheinwerfern auf mich, und sein schwarzer Sportwagen glänzte im Schein des Mondes.

Die Luft war lau und mein Herz schlug schneller, als ich die Verandastufen hinunter und auf die gepflasterte Auffahrt zu seinem Autofenster lief. Er öffnete es und grinste selbstgefällig, und ich runzelte die Stirn, während ich seinen perfekten heißen Mund betrachtete, dem gegenüber ich keine schmutzigen Gedanken haben durfte. Aber ich hatte sie. Regelmäßig.

»Und du hast meine ganze Familie mitten in der Nacht geweckt, weil …?«, fragte ich neugierig.

»Steig ein!«, beharrte er und meine bereits hochgezogene Augenbraue wanderte noch höher.

»Was ist los? Ist etwas passiert?«, fragte ich, und in mir stieg ein Gefühl der Besorgnis auf.

»Nein. Aber wenn du nicht einsteigst, kommen wir zu spät«, sagte er und schloss das Fenster, um unser Gespräch zu beenden.

Es war verdunkelt, sodass ich sein Gesicht nicht sehen konnte, als ich meinen Mittelfinger an die Scheibe drückte. Dann sprang ich über seine Motorhaube und machte einen kleinen raffinierten Rückwärtssalto mit meiner Luftmagie, um neben der Beifahrertür zu landen, die sich wie ein Flügel öffnete.

Ich ließ mich auf den niedrigen Sitz fallen und die Tür schloss sich sanft neben mir. Im Fußraum lag eine Tüte mit Snacks, die ich mir sofort schnappte. Ich nahm ein paar Chips heraus und fing an zu knabbern.

Caleb setzte mit hoher Geschwindigkeit zurück, wobei er seine Vampirsinne nutzte, um wie ein Verrückter zu fahren und das Auto auf die Straße zu lenken. Er entfernte sich von meinem Haus und verschaffte meiner Mutter die dringend benötigte Ruhe. Ich jubelte, als er in die Dunkelheit davonraste, die Straße war von einem dichten Wald gesäumt.

»Also, was ist der Anlass?«, fragte ich und musterte ihn, während er mich nicht ansehen konnte. Ich betrachtete seinen markanten Unterkiefer und bemerkte, wie er kurz an seiner Lippe lutschte, bevor er sprach. Es machte mich ganz verrückt, also schaute ich wieder auf die Straße und rutschte auf meinem Sitz hin und her. *Wag es ja nicht, wegen deines besten Freundes einen Ständer zu bekommen!*

»Weißt du noch, wie ich dir das Ticket für einen Besuch auf dem Mond besorgt habe?«, sagte er und grinste mich an. Mir fiel die Kinnlade herunter, als mir klar wurde, welcher Tag heute war.

»Nein, Cal. Ich habe gesagt, dass ich nächstes Jahr gehe, wenn sich dieser ganze Scheiß gelegt hat. Ich kann euch jetzt nicht allein lassen.«

»Es sind nur ein paar Tage«, sagte Cal mit einem Knurren. »Und du kannst dein Leben nicht auf Eis legen, nur weil die Welt in Gefahr ist. Scheiß auf die Welt! Du hast es verdient, etwas Spaß zu haben.«

»Seit wann habe ich es verdient, Spaß zu haben?«, entgegnete ich. »Ich war ein ganzes Jahr lang ein echtes Arschloch. Nein, zwei Jahre lang. Und ich kann nicht behaupten, dass ich wirklich vorhabe, diesen Trend aufzugeben.«

»Ja, na ja, du bist immer gut zu deinem engsten Kreis«, sagte er lachend.

»Das stimmt wohl«, sagte ich nachdenklich und er schlug mir spielerisch auf die Schulter.

»Du gehst. Das ist mein Geschenk und ich sage, du nutzt es!«

Hmm, autoritärer Cal? Heilige Scheiße – ja, bitte!

»Na gut«, gab ich nach, denn bei den Sternen, es war der Mond. Der Mond! Nicht Merkur oder Venus oder der langweilige alte Neptun. Es war der verdammte Mond, von dem wir sprachen. Das helle, leuchtende Ding, das mir meine Magie gab. »Bei den Sternen, ich reise zum Mond. Cal, ich reise zum Mond!« Ich warf mich auf ihn, rang mit ihm auf seinem Sitz, während er darum kämpfte, die Kontrolle über das Auto zu behalten. Ich leckte ihm das Gesicht und meine Hand glitt auf seine Brust, wo ich mich abstützte, als er versuchte, mich abzuwehren. Er schmeckte nach purer Männlichkeit, seine Stoppeln waren rau auf meiner Zunge – und meinem Schwanz gefiel das viel zu gut.

Ich ließ mich zurück in meinen Sitz fallen, bevor ich noch übermütiger werden konnte, aber um ehrlich zu sein, war ich mir ziemlich sicher, dass ich den Ständer zumindest teilweise dem Mond zuschreiben konnte. Ich schob mir die Chipstüte als perfekten Ständerschutz zwischen die Beine und grinste von einem Ohr zum anderen. Ich würde der erste Werwolf auf dem Mond sein. Ich würde wahrscheinlich mit Mondkräften zurückkommen.

»Wir müssen vor Sonnenaufgang dort sein. Ich dachte mir, dass

Autofahren mehr Spaß machen könnte, als mit Sternenstaub hinzureisen«, sagte Cal, schob seine Hand in die Tüte mit den Chips zwischen meine Schenkel und ich drehte mich unbeholfen in meinem Sitz, während ich ein ersticktes Geräusch von mir gab und versuchte, ihn davon abzuhalten, meinen erigierten Schwanz zu berühren.

Cal warf mir einen skeptischen Blick zu, als ich meinen Arsch halb vom Sitz hob und so tat, als würde ich in der Autotür nach etwas suchen.

»Alles in Ordnung, Bro?«, fragte er.

»Ja, alles bestens.« Er stopfte sich eine Handvoll Chips in den Mund und ich ließ mich wieder in meinen Sitz fallen und schob die Chipstüte weiter in Richtung meiner Knie.

»Ich habe eine Playlist erstellt«, sagte Cal eifrig und drückte auf seinem Atlas herum, den er am Armaturenbrett befestigt hatte. *The Killing Moon* von Echo and The Bunnymen ertönte und ließ mein Herz vor Aufregung höherschlagen.

»Du bist der Beste, Alter. Ich besorge dir einen ganzen Swimmingpool voll Blut zu deinem nächsten Geburtstag.«

»Du weißt, dass das illegal ist«, schnaubte er.

»Nicht, wenn niemand dafür sterben muss«, erklärte ich stur. Ich hatte mich definitiv schon damit befasst und die Fae würden Schlange stehen, um ihr Blut anzubieten, wenn sie wüssten, welcher Celestia-Erbe davon trinken würde.

Er knurrte tief in seiner Kehle und ich warf ihm einen Blick zu. »Da hat aber jemand Durst.«

»Nee.« Er winkte ab.

»Natürlich hast du Durst. Trink, na los!« Ich hielt ihm mein Handgelenk unter die Nase und sein Kehlkopf wippte, als er die Nähe meines Blutes spürte. »Das ist Blut in Premiumqualität. Hau rein, Bruder!«

Er widerstand noch einen Moment länger, dann schnellten seine Reißzähne hervor und er rammte sie in mein Handgelenk. Seine

Augenlider wurden schwer, während er sich auf die Straße konzentrierte und gleichzeitig von mir trank. Sein Mund auf meiner Haut war wie die Berührung eines Streichholzes. Mein Atem kam stoßweise und ich konnte meinen Blick nicht von der Stelle abwenden, aus der er trank. Es war zu gut. Und ich fragte mich, ob er besonders fest saugen musste, um an mein Blut zu kommen, denn es rauschte gerade wie ein unaufhaltsamer Zug in Richtung meines Schwanzes.

Das Auto schlingerte heftig, und Caleb riss seine Reißzähne heraus und drehte das Lenkrad, um einen Unfall zu vermeiden. Mein Puls hämmerte noch schneller.

Wir lachten beide nervös, als ich meine Hand wegzog und mit dem Daumen über die Bisswunde fuhr, um sie zu heilen.

Wir fuhren noch ein paar Stunden weiter und Cal bog schließlich auf eine lange geschwungene Auffahrt ab, die auf das Grundstück von Mr. Nakatuki führte. Ich war schon ein paar Mal hier gewesen, nachdem ich ihn aufgespürt und ihn angefleht hatte, mich zum Mond zu bringen. Beim ersten Mal hatte er energisch abgelehnt. Beim zweiten Mal hatte er einfach die Sicherheitskräfte auf mich losgelassen und mein Name war durch die Presse gegangen. Zum Glück hatte mein PR-Team diese Geschichte wunderbar aufbereitet, um mich so darzustellen, als wäre ich so verliebt in den Mond, dass ich einfach im Namen aller Werwölfe in Solaria dorthin reisen wollte, um ihm für seine Gaben zu danken. Ja, das Team war verdammt gut darin, Wunder zu vollbringen. Ich war einmal dabei erwischt worden, wie ich splitternackt und mit Glitzer bedeckt aus dem Hotelzimmer einer berühmten Sängerin geklettert war, nachdem ich sie so heftig zum Orgasmus gebracht hatte, dass sie sich in ihre Pegasusform verwandelt hatte. Zum Glück war mein Schwanz zu diesem Zeitpunkt nicht mehr in ihr gewesen – ich stand nicht auf Formgebungssex, obwohl ich durchaus der Typ war, der alles einmal ausprobierte. Wie auch immer, ihr Freund war außerdem ihr Künstlerkollege, der mir wahrscheinlich die Eier abgeschnitten hätte, wenn die Fotos über unsere Affäre durch die Zeitungen gegangen wären. Aber mein PR-Team hatte die ganze Geschichte zurechtgebogen, um es so aussehen zu lassen, als hätte ich sie aus dem Nachbarzimmer würgen gehört. Ich war dann in den Raum gestürmt, um ihr Leben zu retten, während ich mich aus meiner Formgebung heraus verwandelt hatte, und schließlich die Feuerleiter hinuntergeklettert, um Hilfe zu holen. Ihr Freund hatte mir als Dankeschön alle ihre Alben geschickt – von den beiden signiert. Das war ihm gegenüber echt eine schmutzige Aktion gewesen.

Caleb hielt vor einem riesigen Holzhaus mit einer langen Veranda und großen Glasfenstern, die mich an *Twilight* erinnerten. Ich hätte Edward Cullen zum Frühstück verspeisen können. Im wahrsten Sinne des Wortes – und auch in sexueller Hinsicht. Er hätte es haben können, wie er es wollte. Jacob auch. Die Art und Weise, wie Sterbliche Vampire und Werwölfe beschrieben, war ziemlich lustig. Cal und ich hatten uns die Filme zusammen angesehen, während wir uns vor Lachen bepisst und Szenen zwischen Edward und Jacob nachgespielt hatten. Wir hatten sogar das Reich der Sterblichen besucht und ein paar Mädchen dort einen Streich gespielt, die gedacht hatten, wir würden mit ihnen einen auf *Twilight* machen. Nicht unbedingt legal, aber verdammt lustig. Vor allem, als ich Cal mit einem Lichtzauber belegt hatte, sodass es ausgesehen hatte, als würde er funkeln.

»Ich habe dir eine Tasche gepackt.« Cal griff auf den Rücksitz, zog sie nach vorn und ließ sie auf meinen Schoß fallen.

Ein hündisches Winseln entfuhr mir, als ich die Tasche an meinen Bauch drückte. »Ich wünschte, du könntest auch mitkommen.«

»Nee.« Er schüttelte den Kopf. »Die fehlende Schwerkraft würde meine Vampirgeschwindigkeit beeinträchtigen. Ich glaube nicht, dass mir das gefallen würde. Aber mach ganz viele Fotos!«

»Na klar. Und Videos.« Ich grinste, mein Blick traf den seinen für eine gefühlte Ewigkeit, während ich zögerte, auszusteigen. Scheiß drauf. Ich beugte mich vor und umarmte ihn fest. »Danke, Alter«, sagte ich an seinem Ohr und seine Finger bohrten sich für einen Moment in meinen Rücken, um mich dort festzuhalten, während mein Herz gegen seine Brust donnerte und seines hart gegen meines schlug. Er roch nach meinem Untergang, und ich hoffte wirklich, dass ich klug genug war, unsere Freundschaft nicht eines Tages für immer zu zerstören.

»Ich hole dich Montag ab.« Er ließ mich los, und ich grinste ihn schief an, bevor ich aus dem protzigen Auto stieg, die Veranda hochtrabte, zum Abschied winkte und dann an die Tür klopfte.

Cal drehte sich um und machte sich wieder auf den Weg die Straße hinunter. Die Tür öffnete sich vor mir. Ein alter Mann mit einem langen grauen Bart sah mich stirnrunzelnd an. Seine Klamotten waren lang und weit geschnitten und mit bunten Mustern bedruckt. Er hob eine strenge Augenbraue, als er mich ansah.

»Sie haben also endlich ein Ticket bekommen«, sagte er missbilligend.

»Ja, Sir«, erklärte ich fröhlich. »Entschuldigung für das, ähm, Stalking und die versuchten Einbrüche. Und dafür, dass ich Ihre Katze als Geisel genommen habe … und den Schaden, den ich an Ihrem Türrahmen angerichtet habe, als ich versucht habe, mich daran festzuhalten, und Sie diese vier Sicherheitsleute geholt haben, um mich wegzuziehen. Oh, und für die Delle, die ich in Ihrem Auto hinterlassen habe, als ich dagegen geschlagen habe. Und die Morddrohungen …«

»Ja, lassen Sie uns das alles nicht wieder aufwärmen, hm?«, unterbrach er mich scharf und trat zur Seite. »Gehen Sie rein. Sie sind spät dran, die anderen warten bereits darauf, aufzubrechen.«

Ich eilte hinein und er folgte mir und führte mich durch eine Tür am Ende des Flurs. Ich fluchte leise, als ich einen Raum betrat, der ganz im Zeichen des Mondes stand, mit grauen Wänden und grauem Boden. Überall hingen Fotos vom Mond, die Beleuchtung war niedrig und über uns an der Decke lief ein Sternenvideo. Die neun anderen Ticket-Gewinner standen am Ende des Raumes, unterhielten sich und trugen glänzende graue Anzüge. Sie alle drehten sich zu mir um und verstummten, als sie bemerkten, wer gerade zu ihnen gestoßen war. Manchmal war es toll, berühmt zu sein, manchmal war es ätzend. So wie jetzt. Ich hasste es, so angestarrt zu werden. Als wäre ich ein Alien, das gerade aus Mr. Nakatukis Hintern gekrochen war.

»Ziehen Sie das hier an!«, sagte Mr. Nakatuki und reichte mir einen metallgrauen Overall, während er seinen eigenen anzog. »Wie ich gerade den anderen erklärt habe, befindet sich im Futter ein Tracker, falls Sie sich verlaufen. Außerdem ist der Anzug mit von mir entworfenen Zaubern versehen, damit Sie in der Atmosphäre dort oben sicher sind. Als Luftelementar können Sie Ihre eigene Magie nutzen, um Ihren Sauerstoffbedarf zu decken, oder Sie können die magischen Helme verwenden. Sobald wir an der Mondbasis ankommen …«

»Oh, die Mondbasis«, gurrte ich und er räusperte sich, als ich den Reißverschluss des Anzugs bis zum Hals hochzog. Ich sah so cool aus.

»Ja, die Mondbasis«, wiederholte er. »Sie werden Zugang zu allen Helmen haben, die sie benötigen. Da Sie jedoch ein Werwolf sind, werden Ihre magischen Reserven wahrscheinlich während der gesamten Reise voll bleiben, sodass die Helme optional sind.« Er trat näher an mich heran und hielt mir einen Atlas unter die Nase. Wo er den so plötzlich hergenommen hatte, blieb mir ein sternverdammtes Rätsel. »Bitte unterschreiben Sie den Haftungsausschluss.«

Ich nahm ihm den Atlas entgegen und überflog den Text. »Bla bla, wenn ich sterbe, sind Sie nicht verantwortlich, bla bla, bla bla.« Ich kritzelte meine Unterschrift auf den unteren Rand und gab ihm das Gerät grinsend zurück. Er erwiderte mein Lächeln nicht. Na ja, ich würde ihn schon noch zu meinem Kumpel machen, wenn diese Reise vorbei war. Niemand konnte mir widerstehen, wenn ich meinen Charme spielen ließ, und heute war der Glückstag des Kerls.

»Sterben ist nicht Ihre einzige Sorge, Mr. Capella«, sagte er ernst. »Ich habe nicht getestet, welche Auswirkungen der Mond auf einen Werwolf haben könnte. Ihre Magie könnte so stark werden, dass sie die Nervenbahnen in Ihrem Körper beschädigt, die die Quelle Ihrer Magie mit Ihren Händen verbinden. Oder sie könnte Traumata in Ihren Fingern verursachen, wenn Ihre Magie eingesetzt wird oder …«

»Bla bla bla. Los geht's!« Ich sprang durch den Raum zu meinen neuen Freunden und klopfte ihnen auf die Schultern. Sofort wurden sie schüchtern. Nicht einer von ihnen sah mir in die Augen. *Argh. Wirklich?*

Na gut. Ich brauche keine Mondfreunde. Der Mond würde mein Freund sein. Und Mr. Nakatuki.

Er marschierte an uns vorbei zu dem, was ich zuerst für eine glänzende schwarze Tür am Ende des Raumes gehalten hatte. Aber jetzt erkannte ich, dass es ein wirbelnder dunkler Raum aus Nichts war.

»Was ist das?«, fragte ich und hüpfte auf meinen Fußballen vor und zurück.

»Das ist ein Sternenstaubportal«, verkündete er mit einem selbstgefälligen Grinsen. »Es wurde mit Genehmigung der Ratsmitglieder hergestellt und mit Mondstaub gehärtet. Wie Sie alle in den Unterlagen gelesen haben, die Sie per Post erhalten haben …«

Ich wandte meinen Blick ganz unverdächtig von ihm ab, als er mich ansah, als wüsste er, dass ich diese Unterlagen nicht gelesen hatte. Ich hatte mir nur die Bilder angesehen und meine Geschwister mit den Zeitschriften geschlagen, als ich ihnen unter die Nase gerieben hatte, dass ich zum Mond fliegen würde und sie nicht.

»… dürfen Sie über keine der magischen Technologien sprechen, die Sie auf dieser Reise zu sehen bekommen. Bei Nichteinhaltung dieser Regel wird Strafanzeige erstattet. Indem ich meine Technologie geheim halte, stelle ich sicher, dass der Mond nicht von Unternehmen überrannt wird, die aus unserem geliebten Himmelskörper eine Goldgrube machen wollen. Wir müssen diesen heiligsten aller Orte schützen und ihm mit größtem Respekt begegnen. Verstanden?«

Wir nickten alle, und das blonde Mädchen vor mir warf mir einen Blick über die Schulter zu, klimperte mit den Wimpern und wandte sich dann wieder ab. Ich hatte jedoch keine Augen für sie, ich hatte nämlich ein Date. Und der Mond brannte sicherlich bereits darauf, mich zu treffen.

»Bilden Sie eine Reihe!«, rief Nakatuki, und ich drängelte mich bellend aufgeregt an die Spitze der Gruppe. Er warf mir einen mürrischen Blick zu, hielt mich aber nicht auf, als ich mich dem Sternenstaubportal näherte.

Heilige Scheiße, ich reise zum Mond!

Nakatuki bedeutete mir, loszugehen, und ich hob mein Kinn und schritt selbstbewusst durch das Portal. Die Sterne rissen mich sofort in ihren Bann. Ich stürzte durch sie hindurch und mir wurde schwindelig, als die Luft dünner zu werden schien und ich mich fühlte, als würde ich mit tausend Kilometern pro Stunde vorwärtsrasen. Das war nicht wie normaler Sternenstaub, es war unglaublich, als würde ich direkt in die Sterne selbst katapultiert werden.

Plötzlich wurde ich ausgestoßen und meine Füße landeten langsam auf dem weichen kreidegrauen Boden unter mir. Ich starrte ihn mit offenem Mund an. Der Mond. Ich war auf dem Mond. Die Magie in mir wurde so stark, dass ich nach Luft schnappte, die nicht da war. *O Scheiße!*

Ich hob meine Hand an meine Lippen, während ich mich an das seltsame Gefühl der geringeren Schwerkraft gewöhnte, wirkte eine Luftblase um meinen Mund und meine Nase und atmete tief ein.

Ich blickte über die dunkle Oberfläche zu einem riesigen weißen Kuppelgebäude, das die Mondbasis zu sein schien, die Nakatuki erwähnt hatte. Es sah ein bisschen aus wie ein Gewächshaus, nur, dass es durchsichtige Fenster hatte, die einen Blick auf das glitzernde Interieur ermöglichten.

Die Sterne funkelten über mir und die Erde schimmerte in der Ferne, nur ein winziger blauer und grüner Ball, meine ganze Welt.

Ich legte den Kopf in den Nacken, heulte, machte einen Satz nach vorn und lachte darüber, wie hoch ich springen und irgendwie wieder auf den Boden schweben konnte.

»Mr. Capella, wir müssen Sie einweisen, bevor Sie losrennen!« Mr. Nakatukis Stimme folgte mir, aber ich tänzelte weiter, zu begeistert von der wunderschönen Oberfläche dieses Himmelskörpers. Der Mond war aus der Ferne schon echt verführerisch, aus der Nähe aber echt eine unanständige Schlampe aus Mondgestein.

»Mr. Capella!«, brüllte Nakatuki, als ich über einen kleinen Hügel sprang, hinter ihm außer Sichtweite verschwand und ihm vage zum Abschied winkte. Ich brauchte keine Einweisung. Der Mond und ich waren seelenverwandt, wir verstanden uns. Die Art und Weise, wie dieser Himmelskörper meinen Körper mit Magie auflud, war alles, was ich wissen musste, um zu verstehen, wie sehr der Mond es liebte, mich hier zu haben. Ich war seine Bitch, sein kleiner Wolfsjunge, der von der Erde gekommen war, um ihm seinen Respekt zu erweisen. Und genau das würde ich tun.

Ich ging auf die Knie, küsste die Felsen und rieb mich an ihnen. Ich hinterließ Schnee-Engel im Staub, malte ein Herz für Cal und rollte mich dann über den Boden, weil ich den Mond ganz an mir spüren musste. Was würde passieren, wenn ich den Anzug auszog?

Ich entledigte mich meiner Klamotten und schlüpfte aus meinen Stiefeln, bis ich nackt war, und stemmte die Hände in die Hüften, während ich auf die dunkle und hügelige Landschaft des Mondes blickte.

Mein Schwanz war hart und als mein Blick auf einen kleinen Krater ein paar Meter weiter fiel, huschte ein hungriges Grinsen über mein

Gesicht. Es lag mir fern, den ganzen Weg hierherzukommen und dem Mond keine gute Zeit zu bereiten.

Bald steckte mein Schwanz tief in dem Loch und ich stieß in es hinein, während ich meine Hände in den Dreck krallte und der sexy Schlampe zeigte, was sie ihr ganzes Leben lang verpasst hatte. Ich dominierte den Mond, besorgte es ihm ordentlich – und liebte jede Sekunde davon.

»Mr. Capella!«, kreischte Nakatuki plötzlich mit übertrieben hoher Stimme. Ich war gerade mit einem langen Stöhnen gekommen und hob den Kopf, um nach Luft zu schnappen. Er stand mit offenem Mund da, die ganze Gruppe von Ticket-Gewinnern in ihren Anzügen und Helmen hinter ihm. Der absolute Schock stand ihnen ins Gesicht geschrieben und einige von ihnen schauten mit roten Wangen und großen Augen weg.

»Sie haben den Mond entweiht!«, klagte Nakatuki und sah regelrecht ohnmächtig aus, als ich aufstand, bedeckt mit Mondstaub, den ich auf meinen Lippen schmecken konnte.

»Der Mond wollte es!«, rief ich zurück, und er versuchte, die anderen wegzuschicken oder ihnen zumindest die Augen zuzuhalten, als einige von ihnen stehen blieben.

»Sie haben dieses heilige Wesen entweiht!«, schluchzte Nakatuki.

»Es hat ihm gefallen«, beharrte ich. Ich war kein verfluchter Mondvergewaltiger. Ich konnte spüren, wie dieser Himmelskörper meinen Namen rief und mich zu sich zog.

Die Magie in meinen Adern und die Kraft des Bodens unter meinen Füßen brachten mich um den Verstand. Ich fühlte mich ganz und gar animalisch. Wie ein Wolf mit unstillbarem Verlangen. Ich wandte mich mit einem Heulen ab, rannte davon und lachte wie ein Verrückter.

»Der Mond und ich, wir lieben einander. Sie können uns nicht trennen, Nakatuki!«, rief ich mit einem weiteren manischen Lachen und sein Schluchzen folgte mir in die Dunkelheit, wo es nur mich und den Mond gab, dessen Kichern ich fast sicher hören konnte. Entweder das oder ich pumpte ein wenig zu viel Sauerstoff in mein Gehirn.

Ich musste mich fragen, ob Cal die ganze Zeit gewusst hatte, dass er mit meiner Reise hierher ein Date für mich und den Mond arrangiert hatte. Er legte sich immer für mich ins Zeug. Und ich wollte dafür sorgen, dass ich mehr als nur ein paar Geschichten für ihn mit nach Hause bringen konnte. Tief im Inneren wusste ich, warum ich diesen Ort so sehr mochte. Nicht nur, weil ich ein Werwolf war und diesen Himmelskörper jede Nacht anbetete. Sondern weil Cal derjenige gewesen war, der den Mond für mich gekauft hatte. Und irgendwie würde ich einen Weg finden, ihm im Gegenzug die ganze Welt zu kaufen.

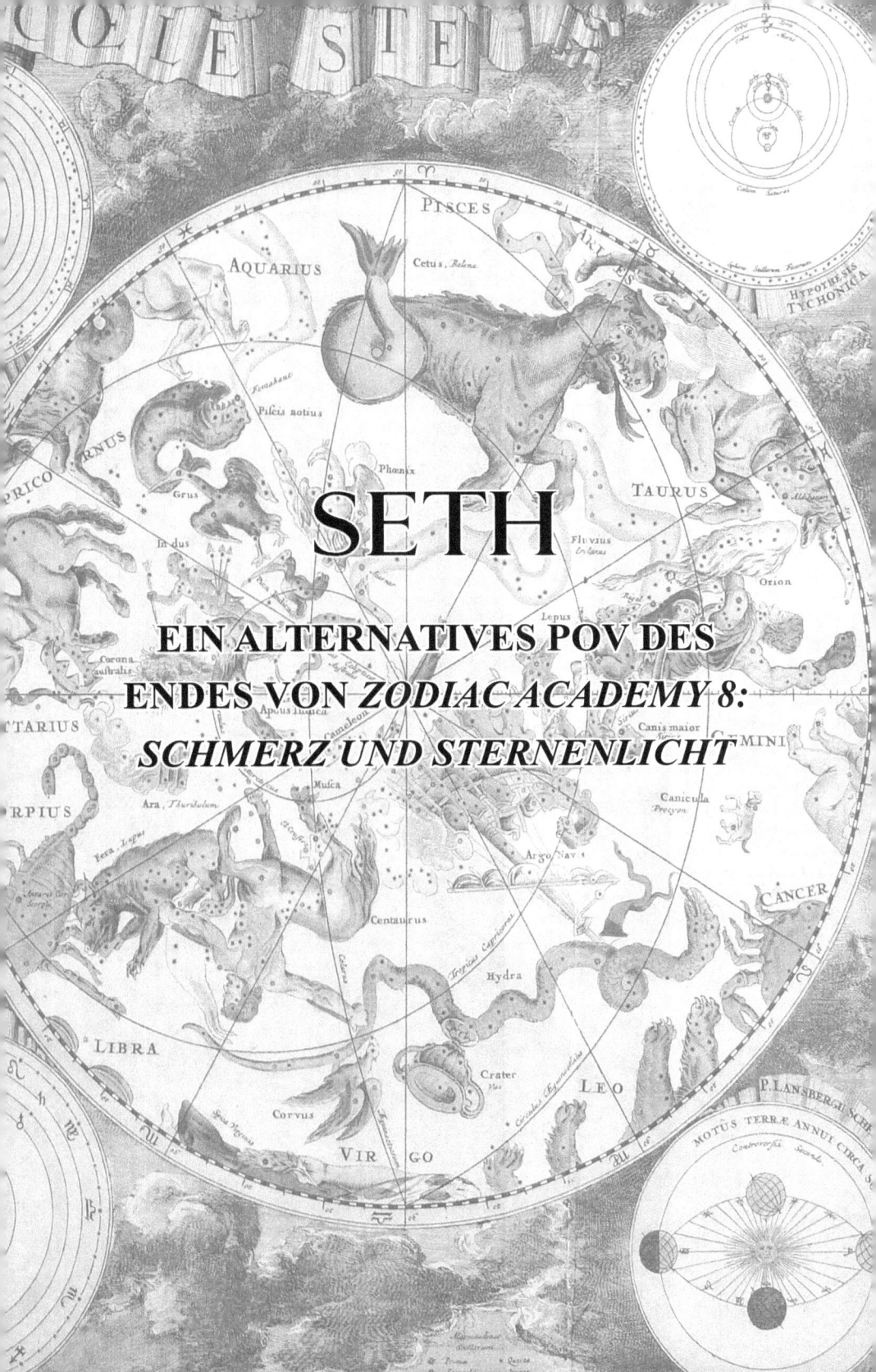

SETH

EIN ALTERNATIVES POV DES ENDES VON *ZODIAC ACADEMY 8: SCHMERZ UND STERNENLICHT*

LIONEL

AUS LIONELS REFUGIUM ...

Der Sieg der Vegas über so viele von Vards Kreaturen hat mich aus der Bahn geworfen, und als ich von ihrer anschließenden Krönung erfuhr, war ich äußerst verärgert. Sie wagten es, sich in *meinem* Land, *meinem* Königreich, Königinnen zu nennen. Das war die größte Beleidigung, die sie mir hätten antun können, und ich schwor, sie so gründlich zu vernichten, dass nichts von ihnen oder einem einzigen Fae, der sie bei ihrem Aufstand gegen mich unterstützt hatte, übrig bleiben würde.

Das konnte ich nicht zulassen.

Ich war der Drachenkönig. Der Fae, der zum Herrschen geboren war. Ich hatte zu hart gearbeitet, die Sterne waren Zeugen meiner Anstrengungen und sie hatten mich ebenso zum König ernannt, wie es die Krone auf meiner Stirn tat.

Die letzte Schlacht steht bevor, meine Armee ist zehnmal so groß wie die ihre und die Macht meiner Wächter-Drachen zusammen in Kombination mit so vielen anderen unaussprechlichen Waffen wird sie

Ich habe den Grausamen König besiegt und seine Töchter werden seinem Beispiel schnell folgen. Wenn diese weinerlichen Gören sich wirklich dieses Kampfes würdig fühlen, dann werden sie bald eines Besseren belehrt. Ich werde ihre Namen auslöschen und niemand wird sich an irgendeinen Royal in diesem Land erinnern, außer an *mich* …

SETH

KAPITEL 1

»**W**o ist Tory?« Darcy sah sich verzweifelt auf dem Flur von Haus Aer um und mir schnürte es das Herz zusammen. Verdammt, es war schön, sie wiederzusehen. Ihr Gesicht. Ihre Haare. Ha, als ich ihr die abgeschnitten hatte … Das waren noch Zeiten gewesen. Wir würden später wahrscheinlich herzlich darüber lachen, aber jetzt … na ja, ich vermutete mal, wir mussten zunächst die Welt retten und so. Oder vielleicht nur die Academy, aber das kam aufs Gleiche raus.

»Sie ist nicht hier«, antwortete Caleb, und Darcy sah so niedergeschlagen aus wie ein kleiner Vogel, der aus seinem Nest gefallen war und feststellte, dass er noch nicht fliegen konnte. Der arme, traurige kleine Darcy-Vogel vermisste seine Schwester … »Sie ist vor ein paar Tagen aufgebrochen und hat niemandem gesagt, wohin sie geht.«

Ich spürte, wie Orion mit Gabriel an seiner Seite näher kam. Eine gefährliche Aura umgab sie, ganz so wie meine Rudelmitglieder, wenn sie bereit für die Jagd waren.

»Sie kommt zurück. Sie kommt immer zurück«, sagte ich ermutigend, um den Schmerz in den Augen meiner Freundin zu lindern. »Manchmal ist sie noch mürrischer, wenn sie zurückkommt, und manchmal macht sie verrückte Sachen, wie ihre Seele aus ihrem Körper zu befreien, aber …«

»Was?« Darcy schnappte entsetzt nach Luft und Geraldine starrte mich wütend an.

Ups. Das sollte Caleb besser erklären. Er würde das auf seine ruhige und vernünftige Art tun und Darcy würde erfahren, dass Tory ihre Seele gern auf mondbeschienenen Spaziergängen ohne ihren Körper auf Reisen schickte und dass sie alles unter Kontrolle hatte.

Ich stieß ihn mit dem Ellbogen an. »Sag es ihr, Cal! Sag ihr, dass Tory jetzt seltsame dunkle Magie praktiziert! Und dass das in Ordnung geht, weil ihre Seele auch das eine Mal zurückgekommen ist. Und wenn sie wieder Seelenwanderung betreibt, ist das wahrscheinlich überhaupt nicht schlimm, weil … weil …« Oh verdammt, ich dachte wirklich, ich wäre auf der richtigen Spur.

Ich winselte und stieß Caleb ängstlich an, damit er übernahm und mich aus dem Graben zog, in dem ich bereits zwei Meter tief steckte, die Schaufel noch in der Hand.

»Ich bin mir sicher, es geht ihr gut«, beruhigte Caleb sie.

Mein Zimmer am anderen Ende des Korridors öffnete sich einen Spaltbreit und ich straffte meinen Rücken. Eine Welle heftigen Beschützerinstinkts durchströmte mich, als Franks Augen die meinen trafen.

»Ist es jetzt sicher, Alpha?«, fragte er.

»Bleibt dort und verriegelt die Tür, bis es vorbei ist! Ich werde dafür sorgen, dass der Turm sicher ist«, sagte ich bestimmt, und Frank nickte unterwürfig, während sein Blick auf Darcy fiel.

»Bei den Sternen!«, keuchte er und schloss dann die Tür, woraufhin mein Rudel leise zu tuscheln begann.

»Wir sollten weiter«, sagte Max und zuckte zusammen, als Schreie über den Campus hallten.

Xavier reckte seinen Nacken. Er sah kampfbereit aus und auch Tyler und Sofia schlossen sich ihm an.

Darcy zog ein leuchtend weißes Schwert hervor und bei dem Gedanken, wieder an der Seite meiner Freunde zu kämpfen, durchlief mich ein Schauer. Das war ein wirklich schickes Schwert, das sie da hatte. Weiß wie meine Wolfsform. Es würde wirklich gut in meiner Hand aussehen, wenn ich so darüber nachdachte. Vielleicht würde sie es mir später für ein Fotoshooting leihen. Vielleicht könnte ich es mir nach dem Kampf borgen und eine Nachricht hinterlassen, die besagte: *Bin gleich zurück, Weißer-Wolf-Fotoshooting im Gange.* Ja, das würde ihr nichts ausmachen. Ich könnte ihr sogar die Fotos als Dankeschön geben. Natürlich nicht die Nacktfotos. Die wären Caleb vorbehalten. Ich würde sie einfach versehentlich in meinem Zimmer herumliegen lassen, ihn dann auf ein paar Bierchen einladen und …

»Was ist hier los?«, fragte Darcy verwirrt. »Was sind das für Monster? Und warum sind sie hier?«

»Es scheint, als hätte der falsche König sie geschickt, Mylady. Sie sind auf einer grausamen Mission, um die Rebellen zu jagen, die von innerhalb dieser feinen Mauern gegen ihn gearbeitet haben«, erklärte Geraldine.

»Sie töten diejenigen, die sich ihm widersetzt haben?« Darcy schnappte angewidert nach Luft, und wir nickten alle bestätigend. »Dann müssen wir ihnen helfen.«

»Jawohl! Es ist Zeit, sich als Legion der Gerechtigkeit zu vereinen!«, rief Geraldine und wischte sich die feuchten Wangen, während sie näher an Darcy herantrat. »Zeig mir deine Feinde, Mylady. Denn ich bin deine Waffe, geformt aus Verwüstung und Bestrafung. Wir werden noch in dieser Nacht tausend Monstern die Köpfe abhacken. Die ganze Welt wird angesichts der Rückkehr ihrer Königin erzittern. Denn die Nacht ist tief und der Morgen naht. Und zwischen dem Jetzt und der aufgehenden Sonne muss Blut vergossen und unser Feind getötet werden. Wir sind die

Ritter des Vega-Hofes und stehen zu deinen Diensten.« Sie drehte sich auf dem Absatz um und wandte sich den anderen zu. »Hört gut zu! Die Sterne haben uns unsere Königin zurückgegeben. Es ist unsere Pflicht, wie die Soldaten von Perrypot zu kämpfen und die Ganderghule zu töten, die gekommen sind, um in den kostbaren Ländern unserer Academy Gefahr zu verbreiten. Es ist an der Zeit, zu den Waffen zu greifen und unseren Gesang des Gemetzels und des Elends in die flatternden Ohren unserer Angreifer zu singen! Bis zum Morgengrauen soll es in Solaria keine einzige Seele geben, die nicht von unserem Sieg weiß! Lang leben die wahren Königinnen!«

Ich stieß einen langen Schrei aus, der mein Verlangen nach Blutvergießen zum Ausdruck brachte, und er dauerte so lange an, dass alle bereits das Treppenhaus betreten hatten, um sich in den Kampf zu stürzen, als ich wieder nach unten schaute. Caleb jedoch wartete auf mich – mit Augen, die blauer als blau waren und einem sommerlichen Abendhimmel glichen.

»Kommst du?«, fragte er schroff. Die Spannung zwischen uns hatte sich seit der Nacht, in der Venus und Mond am Himmel miteinander gespielt hatten, kein bisschen gelöst. Wenn überhaupt, würde ich sagen, dass sie mit jedem Tag, an dem wir sie nicht anerkannten, zunahm. Also würde ich natürlich weiterhin so tun, als gäbe es kein Problem.

»Oh, hast du auf mich gewartet, Cally-Baby?«, stichelte ich, trat hinter ihn und stieß meine Schulter gegen seine.

Ich bewegte mich die Treppe hinunter und beschleunigte meinen Schritt, um die anderen einzuholen. Caleb schoss an meine Seite. Er hielt mühelos mit meinem Tempo mit und sein Blick flackerte gefährlich.

»Ich wollte nur sichergehen, dass du auf der Treppe nicht den Halt verlierst. Ich weiß, wie tollpatschig du sein kannst.« Sein Fuß schnellte heraus, brachte mich zu Fall, und ich flog fauchend nach vorn, wobei ich meine Hände ausstreckte, um mich mit Magie aufzufangen.

Luft umgab mich und hielt mich aufrecht, aber ich stolperte ein gutes Stück, meine Füße rutschten unbeholfen auf der Treppe aus und meine Hand schlug laut gegen die Wand. Als ich aufblickte, war Caleb verschwunden, seine Vampirgeschwindigkeit trug ihn mühelos zu den anderen hinunter.

Ich fluchte, beschleunigte mein Tempo und wäre fast mit Orion und Xavier zusammengestoßen, als ich um die nächste Kurve der Wendeltreppe bog.

Wir rannten in einer dichten Gruppe aus dem Aer-Turm und Darcy erhob sich in den Himmel, während Feuer über ihre Flügel züngelte und auch ihre blauen Haare in Flammen aufgingen. Sie hob ihr weißes Schwert und führte uns in Richtung der Heulenden Wiese, während ich vor Aufregung gen Himmel heulte. Das Brüllen der Monster, das über den Campus hallte, spornte mich zum Kampf an.

Es war fast wie in alten Zeiten, nur dass zwei aus unserer Clique fehlten und einer von ihnen unwiederbringlich verloren war. Meine Gedanken wandten sich Darius zu, aber ich stopfte den Schmerz in die Truhe in meiner Brust, verschloss sie fest und vergrub sie tief. Ich konnte diesen Schmerz jetzt nicht zulassen, ich musste mich konzentrieren, kämpfen.

Wir erreichten die Wiese, auf der eine Gruppe von Studenten vor zwei weiteren Monstern floh, und ich erkannte sie vage als Mitglieder des Arsch-Clubs.

»Dort im Wald, treue Gefährten!«, rief Geraldine ihnen zu und errichtete eine Erdbarriere zwischen ihnen und den Monstern, um ihnen eine Chance zur Flucht zu geben. »Eine der wahren Königinnen ist gekommen, um euch zu helfen – schaut in den Himmel und ihr werdet ihre Flammen sehen, die in die Höhe lodern!«

Darcy flog mit hoher Geschwindigkeit voran, die Hände erhoben und die Oberlippe zurückgezogen, bevor sie einen Schwall Höllenfeuer auf eines der Monster herabließ. Es war eine schreckliche Bestie, das Ding ähnelte einer riesigen Nacktschnecke mit gezackten Beinen, die über den Boden kratzten. Es war größer als das andere, das eher wie eine Ameise aussah, mit knochigen Gliedmaßen, die strahlend weiß waren, aber auch langsamer.

Ich rannte los, um das Biest abzufangen, das mittlerweile schrie und in Darcys Feuer brannte, und meine Handschuhe entzündeten sich und zerrissen die schleimige Seite des Monsters mit ihren Metallkrallen. Grünes Blut spritzte auf den Boden, und ich sprang zur Seite, bevor Darcy eine weitere Welle tödlichen Feuers auf das Monster herabließ. Caleb, Orion, Gabriel und Xavier liefen los, um das andere Ding zu bekämpfen.

Max, Geraldine, Tyler und Sofia schlossen sich mir an und stachen zwischen Darcys Feuerschwällen auf das Biest ein, wobei der Schleim, der seinen Körper bedeckte, ihm offenbar einen gewissen Schutz vor dem Feuer bot.

Darcy stieg auf Wasser um und ließ einen Flutstrahl auf das Monster herabregnen, der Löcher in seine Haut sprengte, und ich wich zurück, um die Unermesslichkeit ihrer Kraft zu erfassen, wobei die Nachbeben ihres Angriffs die Erde unter mir erschütterten.

»Heiliger Hufnagel«, flüsterte Geraldine mit Tränen in den Augen, während sie zu Phoen Dream aufblickte. »Sie ist die Verkörperung der Macht, ein Trog voller Megabomben.«

Plötzlich gesellte sich eine weitere lodernde Kreatur zu Darcy am Himmel und raste mit hoher Geschwindigkeit auf uns zu. Meine Lippen teilten sich beim Anblick der beiden einzigen Phönixe, die es gab und die den Himmel in blauen und roten Schweifen erhellten. Tory Vega schien mehr als erleichtert, ihre Zwillingsschwester zu sehen, aber ich konnte ihrem Wiedersehen nicht lange beiwohnen. Max sprang mit Tyler und Sofia auf das Monster zu, das von Darcy verwundet worden war, und gemeinsam versuchten sie, es zu vernichten. Ich schoss dem Ding einen Luftstoß entgegen, der seinen Körper wie eine Kugel durchbohrte.

»Die wahren Königinnen läuten den neuen Morgen ein!«, rief Geraldine und verstärkte ihre Stimme mit Magie, sodass sie auf dem gesamten Campus widerhallte.

Der Klang von Calebs schmerzvollem Keuchen lenkte meine Aufmerksamkeit auf ihn, und ich rannte los, noch bevor ich wusste, wo er sich befand. Ich erkannte, dass er zwischen den Scheren des anderen Monsters eingeklemmt war, dem Orion mit bloßen Händen ein Hinterbein abriss. Xavier und Gabriel beschossen es mit Ranken, um es von Caleb wegzureißen.

Ohne nachzudenken, rammte ich dem Monster meinen Körper entgegen. Die Krallen meiner feurigen Phönix-Handschuhe trafen jedes knochige Glied und jeden Körperteil, den ich finden konnte, und aus meinem Mund drangen Knurrlaute. Ich riss das Biest von Caleb weg, der blitzschnell auf die Beine kam, sich selbst heilte und losstürmte, um das Monster zu töten.

Aber das Monster bäumte sich auf und schleuderte mich so heftig nach hinten, dass ich gegen Xavier prallte und ihn zu Boden warf. Wir beide rollten noch etwas weiter, bevor wir schließlich zum Stillstand kamen. Mir brummte der Schädel und ich hatte eine ordentliche Portion blauer Flecken abbekommen, aber ich war noch nicht fertig.

Orion wurde als Nächstes zur Seite geworfen, aber er wirkte Luft hinter sich, um sich direkt wieder in den Kampf zu stürzen. Mithilfe seiner Vampirgeschwindigkeit schoss er los. Gabriel war gegen die Bäume geschleudert worden, aber als er zurückrannte, hielt er plötzlich inne, seine Augen waren glasig und er schien eine Vision zu haben.

Tory und Darcy schwebten immer noch über uns in der Luft, ihre Augen auf etwas in der Ferne gerichtet, das ich nicht sehen konnte. Aber als ich mich aufrappelte, hörte ich es – das Summen und Dröhnen weiterer Kreaturen, die auf uns zukamen. Sie waren so laut, es mussten Hunderte sein.

Max hielt mitten im Kampf inne, sein Blick schoss zu den Zwillingen und seine Gesichtszüge verrieten, was sie fühlten.

Orion wirkte eine Kette aus Eis, und Caleb packte ein Ende davon. Die beiden rasten in entgegengesetzte Richtungen um das ameisenartige Monster herum, banden es mit der Kette fest und zogen diese dann so fest, dass das Ding mit einem Todesschrei entzweigerissen wurde.

Tory schickte eine Welle Luftmagie vom Himmel herab, die einen Knochen direkt aus dem zuckenden Kadaver riss, und ich stieß einen Schreckensschrei aus und schaute entsetzt zu ihr auf.

»Cal, sie macht schon wieder diesen gruseligen Scheiß«, sagte ich eindringlich, und Caleb eilte an meine Seite.

Ich konnte nicht hören, was sie sagten, aber es sah so aus, als würde Tory jetzt singen, und Caleb und ich warfen einander besorgte Blicke zu, als das Brüllen und Heulen von Monstern in der Ferne zu uns drang. Darcy sah ebenfalls besorgt aus, aber vor allem, weil ihre Schwester den Knochen des toten Wesens in der Hand hielt. Doch die Macht um sie herum wurde so stark, dass sie ihre Aufmerksamkeit wieder dem dröhnenden Lärm zuwandte.

»Wie viele?«, fragte ich Caleb, und er konzentrierte sich darauf, den herannahenden Monstern zu lauschen, wobei sich seine Augenbrauen zusammenzogen.

Sein Kehlkopf wippte und in seinen Augen spiegelte sich der sichere Tod wider, was mir die Kehle zuschnürte. »Zu viele.«

Ich packte ihn am Shirt, zog ihn an mich, dachte an all die Dinge, die ich ihm sagen musste, und versuchte, sie auf ein paar wenige zu beschränken, die ihm die Tiefe meiner Gefühle verständlich machen würden. Ich war immer noch wütend auf ihn, eigentlich immer noch auf alles an ihm, aber vielleicht wäre es egal, wenn ich nur die Worte herausbekäme.

»Heilige Scheiße«, hauchte Caleb, seine Augen glitzerten feurig, als sein Blick wieder auf die Zwillinge fiel.

Als ich aufblickte, sah ich die beiden vor Kraft nur so strotzen, Magie schimmerte auf ihrer Haut, während sie angesichts der ungeheuren Kraft regelrecht zitterten. Sie verschmolzen miteinander, die beiden schienen zu einer göttlichen Einheit zu werden, die pure Kraft ausstrahlte. Ein Summen dröhnte an meine Ohren und ließ die Luft vibrieren.

Sie hielten sich an den Händen, hoben aber ihre freien Hände und ließen diese unmögliche Kraft auf einmal los, wodurch sie in alle Richtungen explodierte. Ein Beben erschütterte den Boden und Caleb packte meinen Arm, um mich zu stützen. Phönixfeuer erstrahlte auf dem Campus und verband sich mit ihrer Elementarmagie, die Macht war so grell, dass sie mit den Sternen konkurrierte.

Von überall auf dem Campus waren die Schreie von Studenten zu hören, und mir wurde klar, dass immer mehr Fae auf der Wiese ankamen, angezogen vom Leuchtfeuer, das die beiden am Himmel entzündet hatten. Die erste Berührung ihrer Macht tötete das schneckenartige Monster, gegen das Max, Geraldine, Tyler und Sofia noch kämpften, und es zerfiel in den Flammen zu nichts.

Schreie erfüllten die Luft, als ihr Feuer immer mehr der Bestien traf und eine nach der anderen in seiner tödlichen Kraft verschlang. Wir alle rückten näher zusammen, und Orion starrte die Zwillinge mit so viel Ehrfurcht an, dass sein Blick fast dem Ausdruck auf Geraldines Gesicht glich. Ein Blick auf die anderen verriet mir, dass sie die gleiche Bewunderung empfanden, und auch mir fiel die Kinnlade runter.

Ein ohrenbetäubender Knall ertönte, als die Magie der Zwillinge auf unsere Feinde traf. Die gesamte Academy war gekommen, um die immense Kraft der Grausamen Zwillinge zu erleben, und ehrlich gesagt war ich in diesem Moment stolz, ihr Freund zu sein. Reumütig darüber, wie schwer wir es ihnen gemacht hatten, diesen Punkt zu erreichen, aber nicht vollkommen unglücklich darüber. Denn wir waren das Feuer in ihrer Schmiede gewesen.

»Sie sind alle tot«, stieß Max aus, der diese Tatsache bis ins Mark spüren konnte. »Jedes einzelne dieser verdammten Monster ist tot.«

Stumme Tränen liefen über Geraldines Wangen, und ich spürte, wie sich die Welt veränderte. Ich spürte es in meinen Knochen, als hätte sich das Gefüge unseres Reiches gerade für immer verändert. Gabriel kam näher, ein Summen der Prophezeiung umgab ihn, während in seinen Augen tausend Dinge tanzten, die ich nicht sehen konnte. Er war zur Hälfte hier und zur Hälfte ganz woanders.

Tory und Darcy landeten und alle traten einen Schritt zurück, um einen weiten Kreis um sie in der Mitte der Heulenden Wiese zu bilden. Ihre Augen schimmerten immer noch vor ungezügelter Kraft.

Allen – den Studenten, den Lehrern und uns – stand die Ehrfurcht ins Gesicht geschrieben. Vor allem uns. Gabriel hatte einen wissenden Blick aufgesetzt, der möglicherweise verriet, dass er das hatte kommen *sehen*, aber er war nicht weniger stolz auf seine Schwestern. Ich konnte praktisch spüren, wie Bewunderung von ihm ausging, und verdammt, mir ging es ähnlich.

Die Stille war so erdrückend, als hätte sich die Sonne zwischen uns verirrt, aber plötzlich wurde diese Stille durchbrochen, als schwere Schritte in unsere Richtung dröhnten.

Ein Raunen der Angst, des Unglaubens und der Verwirrung ging durch die Menge zu meiner Rechten, und ich reckte meinen Hals, um zu sehen, wer für die Aufregung sorgte.

»Es leben die wahren Königinnen«, durchbrach Darius' tiefe Stimme die Luft, und ich prallte seitlich gegen Caleb, schüttelte ungläubig den Kopf und entdeckte dann unseren Vierten, meinen besten Freund, mein fehlendes Teil. Er trat aus der Menge und stellte sich vor die Zwillinge.

Geraldine schrie, ihre Stimme schallte durch die Menge und durchbohrte meine Seele.

»Darius!«, schrie Orion verzweifelt und wollte gerade losschießen, aber Gabriel packte ihn an der Schulter und hielt ihn zurück. Sein Blick sagte ihm, dass jetzt nicht der richtige Zeitpunkt dafür war.

Ich wollte mich auch bewegen, aber meine Beine waren zu Stein geworden und mein Herz schlug in einem viel zu schnellen Rhythmus. Er war da, verdammt noch mal, er hatte dem Tod selbst getrotzt und stand mitten unter uns.

Meine Freunde riefen ihm etwas zu, aber ich konnte keine Worte finden. Meine Hände begannen zu zittern und mein Brustkorb schmerzte bei dem Gedanken, dass dies eine Lüge sein könnte, die hier verbreitet wurde, um mich zu zerstören. Ich konnte nicht an die Möglichkeit glauben, dass er zu uns zurückkehren würde, wenn er uns wieder entrissen werden sollte. Ich konnte nicht zulassen, dass mein Herz daran glaubte, bis ich mir dieser Wahrheit sicher sein konnte.

Um mich herum ertönte eine Kakofonie von Rufen, und Xavier kämpfte sich durch die Menge. »Lasst mich sehen!«, verlangte er. »Aus dem Weg – zur Seite!«

Der Boden bebte infolge einer Explosion, und die Menge musste auseinanderweichen, um ihm einen Blick auf seinen Bruder zu ermöglichen. Er erstarrte, den Mund weit aufgerissen, während er das, was er sah, zu leugnen versuchte. Glitzernde Tränen liefen über seine Wangen.

Darius ging vor den Zwillingen auf ein Knie, legte die Spitze seiner Axt auf den Boden und senkte den Kopf in Demut.

»Ich verpflichte mich, mein Leben in euren Dienst zu stellen«, sprach er leise, aber die Worte drangen zu den Massen durch, und alle verstummten erneut.

»Cal«, flüsterte ich. »Das ist nicht echt.«

»Doch«, knurrte er, als müsste es so sein, aber ich könnte es nicht ertragen, wenn es nicht so wäre.

»Er ist es wirklich«, sagte Max, der sich auf meiner anderen Seite näherte, und ich drehte mich zu meinem Sirenenfreund um und sah die

Wahrheit in seinen Augen aufblitzen.

»Es ist Zeit«, sagte Caleb, ohne erklären zu müssen, was er meinte. Auch er machte einen Schritt nach vorn, ging neben Darius auf die Knie und verbeugte sich vor den Vegas.

»Ich verpflichte mich, mein Leben in euren Dienst zu stellen«, sagte Caleb laut, und die Sterne am Himmel leuchteten heller, jeder einzelne von ihnen schenkte diesem Moment seine Aufmerksamkeit. In der Luft schwang die Kraft der ganzen Situation, und ich fragte mich, ob die Zwillinge die Macht über den Tod selbst hatten. Denn hier war er. Mein Freund, fest in dieser Welt verankert, obwohl der Tod andere Pläne mit ihm verfolgt hatte.

Max fiel auf Darius' anderer Seite auf ein Knie und senkte den Kopf. Ein Strom von Liebe und Respekt strömte aus ihm heraus und berührte jeden in der Menge, auch mich.

»Ich verpflichte mich, mein Leben in euren Dienst zu stellen«, wiederholte er.

Darcy und Tory blieben Hand in Hand stehen und starrten in fassungslosem Schweigen auf die Erben. Etwas in mir veränderte sich – wie eine Blume, die darauf gewartet hatte, zu blühen. Ich spürte, wie sich die Blütenblätter entfalteten und der süße Duft des Blütenstaubs in meiner Brust aufstieg. Es war der Beginn eines neuen Frühlings, einer Ära, die ich bei unserem ersten Treffen nicht hätte begreifen können. Aber jetzt war alles so offensichtlich, dass ich keine Ahnung hatte, wieso es so lange gedauert hatte, bis wir hier gelandet waren. Sie hatten ihre Macht immer wieder unter Beweis gestellt, aber heute Abend hatten sie alle Grenzen der Fae dieser Welt überschritten, und uns blieb keine andere Wahl. Denn ihre Magie übertraf die meine und ihre Herzen wurden vom Sternenlicht vergoldet. Ich war kein Gegner für sie, war es nie gewesen, aber ich konnte ihr Krieger sein, ein Wolf, der die Schatten des Mondes für sie nutzen würde.

Endlich bewegten sich meine Beine und ich trat hinter die anderen

Erben, meinen Blick auf Darius gerichtet, während meine Kehle eng wurde. Und endlich akzeptierte mein Herz die Wahrheit seiner Rückkehr. Aber ein Blick zurück zu Gabriel verriet mir, dass es nicht an der Zeit für egoistische Wiedervereinigungen war, sondern, dass es jetzt an der Zeit war, uns alle zu einer Einheit zu formen. Die Hand des Schicksals zu wenden und der Welt zu zeigen, wem unsere Treue galt, damit alle unserem Beispiel folgen konnten. Dies war der Weg einer goldenen Zukunft, und es war an der Zeit, ihn zu beschreiten.

Ich kniete mich neben Caleb nieder und hatte das Gefühl, endlich meinen rechtmäßigen Platz in dieser Welt einzunehmen. Ein Zuhause zu finden, nach dem ich mich an der Seite meiner Freunde gesehnt hatte. Wir vier waren wieder vereint. Wir waren als Einheit durch dieses Leben gegangen, als würden unsere Seelen einen Fluss bilden, der zusammen in eine Richtung strömte. Und er mündete hier, in diesem Meer des Schicksals.

»Ich verpflichte mich, mein Leben in euren Dienst zu stellen«, flüsterte ich mit ehrfürchtiger Stimme und blickte zu den beiden Frauen auf, die in unser Leben getreten waren und die Grundfesten von allem, was wir zu wissen glaubten, erschüttert hatten. Aber ich hatte jetzt keinen Zweifel mehr, dass es schon immer unser Schicksal gewesen war, vor ihnen niederzuknien und unser Leben in den Dienst der Phönix-Königinnen zu stellen.

Die Sterne flammten über uns auf, als Geraldine auf die Vegas zurannte und sich mit einem Wehklagen ihrer Hingabe auf die Knie fallen ließ. Und ich wandte mich um und sah, dass Orion ihr grinsend folgte, als hätte das Arschloch gewusst, dass wir irgendwann hier landen würden. Gabriel tat es ihnen gleich, ebenso der geschockte Xavier, der Darius immer noch ungläubig anstarrte. Tyler, Sofia und die gesamte Schule waren da, und alle fielen vor ihren neuen Königinnen auf die Knie.

»Lang leben die wahren Königinnen!«, jubelte Geraldine.

Und ich hob meinen Kopf, um diese Worte in die aufgehende Morgendämmerung zu rufen. Alle um uns herum riefen sie ebenfalls, während die süßen orangefarbenen Sonnenstrahlen über den Himmel strömten. Die erste Morgendämmerung eines brandneuen Zeitalters.

LIONEL

AUS LIONELS REFUGIUM …

Wie ihr in allen Einzelheiten sehen konntet, habe ich unter den quälenden Prüfungen gelitten, die mir von diesen faden Fae auferlegt wurden. Dabei bin ich nur ein Mann, der versucht, das Gleichgewicht in unserem Königreich wiederherzustellen.

Besagen unsere Gesetze nicht, dass die Macht von denen beansprucht wird, die sie am meisten verdienen? Verlangt unser Regierungssystem nicht, dass ich das tue, was ich getan habe, dass ich meine Position über alle stelle, die unter mir stehen?

Wenn dieses Königreich nur vernünftig denken würde und sich nicht so leicht von der Theatralik zweier verwaister Zwillinge und ihrer verachtenswerten Anhänger beeinflussen ließe, wäre ich nicht einmal gezwungen, mich auf diesen Krieg einzulassen.

Aber natürlich kann ich ihre Herausforderung nicht bestehen lassen. Ich kann nicht zulassen, dass sich solche niederen Kreaturen erheben.

Wenn ihr fragwürdiges Erbe und ihr mangelndes Verständnis für unsere Welt nicht schon genug wären, dann spricht ihr moralischer Stand

Ich muss euch nicht um Loyalität bitten. Ich kann sie als wahrer und rechtmäßiger König von Solaria befehlen.

Als solcher fordere ich euch hiermit auf, euch mir in meinem Kampf gegen diese rebellischen Mischlinge anzuschließen und im kommenden Krieg auf der richtigen Seite der Geschichte zu den Waffen zu greifen.

Alle, die in der Armee des Drachenkönigs dafür kämpfen, was es bedeutet, Fae zu sein, werden mit dem Wissen um ihre eigene Überlegenheit und der Genugtuung belohnt, unser Königreich von denen zu befreien, die es so viel weniger verdienen, darin zu leben.

Ich freue mich darauf, euch auf dem Schlachtfeld zu sehen und euren Eid der Treue entgegenzunehmen.

Für immer euer wahrer und demütiger Monarch
König Lionel Acrux der Erste

NACHRICHT DER AUTORINNEN

Ah, das Ende ist nah. Diese Figuren und diese Welt zu erschaffen, war ein episches Unterfangen, das unser Leben, offen gesagt, bis zur Unkenntlichkeit verändert hat. Und nichts davon wäre möglich gewesen, wenn sich unsere wunderbaren Leser nicht genauso in sie verliebt hätten wie wir.

Vielen Dank also, dass ihr uns nicht nur auf dieser Reise gefolgt seid, sondern dass ihr euch so tief in die Materie begeben und euch für jeden zusätzlichen Inhalt interessiert habt, den wir auftreiben konnten. Hoffentlich hat euch diese kleine Sammlung genauso zum Lächeln gebracht wie uns.

Lionel freut sich darauf, euch auf dem Schlachtfeld zu begrüßen, sobald ihr es nach Solaria geschafft habt, um euch seiner Armee anzuschließen. Und wir hoffen, dass ihr genauso gespannt darauf seid, seine Geschichte zusammen mit all den anderen Charakteren im letzten Buch der Zodiac-Academy-Serie *Ruhelose Sterne* zu Ende zu bringen. (Oder – falls du ein Mensch der Zukunft bist und diese Sammlung nach der Erscheinung des letzten Buches gelesen hast: Hallo, Lesekrieger der Zukunft, ich ziehe den Hut vor dir und deinen geheimnisvollen Wegen in den mystischen Tagen jenseits dieser!)

Wie immer können wir nicht genug betonen, wie sehr wir euch als unsere Leser lieben und wie dankbar wir sind, dass ihr hier seid und unsere Worte verschlingt. Möge euer Heißhunger auf Bücher niemals nachlassen und möge euch der Konsum von Büchern wie eine Reihe guter Freunde durch das Leben führen. Freunde, die euch bei allem, was ihr erreicht und erlebt, anfeuern.

In Liebe

Susanne und Caroline xxx

IHR WOLLT MEHR?

Um mehr zu erfahren, kostenloses Lesefutter zu erhalten und unserer Lesergruppe beizutreten, scannt einfach den QR-Code unten!

www.ingramcontent.com/pod-product-compliance
Lightning Source LLC
Chambersburg PA
CBHW050607170726
48283CB00001B/134